Neal Shusterman

Kompass ohne Norden

NEAL SHUSTERMAN

KOMPASS OHNE NORDEN

Mit Illustrationen
von Brendan Shusterman

Aus dem Englischen
von Ingo Herzke

Carl Hanser Verlag

Die Originalausgabe erschien 2015 unter dem Titel
Challenger Deep bei HarperTeen,
an imprint of HarperCollins Publishers.

1. Auflage 2018

ISBN 978-3-446-26046-7

Published by arrangement with
HarperCollins Children's Books,
a division of HarperCollins Publishers.

Umschlag: Stefanie Schelleis, München,
nach einem Entwurf von Andy Bridge und Brandon Shusterman.
Satz im Verlag
Druck und Bindung: Friedrich Pustet, Regensburg
Printed in Germany

FSC
www.fsc.org
MIX
Papier aus verantwortungsvollen Quellen
FSC® C014889

Für Dr. Robert Woods

BEMERKUNG DES AUTORS

Kompass ohne Norden ist keinesfalls fiktiv. Die Orte, an die Caden sich begibt, sind alle nur zu real. Jede dritte Familie ist in den USA von psychischen Erkrankungen betroffen. Das weiß ich, weil unsere Familie eine davon ist. Wir haben in vieler Hinsicht das Gleiche durchlebt wie Caden und seine Familie. Ich musste ohnmächtig zusehen, wie ein Mensch, den ich liebe, in die Tiefe sank.

Mithilfe meines Sohnes Brendan habe ich festzuhalten versucht, wie dieser Abstieg aussieht. Die Eindrücke aus der Klinik, die Gefühle von Angst, Paranoia, Manie und Depression sind echt, ebenso wie das »Götterspeise-Gefühl« und die Taubheit, die durch die Medikamente hervorgerufen werden können (wie ich selbst aus erster Hand erfahren konnte, als ich versehentlich zwei Seroquel nahm, die ich für Dolopyrin gehalten hatte). Doch auch die Genesung ist echt. Psychische Erkrankungen gehen nie ganz weg, aber sie können in gewisser Weise zum Abklingen gebracht werden. Wie Dr. Poirot in *Kompass ohne Norden* sagt, ist die Psychiatrie keine exakte Wissenschaft, aber sie ist das Einzige, was wir haben – und es wird jeden Tag besser, je mehr wir über das Gehirn, über Geist und Seele lernen und je bessere, zielgerichtete Medikamente wir entwickeln.

Vor zwanzig Jahren hat sich mein engster Freund, der an Schizophrenie litt, das Leben genommen. Mein Sohn hingegen hat sein Stück Himmel gefunden und ist strahlend aus der Tiefe entronnen, ist mit der Zeit eher wie Carlyle als wie Caden geworden. Die Skizzen und Zeichnungen in diesem Buch stammen alle von ihm und sind während der Tiefen entstanden. Für mich gibt es auf der ganzen Welt keine größere Kunst. Noch dazu sind einige von Hals Betrachtungen über das Leben Brendans Gedichten entnommen.

Unsere Hoffnung ist es, dass *Kompass ohne Norden* all jene trösten kann, die in den Tiefen gewesen sind, indem es sie wissen lässt, dass sie nicht allein sind. Wir hoffen außerdem, dass es auch anderen helfen kann, Mitgefühl zu entwickeln und zu verstehen, wie es tatsächlich ist, die finsteren, unberechenbaren Gewässer der psychischen Krankheit zu befahren.

Wenn der Abgrund in dich hineinschaut – und das wird er –, mögest du den Blick unerschrocken erwidern.

Neal Shusterman

1 FEE, FIE, FOE, FUM

Zwei Dinge weißt du. Erstens: Du warst da. Zweitens: Du kannst nicht da gewesen sein.

Diese beiden unvereinbaren Wahrheiten gleichzeitig festzuhalten, erfordert Jongliergeschick. Natürlich braucht man beim Jonglieren einen dritten Ball, damit der Rhythmus im Fluss bleibt. Dieser dritte Ball ist die Zeit – die viel unbändiger herumspringt, als wir glauben mögen.

Die Zeit jetzt: fünf Uhr morgens. Das weißt du, weil an deiner Schlafzimmerwand eine batteriebetriebene Uhr hängt, die so laut tickt, dass du sie manchmal mit einem Kissen dämpfen musst. Doch während es hier fünf Uhr morgens ist, ist es irgendwo in China fünf Uhr abends – was beweist, dass unvereinbare Wahrheiten durchaus Sinn ergeben können, wenn man sie global betrachtet. Du hast jedoch gelernt, dass es nicht immer gut ist, deine Gedanken nach China wandern zu lassen.

Deine Schwester schläft nebenan, und ein Zimmer weiter deine Eltern. Dein Vater schnarcht. Bald wird deine Mutter ihn so lange anstupsen, bis er sich umdreht und das Schnarchen aufhört, vielleicht bis zum Morgengrauen. Das alles ist normal und deshalb sehr tröstlich.

Auf der anderen Straßenseite gehen die Rasensprenger eines Nachbarn an und zischen so laut, dass sie das Ticken der Uhr übertönen. Du kannst den Dunst des Wassers durch das offene Fenster riechen – leicht gechlort, heftig fluoridiert. Ist es gut zu wissen, dass die Rasenflächen in der Nachbarschaft gesunde Zähne haben werden?

Das Geräusch des Rasensprengers ist nicht das Zischen von Schlangen.

Und die bei deiner Schwester an die Wände gemalten Delfine können keine mörderischen Pläne schmieden.

Und die Augen einer Vogelscheuche sehen nichts.

Dennoch gibt es Nächte, in denen du nicht schlafen kannst, weil die Dinge, die du jonglierst, deine volle Konzentration erfordern. Du hast Angst, dass dir ein Ball herunterfallen könnte, und was dann? Weiter als bis zu diesem Augenblick wagt sich deine Fantasie nicht. Denn just in diesem Augenblick wartet der Kapitän. Er ist geduldig. Und er wartet. Immer.

Noch bevor es ein Schiff gab, war der Kapitän schon da.

Diese Reise hat mit ihm begonnen, du vermutest, sie wird auch mit ihm enden, und alles dazwischen ist das pulvrige Mehl von Windmühlen, die auch Riesen sein könnten, die Knochen zermahlen und Brot daraus machen.

Tritt leise auf, sonst weckst du sie.

2 ENDLOS DA UNTEN

»Lässt sich nicht sagen, wie weit es abwärts geht«, sagt der Kapitän, und die linke Seite seines Schnurrbarts zuckt wie der Schwanz einer Ratte. »Fällst du in diesen unerforschlichen Abgrund, so wirst du Tage zählen, ehe du den Grund erreichst.«

»Aber der Graben ist doch schon vermessen worden«, wage ich einzuwenden. »Da unten waren schon Menschen. Ich weiß zufällig, dass er elf Kilometer tief ist.«

»Du weißt?«, spottet er. »Wie kann ein bibberndes, unterernährtes Küken wie du mehr wissen, als dass ihm die Nase läuft?« Dann lacht er über seine eigene Einschätzung meiner Person. Das Gesicht des Kapitäns ist voller verwitterter Falten von einem Leben auf See – auch wenn sein dunkler, verfilzter Vollbart viele davon verdeckt. Wenn er lacht, spannen sich die Falten glatt, und man sieht die Muskeln und Sehnen seines Halses. »Ja, ja, es ist wohl wahr: Die sich in die Wasser des Grabens gewagt haben, berichten davon, den Grund gesehen zu haben, doch sie lügen. Sie lügen wie gedruckt, und sie liegen wie gedrückt – doch geholfen hat ihnen beides wenig.«

Ich versuche nicht mehr zu entschlüsseln, was der Kapitän so von sich gibt, doch seine Worte lasten schwer auf mir. Als ob ich womöglich etwas verpasst hätte. Etwas Wichtiges und trügerisch Offensichtliches, das ich erst verstehen werde, wenn es zu spät ist und keine Rolle mehr spielt.

»Es ist endlos da unten«, sagt der Kapitän. »Und lass dir von niemandem was anderes einreden.«

3 BESSER GEHEN

Ich habe so einen Traum. Ich liege auf einem Tisch in einer zu hell erleuchteten Küche, wo alle Geräte strahlend weiß glänzen. Sie sind nicht unbedingt brandneu, sie tun eher so. Plastik mit Chromverzierungen, aber hauptsächlich Plastik.

Ich kann mich nicht bewegen. Oder ich will nicht. Oder ich habe Angst davor. Jedes Mal, wenn ich diesen Traum habe, ist es ein bisschen anders. Um mich herum stehen Leute, bloß sind es keine Leute, sondern getarnte Monster. Sie sind in meinen Geist eingedrungen und haben Bilder herausgerissen, und aus diesen Bildern haben sie Masken gemacht, die wie Menschen aussehen, die ich liebe – aber ich weiß, es ist bloß Täuschung.

Sie lachen und reden über Sachen, die ich nicht verstehe, und ich liege erstarrt unter all diesen falschen Gesichtern, im Zentrum ihrer Aufmerksamkeit. Sie betrachten mich bewundernd, aber eher so, wie man etwas betrachtet, was bald nicht mehr da sein wird.

»Ich glaube, du hast es zu früh rausgenommen«, sagt das Monster mit dem Gesicht meiner Mutter. »Es war nicht lange genug drin.«

»Gibt nur eine Möglichkeit, das rauszufinden«, sagt das Monster, das wie mein Vater aussieht.

Ich spüre Lachen in der Runde – nicht aus ihren Mündern, denn die Münder ihrer Masken bewegen sich nicht. Das Lachen ist in ihren Gedanken, und die richten sie auf mich wie vergiftete Pfeilspitzen, die aus ihren ausgeschnittenen Augenschlitzen schießen.

»Es wird dir davon besser gehen«, sagt eins der Monster. Dann knurren ihre Mägen so laut wie ein Bergrutsch, als sie nach mir greifen und ihre Hauptspeise mit den Klauen in Stücke reißen.

4 SO KRIEGEN SIE DICH

Ich kann mich nicht erinnern, wann diese Fahrt anfing. Es ist fast so, als wäre ich immer hier gewesen, aber das kann nicht sein, denn es gab ein Vorher, erst letzte Woche oder letzten Monat oder letztes Jahr. Ich bin allerdings ziemlich sicher, dass ich immer noch fünfzehn bin. Die Zeit läuft hier anders. Nicht vorwärts; eher so seitlich, wie eine Krabbe.

Ich kenne nicht viele von der Mannschaft. Oder vielleicht vergesse ich sie bloß von einem Augenblick zum nächsten wieder, weil sie alle so etwas Namenloses an sich haben. Da sind die Älteren, die anscheinend ihr Leben auf See verbracht haben. Das sind die Offiziere an Bord, wenn man sie so nennen kann. Sie sind Halloween-Piraten mit künstlich geschwärzten Zähnen, so wie der Kapitän, und sie spielen *Süßes oder Saures* an der Schwelle zur Hölle. Ich würde über sie lachen, wenn ich nicht von ganzem Herzen glaubte, dass sie mir dann mit ihren Plastikhaken die Augen ausstechen würden.

Dann gibt es noch die Jüngeren, so wie mich: Jugendliche, die ihrer Vergehen wegen aus dem warmen Nest verstoßen wurden, oder aus dem kalten Nest, oder aus gar keinem Nest, jedenfalls von einer elterlichen Verschwörung, deren Big-Brother-Augen sich niemals schließen und alles sehen.

Meine Schiffskameraden, Jungen wie Mädchen, sind mit ihren Aufgaben beschäftigt und reden nicht mit mir, außer gelegentlich Sätze wie »Du stehst mir im Weg« oder »Finger weg von meinen Sachen«. Als hätte irgendwer von uns Sachen, die zu verteidigen sich lohnte. Manchmal versuche ich ihnen bei ihren Pflichten zu helfen, aber sie wenden sich ab oder schubsen mich weg, verärgert, weil ich meine Hilfe überhaupt angeboten habe.

Ich bilde mir ständig ein, meine kleine Schwester an Bord zu sehen, obwohl ich weiß, dass sie nicht hier ist. Sollte ich ihr nicht bei ihren Rechenaufgaben helfen? Im Geist sehe ich sie auf mich warten und warten, aber ich weiß nicht, wo sie ist. Ich weiß nur, dass ich nie auftauche. Wie kann ich ihr das antun?

Alle an Bord werden ständig vom Kapitän überwacht, der irgendwie vertraut wirkt und dann auch wieder nicht. Er scheint alles über mich zu wissen, obwohl ich nichts über ihn weiß.

»Meine Sache ist es, die Finger fest um das Herz *eurer* Angelegenheit zu schließen«, hat er zu mir gesagt.

Der Kapitän hat eine Augenklappe und einen Papagei. Der Papagei hat eine Augenklappe und einen Sicherheitsausweis um den Hals hängen.

»Ich sollte gar nicht hier sein«, beschwöre ich den Kapitän und frage mich, ob ich ihm das schon mal gesagt habe. »Ich habe Halbjahresprüfungen und Referate zu schreiben und Klamotten, die ich vom Zimmerfußboden aufsammeln muss, und ich habe Freunde, jede Menge Freunde.«

Das Kinn des Kapitäns bleibt steinern, er lässt sich zu keiner Antwort herab, doch der Papagei sagt: »Hier wirst du auch Freunde, jede Menge Freunde haben!«

Dann flüstert mir einer der anderen Jugendlichen ins Ohr. »Erzähl dem Papagei nichts. So kriegen sie dich.«

5 ICH BIN DER KOMPASS

Was ich fühle, lässt sich nicht in Worte fassen, oder wenn doch, dann in einer Sprache, die niemand versteht. Meine Gefühle reden in Zungen. Freude wandelt sich in Wut wandelt sich in Angst wandelt sich in ironische Belustigung, so als würdest du mit ausgebreiteten Armen aus einem Flugzeug springen, zweifelsfrei überzeugt, dass du fliegen kannst, und dann plötzlich merken, dass du es doch nicht kannst und nicht nur keinen Fallschirm hast, sondern auch keine Klamotten an, und dass sich die Leute unten am Boden alle Ferngläser vor die Augen halten und lachen, während du deinem höchst peinlichen Ende entgegen stürzt.

Der Steuermann sagt, ich solle mir deswegen keine Sorgen machen. Er deutet auf den Pergamentblock, auf dem ich oft zeichne, um mir die Zeit zu vertreiben. »Halt deine Gefühle mit Strich und Farbe fest«, rät er mir. »Farben, Garben, Narben, darben – deine Zeichnungen machen mich hungrig, schreien mich an, zwingen mich zu sehen. Meine Karten zeigen uns die Route, aber deine Visionen *weisen uns den Weg.* Du bist der Kompass, Caden Bosch. Du bist der Kompass!«

»Wenn ich der Kompass bin, dann bin ich ziemlich nutzlos«, antworte ich. »Ich kann Norden nicht finden.«

»Natürlich kannst du das«, sagt er. »Bloß dass sich der Norden in diesen Gewässern ständig in den Schwanz beißt.«

Dabei fällt mir ein früherer Freund ein, der meinte, Norden sei immer die Richtung, in die er schaute. So langsam glaube ich, er könnte recht gehabt haben.

Der Steuermann hat darum gebeten, dass ich sein Kojennachbar werde, als sein alter Mitbewohner, an den ich mich kaum erinnern kann, ohne Erklärung verschwunden ist. Wir teilen uns eine Kajüte, die schon für einen zu klein ist, von zweien ganz zu schweigen. »Du bist der Anständigste unter den Unanständigen hier«, sagt er zu mir. »Dein Herz ist noch nicht von der See erkaltet. Außerdem hast du Talent. Talent, Patent, Temperament: Du hast so viel Talent, das ganze Schiff wird vor Neid grün werden – denk an meine Worte!«

Der Bursche ist schon oft zur See gefahren. Und er ist weitsichtig. Will sagen, wenn er dich anschaut, sieht er nicht dich, sondern irgendetwas hinter dir in einer ganz anderen Dimension. Aber meistens sieht er gar keine Menschen an. Er ist zu sehr mit seinen Navigationskarten beschäftigt. So nennt er sie jedenfalls. Sie sind voller Zahlen und Wörter und Pfeile und Linien, die Punkte zu Sternbildern verbinden, die ich noch nie gesehen habe.

»Der Himmel ist hier draußen anders«, sagt er. »Man muss neue Muster in den Sternen entdecken. Muster, Schuster, Schuhmacher, Uhrmacher. Es geht darum, das Vergehen des Tages zu messen. Verstehst du?«

»Nein.«

»Von Deck an Land, vom Land an Deck, *meck-meck* macht die Ziege. Das ist die Antwort, sag ich dir. Die Ziege. Sie frisst alles, sie verdaut die Welt, verleibt sie ihrer eigenen DNA ein und spuckt sie wieder aus, steckt ihr Revier ab. Revier, Brevier, Bravour, Futur – hör mir zu: Das Zeichen der Ziege zeigt die Antwort auf unsere Zukunft, unser Ziel. Alles hat seinen Zweck. Suche die Ziege.«

Der Steuermann ist genial. So genial, dass ich von seiner Gesellschaft Kopfschmerzen kriege.

»Warum bin ich hier?«, frage ich ihn. »Wenn alles seinen Zweck hat, was ist dann mein Zweck hier an Bord dieses Schiffes?«

Er wendet sich wieder seinen Karten zu, schreibt Wörter und

zeichnet neue Pfeile über das, was schon da ist, schichtet seine Gedanken so dicht aufeinander, dass nur er sie noch entziffern kann. »Zweck, Heck, Deck, Bord, Pforte. Du bist die Pforte zur Errettung der Welt.«

»Ich? Bist du sicher?«

»So sicher, wie wir in diesem Zug sitzen.«

6 ALLES DURCHEINANDER

Pforte, Tür, Türmer, Tümmler: Delfine tanzen an den Zimmerwänden meiner Schwester, als ich in ihren Türrahmen trete. Es sind sieben. Das weiß ich, weil ich sie gemalt habe – jeder Delfin steht für einen von Kurosawas *Sieben Samurai*, denn ich wollte, dass sie die Bilder immer noch leiden kann, wenn sie älter wird.

Heute Abend starren die Delfine mich böse an, und auch wenn sie mich mangels Daumen kaum zum Schwertkampf herausfordern können, finde ich sie viel bedrohlicher als sonst.

Mein Vater bringt Mackenzie gerade ins Bett. Für sie ist es spät, aber nicht für mich. Ich bin gerade fünfzehn geworden; sie wird bald elf. Es wird noch Stunden dauern, bis ich schlafe. *Falls* ich schlafe. Vielleicht auch nicht. Nicht heute Nacht.

Meine Mutter telefoniert unten mit Oma. Ich höre sie über das Wetter und über Termiten reden. Unser Haus wird zernagt. »… aber Ausräuchern bringt alles durcheinander«, höre ich meine Mutter sagen. »Es muss doch eine bessere Lösung geben.«

Dad gibt Mackenzie einen Gutenachtkuss, dreht sich um und

sieht mich im Türrahmen stehen, nicht ganz im Zimmer und nicht ganz draußen. »Was gibt's, Caden?«

»Nichts, es ist bloß … ach, egal.«

Er steht auf, meine Schwester dreht sich zu ihrer Delfinwand und macht deutlich, dass sie bereit für das Land der Träume ist. »Wenn etwas nicht in Ordnung ist, kannst du es mir sagen«, sagt mein Vater. »Das weißt du doch, oder?«

Ich rede leise, damit Mackenzie mich nicht hören kann. »Na ja, also … da ist so ein Junge in der Schule.«

»Ja?«

»Ich weiß es natürlich nicht sicher …«

»Ja?«

»Also … Ich glaube, er will mich umbringen.«

7 DER WOHLTÄTIGE ABGRUND

Im Einkaufszentrum gibt es so einen Spendensammler. Ein großer gelber Trichter, in dem Geld für irgendein Kinderhilfswerk gesammelt wird, an das man nur ungern denkt. *Amputierte Kinder ferner Kriege* oder so ähnlich. Man soll eine Münze in einen Schlitz stecken und sie dann loslassen. Die rollt dann immer im Kreis um den großen gelben Trichter herum, ungefähr eine Minute lang, und schnarrt dabei in einem immer schneller und enger werdenden Rhythmus, immer intensiver und verzweifelter, je näher sie dem Loch kommt. Immer schneller kreist die Münze – so viel Bewegungsenergie, die in den Trichterhals gezwungen wird, bis sie wie eine Alarmsirene schrillt – und verstummt dann, wenn sie in den schwarzen Abgrund des Trichters stürzt.

Ich bin diese Münze auf dem Weg nach unten, ich schreie im Hals des Trichters, und nur meine eigene Bewegungsenergie und die Zentrifugalkraft bewahren mich vor dem Sturz ins Dunkel.

8 REALITÄTSCHECK

»Was soll das heißen, er will dich umbringen?« Mein Vater tritt hinaus in den Flur und schließt die Zimmertür meiner Schwester hinter sich. Schwaches Licht fällt in einem zaghaften Winkel aus dem Bad weiter hinten. »Caden, das ist eine ernste Sache. Wenn dich ein Junge in der Schule bedroht, musst du mir erzählen, was los ist.«

Er steht vor mir und wartet, und ich wünschte, ich hätte nicht davon angefangen. Mom redet unten immer noch mit Oma, und allmählich frage ich mich, ob Oma wirklich dran ist oder ob Mom nur so tut – vielleicht spricht sie auch mit jemand anderem, vielleicht über mich, vielleicht verschlüsselt. Aber wieso sollte sie? Das ist doch irre. Nein, sie spricht einfach nur mit Oma. Über Termiten.

»Hast du den Jungen bei deinen Lehrern gemeldet?«

»Nein.«

»Was hat er denn getan? Hat er dich offen bedroht?«

»Nein.«

Dad holt tief Luft. »Okay, wenn er dich nicht offen und direkt bedroht hat, dann ist es vielleicht nicht so schlimm, wie du denkst. Bringt der Junge irgendwelche Waffen mit zur Schule?«

»Nein. Na ja, vielleicht. Ja – ja, doch, ich glaube, er hat womöglich ein Messer.«

»Hast du es gesehen?«

»Nein, ich weiß es einfach. Er ist so der Typ, der ein Messer hat, weißt du?«

Dad holt wieder tief Luft und kratzt sich im dünner werdenden Haar. »Sag mir mal genau, was dieser Junge zu dir gesagt hat. Versuch dich an alles zu erinnern.«

Ich grabe tief nach Worten, mit denen ich es erklären kann, aber ich finde keine. »Es ist nicht, was er gesagt hat, sondern was er *nicht* gesagt hat.«

Mein Vater ist Buchhalter: sehr rational und linear, ganz linke Hirnhälfte, darum überrascht mich seine Reaktion nicht. »Ich kann dir nicht folgen.«

Ich drehe mich um und fummele an einem Familienfoto herum, bis es schief hängt. Das stört mich, also hänge ich es rasch wieder gerade hin. »Vergiss es«, sage ich. »Ist nicht so wichtig.« Ich versuche die Treppe hinunterzuflüchten, weil ich eigentlich Moms Gespräch mithören will, aber Dad fasst mich sanft am Arm. Das reicht, um mich am Gehen zu hindern.

»Moment noch«, sagt er. »Damit ich das richtig verstehe. Dieser Junge, der dich so beunruhigt – er hat irgendeinen Kurs mit dir, und du findest irgendwas an seinem Verhalten bedrohlich.«

»Ehrlich gesagt habe ich überhaupt kein Fach mit ihm zusammen.«

»Und woher kennst du ihn dann?«

»Ich kenne ihn gar nicht. Aber ich begegne ihm manchmal im Flur.«

Mein Vater senkt den Blick und zählt in Gedanken eins und eins zusammen. Dann sieht er mich wieder an. »Caden … wenn du ihn nicht kennst und er dich nie bedroht hat, und wenn er dir bloß ein paar Mal im Flur begegnet ist, wieso denkst du dann, dass er dir etwas tun will? Wahrscheinlich kennt er dich überhaupt nicht.«

»Ja, du hast recht, ich bin bloß gestresst.«

»Wahrscheinlich eine Überreaktion.«

»Genau, eine Überreaktion.« Jetzt, nachdem ich es laut ausgesprochen habe, merke ich, wie albern ich mich angehört habe. Ich meine, dieser Junge weiß überhaupt nicht, dass es mich gibt. Und ich weiß nicht mal, wie er heißt.

»Die Highschool bringt einen manchmal ein bisschen durcheinander«, sagt Dad. »Da gibt es vieles, was dir Angst machen kann. Tut mir leid, dass du das mit dir herumtragen musstest. So was im Kopf zu haben! Aber manchmal braucht man einfach einen Realitätscheck, richtig?«

»Richtig.«

»Und, geht es dir jetzt besser?«

»Ja, es geht mir besser. Danke.«

Aber er beobachtet mich weiter, während ich weggehe, als wüsste er womöglich, dass ich lüge. Meine Eltern haben bemerkt, wie angespannt ich in letzter Zeit bin. Mein Vater meint, ich sollte irgendeinen Sport anfangen, um meine nervöse Energie rauszulassen. Meine Mutter meint, ich sollte Yoga machen.

9 DU BIST NICHT DER ERSTE, UND DU WIRST NICHT DER LETZTE SEIN

Das Meer dehnt sich in alle Richtungen. Vor uns, hinter uns, nach Steuerbord, nach Backbord, und nach unten, unten, unten. Unser Schiff ist eine Galeone, verwittert von einer Million Fahrten, die zurückreichen bis in viel finsterere Zeiten als die heutige.

»Sie ist das beste Schiff ihrer Art«, hat mir der Kapitän einmal verraten. »Wenn du ihr ganz vertraust, wird sie dich nicht in die Irre führen.«

Das ist auch gut so, denn es steht nie jemand am Ruder.

»Hat sie einen Namen?«, habe ich den Kapitän gefragt.

»Ihr einen Namen zu geben, heißt, sie zu versenken«, hat er geantwortet. »Was wir benennen, bekommt mehr Gewicht als das Wasser, das es verdrängt. Frag jeden Schiffbrüchigen.«

Am Lukenbogen über dem Hauptniedergang hängt ein Holzschild mit eingebrannten Buchstaben – *Du bist nicht der Erste, und du wirst nicht der Letzte sein* –, und ich staune, wie ich mich bei diesem Satz zugleich unbedeutend und herausgehoben fühle.

»Spricht es dich an?«, fragt der Papagei, der über dem Niedergang sitzt und mich beobachtet, mich ständig beobachtet.

»Eigentlich nicht«, sage ich.

»Sollte es dich ansprechen«, weist mich der Papagei an, »schreib alles auf, was es sagt.«

10 IN DER KÜCHE DES SCHRECKENS

Fast jede Nacht besuche ich die Weiße Plastikküche. Die Einzelheiten verändern sich jedes Mal – gerade so viel, dass ich den Ausgang des Traumes nicht vorhersagen kann. Wäre alles immer genau gleich, wüsste ich zumindest, was ich erwarten kann – und wenn ich das wüsste, könnte ich mich gegen das Schlimmste wappnen.

Heute Nacht verstecke ich mich. Nur sehr wenige Verstecke in der Küche. Ich bin in einen hochmodernen Kühlschrank gequetscht. Ich bibbere und denke an den Kapitän. Dass er mich ein bibberndes Küken genannt hat.

Jemand öffnet die Tür: eine Maske, an die ich mich nicht erinnern kann. Sie schüttelt den Kopf.

»Armes Ding, dir muss doch kalt sein.« Sie schenkt sich Kaffee aus einer vollen Karaffe ein, doch anstatt mir welchen anzubieten, greift sie direkt durch meinen Nabel und nimmt sich die Milch, die irgendwo hinter mir im Kühlschrank steht.

11 ALLES SCHLIMME HAT AUCH SEINE SCHÖNE SEITE

Unter dem Hauptdeck liegen die Mannschaftsquartiere. Das Mannschaftsdeck ist viel größer, als das Schiff von außen wirkt. Unmöglich groß. Ein langer Flur dehnt und dehnt und dehnt sich endlos.

Die Fugen zwischen den Planken, aus denen Rumpf und Decks des Schiffes gebaut sind, sind mit einem übelriechenden schwarzen Pech abgedichtet, damit kein Wasser durchdringt. Nirgendwo ist der Gestank heftiger als unter Deck. Ein scharfes, organisches Aroma, als hätten jene Lebensformen, die sich im Lauf langer Zeit in Teer verwandelt haben, ihre Verwesung noch nicht ganz abgeschlossen. Es riecht wie konzentrierter Schweiß und Körpergeruch, und wie das Zeug, das sich unter den Zehennägeln sammelt.

»Der Geruch des Lebens«, sagte der Kapitän stolz, als ich ihn einmal danach fragte. »Leben im Wandel womöglich, aber dennoch Leben. Das ist wie die brackige Ausdünstung eines Gezeitenbeckens, Junge – streng und faulig, aber zugleich erfrischend. Wenn eine Welle sich an diesem Ufer bricht und dir Gischt in die Nasenlöcher spritzt, verfluchst du sie? Aber nein! Denn sie erinnert dich daran, wie sehr du das Meer liebst. Dieser sommerliche Strandgeruch trägt dich in den heitersten Winkel deiner Seele und ist nichts weiter als ein sanfter Hauch ozeanischer Verwesung.« Dann holte er tief und zufrieden Luft, um seine Ausführungen zu unterstreichen. »Denn es ist wahr: Alles Schlimme hat auch seine schöne Seite.«

12 RAUSCH

Als meine Freunde und ich jünger waren und wir uns in der Shopping Mall zu Tode langweilten, haben wir immer so ein Spiel gespielt. Wir nannten es *Psychokaufrausch*. Dabei suchten wir uns einen Kunden, manchmal auch ein Paar oder gar eine ganze Familie – allerdings funktionierte das Spiel besser, wenn es eine einzelne Person war. Dann dachten wir uns eine Geschichte aus, was dieser Mensch insgeheim vorhatte. Normalerweise spielten dabei eine Axt und/oder eine Kettensäge eine Rolle, außerdem ein Keller und/oder ein Dachboden.

Einmal hatten wir uns auf eine kleine alte Frau geeinigt, die mit so verkniffener Entschlossenheit durch das Einkaufszentrum schlurfte, dass wir beschlossen, sie sei die perfekte Serienmörderin des Tages. Unsere Story für sie war, dass sie in der Mall lauter Zeug – viel zu viel, um es selbst zu tragen – kaufen und sich dann nach Hause liefern lassen würde. Und dann würde sie den Lieferanten gefangen nehmen und mit dem Gegenstand umbringen, den er selbst gebracht hatte. Sie hatte eine ganze Sammlung frisch erworbener Mordwaffen und toter UPS-Fahrer im Keller und/oder auf dem Dachboden.

Wir folgten ihr also ungefähr zwanzig Minuten lang und fanden es zum Totlachen … bis sie in einen Haushaltswarenladen ging und ein schönes neues Schlachtermesser kaufte. Dann wurde es noch witziger.

Aber als sie aus dem Geschäft kam, schaute ich ihr in die Augen – hauptsächlich, weil ich mir selbst eine Mutprobe stellte. Ich weiß, es war reine Einbildung, doch ihre Augen blickten so grausam und boshaft, dass ich es nie vergessen werde.

In letzter Zeit sehe ich ihre Augen überall.

13 ES GIBT KEIN UNTEN

Ich stehe mitten im Wohnzimmer und kralle die Zehen in den flauschigen, aber seelenlos beigefarbenen Teppich.

»Was machst du?«, fragt Mackenzie, als sie aus der Schule nach Hause kommt und ihren Rucksack auf die Couch schleudert. »Wieso stehst du einfach bloß da?«

»Ich lausche«, sage ich.

»Auf was?«

»Auf die Termiten.«

»Du kannst die Termiten hören?« Der Gedanke entsetzt sie.

»Vielleicht.«

Sie nestelt nervös an den großen blauen Knöpfen ihrer blauen Fleecejacke herum, als könnte sie die Termiten so wie die Kälte damit abwehren. Dann legt sie zögernd das Ohr an die Wand, weil sie sich wohl denkt, dass man sie dort leichter hören kann als in der Mitte eines stillen Raumes. Sie lauscht ein paar Augenblicke und sagt dann leicht unbehaglich: »Ich höre nichts.«

»Keine Sorge«, sage ich so beruhigend ich kann, »Termiten sind bloß Termiten.« Neutraler kann man es kaum ausdrücken, doch es zerstreut alle Insektenfurcht, die ich ihr womöglich eingepflanzt habe. Zufrieden geht sie in die Küche, um etwas zu essen.

Ich rühre mich nicht. Ich kann die Termiten nicht hören, aber fühlen. Je mehr ich über sie nachdenke, desto mehr fühle ich, und das lenkt mich ab. Ich bin heute sehr abgelenkt. Und vor allem von den Dingen, die ich nicht sehen kann. Von Dingen in den Wänden und unter meinen Füßen, die mich schon immer eigenartig fasziniert haben. Diese Faszination hat mich heute befallen wie die Holz fressenden Insekten, die langsam unser Haus vernichten.

Ich sage mir, dass es eine gute Ablenkung ist, weil sie mich davon abhält, dem Strudel der Gedanken an Widerwärtigkeiten zu folgen, die womöglich in der Schule passieren könnten. Das hilft, also lasse ich mich eine Weile ablenken.

Ich schließe die Augen und fühle, presse meine Gedanken durch meine Fußsohlen.

Meine Füße stehen auf sicherem, festem Boden, aber das ist bloß eine Illusion. Unser Haus gehört uns, richtig? Aber eigentlich auch nicht, denn wir haben bei der Bank eine Hypothek dafür aufgenommen. Was gehört uns also? Das Land? Wieder falsch, denn wir haben zwar eine Besitzurkunde für das Grundstück, auf dem unser Haus steht, aber die Schürfrechte besitzen wir nicht; wir können also nichts Wertvolles abbauen, was darunter liegt. Keine Mineralien, nichts, was im Boden ist. Wenn es wertvoll ist oder eines Tages wertvoll werden könnte, gehört es nicht uns. Wir besitzen nur, was nichts wert ist.

Was ist also wirklich unter meinen Füßen, abgesehen von der Lüge, dass es uns gehört? Wenn ich mich konzentriere, kann ich spüren, was da unten ist. Unterm Teppich ist eine Betonplatte, die auf Erdboden ruht, der vor zwanzig Jahren von Baumaschinen komprimiert wurde. Und darunter liegt verlorenes Leben, das niemand je wiederfinden wird. Das könnten Überreste von Zivilisationen sein, die durch Kriege oder Untiere zerstört wurden, oder durch Immunsysteme, die einen unangekündigten Bakterientest nicht bestanden. Ich spüre die Knochen und Panzer prähistorischer Wesen. Dann schicke ich meine Gedanken noch tiefer ins Grundgestein, wo Gasblasen blubbern und brodeln, erzeugt von den aufgewühlten Eingeweiden der Erde, in denen die lange und oft traurige Geschichte des Lebens auf ihr verdaut wird. Der Ort, an dem alle Kreaturen Gottes letztlich durch den Fels zu zähem schwarzen Schleim destilliert werden, den wir dann wieder aus dem Boden saugen und in unseren Autos verbrennen, wobei wir diese ehemaligen Lebewesen in Treibhausgase verwandeln, was vielleicht besser ist, als die Ewigkeit in Form von Schlamm zu verbringen.

Noch tiefer spüre ich, wie die Kälte der Erde allmählich von Wärme verdrängt wird, bis Hohlräume voll rot glühendem, dann weiß glühendem Magma sich bilden, das sich unter unfassbarem Druck herumwälzt. Der äußere Erdkern, dann der innere Erdkern, bis hin zum Gravitationszentrum, wo sich die Wirkung der Schwerkraft umkehrt. Hitze und Druck nehmen allmählich ab. Geschmolzener Fels wird wieder fest. Ich schiebe mich durch den Granit, den schwarzen Schlamm, die Knochen, die Erde, die Würmer und die Termiten, bis ich durchbreche und auf einem Reisfeld in China ankomme, womit bewiesen wäre, dass es gar kein Unten gibt, weil Unten irgendwann wieder Oben ist.

Ich öffne die Augen und bin überrascht, dass ich noch in unserem Wohnzimmer stehe. Mir wird klar, dass es eine schnurgerade senkrechte Linie von meinem Zuhause nach irgendwo in China gibt, und ich frage mich, ob es wohl gefährlich war, meine Gedanken an dieser Linie entlangzuführen, wie ich es gerade getan habe. Könnten meine Gedanken durch die Hitze und den Druck im Erdinneren verstärkt werden und auf der anderen Seite als Erdbeben ankommen?

Ich weiß zwar, das ist bloß so ein streunender Gedanke, der mich zwickt, aber am nächsten Morgen – und auch am übernächsten und von nun an jeden Morgen – kontrolliere ich in heimlicher Furcht die Nachrichten, ob es in China ein Erdbeben gegeben hat.

14 VON HIER AUS KOMMT MAN NICHT HIN

Obwohl mich verschiedene verschreckte Seeleute gewarnt haben, mich nicht in die unbekannten Ecken des Schiffes zu wagen, kann ich nicht anders. Etwas zwingt mich, gerade die Dinge aufzuspüren, die man lieber in Frieden lassen sollte. Wie kann man denn auch auf einer großen Galeone segeln, ohne sie zu erforschen?

Eines Morgens stehe ich, anstatt mich zum Appell an Deck einzufinden, früh genug für einen Erkundungsgang auf. Zuerst gehe ich den langen, trübe beleuchteten Gang im Mannschaftsdeck entlang. Ich nehme meinen Pergamentblock mit und zeichne rasch ein paar Impressionen auf.

»Entschuldigung«, sage ich zu einem Besatzungsmitglied, das ich noch nie gesehen habe. Sie drückt sich im Schatten ihrer Kabine herum, hat groß aufgerissene Augen, ihre Wimperntusche ist verlaufen, und sie trägt ein enges Perlenhalsband, das ihr anscheinend fast die Luft abdrückt. »Wo geht dieser Gang hin?«

Sie sieht mich misstrauisch an. »Er geht nirgendwohin, er bleibt hier.« Dann geht sie wieder in ihre Kabine und knallt die Tür zu. Ich behalte ihr Bild im Gedächtnis, und auf meinen Block zeichne ich ihr Gesicht, so wie es aussah, als sie in den Schatten zurückwich.

Ich gehe weiter und versuche die Entfernung einzuschätzen, die ich im Gang zurücklege, indem ich die Leitern zähle. Ein, zwei, drei. Ich komme bis zur zehnten Leiter, doch der Gang erstreckt sich immer weiter vor mir. Schließlich gebe ich auf, steige die zehnte Leiter hinauf und gelange durch die Mittschiffsluke an Deck. Mir wird klar, dass alle diese Leitern, ganz egal, wo sie sich im Gang befinden, durch die gleiche Luke nach oben führen. Ich bin zwanzig Minuten den Gang entlanggestiefelt und doch nirgendwo hingekommen.

Über mir auf der Reling sitzt der Papagei, als hätte er bloß darauf gewartet, mich zu verspotten.

»Von hier aus kommt man nicht hin«, sagt er. »Weißt du das nicht? Weißt du das nicht?«

15 DER RAUM VERGEHT NICHT

Meine Aufgabe an Bord ist die eines »Stabilisators«. Ich kann mich nicht erinnern, wann mir diese Pflicht zugewiesen wurde, aber ich weiß noch, wie der Kapitän sie mir erklärt hat.

»Du sollst spüren, wie das Schiff auf dem Meer von einer Seite zur anderen krängt, und dich dann jeweils gegenüber der Neigung positionieren, von Steuerbord nach Backbord, von Backbord nach Steuerbord«, hatte der Kapitän gesagt.

Mit anderen Worten: Wie die meisten Besatzungsmitglieder soll ich an Deck hin und her rennen, um das Rollen des Schiffes im Seegang auszugleichen. Total sinnlos.

»Wie kann denn unser bisschen Gewicht bei einem Schiff dieser Größe irgendetwas ausrichten?«, fragte ich ihn.

Darauf hatte er mich mit seinem blutunterlaufenen Auge böse angestarrt. »Wärst du etwa lieber Ballast?«

Das brachte mich zum Schweigen. Den »Ballast« hatte ich schon gesehen. Seeleute, die wie Sardinen ganz unten in den Frachtraum gequetscht waren, um den Schwerpunkt des Schiffes zu senken. Wenn sich an Bord dieses Schiffes keine andere Aufgabe für dich findet, wirst du Ballast. Ich hätte es besser wissen sollen, anstatt mich zu beschweren.

»Wenn wir unserem Ziel näher kommen«, hatte der Kapitän mir einmal verraten, »werde ich eine spezielle Truppe für unsere große Mission zusammenstellen. Verrichte deine Arbeit mit Schweiß und Herzblut, dann verdienst du dir und deinem beinahe wertlosen Kadaver einen Platz in dieser Truppe.«

Ich bin zwar nicht sicher, ob ich das will, aber vielleicht ist es besser, als nutzlos an Deck hin und her zu huschen. Einmal hatte ich den Kapitän gefragt, wie weit wir noch vom Marianengraben entfernt wären, weil das Meer Tag für Tag genau gleich aussieht. Wir scheinen weder näher an irgendwas noch weiter von irgendwas entfernt zu sein.

»Liegt in der Natur eines flüssigen Horizonts, dass der Raum nicht vergeht«, sagte der Kapitän. »Doch wir werden wissen, wenn wir uns dem Graben nähern, denn es wird Omen und dunkle Vorzeichen geben.«

Ich wage es nicht, den Kapitän zu fragen, was für düstere Vorzeichen das sein mögen.

16 MOSES

Wenn die See ruhig ist und ich nicht hin und her rennen muss, hänge ich manchmal mit Carlyle an Deck ab. Carlyle ist der Schiffsjunge an Bord – ein Typ mit leuchtend roten Haaren, die kurz wie Pfirsichflaum geschnitten sind, und dem freundlichsten Lächeln auf dem ganzen Schiff. Er ist gar kein Junge mehr, sondern älter, so alt wie die Offiziere, aber er gehört nicht zu ihnen. Anscheinend bestimmt er seine Arbeitszeiten selbst, macht seine eigenen Regeln, und der Kapitän kommt ihm kaum in die Quere. Er ist der Einzige an Bord, mit dem man vernünftig reden kann.

»Ich bin Moses aus freien Stücken«, hat er mir erzählt. »Ich mache das, weil es nötig ist. Und weil ihr alle solche Schmutzfinken seid.«

Heute sehe ich Ratten, die vor dem Wasser aus seinem Wischmopp davonrennen und in den dunklen Winkeln des Decks verschwinden.

»Verfluchte Dinger«, sagt Carlyle, taucht den Mopp in einen Eimer mit trübem Wasser und wischt weiter das Deck. »Die werden wir nie wieder los.«

»Auf alten Schiffen gibt es immer Ratten«, sage ich.

Er zieht eine Augenbraue hoch. »Ratten? Du hältst sie für Ratten?« Allerdings bietet er mir keine alternative Erklärung an. Tatsächlich huschen sie so schnell und verbergen sich so tief im Schatten, dass ich gar nicht genau weiß, was sie sind. Das macht mich nervös, darum wechsle ich das Thema.

»Erzähl mir was über den Kapitän, was ich noch nicht weiß.«

»Er ist dein Kapitän. Alles, was sich zu wissen lohnt, musst du schon wissen.«

Aber wie er das sagt, macht mir klar, dass er ein Insider ist wie wenige andere. Wenn ich Antworten kriegen will, muss ich vermutlich konkretere Fragen stellen.

»Erzähl mir, wie er sein Auge verloren hat.«

Carlyle seufzt, sieht sich um, ob wir unbeobachtet sind, und fängt an zu flüstern. »So wie ich es verstanden habe, hat der Papagei sein Auge vor dem Kapitän verloren. Mir wurde es so erzählt, dass der Papagei sein Auge an eine Hexe verkauft hat, damit die ihm einen Zaubertrank braut, der ihn in einen Adler verwandelt. Die Hexe hat ihn aber reingelegt, den Trank selbst getrunken und ist davongeflogen. Der Papagei wollte nicht der Einzige mit Augenklappe sein und hat dem Kapitän ein Auge ausgekratzt.«

»Das ist doch nicht wahr«, sage ich grinsend.

Carlyle bleibt ernst und spritzt Seifenwasser aufs Deck. »Es ist so wahr wie nötig.« Der Teer zwischen den Planken scheint sich vor seiner Wasserflut zurückzuziehen.

17 ICH WÜRDE EINTRITT ZAHLEN

Der Steuermann sagt, die Aussicht aus dem Krähennest brächte mir »Trost, Trennschärfe, Treue, Tugend«.

Wäre das ein Multiple-Choice-Test, würde ich eigentlich *A* und *B* wählen, aber wenn ich so über die Besatzung nachdenke, vielleicht doch eher Lösung *D* mit dem weichen Bleistift schwärzen.

Das Krähennest ist eine kleine runde Wanne, die hoch oben am Großmast hängt. Sie ist gerade groß genug, einen oder vielleicht zwei Seeleute aufzunehmen, die dort Ausschau halten. Ich komme zu dem Schluss, dass es ein guter Ort wäre, mit meinen Gedanken allein zu sein, aber eigentlich müsste ich inzwischen wissen, dass meine Gedanken niemals allein sind.

Am frühen Abend klettere ich die zerfransten Wanten hinauf, die das Schiff wie Leichentücher umhüllen. Der letzte Schimmer der Dämmerung versinkt langsam hinterm Horizont, und die Abwesenheit der Sonne zwingt die eigenartigen Sterne zum Leuchten.

Das Seilgitter der Wanten verengt sich, je näher ich dem Krähennest komme, was den Aufstieg immer tückischer macht. Schließlich stemme ich mich über den Rand in das kleine Holzfass, das den Mast umgibt – nur um festzustellen, dass es überhaupt nicht klein ist. Wie das Mannschaftsdeck sieht es von außen klein aus, aber wenn man erst mal drin ist, hat der runde Raum offenbar dreißig Meter Durchmesser. Besatzungsmitglieder lümmeln sich in Samtsesseln, den Blick in die Ferne gerichtet, nippen an neongrellen Martinis und lauschen einer Liveband, die Cocktail-Jazz spielt.

»Eine Person? Bitte hier entlang«, sagt eine Hostess und führt mich zu meinem eigenen Samtsessel, von dem aus ich das Mondlicht auf dem Wasser schimmern sehe.

»Bist du ein Springer?«, fragt ein bleicher Mann aus dem Nachbarsessel, der etwas Blaues und womöglich Radioaktives trinkt. »Oder willst du bloß zuschauen?«

»Ich bin hier, um einen klaren Kopf zu kriegen.«

»Nimm einen von diesen«, sagt er und zeigt auf seinen radioaktiven Drink. »Bis du deinen eigenen Cocktail findest, kannst du von meinem trinken. Hier muss jeder seinen eigenen Cocktail finden, sonst wird man tüchtig ausgepeitscht und ins Bett geschickt. So enden hier alle Kinderverse. Auch die, die sich gar nicht reimen.«

Ich schaue mich nach den zehn, zwölf Leuten um, die sich im

flüchtigen psychedelischen Rausch amüsieren. »Ich verstehe nicht, wie das alles hier ins Krähennest passt.«

»Elastizität ist ein grundlegendes Wahrnehmungsprinzip«, sagt mein Gegenüber. »Aber so wie Gummibänder brüchig werden, wenn man sie zu lange in der Sonne liegen lässt, so wird mit der Zeit, nehme ich an, auch das Krähennest bemerken, dass wir seine sensible Flexibilität missbraucht haben, und ebenfalls brüchig werden, also auf sein Normalmaß zurückschrumpfen. Und wenn das geschieht, werden alle, die sich darin aufhalten, zermalmt werden; ihr Blut, ihre Knochen, ihre gesamten Innereien werden durch die Astlöcher im Holz gequetscht werden wie Knetmasse aus einer Spielfigur.« Dann hebt er das Glas. »Ich würde Eintritt zahlen, das zu sehen.«

Ein paar Meter weiter steigt ein Matrose im blauen Trainingsanzug auf die Brüstung des Krähennests, breitet die Arme aus und springt in den sicheren Tod. Ich stehe auf und schaue hinterher, doch er ist verschwunden. Alle hier oben Versammelten applaudieren höflich, und die Band setzt mit *Orange Colored Sky* ein, obwohl der Abendhimmel dunkellila wie eine alte Prellung ist.

»Wieso sitzt ihr alle bloß hier rum?«, rufe ich. »Habt ihr nicht gesehen, was gerade passiert ist?«

Mein Trinkgefährte zuckt die Achseln. »Springer tun, was Springer eben tun. Unsere Aufgabe ist es, ihrem Mut Beifall zu spenden und ihr Leben zu feiern.« Er wirft einen beiläufigen Blick über die Brüstung. »Es geht so weit hinunter, dass man sie nie aufklatschen sieht.« Dann stürzt er den Rest seines Drinks runter. »Ich würde Eintritt zahlen, das zu sehen!«

18 RÄTSELHAFTER ASCHENBECHER

Niemand in der Schule möchte mir etwas antun.

Das sage ich mir jeden Morgen, nachdem ich die Nachrichten auf chinesische Erdbeben überprüft habe. Ich sage es mir, wenn ich von einer Unterrichtsstunde zur nächsten eile. Ich sage es mir, wenn ich dem Jungen begegne, der mich umbringen will, auch wenn er anscheinend gar nicht weiß, dass es mich gibt.

Eine Überreaktion, hatte mein Vater gesagt. Was stimmen könnte – aber es setzt auch voraus, dass da etwas war, worauf ich reagiert haben könnte. Wenn ich besser drauf bin, möchte ich mir selbst die Seele aus dem Leib prügeln, wie ich so bescheuert sein kann zu glauben, dass dieser Junge hinter mir her ist. Was sagt das über mich, dass ich mir die Seele aus dem Leib prügeln will, wenn ich besser drauf bin?

»Du musst deine Mitte finden«, sagt meine Mutter dann. Sie steht total auf Meditation und vegane Rohkost, wahrscheinlich als Ausgleich, weil sie es so grässlich findet, dass sie ihr Geld damit verdient, den Leuten Fleischreste aus den Zähnen zu pulen.

Die Mitte finden ist allerdings leichter gesagt als getan. Das habe ich beim Töpferkurs gelernt, den ich in der Schule mal belegt habe. Bei der Lehrerin sah es total einfach aus, eine Schale zu formen, aber in Wirklichkeit braucht man dazu jede Menge Können und Präzision. Man haut den Klumpen Ton genau ins Zentrum der Töpferscheibe, drückt mit ruhiger Hand den Daumen hinein und macht die Öffnung immer ein paar Millimeter breiter. Aber jedes Mal, wenn ich es versuchte, kam ich nicht weit, ehe die Schale aus dem Gleichgewicht geriet, und jeder Versuch, die Sache zu bereinigen, machte alles nur schlimmer, bis der Rand zerfaserte, die Seiten zusammenfielen und mir am Ende bloß ein »rätselhafter Aschenbecher« gelungen war – wie die Lehrerin es nannte –, der wieder in den Toneimer zurückgeschmissen wurde.

Was passiert also, wenn dein Universum allmählich aus dem Gleichgewicht gerät und du keine Erfahrung damit hast, es wieder in die Mitte zu rücken? Da stehst du auf verlorenem Posten und wartest nur darauf, dass die Seiten zusammenfallen und dein ganzes Leben ein riesiger rätselhafter Aschenbecher wird.

19 DEKONSTRUIERTER XARGON

Meine Freunde Max und Shelby und ich treffen uns manchmal freitags nach der Schule. Wir glauben, dass wir ein Computer-Rollenspiel designen, aber wir sind schon zwei Jahre damit beschäftigt, und es wird irgendwie nie fertiger. Weil wir nämlich alle drei immer besser und klüger in unserem jeweiligen Kompetenzbereich werden, müssen wir ständig alles in die Tonne treten und ganz neu anfangen, denn das alte Material kommt uns kindisch und unprofessionell vor.

Max ist die treibende Kraft hinter der ganzen Sache. Er bleibt oft viel länger bei mir, als meine Eltern eigentlich ertragen können, denn er ist zwar der Computerexperte von uns dreien, aber sein eigener Computer ist totaler Schrott und stürzt schon ab, wenn man in einem Meter Entfernung das Wort *Grafik* flüstert.

Shelby ist unsere Konzeptkönigin. »Ich glaube, ich habe unsere Plotprobleme gelöst«, sagt sie an diesem Nachmittag. Wie fast immer, wenn wir daran arbeiten. »Ich glaube, ich muss die biointegrierten Waffen der Figuren beschränken. Sonst wird jeder Kampf ein Blutbad, und das ist langweilig.«

»Wer sagt, dass Blutbäder langweilig sind?«, fragt Max. »Ich mag Blutbäder.«

Shelby sieht mich Hilfe suchend an, aber da sucht sie am falschen Ort.

»Ich eigentlich auch«, sage ich. »Ist wohl eine Jungssache.«

Sie starrt mich böse an und wirft mir ein paar Seiten neuer Charakterbeschreibungen hin. »Zeichne die Figuren einfach und gib ihnen genug Rüstung, damit nicht jeder Treffer gleich tödlich ist. Vor allem Xargon. Mit dem habe ich Großes vor.«

Ich klappe meinen Skizzenblock auf. »Hatten wir uns nicht vorgenommen, mit dieser Sache sofort aufzuhören, wenn wir uns wie Nerds anhören? Ich glaube, mit dieser Unterhaltung haben wir den Moment offiziell erreicht.«

»Ach bitte! Der Moment war doch schon letztes Jahr«, erklärt Shelby. »Wenn du so unreif bist, dass du Angst davor hast, von Idioten Etiketten aufgeklebt zu kriegen, dann steig aus, und wir finden einen anderen Zeichner.«

Ich fand es schon immer gut, dass Shelby allen Leuten genau sagt, was sie denkt. Nicht dass es jemals einen romantischen Funken zwischen uns gegeben hätte. Ich glaube, die Möglichkeit ist bei uns beiden bereits im Ansatz verkümmert. Wir mögen einander viel zu gern, um uns irgendwie peinlich näherzukommen. Außerdem bietet unsere Dreierfreundschaft auch Pluspunkte. Zum Beispiel die Gelegenheit, durch Shelby etwas über die Mädchen herauszufinden, auf die Max und ich stehen, und Shelby alles über einen Typen erzählen zu können, für den sie sich interessiert. Das läuft so super, dass keiner es in den Sand setzen will.

»Jetzt hört mal zu«, sagt Shelby, »das hier ist nicht unser Leben, sondern bloß ein Hobby. Wir gönnen uns das ein paar Tage im Monat. Ich fühle mich davon jedenfalls nicht gesellschaftlich eingeschränkt.«

»Klar«, sagt Max. »Du hast ja auch genug andere Einschränkungen.«

Sie schlägt ihn so heftig, dass die kabellose Maus durch die Gegend fliegt.

»Hey«, schreie ich. »Wenn die kaputtgeht, lassen meine Eltern sie mich bezahlen. Persönliche Verantwortung ist ihr großes Ding.«

Shelby sieht mich kühl, fast kalt an. »Ich sehe dich nicht zeichnen.«

»Vielleicht warte ich auf die Inspiration.« Aber – inspiriert oder nicht – ich hole tief Luft und lese ihre Charakterbeschreibungen. Dann starre ich auf das leere Blatt meines Skizzenblocks.

Das Problem mit dem leeren Raum hat mich überhaupt zur Kunst gebracht. Sehe ich einen leeren Kasten, muss ich ihn füllen. Sehe ich eine leere Seite, kann ich sie nicht so lassen. Leere Seiten schreien mich an, dass sie mit dem Mist aus meinem Hirn gefüllt werden wollen.

Es fing mit Kritzeleien an. Dann wurden aus dem Gekritzel Skizzen, aus den Skizzen Bilder, und jetzt sind die Bilder »Werke«. Oder ein »Oeuvre«, wenn man richtig prätentiös sein will, wie manche Mitschüler aus meinem Kunstkurs, die Baskenmützen tragen, als wären ihre Hirne so kreativ, dass sie eine andere Kopfbedeckung brauchen als normale Menschen. Mein eigenes »Oeuvre« besteht vor allem aus Comiczeichnungen. Manga und so ein Kram, aber nicht nur. In letzter Zeit wird meine Zeichnerei immer abstrakter, so als würden die Linien meine Hand führen und nicht umgekehrt. Mich packt jetzt immer so eine nervöse Anspannung, bevor ich loslege. So ein dringender Wunsch zu wissen, wohin die Linien mich führen werden.

Ich arbeite so gewissenhaft wie möglich an den Skizzen für Shelbys Figuren, aber mir fehlt die Geduld. Kaum habe ich einen Buntstift in der Hand, möchte ich ihn schon wieder fallen lassen und zum nächsten greifen. Ich sehe die Linien, die ich ziehe, aber nicht das ganze Bild. Ich zeichne eigentlich sehr gern Figuren, aber heute habe ich das Gefühl, die Freude ist meinen Gedanken ein paar Meter voraus und ich kann sie nicht einholen.

Ich zeige ihr meine Skizze von Xargon, ihrem neuen, verbesserten, vor Blutbädern geschützten Kampfgruppen-Anführer.

»Schlampig«, sagt sie. »Wenn du die Sache nicht ernst nimmst –«

»Besser kriege ich es heute nicht hin, okay? An manchen Tagen spüre ich es, an manchen nicht.« Und dann hänge ich noch was dran: »Vielleicht liegt es auch an deinen vagen Charakterbeschreibungen, dass meine Zeichnungen so vage sind.«

»Streng dich einfach mehr an«, sagt sie. »Früher warst du so … konkret.«

Ich zucke die Achseln. »Ja und? Bei jedem Künstler entwickelt sich der Stil. Guck dir Picasso an.«

»Na gut. Wenn Picasso ein Computerspiel designt, sage ich dir Bescheid.«

Bei unseren Treffen geraten wir zwar immer irgendwie aneinander, und das ist ja auch der Spaß an der ganzen Sache, aber heute fühlt es sich anders an, weil ich tief drinnen weiß, dass Shelby recht hat. Meine Zeichnungen entwickeln sich nicht, sie dekonstruieren sich, und ich weiß nicht, warum.

20 PAPAGEIEN LÄCHELN IMMER

Der Kapitän ruft mich zu einer Unterredung, obwohl ich mich sehr bedeckt gehalten habe.

»Jetzt steckt dein Kopf in der Schlinge«, sagt der Steuermann, als ich die Kajüte verlasse. »Schlingen, schlang, geschlungen – er hat schon Matrosen zum Frühstück verschlungen.«

Ich muss an meinen Traum von der Weißen Plastikküche denken – aber darin kommt der Kapitän gar nicht vor.

Das »Besprechungszimmer« des Kapitäns ist achtern, ganz am Ende des Schiffes. Er sagt, dort kann er darüber nachdenken, wo er schon gewesen ist. Doch im Augenblick denkt er nicht nach. Er ist überhaupt nicht in seinem Besprechungszimmer. Nur der Papagei sitzt auf einer Stange zwischen dem unaufgeräumten Schreibtisch des Kapitäns und einem Globus, auf dem alle Landmassen völlig falsch dargestellt sind.

»Schön, dass du gekommen bist, schön, dass du gekommen bist!«, sagt der Papagei. »Setz dich, setz dich.«

Ich setze mich und warte.

Der Papagei trippelt vom einen Ende der Stange zum anderen und wieder zurück.

»Also, warum bin ich hier?«, frage ich ihn.

»Genau«, antwortet der Papagei. »*WARUM* bist du hier? Oder sollte ich fragen: Warum bist *DU* hier? Oder: Warum bist du *HIER*?«

Ich verliere allmählich die Geduld. »Kommt der Kapitän noch, denn wenn nicht–«

»Der Kapitän hat nicht nach dir geschickt«, sagt der Papagei,

»sondern ich, sondern ich.« Dann nickt er mehrmals, deutet mit dem Kopf auf einen Zettel, der auf dem Tisch liegt. »Bitte füll diesen Fragebogen aus.«

»Womit?«, frage ich. »Hier ist kein Stift.«

Der Papagei hüpft auf den Schreibtisch hinab, scharrt etwas von dem Durcheinander beiseite, und als er keinen Stift findet, zupft er sich mit dem Schnabel eine blaugrüne Feder vom Rücken. Sie fällt wie eine altmodische Schreibfeder auf die Tischplatte.

»Sehr clever«, sage ich, »aber es gibt keine Tinte.«

»Steck die Feder in das Pech zwischen den Planken«, sagt der Papagei.

Ich strecke die Hand nach der nächsten Wand aus und berühre mit der Federspitze das Dunkel zwischen zwei Holzbohlen – etwas Schwärzeres als Tinte saugt sich in den hohlen Federkiel. Der Anblick lässt mich erschaudern. Als ich den Fragebogen ausfülle, achte ich darauf, dass nichts von dem Zeug an meine Haut kommt.

»Müssen das alle machen?«, frage ich.

»Alle.«

»Muss ich jede Frage beantworten?«

»Jede.«

»Wieso ist irgendwas davon wichtig?«

»Ist es.«

Als ich fertig bin, schauen wir einander bloß an. Mir fällt auf, dass Papageien immer angenehm zu lächeln scheinen – ein wenig so wie Delfine –, weshalb man nie weiß, was sie wirklich denken. Ein Delfin könnte sich gerade überlegen, dir das Herz aus dem Leib zu reißen oder dich mit seiner langen, spitzen Nase zu Tode zu piksen, wie er es auch mit Haien manchmal macht, aber da Delfine immer lächeln, hältst du sie für Freunde. Ich grübele über die Delfine nach, die ich meiner Schwester an die Zimmerwand gemalt habe. Weiß sie, dass die sie womöglich umbringen wollen? Haben sie es schon getan?

»Kommst du klar mit der Mannschaft, der Mannschaft?«, fragt der Papagei.

Ich zucke die Achseln. »Schätze schon.«

»Erzähl mir was, das ich gegen sie verwenden kann.«

»Wieso sollte ich das denn tun?«

Der Papagei seufzt pfeifend. »Junge, Junge, sind wir aber heute unkooperativ.« Als er merkt, dass er aus mir nichts herausbekommt, hüpft er wieder auf seine Stange. »Wir sind fertig für heute, für heute«, sagt er. »Ab zum Abendessen. Couscous mit Mahi Mahi.«

21 FRAGEBOGEN FÜR BESATZUNGSMITGLIEDER

Bitte bewerte die folgenden Feststellungen von 1 bis 5 nach unten stehender Skala:

1 stimme nachdrücklich zu **2** stimme ganz und gar zu
3 stimme rückhaltlos zu **4** stimme in vollem Umfang zu
5 Woher wusstet ihr das?

Manchmal fürchte ich, das Schiff könnte sinken. ① ② ③ ④ ⑤

Die anderen Besatzungsmitglieder verstecken biologische Waffen. ① ② ③ ④ ⑤

Energiedrinks verleihen mir Flügel.	① ② ③ ④ ⑤
Ich bin Gott, und Gott füllt keine Fragebögen aus.	① ② ③ ④ ⑤
Ich bin gern in Gesellschaft bunt gefiederter Vögel.	① ② ③ ④ ⑤
Der Tod macht mich meist nicht satt.	① ② ③ ④ ⑤
Meine Schuhe sind zu eng und mein Herz zwei Größen zu klein.	① ② ③ ④ ⑤
Ich glaube, alle Antworten liegen auf dem Meeresgrund.	① ② ③ ④ ⑤
Ich sehe mich oft von seelenlosen Zombies umgeben.	① ② ③ ④ ⑤
Manchmal höre ich Stimmen aus dem Teleshoppingkanal.	① ② ③ ④ ⑤
Ich kann unter Wasser atmen.	① ② ③ ④ ⑤
Ich habe Visionen von Parallel- und / oder Senkrechtuniversen.	① ② ③ ④ ⑤
Ich brauche mehr Koffein. Sofort.	① ② ③ ④ ⑤
Ich rieche tote Menschen.	① ② ③ ④ ⑤

22 DIE MATRATZE HAT IHN NICHT GERETTET

Ich fahre mit meiner Familie für zwei Tage nach Las Vegas, während die Termiten in unserem Haus mit Gift ausgeräuchert werden. Auf der ganzen Fahrt zeichne ich auf meinem Skizzenblock, bis mir übel wird. Ganz kurz vorm Übergeben. Womit es mir wohl wie allen in Las Vegas geht.

Unser Hotel ist eine dreißigstöckige Pyramide mit diagonalen Fahrstühlen. Las Vegas ist sehr stolz auf seine Fahrstühle. Auf die aus Glas, auf die verspiegelten, auf die mit Kronleuchtern, die zittern und klirren, als sei jedes Auf und Ab ein leichtes Beben. Alle Hotels wetteifern darum, wer seine Gäste am schnellsten aus den Zimmern ins Casino kriegt. In einem Hotel gibt es sogar Spielautomaten in den Fahrstühlen, für die Leute, die nicht so lange warten können.

Ich bin nervös, ohne dass ich einen Grund dafür erkennen könnte. »Du musst was essen«, erklärt meine Mutter. Ich esse etwas, aber es geht nicht weg. »Du brauchst ein bisschen Schlaf«, sagt mein Vater, als wäre ich ein Kleinkind, aber das ist es auch nicht, und das wissen sie beide. »Du musst deine Sozialphobie überwinden, Caden«, sagen sie mehr als einmal. Es ist bloß so, dass ich noch nie Sozialphobien hatte – ich war immer ziemlich selbstbewusst und kontaktfreudig. Sie wissen nicht – ich weiß es selbst noch nicht –, dass es lediglich der Anfang von etwas Größerem ist. Nur die Spitze einer viel breiteren, viel tieferen, viel schwärzeren Pyramide.

Meine Eltern spielen einen halben Tag lang, bis sie beschließen, dass sie genug verloren haben. Dann streiten sie sich und schieben sich gegenseitig die Schuld zu.

»Du hast keine Ahnung, wie man Black Jack spielt!«

»Ich habe doch gesagt, ich spiele lieber Roulette!«

Jeder braucht jemanden, dem er die Schuld geben kann. Ehepaare geben sie einander. Das macht es leichter. Die Lage wird durch die Tatsache erschwert, dass meiner Mutter der linke Absatz ihrer roten Lieblingsschuhe abgebrochen ist und sie zum Hotel zurückhumpeln musste, denn Barfußlaufen auf den Straßen von Las Vegas geht gar nicht. Auf glühenden Kohlen zu laufen, wäre weniger schmerzhaft.

Während unsere Eltern sich mit Wellness-Behandlungen trösten, gehe ich mit meiner Schwester auf dem Strip spazieren und sehe mir die Fontänenshow vor dem Bellagio an. Irgendwie stört es mich, dass Mackenzie dabei ist, weil sie gerade an ihrer liebsten Süßigkeit lutscht – *Ring Pop,* so ein Fingerring mit einem blauen Bonbonedelstein dran. Damit wirkt sie viel jünger als elf, und ich komme mir wie ein Babysitter vor. Außerdem ist es peinlich, mit einem Mädchen herumzulaufen, das einen total blauen Mund hat.

Während wir die Straße entlanglaufen, sammle ich Visitenkarten von Escort-Agenturen, die schmierige Typen an alle verteilen, die sie haben wollen. Ich habe nicht vor, die Nummern darauf anzurufen, aber es sind Sammelobjekte. Wie Baseballkarten. Nur dass Mädchen in Unterwäsche darauf zu sehen sind. So wertvoll wie eine ganze erstklassige Baseballmannschaft.

Ich weiß, eines der Gebäude am Strip war früher das MGM Grand, wo es vor langer Zeit einen tödlichen Brand gab. Das war so schlechtes Karma, dass die Betreibergesellschaft es an eine andere Hotelkette verkauft und ein ganz neues MGM Grand gebaut hat – eine riesige grüne Spielkathedrale, die an den *Zauberer von Oz* erinnert. Das alte Hotel dagegen ist heute durch einen anderen Namen getarnt. Bei dem Feuer gab es eine Menge Tote. Ein Typ ist mit einer

Matratze aus einem Fenster weit oben gesprungen, um den Flammen zu entkommen. Die Matratze hat ihn nicht gerettet.

Jetzt muss ich an unser Hotel denken und was wohl passieren würde, wenn dort Feuer ausbräche. Wie würde man aus einer brennenden Glaspyramide entkommen, deren Fenster sich nicht öffnen lassen? Meine Gedanken fangen an zu kreisen. Wenn nun einer dieser schäbigen Kerle auf der Straße beschließt, dass er genug davon hat, schmuddelige Visitenkarten zu verteilen, und ein bisschen Brandstiftung für angebracht hält? Und als ich einen von ihnen anschaue – ihm richtig in die Augen schaue –, da kann ich in seinem Gesicht lesen, dass er derjenige ist. Ich spüre eine starke Vorahnung, fast wie eine richtige Stimme, die mir sagt, dass ich nicht in unser Hotel zurückkehren kann. Denn er beobachtet mich. Vielleicht beobachten sie mich alle. Vielleicht arbeiten all diese schmierigen Kartenverteiler zusammen. Und ich kann nicht in unser Hotel zurück, denn wenn ich dorthin gehe, wird es wahr. Also überrede ich meine Schwester, die sich beschwert, dass ihr die Füße wehtun, weiterzugehen, aber ich verrate ihr nicht, wieso. Ich habe plötzlich das Gefühl, ganz allein dafür verantwortlich zu sein, sie vor allen Widerlingen zu beschützen.

»Komm, wir gucken uns mal Caesar's Palace an«, sage ich zu Mackenzie. »Das soll richtig cool sein.«

Als wir hineingehen, fühle ich mich ein wenig sicherer. Riesige Zenturionen aus Stein mit Speeren und Rüstung bewachen den Eingang. Ich weiß, sie sind nur Deko, aber ich fühle mich trotzdem vor all den schmutzigen und Pläne schmiedenden Brandstiftern beschützt.

Drinnen gibt es zwischen Läden, die Parfüm, Diamanten, Leder und Nerz anbieten, eine Nische mit einer weiteren steinernen Statue. Es ist eine originalgetreue Nachbildung von Michelangelos *Da-*

vid. Alles in Las Vegas ist eine originalgetreue Nachbildung. Der Eiffelturm, die Freiheitsstaue, halb Venedig. Die echte Welt, zur Unterhaltung nachgebaut.

»Iiihh, was soll denn der nackte Typ da?«, fragt Mackenzie.

»Sei nicht blöd, das ist *David*.«

»Oh«, sagt sie und fragt zum Glück nicht »David wer?«. Stattdessen fragt sie: »Was hat er da in der Hand?«

»Eine Steinschleuder.«

»Sieht gar nicht aus wie eine Steinschleuder.«

»Das ist eine biblische Steinschleuder«, erkläre ich ihr. »Mit der er Goliath getötet hat.«

»Oh«, sagt Mackenzie wieder. »Können wir jetzt gehen?«

»Einen Augenblick noch.« Ich kann noch nicht weg, denn Davids steinerne Augen haben mich gepackt. Sein Körper wirkt ganz entspannt, als sei das Königreich schon seins, doch sein Gesichtsausdruck … der ist so besorgt, voller Bedenken, die er zu verbergen sucht. Ich frage mich, ob David so wie ich war? Ob er überall Ungeheuer sah und erkannte, dass es nicht genug Steinschleudern auf der Welt gibt, um sie alle loszuwerden.

23 ACHT KOMMA FÜNF SEKUNDEN

Meine Eltern sind am ersten Abend unseres Las-Vegas-Spektakels ein wenig angetrunken.

Ihr Streit um die Spielverluste des Tages ist vorbei. Sie haben beschlossen, darüber hinwegzusehen. Und zwar wortwörtlich.

Wisst ihr, jedes Hotel in Las Vegas hat so einen Werbegag, und der größte von allen ist der Stratosphere Tower, der angeblich 113 Stockwerke hoch ist, obwohl ich glaube, dass sie die Stockwerke in Las-Vegas-Zentimetern messen, die sich je nach der Lüge, die man verkaufen will, ausdehnen oder zusammenziehen. Aber diese kreisrunde, gläserne Krone auf der schlanken Betonnadel ist trotzdem ziemlich beeindruckend. Der Fahrstuhlführer behauptet, sie hätten die schnellsten Fahrstühle der westlichen Welt. Las Vegas und seine Fahrstühle.

In der runden, vierstöckigen Turmkrone befinden sich ein Drehrestaurant und eine Lounge mit Livemusik. Die Leute sitzen in roten Samtsesseln und haben neongrelle Drinks in der Hand, die radioaktiv aussehen. Außerdem gibt es außen am Turm noch weitere Attraktionen. Man kann sich zum Beispiel 108 Stockwerke tief fallen lassen, mit nicht mal einer Matratze als Gesellschaft. Immerhin fällt eine Kamera mit, die den simulierten Tod aufnimmt, damit man die 8,5 Sekunden mit nach Hause nehmen und bequem im Wohnzimmersessel noch einmal durchleben kann.

»Bist du bereit?«, fragt mein Vater. »Ist grad keine Schlange.«

Zuerst glaube ich, er macht Witze, aber am Glitzern seiner Augen sehe ich, dass er es ernst meint. Mein Vater betrinkt sich nur selten, aber wenn, dann wird er das Aushängeschild für falsche Entscheidungen.

»Nein, danke«, antworte ich und versuche mich zu entfernen, aber er packt mich und sagt, das sei doch ein Familienvergnügen. Er hat Rabattcoupons. Zwei zum Preis von einem. Vier zum Preis von zweien. Was für ein Schnäppchen.

Mein Vater hat die Sechziger zwar nicht miterlebt, aber wenn er Alkohol trinkt, wird er von einem Mitglied der Republikaner zum Hippie, der durch Woodstock wandert.

»Wovor hast du denn Angst?«, fragt er. »Ist doch todsicher.«

Vor uns springt gerade jemand in Gurtgeschirr und blauem Sprunganzug ins Nichts und verschwindet an der Turmfassade auf Nimmerwiedersehen. Menschen applaudieren, und meine Finger werden taub.

»Klatscht manchmal einer auf?«, fragt ein bleicher Typ mit Neondrink einen der Organisatoren und lacht dann mit seinen Trinkerfreunden. »Ich würde Eintritt zahlen, das zu sehen!«

»Entweder wir machen das mit der ganzen Familie oder gar nicht«, sagt mein Vater, worauf meine Schwester anfängt, mich zu bearbeiten und sich zu beschweren, dass ich ihr Leben ruiniere. Meine Mutter kichert bloß, denn Margaritas verwandeln sie in eine Zwölfjährige im Körper einer Vierzigjährigen.

»Na komm, Caden«, sagt Dad. »Leb den Augenblick, Mann. Daran wirst du dich den Rest deines Lebens erinnern.«

Genau. An die kompletten 8,5 Sekunden.

Ich höre auf zu protestieren, denn sie sind drei gegen einen. Aber als ich dann meinem Vater in die Augen schaue, sehe ich es. Dasselbe, was ich in den Augen dieses Karten verteilenden Ekelpakets gesehen habe, der unser Hotel abfackeln will, wie ich weiß. Wer ist mein Vater eigentlich wirklich? Und wenn er nun zu irgendeiner Geheimgesellschaft gehört? Wenn mein ganzes Leben mit allem, was dazugehört, bloß eine Fassade war, so wie Venedig am Las

Vegas Strip, und es bloß darum ging, mich hierher zu bringen und mich zu verleiten, in den Tod zu springen? Wer sind diese Menschen? Ein Stück weit weiß ich, wie albern meine Gedanken klingen, doch ein anderer Teil meines Hirns lässt das schreckliche »Und wenn?« den Fuß in die Tür stellen. Es ist der gleiche Teil, der heimlich unters Bett und in die Wandschränke schauen muss, wenn ich einen Horrorfilm gesehen habe.

Ehe ich begreife, was passiert, haben wir die einteiligen blauen Anzüge an, und zum ersten Mal begreife ich, wieso die Dinger »Jumpsuit« heißen, und wir stehen draußen auf einem Gerüst wie ein Astronautenteam, meine Schwester springt als Erste, weil sie beweisen will, dass sie das mutigste Mädchen des Planeten ist, dann wird meine Mutter an das Seil geschnallt, ihr Kichern wird zu einem abstürzenden Kreischen, und mein Vater wartet hinter mir, um sicherzustellen, dass ich vor ihm springe, weil er weiß, wenn ich die Chance kriege, nehme ich den Fahrstuhl.

»Das wird ein großer Spaß, du wirst schon sehen.«

Aber Spaß ist nicht zu haben, denn die lebendige Wolke in meinem Hinterkopf, die sonst unters Bett schaut, ist inzwischen eine Art Bodennebel geworden, der mein ganzes Gehirn heimsucht wie der Todesengel die Erstgeburt Ägyptens.

Die Leute schauen mit zurückhaltendem Interesse durch die Glasfassade der Stratosphärenkrone zu – gut gekleidete Menschen, die Schnecken essen und Strahlung trinken, während ihr Restaurant sich langsam um die eigene Achse dreht –, und mir wird klar, dass ich zur Abendunterhaltung gehöre. Wie im Zirkus möchte jeder insgeheim sehen, wie jemand aufklatscht.

Meine Panik ist diesmal nicht bloß die übliche Aufregung vor einem großen Ereignis. Es ist nicht der Adrenalinstoß auf dem Höhepunkt vor der ersten Abwärtsfahrt der Achterbahn. Ich weiß ganz sicher – TATSACHE –, dass sie nur so tun, als würden sie mein Seil befestigen. Dass mein Leben in einer schmerzhaften Hochgeschwindigkeitsexplosion enden wird. Der Schmerz, das zu wissen, bringt mich mehr um, als das Umbringen selbst mich umbringen würde, also springe ich, um ihn loszuwerden.

Schreiend, schreiend, schreiend an einer Turmmauer hinab, hinein in eine bodenlose schwarze Grube, die so echt scheint, dass ich immer, immer glauben werde, sie sei wirklich – und doch werde ich 8,5 Sekunden später langsamer und von einem Team am Fuß des Turms aufgefangen. Ich bin so überrascht, dass ich noch lebe – ich höre gar nicht auf zu zittern. Der einzige Triumph dieses grauenhaften Abends ist, dass mein Vater, der nach mir springt, auf dem Weg nach unten kotzt – aber nicht einmal das kann das höllische Schwarze-Loch-Gefühl vertreiben, als würde ich immer noch am Abgrund von etwas Undenkbarem stehen.

24 GLAUB NICHT, SIE GEHÖRT DIR

Ich erwache aus einem Albtraum, an den ich mich nicht erinnern kann, weil das Schiff so heftig schaukelt. Die Laterne, die von der niedrigen Decke unserer Kabine hängt, schwingt wild hin und her und wirft schwankende Schatten an die Wände, die sich genauso unbehaglich heben und senken wie die Wellen. Das ganze Schiff ächzt in schmerzender Klage, und die schwitzenden Planken des Rumpfs dehnen sich und ziehen sich wieder zusammen, zerren am elenden schwarzen Pech, das sie zusammenhält. Das Pech selbst scheint vor Anstrengung zu stöhnen.

Der Steuermann schaut vom oberen Bett herunter. Es scheint ihn gar nicht zu kümmern, dass unser Schiff vom tobenden Meer zu Treibholz zermalmt wird.

»Schlecht geträumt?«, fragt er.

»Ja«, quäke ich.

»Warst du in der Küche?«

Das kommt überraschend. Ich habe ihm noch nie davon erzählt. »Weißt du davon?«

»Wir kommen alle ab und zu in die Weiße Plastikküche«, sagt der Steuermann. »Glaub nicht, sie gehört dir, gehört sie nämlich nicht.«

Ich schleppe mich ins Bad, das am Ende des Ganges liegt. Meine Beine und Arme fühlen sich an, als wären sie an Boden und Wände gekettet. Dass obendrein das Schiff so schwankt, macht meinen Toilettengang zu einer viertelstündigen Tortur.

Als ich endlich wieder im Bett liege, lässt der Steuermann ein zerrissenes Blatt Papier herunterfallen, auf dem Striche und Pfeile hierhin und dorthin weisen.

»Geh weg, bleib weg, bleib zu Hause, komm nach Hause«, sagt er. »Nimm das mit, wenn du das nächste Mal in die Küche gehst, will ich damit sagen. Das zeigt dir den Weg nach draußen.«

»Ich kann doch keinen Zettel mit in meinen Traum nehmen«, sage ich.

»Tja«, sagt er beleidigt, »dann bist du am Arsch.«

25 DU HATTEST NICHT DIE ERLAUBNIS

»Zeichne mich«, sagt der Papagei mit einem Blick auf meinen Skizzenblock. »Zeichne mich.«

Ich wage nicht abzulehnen.

»Nimm eine Pose ein«, sage ich.

Er putzt sich auf der Reling heraus, hebt majestätisch den Schnabel und plustert sein Gefieder.

Ich lasse mir Zeit. Als ich fertig bin, zeige ich es ihm. Es ist das Bild eines dampfenden Kackhaufens.

Er schaut es ein paar Sekunden an und sagt: »Das sieht mehr wie mein Bruder aus. Natürlich nachdem er von einem Krokodil gefressen wurde.«

Das bringt mich tatsächlich zum Lächeln. Also zeichne ich ein zweites Bild, das tatsächlich wie der Papagei aussieht, mit Augenklappe und allem.

Doch der Kapitän hat uns beobachtet, und als der Papagei sehr selbstgefällig davonflattert, beschlagnahmt er Block und Bleistift.

Aber immerhin lässt er mir nicht die Zeichenhand abhacken. Es geht das Gerücht, dass die Seeleute mit Holzbeinen so aussehen, weil sie beim Fußballspielen an Deck erwischt wurden.

»Du hattest nicht die Erlaubnis, talentiert zu sein«, erklärt mir der Kapitän. »Das könnte diejenigen von der Besatzung kränken, die kein Talent haben.«

Und obwohl Talent sich mit oder ohne Erlaubnis zeigt, neige ich den Kopf und frage: »Bitte, Sir ... könnte ich die Erlaubnis bekommen, Zeichentalent zu haben?«

»Ich werde darüber nachdenken.« Er sieht sich das Papageienporträt an, rümpft die Nase und wirft es über Bord. Dann schaut er sich das Bild des dampfenden Haufens an und sagt: »Sehr gut getroffen.« Und wirft auch das über Bord.

26 ALLES, WAS FIES IST

Morgens ruft der Barkeeper mich zum Krähennest hinauf, um mir meinen Cocktail zu mixen. Heute gibt es keine Springer, darum ist die Bar spärlich besetzt.

»Dieser Cocktail ist für dich, und nur für dich.« Er hält lange Augenkontakt mit mir, bis ich zustimmend nicke. Zufrieden nimmt er Flaschen und Tränke vom Regal, wobei seine Hände sich so schnell bewegen, dass man meinen könnte, er hat mehr als zwei. Er schüttelt alles in einem rostigen Martini-Shaker durch.

»Was ist denn drin?«, frage ich.

Er sieht mich an, als wäre das eine selten dämliche Frage. Oder vielleicht nur selten dämlich, eine Antwort zu erwarten. »Kräuter und Viehmist und alles, was fies ist«, sagt er.

»Und was genau?«

»Knorpel von Kühen«, verrät er mir, »und Rückgrat von schwarzen Käfern.«

»Käfer haben kein Rückgrat«, wende ich ein. »Sie sind Wirbellose.«

»Genau. Darum ist es ja auch so selten.«

Der Papagei kommt von weit unten heraufgeflattert und setzt sich auf die Registrierkasse. Dabei fällt mir ein, dass ich gar nicht bezahlen kann, was ich auch dem Barkeeper sage.

»Gar kein Problem«, sagt der. »Wir berechnen es deiner Versicherung.«

Er schenkt die Mixtur in eine Kristallsektflöte, die er mir reicht. Das Gebräu blubbert rot und gelb, doch die beiden Farben vermischen sich nicht. Mein Cocktail ist eine Lavalampe.

»Austrinken, austrinken«, sagt der Papagei. Er legt den Kopf schräg und beobachtet mich mit seinem guten Auge.

Ich nehme einen Schluck. Das Getränk ist bitter, aber nicht richtig unangenehm. Ein Hauch von Bananen und Mandeln. »Auf ex«, sage ich, stürze es in einem Zug herunter und stelle das Glas auf die Theke.

Der Papagei nickt hochzufrieden. »Hervorragend! Du wirst das Krähennest zwei Mal täglich besuchen.«

»Und wenn ich das Krähennest gar nicht besuchen will?«, frage ich ihn.

Er zwinkert mir zu. »Dann wird das Krähennest dich besuchen.«

27 DIE DESINFIZIERTEN MASSEN

Vor langer Zeit haben wir mit der ganzen Familie einmal einen Ausflug nach New York gemacht. Da sämtliche günstig gelegenen Hotels entweder ausgebucht waren oder mehrere Pfund von unserem Fleisch als Bezahlung verlangten, landeten wir weit abseits der üblichen Touristenpfade.

Unser Hotel lag irgendwo in der linken Achselhöhle eines fetten Typen in Queens. Die Gegend trug den unerfreulichen Namen Flushing, wobei man natürlich sofort an eine Toilettenspülung denkt. Wie die meisten New Yorker hatten schon die Gründer Sinn für Ironie.

Kurz gesagt – wie man in New York wohl sagen würde – mussten wir überallhin mit der U-Bahn fahren, was jedes Mal ein Abenteuer war. Ich glaube, einmal verschlug es uns nach Staten Island, dabei führt dorthin nicht mal eine U-Bahn. Ständig war das Geld auf unseren MetroCards alle, die jedes Mal massenweise digitale Kohle ausspuckten, wenn man durch ein Drehkreuz ging, und Dad wehklagte über das Ende der goldenen Zeiten der U-Bahn-Münzen, als man die möglichen Fahrten in der Handfläche abzählen konnte.

Meine Mutter war besonders strikt, was die REGELN IN DER U-BAHN anging; zu denen gehörte jede Menge Handdesinfektionsmittel und die Anweisung, jeden Augenkontakt mit anderen Leuten zu vermeiden.

In dieser Woche wurde ich ein Erforscher der Menge, studierte die ungewaschenen und nicht desinfizierten Massen. Auf den Straßen entdeckte ich zum Beispiel, dass New Yorker nie zu den Ehrfurcht gebietenden Gebäuden aufblicken, die über ihnen aufragen. Sie bewegen sich schnell und rationell durch dichte Horden, als wären sie mit Teflon beschichtet, und stoßen selten aneinander. Und in der U-Bahn, wo alle still stehen müssen, während der Zug von einem Halt zum nächsten rattert, vermeiden die Leute nicht bloß den Blickkontakt, sondern bleiben innerhalb ihres eigenen sehr engen Universums, als trügen sie einen unsichtbaren Raumanzug. Es ist ein bisschen so wie die Fahrt auf der Stadtautobahn in Los Angeles, nur dass der persönliche Raum einen Zentimeter außerhalb der Kleidung endet, wenn überhaupt. Ich staunte, dass Menschen so dicht nebeneinander leben und doch vollkommen isoliert sein können. Ich fand das kaum vorstellbar. Jetzt fällt es mir nicht mehr schwer, sich das vorzustellen.

28 ERDNUSSBUTTERREGENBOGEN

Unser Haus ist wieder termitenfrei, und die Erinnerungen an die Wunder der sündigen Spielerstadt bleiben besser unterdrückt. Aber unser Haus ist kein behagliches Heim mehr. Ich habe den Drang, auf und ab zu laufen. Hin und her, hin und her. Völlig sinnlos. Wenn ich nicht laufe, zeichne ich; wenn ich nicht zeichne, denke ich – was mich bloß wieder zum Laufen und Zeichnen bringt. Vielleicht setzen mir die Rückstände des Schädlingsbekämpfungsmittels zu.

Ich sitze am Esszimmertisch. Vor mir sind Farbstifte ausgebreitet, Ölpastellkreiden, Holzkohle. Heute arbeite ich mit Buntstiften, aber ich packe sie so fest, dass sie ständig brechen. Nicht bloß die Spitzen, sondern die Stifte selbst. Die kaputten werfe ich über die Schulter, denn Verzögerungen dulde ich nicht.

»Du bist wie ein irrer Wissenschaftler«, sagt meine Mutter.

Ich höre sie erst zehn Sekunden, nachdem sie es gesagt hat. Für eine Antwort ist es zu spät, also gebe ich ihr keine. Ich bin sowieso zu beschäftigt dafür. Da ist etwas in meinem Kopf, das ich herausspülen und zu Papier bringen muss, bevor es die Form meines Gehirns verändert. Bevor die bunten Linien hineinschneiden wie ein Eierschneider ins Eiweiß. Meine Zeichnungen haben jedes Formgefühl verloren. Es sind bloß noch Kritzeleien und Andeutungen, willkürlich und doch wieder nicht. Ob andere wohl das Gleiche darin sehen wie ich? Diese Bilder müssen doch irgendetwas bedeuten, oder? Warum wären sie sonst so intensiv? Warum würde die stumme Stimme in meinem Kopf sonst so nachdrücklich darauf beharren, dass sie heraus müssen?

Der magentarote Stift bricht durch. Ich werfe ihn weg und nehme den zinnoberroten.

»Das gefällt mir nicht«, sagt Mackenzie, die mit einem Löffel voller Erdnussbutter vorbeikommt, an dem sie leckt wie an einem Lutscher. »Das ist gruselig.«

»Ich zeichne bloß, was verlangt wird«, erkläre ich ihr. Dann kommt mir eine plötzliche Eingebung; ich strecke die Hand aus, tauche den Daumen in ihre Erdnussbutter und schmiere einen ockerfarbenen Bogen quer über die Seite.

»Mom!«, kreischt Mackenzie. »Caden zeichnet mit meiner Erdnussbutter!«

»Geschieht dir ganz recht« antwortet Mom. »Du sollst vor dem Abendessen keine Erdnussbutter naschen.«

Trotzdem wirft Mom aus der Küche einen Blick auf mich und mein Projekt. Ich spüre ihre Sorgenwelle wie die Wärme eines Terrassenheizstrahlers – schwach und wirkungslos, aber stetig.

29 EINIGE MEINER BESTEN FREUNDE SIND CIRQUISCH

Zum Mittagessen sitze ich bei meinen Freunden. Und auch wieder nicht. Soll heißen, ich bin unter ihnen, aber ich fühle mich nicht *bei* ihnen. Früher fiel es mir leicht, mich einzufügen, ganz egal, mit welchen Freunden ich gerade abhing. Manche Leute brauchen eine Clique, damit sie sich sicher fühlen. Sie haben so eine kleine Schutzblase von Freunden um sich herum, aus der sie sich selten herauswagen. So war ich nie. Ich konnte mich immer frei zwischen den Tischen bewegen, von Gruppe zu Gruppe flattern. Von den Sportlern zu den Superhirnen, den Hipstern, Schulband-Mitgliedern, Skatern. Ich war immer beliebt und von allen akzeptiert und schaffte es immer, mich wie ein Chamäleon anzupassen. Wie seltsam also, dass ich jetzt sozusagen eine Ein-Mann-Clique bilde, selbst wenn ich in einer Gruppe sitze.

Meine Freunde schlingen ihr Essen herunter und lachen über irgendwas, was ich nicht höre. Es ist nicht so, dass ich willentlich abschalte, ich kriege nur irgendwie keinen Zugang zum Gespräch. Ihr Lachen kommt mir so weit weg vor, als hätte ich Watte in den Ohren. Das passiert in letzter Zeit immer öfter. Es ist fast so, als würden sie gar kein Englisch reden – sondern diese komische erfundene Sprache der Clowns im Cirque du Soleil. Meine Freunde reden alle Cirquisch. Normalerweise spiele ich mit. Ich lache an den richtigen Stellen, damit ich unauffällig bleibe und so wirke, als wäre ich auf einer Wellenlänge mit meiner Umgebung. Aber heute habe ich keine Lust, so zu tun als ob. Mein Freund Taylor, der ein bisschen mehr mitbekommt als die anderen, bemerkt meine Abwesenheit und haut mir leicht auf den Arm.

»He, Erde an Caden Bosch – wo bist du, Mann?«

»Im Anflug auf deinen Uranus«, antworte ich, worüber alle lachen und eine Runde schmutziger Witze einläuten, die alle Cirquisch klingen, denn ich habe sofort wieder ausgecheckt.

30 DIE FLUGBAHN DER FLIEGEN

Während wir, die Besatzung, unseren Pflichten nachgehen, also scheinbar sinnlos auf Deck hin und her laufen, steht der Kapitän über uns am Ruder. Wie ein Prediger breitet er uns seine ganz eigenen Weisheiten aus.

»Zählt eure Gaben«, sagt der Kapitän. »Und wenn ihr weniger als zehn zählt, schneidet eure übrigen Finger ab.«

Ich beobachte, wie der Papagei ein Besatzungsmitglied nach dem anderen kontrolliert, auf ihren Schultern landet oder ein paar Sekunden auf ihren Köpfen balanciert, ehe er zum nächsten weiterfliegt. Ich frage mich, was er im Schilde führt.

»Brecht alle Brücken ab«, sagt der Kapitän. »Am besten, bevor ihr sie überquert.«

Der Steuermann sitzt auf einem leckenden Fass voller Ekelkram, das früher einmal Lebensmittel enthielt, doch der Gestank beweist, dass die Nahrung sich zu etwas anderem zersetzt hat. Er ersinnt eine neue Navigationskarte, die auf den Flugbahnen der Fliegen um das Fass basiert. »Ihre Bahnen sind wahrer als die der Sterne«, verrät er mir, »denn gemeine Fliegen haben Facettenaugen.«

»Und wieso ist das so toll?«, wage ich zu fragen.

Er sieht mich an, als läge die Antwort auf der Hand. »Die Facetten der Fliegen zersetzen die Lügen.«

Ich verstehe, wieso er und der Kapitän so gut miteinander auskommen.

Der Papagei landet auf meiner Schulter, während ich meinen endlosen Tanz übers Deck vollführe. »Seemann Bosch! Halt fest, halt fest!« Dann späht er mit dem unbedeckten Auge in mein Ohr und wippt dabei mit dem Kopf. »Es ist noch da«, sagt er. »Gut für dich! Gut für dich!«

Ich nehme an, er redet von meinem Gehirn.

Er fliegt weg, um ins Ohr eines anderen Seemanns zu schauen. Sein leiser Pfiff verrät die Enttäuschung über das, was er zwischen den Ohren des Jungen vorfindet – oder nicht vorfindet.

»Wir haben nichts zu fürchten als die Furcht selbst«, verkündet der Kapitän vom Ruder aus, »und ab und zu ein Menschen fressendes Monster.«

31 MEHR SIND SIE NICHT WERT?

Auch wenn die Giftrückstände aus unserem Haus gewichen sind, muss ich ständig an Termiten denken. Wenn antibakterielle Seife die Entstehung von Supererregern begünstigt, wie man hört, könnte dann Giftbegasung nicht Superinsekten erschaffen?

Ich sitze mit meinem Skizzenbuch in so einem esoterischen Schaukelstuhl, der im Wohnzimmer steht – ein Überbleibsel aus den Zeiten, als Mackenzie und ich Babys waren und Mom uns gestillt hat. Ich bin überzeugt, dass ich unbewusste Erinnerungen daran habe, denn wenn ich in diesem Stuhl sitze und schaukele, bin ich normalerweise ein bisschen entspannter und zufriedener – auch wenn die Erinnerung an Muttermilch glücklicherweise in den Tiefen der Zeit versunken ist.

Heute jedoch bin ich kein bisschen entspannt. Ich muss ständig an Krabbelviecher denken, die sich entwickeln und verändern. Ich fange an zu zeichnen, was in meinem Kopf ist, als könnte ich die Superinsekten aus meinem Hirn bannen, indem ich sie auf Papier bringe.

Nach einer Weile schaue ich hoch, und Mom steht vor mir und beobachtet mich. Ich habe keine Ahnung, wie lange schon. Als ich den Blick wieder senke, merke ich, dass die Seite leer ist. Ich habe überhaupt nichts gezeichnet. Ich blättere zurück, um zu prüfen, ob die Zeichnung vielleicht auf der vorigen Seite ist, aber nein. Die Insekten sind noch in meinem Kopf und wollen nicht heraus.

Meine Mutter muss wohl etwas Beunruhigendes in meinem Gesicht lesen, denn sie sagt: »Einen Cent für deine Gedanken.«

Mir ist nicht danach, meine Gedanken mit ihr zu teilen, also nehme ich stattdessen ihre Worte ins Visier. »Echt? Mehr sind sie nicht wert? Nur einen Cent?«

Sie seufzt. »Ist doch bloß so ein Ausdruck, Caden.«

»Dann finde heraus, von wann dieser Ausdruck stammt, und berechne den Inflationsausgleich.«

Sie schüttelt den Kopf. »Auf so was kannst auch nur du kommen, Caden.« Dann lässt sie mich weiter in meinen Gedanken schmoren, die ich nicht verkaufen will.

32 WENIGER ALS NICHTS

Irgendwo habe ich gelesen, dass Centmünzen demnächst sowieso ganz abgeschafft werden sollen – vermutlich, weil man mit ihnen bloß noch Gedanken kaufen kann. Auf den Bankkonten wird alles zum nächsten Fünfer aufgerundet. Brunnen werden Kupfermünzen ablehnen. Alle Einkaufssummen sind gesetzlich verpflichtet, auf null oder fünf zu enden. Dazwischen wird nichts mehr erlaubt sein. Aber es *gibt* etwas dazwischen, auch wenn alle es leugnen.

Das ist wie mit den ganzen U-Bahn-Münzen, die überflüssig wurden, als man in New York stattdessen Magnetkarten einführte. Keiner wusste mit den Münzen etwas anzufangen. Die waren wie ein Drachenschatz aus wertlosem Messing, den nicht mal Smaugs leistungsschwacher Bruder hätte haben wollen – und weil die Grundstückspreise in New York so hoch sind, waren die Lagerkosten wahrscheinlich astronomisch. Ich wette, sie haben einfach die Mafia beauftragt, das Zeug im East River zu versenken, zusammen mit der Leiche des Stadtplaners, der die MetroCard für eine tolle Idee hielt.

Wenn Cents nichts mehr wert sind, werden dann unsere Gedanken weniger als nichts wert? Es macht mich traurig, darüber nachzudenken; Milliarden Kupferstücke, die in den gelben Trichter des Vergessens taumeln. Wo sie wohl hinkommen? Die vielen Gedanken müssen doch irgendwo landen.

33 Schwäche, die den Körper verlässt

Ich beschließe, mich für das Leichtathletikteam zu bewerben und wieder mit meinen Mitmenschen in Verbindung zu treten. Mein Vater ist außer sich vor Freude. Ich weiß, insgeheim notiert er das als Wendepunkt für mich. Das Ende meiner Angstzeit. Ich glaube, er wünscht es sich so sehr, dass er gar nicht bemerkt, wie ängstlich ich noch bin – aber weil er denkt, es ginge mir wieder gut, geht es mir auch besser. Vergesst die Sonnenenergie – wenn man die Kraft des Selbstbetrugs nutzen könnte, würde sie die Welt für Generationen mit Energie versorgen.

»Du konntest immer schnell rennen«, sagt er, »und ich wette, mit den langen Beinen könntest du auch Hürdenläufer werden.«

Mein Vater war an seiner Highschool im Tennisteam. Wir haben Bilder von ihm in lächerlichen Adidas-Shorts, die alles zeigen, und mit einem Stirnband, das die langen Haare bändigt, die seitdem größtenteils im Abfluss verschwunden sind.

»Der Trainer möchte, dass wir überallhin laufen«, sage ich meinen Eltern. Ich laufe jetzt also jeden Tag zur Schule und zurück. Meine Füße kriegen Schwielen und Blasen. Ständig schmerzen meine Sprunggelenke.

»Das ist ein guter Schmerz«, sagt mein Vater und zitiert dann irgendeinen Sportguru: »Schmerz ist nur Schwäche, die den Körper verlässt.«

Wir gehen neue, teure Laufschuhe und bessere Socken kaufen. Meine Eltern sagen, sie werden versuchen, zu meinem ersten Wettkampf zu kommen, selbst wenn sie dafür frei nehmen müssen.

Ich habe gar nicht gelogen – jedenfalls nicht zu Anfang. Ich habe mich wirklich zur Leichtathletik gemeldet, bin aber bloß drei Mal zum Training gegangen. So sehr ich mich auch bemühte, es hat sich einfach nicht richtig angefühlt. In letzter Zeit bin ich von so einer U-Bahn-mäßigen Blase der Isolation umgeben, und wenn ich dann in so einer kameradschaftlichen Umgebung bin wie einem Sportteam, wird es nur schlimmer. *Niemals aufgeben,* hat mein Vater mir immer gepredigt. So bin ich erzogen worden, aber kann man es überhaupt aufgeben nennen, wenn man nie richtig angefangen hat?

Jetzt gehe ich also nach der Schule spazieren, anstatt zu laufen. Früher war Gehen für mich bloß ein Mittel, um von einem Ort zum anderen zu gelangen, aber in letzter Zeit scheint der Weg immer öfter das Ziel. Ich sehe einen leeren Bürgersteig und muss ihn füllen. Stundenlang gehe ich. Die Blasen und die schmerzenden Knöchel kommen nur vom Gehen. Und ich sehe Dinge. Na ja, nicht direkt sehen, ich spüre sie eher. Verbindungsmuster zwischen den Menschen, denen ich begegne. Zwischen den Vögeln, die aus den Bäumen stürzen. Alles hat Bedeutung da draußen, ich muss sie nur finden.

Eines Tages laufe ich zwei Stunden durch den Regen, mein Hoodie ist klitschnass, ich friere bis auf die Knochen.

»Ich sollte mal ein Wort mit eurem Trainer reden«, sagt meine Mutter, als sie mir einen Tee kocht. »Bei so einem Wolkenbruch sollte er euch nicht laufen lassen!«

»Bitte nicht, Mom«, sage ich. »Ich bin doch kein Baby! Alle im Team haben trainiert, ich will nicht als Einziger eine Extrawurst kriegen!

Ich frage mich, wann genau das Lügen so einfach geworden ist.

34 HINTER IHREM RÜCKEN

»Caden, ich hab eine Aufgabe für dich«, sagt der Kapitän, »mit der du beweisen kannst, ob du den Mumm für unsre Mission hast oder nicht.« Er legt mir seine große Hand auf die Schulter, drückt so fest zu, dass es wehtut, und zeigt dann zum vorderen Schiffsteil. »Siehst du dort? Den Bugspriet?« Er deutet auf den mastähnlichen Pfeiler, der vorn aus dem Schiff herausragt wie Pinocchios Nase nach der zweiten oder dritten Lüge. »Die Sonne hat ihn gebleicht, die See hat ihn verwittert. Es wird höchste Zeit, dass der Bugspriet poliert wird.« Damit drückt er mir einen Lappen in die eine und eine Dose Holzpolitur in die andere Hand. »Mach dich an die Arbeit, Junge. Wenn du das meisterst, ohne dabei umzukommen, wirst du zum inneren Kreis gehören.«

»Ich fühle mich im äußeren Kreis ganz wohl«, sage ich.

»Du missverstehst mich«, sagt der Kapitän streng. »Du hast keine Wahl.«

Er spürt meinen bleibenden Widerwillen. »Du warst im Krähennest, nicht wahr?«, knurrt er. »Du hast von seinen abscheulichen Tränken gekostet. Das sehe ich in deinen Augen!«

Ich werfe dem Papageien auf seiner Schulter einen Blick zu, und der schüttelt den Kopf: Ich sollte besser den Mund halten.

»Lüg mich nicht an, Junge!«

Also tue ich es nicht. »Wenn ich das richtig machen soll, Sir«, sage ich stattdessen, »dann brauche ich mehr Politur und einen größeren Lappen.«

Er starrt mich noch einen Augenblick finster an und bricht dann in Lachen aus. Er befiehlt einem anderen Besatzungsmitglied, mich besser auszustatten.

Zum Glück ist die See ruhig. Der Bug hebt und senkt sich bloß sanft in der Dünung. Man gibt mir kein Seil und auch sonst keine Sicherung. Ich soll bis zur äußersten Spitze des Pfahls hinausrutschen, wobei mich nur mein Gleichgewicht vor dem Sturz in die Fluten bewahren wird. Dort unten würde ich vom Schiff überfahren und von seinem seepockigen Rumpf zerfetzt.

Mit dem Lappen in einer und der Politur in der anderen Hand setze ich mich rittlings auf den Bugspriet und presse die Schenkel fest zusammen, um nicht ins bodenlose Blau zu fallen. Ich kann nur am äußersten Ende anfangen und mich dann rutschend zurückarbeiten – denn wenn das Holz erst poliert ist, wird es zu glatt sein, um mir Halt zu bieten. Also schiebe ich mich vorsichtig ganz nach vorn und fange an, wobei ich mir alle Mühe gebe, das unter mir vorbeiziehende Wasser zu vergessen. Meine Arme schmerzen von der Arbeit, meine Beine schmerzen vom Festhalten. Es kommt mir vor, als würde es ewig dauern, aber endlich bin ich wieder an dem Punkt, von dem ich losgerutscht bin, am Bug.

Vorsichtig drehe ich mich um, sodass ich in Richtung Schiff schaue, und der Kapitän grinst breit. »Kompetent erledigt!«, sagt er. »Und jetzt komm da runter, ehe das Meer oder sonst etwas darin deine halb wertlose Haut verschlingt.« Dann geht er zufrieden, weil ich genug gequält worden bin.

Vielleicht liegt es daran, dass mein Erfolg mich ein wenig übermütig macht, oder vielleicht ist das Meer sauer, dass es mich nicht erwischt hat – als ich jedenfalls zur Bugreling klettere, schlingert das Schiff über eine plötzlich auflaufende Welle. Ich rutsche ab und falle vom Bugspriet.

Das müsste eigentlich das Ende meines elenden Lebens bedeuten, doch jemand fängt mich auf und hält mich fest – ich baumele an einem Arm über meinem sicheren Schicksal.

Ich schaue hoch, wer mir das Leben gerettet hat. Die Hand, die mich festhält, ist braun, aber nicht braun wie dunkle Haut. Eher graubraun, und die Finger sind rau und hart. Mein Blick wandert den rettenden Arm hinauf, und ich sehe, dass mich die Galionsfigur des Schiffes hält – eine hölzerne Maid, die unterhalb des Bugspriets in den Bug des Schiffes geschnitzt ist. Ich weiß nicht, ob ich eher dankbar oder verängstigt sein soll –, doch meine Furcht verfliegt, als ich sehe, wie schön sie ist. Die hölzernen Wellen ihres Haars fließen in die Planken des Schiffes. Ihr perfekter Oberkörper verjüngt sich in den Bug, als wäre der Rest des Schiffes ein Teil ihres Körpers. Und ihr Gesicht – es ist nicht unbedingt vertraut, eher erinnert es mich an Mädchen, die ich in geheimen Fantasien gesehen habe. Mädchen, die mich erröten lassen, wenn ich an sie denke.

Sie betrachtet mich, der ich an ihrer Hand baumele, mit mahagonidunklen Augen. »Ich sollte dich fallen lassen«, sagt sie, »weil du mich wie einen Gegenstand betrachtest.«

»Aber du *bist* doch ein Gegenstand«, wende ich ein und merke gleich, dass es falsch war, wenn ich am Leben bleiben will.

»Mag schon sein«, sagt sie, »aber ich werde nicht gern wie ein solcher behandelt.«

»Wirst du mich retten? Bitte?«, frage ich und schäme mich, weil ich bettle, aber ich glaube, keine andere Wahl zu haben.

»Ich denke darüber nach«, sagt sie.

Ihr Griff ist stark und fest, und ich weiß, solange sie nachdenkt, wird sie mich nicht fallen lassen.

»Hinter meinem Rücken gehen Dinge vor, nicht wahr?«, fragt sie – und da sie die Galionsfigur des Schiffes ist, lautet die Antwort natürlich: »Ja.«

»Reden sie schlecht von mir? Der Kapitän und sein Vogel? Die Seeleute und die Dämonen, die sich in den Ritzen verstecken?«

»Sie sprechen überhaupt nicht von dir«, sage ich. »Jedenfalls nicht, seit ich hergekommen bin.«

Das gefällt ihr nicht. »Aus den Augen bedeutet wohl wahrhaftig aus dem Sinn«, sagt sie mit der klebrigen Bitterkeit von Eichenharz. Dann betrachtet sie mich noch ein paar Sekunden. »Ich werde dich retten«, sagt sie, »wenn du mir versprichst, mir alles zu berichten, was hinter meinem Rücken geschieht.«

»Einverstanden.«

»Sehr gut.« Sie drückt meine Hand fester, und ich weiß, sie wird blaue Flecken kriegen, aber das macht mir nichts. »Besuche mich also, um Abwechslung in meine Tage zu bringen.« Und dann lächelt sie verschmitzt. »Und vielleicht gestatte ich dir eines Tages, *mich* zu polieren und nicht bloß diesen Pfahl.«

Dann schwingt sie mich von links nach rechts und hievt mich schließlich wieder auf den Bug, wo ich hart auf den Planken lande.

Ich schaue mich um. Niemand ist in der Nähe. Alle an Deck sind mit ihrer persönlichen Obsession beschäftigt. Ich beschließe, diese Begegnung für mich zu behalten. Vielleicht kann die hölzerne Maid meine Verbündete sein, wenn ich eine brauche.

35 DIE UNÜBLICHEN VERDÄCHTIGEN

Das Team für die Mission ist ausgewählt. Der Kapitän versammelt uns halbes Dutzend im Kartenraum – eine Art Bibliothek neben seinem Besprechungszimmer, die mit aufgerollten Karten angefüllt ist, von denen einige bereits erkennen lassen, dass der Steuermann sich an ihnen zu schaffen gemacht hat. Sechs Stühle stehen an einem pockennarbigen Tisch, drei auf jeder Seite. Auf meiner Seite sitzen noch der Steuermann sowie das Mädchen mit dem verschreckten Gesicht und dem Perlenhalsband. Gegenüber sitzen ein Mädchen mit Haaren so blau wie eine Bucht vor Tahiti, ein älterer Jugendlicher mit Leidensmiene, bei dem Gott die Wangenknochen vergessen hat, und der obligatorische dicke Junge.

Am Kopfende des Tisches steht der Kapitän. Er hat keinen Stuhl. Das ist beabsichtigt. Er überragt uns. Das Licht einer flackernden Lampe hinter ihm wirft seinen Schatten über den Tisch – ein beweglicher Fleck, der beinahe, aber nicht ganz, seine Bewegungen nachahmt. Der Papagei hockt auf einigen Kartenrollen, seine Krallen graben sich in das Pergament.

Auch Carlyle, der Schiffsjunge, ist dabei. Er sitzt auf einem Stuhl in der Ecke und schnitzt am Stiel seines Wischmopps, als wollte er ihn in einen sehr dünnen Totempfahl verwandeln. Er beobachtet, sagt aber zunächst nichts.

»Wir schwanken über Unsichtbarem«, hebt der Kapitän an. »Ganze Gebirge von Geheimnissen liegen in den lichtlosen, zermalmenden Tiefen ... Aber wie ihr alle wisst, sind es nicht die Gebirge, die uns fesseln, sondern die Täler.«

Dann richtet sich sein sehendes Auge auf mich. Ich weiß, dass er beim Reden mit allen Blickkontakt sucht, doch ich kann mich des Gefühls nicht erwehren, dass er besonders auf mich zielt, als er weiter Piratenpoesie vorträgt.

»Aye, aye, die Täler und die Gräben. Und einen Graben ganz besonders. Den Marianengraben ... und in seinen eisigen Tiefen jenen Ort, der Challengertief genannt wird.«

Der Papagei flattert auf seine Schulter. »Beobachtet haben wir dich«, sagt der Papagei. Heute klingt er wie Yoda.

»Tatsächlich haben wir dein Verhalten genau ins Visier genommen«, fügt der Kapitän hinzu, »und sind mächtig überzeugt, dass du bei dieser Mission 'ne entscheidende Rolle spielen wirst.«

Ich verdrehe die Augen, als ich diese angestrengte Piratensprache höre. Würde mich nicht wundern, wenn er alles mit dreifachem *rrr* schreibt.

Einen Augenblick herrscht allgemeines Schweigen, dann sagt Carlyle aus der Ecke, ohne den Blick von seiner Schnitzerei zu heben: »Ich spiele hier natürlich nur Mäuschen, aber das würde alles viel zügiger laufen, wenn ihr sechs eure Meinung mit uns teilen würdet.«

»Redet«, befiehlt der Papagei. »Alle müssen sagen, was sie von dem Ort wissen, den wir suchen.«

Der Kapitän sagt nichts. Er wirkt ein wenig verärgert, dass seine Autorität vom Papagei und vom Schiffsjungen untergraben wird. Als Machtdemonstration verschränkt er die Arme vor der Brust und wartet auf unsere Äußerungen.

»Dann fange ich mal an«, sagt das Mädchen mit dem Perlenhalsband. »Das ist ein tiefer, finsterer, schrecklicher Ort, und dort hausen Ungeheuer, über die ich eigentlich gar nicht sprechen will ...« Und dann fährt sie fort, uns von Ungeheuern zu erzählen, über die keiner von uns etwas hören will – bis der obligatorische dicke Junge sie unterbricht.

»Nein«, sagt er. »Die schlimmsten Ungeheuer sind gar nicht *im* Graben, sie bewachen ihn. Den Ungeheuern begegnet man schon, bevor man hinkommt.«

Das Halsbandmädchen hatte zwar behauptet, nicht über die Ungeheuer reden zu wollen, aber offensichtlich wollte sie doch, denn sie schmollt, dass sie unterbrochen wurde. Nun wendet sich die gesammelte Aufmerksamkeit dem dicken Jungen zu.

»Fahr fort«, sagt der Kapitän. »Wir sind alle hier, um zuzuhören.«

»Na ja ... die Ungeheuer halten die Leute fern, indem sie jeden töten, der in die Nähe kommt. Und wenn das eine dich nicht erwischt, kriegt dich das nächste.«

»Sehr gut«, sagt der Kapitän. »Wohl gesprochen! Du kennst die Überlieferungen und Legenden.«

»Legendenmeister«, sagt der Papagei. »Mach ihn zum Legendenmeister.«

»Die Wahl liegt auf der Hand«, stimmt der Kapitän zu. »Du wirst zum Experten für Legenden und Überlieferung ernannt.«

Der dicke Junge kriegt Panik. »Aber ich weiß gar nichts – ich habe euch bloß einmal reden hören.«

»Dann lerne.« Der Kapitän greift in ein Regal, von dem ich bis vor einer Sekunde gar nicht wusste, dass es da ist, packt einen Band von der Dicke eines ungekürzten Wörterbuchs und knallt es vor dem armen Jungen auf den Tisch.

»Danke für deinen Beitrag«, sagt Carlyle aus der Ecke und schnippt einen Holzspan von seinem Messer auf den Boden.

Der Kapitän wendet sich dem Mädchen mit den blauen Haaren zu und wartet auf ihre Wortmeldung.

Sie schaut beim Sprechen zur Seite, als wäre die Verweigerung des Blickkontakts die ultimative Rebellion gegen die Autoritäten. »Es muss da doch irgendwo einen versunkenen Schatz geben oder so«, sagt sie. »Wieso würdet ihr sonst dahin wollen?«

»Aye, aye«, sagt der Kapitän. »Alle Schätze, die auf See verloren gehen, suchen den tiefsten Ort der Welt auf. Gold und Diamanten, Smaragde und Rubine, die das eifersüchtige Meer an sich reißt, werden von seinen wässrigen Tentakeln in die unergründliche Bodenlosigkeit des Challengertiefs geschleift. Das Lösegeld eines Königs, ohne dass man erst einen König dafür entführen müsste.«

»Entführen, verführen, verformen, Lebensformen«, sagt der Steuermann. »Lebensformen, die noch kein menschliches Auge erblickt hat, warten auf einen *Challenger* – einen Herausforderer.«

»Und wer ist dieser Herausforderer?«, fragt der Junge mit den fehlenden Wangenknochen.

Der Kapitän dreht sich zu ihm. »Da du die Frage stellst, wirst du auch die Antworten vorhersagen.« Er wendet sich an den Papagei. »Bring ihm die Knochen.«

Der Papagei fliegt durch den Raum und kehrt mit einem kleinen Ledersack im Schnabel zurück.

»Wir werden dich den Propheten nennen, und du wirst die Knochen für uns lesen«, sagt der Kapitän.

»Dies«, sagt der Papagei, »sind die Knochen meines Vaters.«

»Den wir eines schönen Weihnachtstages verzehrt haben«, ergänzt der Kapitän, »als niemand den Truthahn spielen wollte.«

Ich schlucke und muss an die Weiße Plastikküche denken. Dann sieht der Kapitän mich an, und mir wird klar, dass jeder außer mir gesprochen hat. Ich überdenke, was die anderen gesagt haben, und spüre Wut in mir aufsteigen. Der Kapitän mit seinem einen blutunterlaufenen Auge; der Papagei, dessen Kopf aufgeregt auf und ab wackelt, in freudiger Erwartung des Unsinns, den ich dieser Torheit noch hinzufügen kann.

»Der Marianengraben«, sage ich. »Fast elf Kilometer tief – der tiefste Punkt des Erdballs – und südwestlich der Insel Guam gelegen, die nicht mal auf eurem Globus verzeichnet ist.«

Das Auge des Kapitäns geht weiter auf, bis es anscheinend gar keine Lider mehr hat. »Fahr fort.«

»Er wurde zuerst im Jahr 1960 von Jacques Piccard und Oberleutnant Don Walsh erforscht, in einem Tauchboot namens Trieste. Sie haben weder Ungeheuer noch Schätze gefunden. Und falls dort Schätze liegen sollten, werdet ihr niemals zu ihnen gelangen. Nicht ohne eine Hochleistungstauchkugel – ein Bathyscaph aus mindestens fünfzehn Zentimeter dickem Stahl. Aber da dies ein vorindustrielles Schiff ist, haben Sie ja wohl kaum die nötige Technologie dafür, oder? Das Ganze ist also für alle reine Zeitverschwendung.«

Der Kapitän verschränkt wieder die Arme. »Wie ausgesprochen anachronistisch von dir«, sagt er. »Und das glaubst du, weil ...?«

»Weil ich ein Referat darüber gehalten habe«, sage ich. »Ich habe sogar eine Eins darauf bekommen.«

»Glaube ich kaum.« Dann ruft er Carlyle. »Schiffsjunge«, sagt er. »Dieses Besatzungsmitglied hat sich gerade eine Sechs verdient. Ich befehle, dass ihm die Zahl auf die Stirn gebrannt wird.«

Der Prophet kichert, der Legendenmeister stöhnt, und alle anderen warten ab, ob es eine leere Drohung ist oder nicht.

»Ihr könnt alle gehen«, sagt der Kapitän, »bis auf unsere vorlaute Sechs hier.«

Die anderen schlurfen hinaus, und der Steuermann wirft mir einen mitfühlenden Blick zu. Carlyle eilt nach draußen und kehrt sekundenschnell mit einem rot glühenden, qualmenden Brandeisen zurück, als ob das draußen auf ihn gewartet hätte. Zwei der namenlosen Offiziere halten mich an der Schottwand fest, und obwohl ich mich wehre, kann ich mich nicht befreien.

»Tut mir leid«, sagt Carlyle mit dem glühenden Brandeisen in der Hand, dessen Hitze ich aus einem halben Meter Entfernung spüre.

Der Papagei fliegt weg, weil er nicht zusehen will, und bevor der Kapitän den Befehl zur Ausführung gibt, beugt er sich dicht zu mir herunter. Ich rieche seinen Atem, der nach alten, in Rum eingelegten Fleischstücken stinkt. »Diese Welt ist nicht die, für die du sie hältst«, sagt er.

»Aber welche Welt ist es dann?« Ich will mich meiner Angst nicht ergeben.

»Weißt du das nicht? 's ist eine Welt des Lachens, eine Welt der Tränen.« Dann hebt er die Augenklappe und entblößt ein hässliches Loch, das mit einem Pfirsichkern verstopft ist. »Aber größtenteils eine Welt der Tränen.« Dann gibt er Carlyle das Zeichen, mir eine Sechs für mein Referat zu geben.

36 OHNE SIE SIND WIR VERLOREN

Seit ich gebrandmarkt bin, ist der Kapitän milder geworden. Er wirkt sogar entschuldigend, auch wenn er sich nie wirklich entschuldigt. Er sitzt an meinem Bett und tupft Wasser auf die Wunde. Gelegentlich schauen Carlyle und der Papagei herein, aber sobald sie den Kapitän sehen, ziehen sie sich zurück.

»An all dem ist der Papagei schuld«, sagt der Kapitän. »Und Carlyle. Die beiden haben dir Flausen in den Kopf gesetzt, und wenn ich mal nicht in der Nähe bin, regst du dich furchtbar auf.«

»Sie sind immer in der Nähe«, sage ich.

Er ignoriert mich und betupft wieder meine Stirn. »Diese verdammten Ausflüge ins Krähennest helfen dir auch nicht gerade. Schluss mit den Spirituosen – zum Teufel mit deinem Trank. Hör auf mich: Diese unseligen Mixturen lassen dich von innen heraus verrotten.«

Ich verrate ihm nicht, dass der Papagei darauf bestanden hat, dass ich mir einen Cocktail besorge.

»Du gehst da rauf, weil du dazugehören willst«, sagt er. »Mit so was kenne ich mich aus. Am besten, du schüttest es über Bord, wenn niemand hinschaut.«

»Werde ich mir merken«, versichere ich ihm. Ich denke an die einsame Frau, die den Bug verziert; und dass sie mich gebeten hat, Augen und Ohren an Bord für sie offen zu halten. Wenn der Kapitän jemals empfänglich für Fragen ist, dann jetzt, wo er ein schlechtes Gewissen wegen meiner rasend schmerzenden Sechs hat.

»Als ich auf dem Bugspriet gearbeitet habe, ist mir die Galionsfigur aufgefallen. Sie ist sehr schön.«

Der Kapitän nickt. »Auf jeden Fall ein Kunstwerk.«

»Früher haben Seeleute geglaubt, dass diese Figuren ihre Schiffe beschützen. Glauben Sie das auch?«

Der Kapitän schaut mich ernst, aber nicht unbedingt misstrauisch an. »Hat sie dir das erzählt?«

»Sie ist aus Holz«, sage ich rasch. »Wie soll sie mir irgendwas erzählen?«

»Stimmt.« Der Kapitän nestelt an seinem Bart. »Sie schützt uns vor den Herausforderungen, die wir bestehen müssen, bevor wir unser Ziel erreichen. Den Ungeheuern, auf die wir zusegeln.«

»Hat sie Macht über die?«

Der Kapitän wählt seine Worte sorgfältig. »Sie beobachtet. Sie sieht Dinge, die sonst niemand sieht, und ihre Visionen hallen durch die Hohlräume des Schiffes, verstärken es gegen jeden Ansturm. Sie bringt uns Glück, aber sie tut noch mehr: Ihr Blick kann alle Arten von Wasserwesen verzaubern.«

»Ich bin froh, dass wir ihren Schutz haben«, sage ich. Ich bohre nicht weiter, denn ich weiß, meine Nachfragen könnten ihn argwöhnisch werden lassen.

»Ohne sie sind wir verloren«, sagt der Kapitän und steht auf. »Ich erwarte dich morgen zum Appell. Keine Klagen.« Dann schreitet er aus der Kajüte und wirft den nassen Lappen dem Steuermann hin, der offensichtlich kein Interesse hat, meine Wunde zu versorgen.

37 AUF DEM DRITTEN AUGE BLIND

Mein Kopfschmerz ist wie ein Brandzeichen auf der Stirn. Ich kann mich kaum auf meine Hausaufgaben konzentrieren – oder überhaupt irgendetwas tun. Der Schmerz kommt und geht, und bei jeder Wiederkehr ist er ein bisschen schlimmer. Je mehr ich nachdenke, desto mehr schmerzt mein Schädel, und mein Gehirn läuft in letzter Zeit permanent auf Hochtouren. Ich dusche ständig, um es zu kühlen, so wie man Wasser auf eine überhitzte Maschine schüttet. Nach der dritten oder vierten Dusche geht es mir normalerweise besser.

Nachdem ich heute mehrmals geduscht habe, gehe ich nach unten und bitte meine Mutter um Aspirin.

»Du nimmst zu viel Aspirin«, sagt Mom und reicht mir eine Schachtel Paracetamol.

»Paracetamol ist scheiße«, sage ich.

»Es senkt das Fieber.«

»Ich habe aber kein Fieber. Mir wächst ein verfluchtes drittes Auge auf der Stirn.«

Sie mustert mich, wie ernst ich es meine, und das nervt mich.

»Das war ein Witz.«

»Ich weiß«, sagt sie und wendet sich ab. »Ich habe mir bloß angeschaut, wie du die Stirn runzelst. Davon kriegst du nämlich diese Kopfschmerzen.«

»Kann ich also eine Aspirin haben?«

»Wie wär's mit Ibuprofen?«

»Ist gut.« Die funktionieren normalerweise, allerdings werde ich unglaublich launisch, wenn die Wirkung nachlässt.

Ich gehe mit einer Dose Energy-Drink ins Bad und nehme drei Tabletten, weil mir für die empfohlene Dosis von zwei Tabletten zu rebellisch zumute ist. Im Spiegel sehe ich die Stirnfalten, die meine Mutter gemeint hat. Ich versuche mich zu entspannen, schaffe es aber nicht. Mein Spiegelbild sieht besorgt aus. Bin ich besorgt? Heute fühle ich mich gar nicht so – aber in letzter Zeit haben sich meine Emotionen so verflüssigt, dass sie ineinander übergehen, ohne dass ich es merke. Jetzt fällt mir auf, dass ich *tatsächlich* besorgt bin. Ich mache mir Sorgen, dass ich mir Sorgen mache.

38 AHA, DA IST DIE PROBOSCIS

Ich habe so einen Traum. Ich baumele von der Decke. Meine Füße sind einige Zentimeter vom Boden entfernt. Dann schaue ich nach unten und merke, dass ich gar keine Füße habe. Mein Körper läuft in einen sich windenden, wurmartigen Hautlappen aus, so als wäre ich ein früheres Larvenstadium meiner selbst, das über dem dunklen Boden hängt. Aber woran hänge ich? Ich stelle fest, dass ich in etwas Netzartigem gefangen bin, was aber irgendwie organischer ist. So ein klebriges, dichtes Geflecht. Mich schaudert bei dem Gedanken, was für eine Kreatur wohl so ein Netz spinnen kann.

Ich kann die Arme rühren, aber jeder Zentimeter Bewegung kostet mich so eine ungeheure Willensanstrengung, dass sich die Mühe wohl nicht lohnt. Ich glaube, es hängen noch mehr Gestalten hier, aber sie sind hinter mir, gerade so außerhalb meines Blickfeldes.

Um mich herum ist es dunkel, obwohl *dunkel* eigentlich nicht das richtige Wort ist, eher lichtlos. Als wären die Prinzipien Hell und Dunkel noch nicht entstanden, weshalb alles in ein dauerhaft düsteres Grau getaucht ist, und ich frage mich, ob so wohl die Leere aussah, bevor alles entstand. In diesem Traum existiert nicht einmal die Weiße Plastikküche.

Der Papagei kommt aus dem lichtlosen Raum und schreitet auf mich zu, ist allerdings so groß wie ein Mensch. Es ist erschreckend und beängstigend, einen so großen Vogel zu sehen. Ein gefiederter Saurier, dessen Schnabel meinen Kopf mit einem Schnappen abreißen könnte. Er mustert mich mit diesem Grinsen, das nie vergeht, und scheint meine hilflose Lage zu billigen.

»Wie fühlst du dich?«, fragt er.

Als ob ich warte, dass mir etwas das Blut aussaugt, will ich sagen, aber was herauskommt, klingt bloß nach »Ich warte«.

Der Papagei schaut an mir vorbei, über meine Schulter.

Ich versuche mich umzudrehen, kann mich aber nicht so weit bewegen, dass ich sehe, wo er hinschaut.

»Aha, da ist die Proboscis!«, sagt er.

»Was ist das denn?«, frage ich und merke zu spät, dass ich so ein Wort lieber nicht erläutert haben möchte.

»Der Rüssel mit dem Stachel. Der Stich ist der

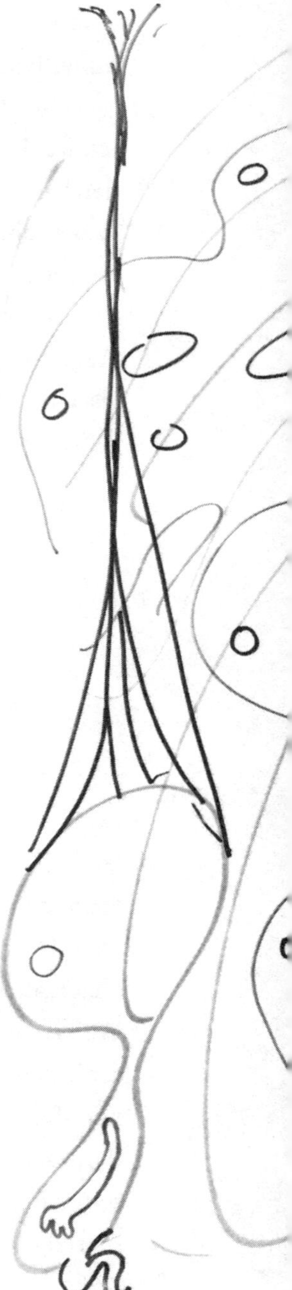

einzige Schmerz, den du spüren wirst. Danach wirst du so leicht hinüberdämmern, als ob du einschläfst.«

Und tatsächlich, ich spüre den Stich, kraftvoll und schmerzhaft. Ich weiß nicht genau, wohin das unsichtbare Wesen mich sticht. In den Rücken? In den Oberschenkel? In den Hals? Dann begreife ich, dass es überall zugleich ist.

»Na, das war doch gar nicht so schlimm, oder?«

Noch bevor das Grauen in mir aufblühen kann, setzt die Wirkung des Giftes ein, und einen Augenblick später ist es mir egal. Alles. Ich hänge dort in vollkommenem Frieden, während ich langsam verschlungen werde.

39 STERNE AUF MEINEM TESTBLATT

Ein Test in Naturwissenschaft, für den ich ausnahmsweise nicht gelernt habe. Mir kommt der Gedanke, dass ich den Test gar nicht schreiben muss, weil ich mehr weiß als der Lehrer. So viel mehr. Ich weiß Dinge, die nicht im Buch stehen. Ich kenne die inneren Mechanismen allen biologischen Lebens bis hinunter zur Zellebene. Weil ich die Dinge begriffen habe. Ich WEISS, wie das Universum funktioniert. Ich platze praktisch vor Wissen. Wie kann ein einzelner Mensch so viel in sein Hirn gestopft haben, und dennoch explodiert sein Schädel nicht? Jetzt weiß ich auch, woher die Kopfschmerzen kommen. Das Wissen ist nichts Spezifisches, was ich beschreiben könnte. Worte sind völlig wirkungslos. Ich kann es allerdings zeichnen. Ich *habe* es schon gezeichnet. Aber ich muss aufpassen, wen ich wissen lasse, was ich weiß. Nicht alle wollen, dass die Informationen sich verbreiten.

»Ihr habt vierzig Minuten für diesen Test. Ich schlage vor, dass ihr euch die Zeit klug einteilt.«

Ich kichere. Irgendwas an dem, was er gerade gesagt hat, finde ich witzig, aber ich kann nicht sagen, wieso.

Kaum bekomme ich meinen Ankreuzbogen und drehe den Test um, habe ich schon begriffen, dass die Wörter auf dem Papier nicht die eigentliche Prüfung sind. Der wahre Test geht tiefer. Dass es mir schwerfällt, mich auf die gedruckten Fragen zu konzentrieren, ist ein klares Zeichen, dass ich nach bedeutsameren Antworten suchen muss.

Ich fange an, die kleinen Kreise mit meinem mittelharten Bleistift auszufüllen, und die Welt um mich verschwindet. Die Zeit verschwindet. Ich finde im Raster verborgene Muster. Den Lösungsschlüssel für alles, und plötzlich ist –

»Stifte fallen lassen! Die Zeit ist abgelaufen. Gebt die Antwortblätter nach vorn.«

Ich habe nicht bemerkt, dass vierzig Minuten vergangen sind. Ich schaue auf beide Seiten meines Ankreuzbogens und sehe wilde Sternbilder, die am Himmel nicht vorkommen und doch wahrer sind als die Sterne, die wir sehen. Jetzt fehlt nur noch, dass jemand die Punkte miteinander verbindet.

10 HÖLLE AUF SEE

Das Mädchen mit den blauen Haaren wird zur Schatzmeisterin ernannt und bekommt eine Truhe voller Frachtverzeichnisse gesunkener Schiffe. Ihre Aufgabe ist es, sie durchzusehen und anhand der aufgeführten Güter Hinweise auf verlorene Schätze zu finden. Das wäre vielleicht nicht so schlimm, wenn die Seiten nicht alle zu Konfetti zerrissen wären und erst wieder zusammengesetzt werden müssen. Damit müht sie sich ab tagein, tagaus.

Der pummelige Junge, den jetzt alle Legendenmeister nennen, versucht verzweifelt, Informationen aus dem mächtigen Band zu ziehen, den ihm der Kapitän aufgedrückt hat. Leider ist das ganze Buch in den kryptischen Schriftzeichen einer Sprache geschrieben, die entweder tot ist oder gar nicht existiert hat, wie ich vermute.

»Das ist die Hölle auf Erden«, erklärt mir der Legendenmeister frustriert, und der Papagei, der anscheinend alles hört, noch bevor es ausgesprochen ist, weist ihn darauf hin, es müsse eigentlich, da hier weit und breit kein Land und kein Erdboden zu sehen sei, eher »die Hölle auf See« heißen.

Das Halsbandmädchen ist für die Moral der Truppe zuständig – ziemlich eigenartig, weil sie immer so trübselig ist.

»Wir werden alle sterben, und es wird äußerst schmerzhaft sein«, hat sie bereits mehrmals gesagt, auch wenn sie das immer Gleiche jedes Mal ein wenig anders auszudrücken vermag. So viel zur Moral.

Der Junge mit dem Knochenbeutel ist inzwischen richtig gut im Wahrsagen. Er hält die kleine Ledertasche mit den sterblichen Überresten des Papageienvaters immer zum Ausschütten und Lesen bereit, falls der Kapitän nach einer Vorhersage verlangt.

Knochenjunge vertraut mir an, dass er sich die meisten Auslegungen einfach ausdenkt – aber er bleibt so vage, dass sie von jedem als wahr interpretiert werden können, wenn derjenige es nur will.

»Woher weißt du, dass ich dein Geheimnis nicht ausplaudere?«, frage ich ihn.

Er lächelt. »Weil ich ganz leicht vorhersagen könnte, dass du von einem Besatzungsmitglied über Bord geworfen werden wirst, das dadurch Ruhm und Reichtum erlangt.«

Was natürlich dazu führen würde, dass jedes Besatzungsmitglied mich unbedingt in die Wellen schleudern wollte. Ich muss zugeben, der Typ ist kein Idiot.

Der Steuermann tut weiterhin das, was er schon die ganze Zeit tut, seit ich ihn kenne. Er ersinnt seine Navigationskarten, sucht nach Bedeutung und Richtung, um uns zum Graben und wieder zurückzuführen.

»Der Kapitän hat besondere Pläne mit dir«, verrät er mir. »Ich glaube, sie werden dir gefallen; aber sie verlangen besonnenes Handeln.« Und dann zaubert er sich in vier Schritten vom »besonnenen Handeln« zu »geschwollenen Mandeln« und beginnt besorgt seine Kehle abzutasten.

»Du, meine vorlaute Sechs, wirst unser Schiffszeichner sein«, sagt der Kapitän. Allein die Erwähnung des Brandzeichens erinnert mich daran, dass der Schmerz in meiner Stirn nie ganz vergeht. Gnädigerweise gibt es an Bord keine Spiegel, weshalb ich es nicht sehen kann, nur fühlen. »Deine Aufgabe wird es sein, unsere Expedition in Bildern festzuhalten.«

»Der Kapitän zieht Bilder den Wörtern vor«, flüstert mir der Steuermann zu, »weil er nicht lesen kann.«

41 NICHTS VON INTERESSE

Ich weiß, ich sollte den Kapitän von ganzem Herzen hassen, doch ich tue es nicht. Ich kann es nicht erklären. Der Grund muss so tief reichen wie der Graben, zu dem wir segeln – er muss sich an einem Ort verbergen, den kein Licht je erreicht außer jenem, das man selbst mitbringt, und momentan habe ich das Gefühl, ziemlich im Dunkeln zu tappen.

Ich schaue über die Reling und grübele über die Tiefen nach, frage mich, was wohl für unergründliche Geheimnisse unter uns liegen. Wenn ich die brodelnde See lange genug anstarre, erkenne ich im Zufall der Wellen Dinge. Überall im Wasser lauern Augen, die mich betrachten und beurteilen.

Auch der Papagei beobachtet. Er trippelt die Reling entlang auf mich zu. »›*Schau in den Abgrund, und der Abgrund schaut zurück*‹«, zitiert der Papagei. »Wollen wir hoffen, dass der Abgrund nichts von Interesse findet.«

Trotz der Geringschätzung des Krähennests durch den Kapitän klettere ich zwei Mal am Tag hinauf, nehme meinen Cocktail und kommuniziere mit meinen Schiffskameraden – obwohl nur wenige von ihnen noch gesellig sind, wenn sie erst ihren Trank in Händen halten.

Heute ist das Meer eine Achterbahn, nur dass es keine Loopings und Korkenzieherkurven fährt, und am schlimmsten ist das Rollen und Stampfen im Krähennest, das oben am Hauptmast hin und her schwingt wie das Gewicht am Ende einer Metronomnadel. Ich versuche, meinen Drink gerade zu halten, doch er schwappt im Glas herum, und ein wenig spritzt auf den Boden, wo es in die dunklen Ritzen zwischen den Planken fließt und verschwindet.

»Es ist lebendig, weißt du das?«, sagt der Bootsmann – ein erfahrener Seebär, der die Kanone bedient und dessen Arme von unangenehmen Tätowierungen bedeckt sind. »Es ist lebendig und will gefüttert werden.« Da erst wird mir klar, dass die Stimme nicht aus seinem Mund kommt, sondern aus einem der Totenköpfe auf seinem Arm. Dem mit den Würfeln als Augen.

»Was ist lebendig?«, frage ich den Totenschädel. »Das Schiff?«

Der Schädel schüttelt sich verneinend. »Der dunkle Schlamm, der das Schiff zusammenhält.«

»Das ist doch bloß Pech«, sage ich, worauf alle anderen Schädel zu lachen anfangen.

»Rede dir das ruhig weiter ein«, sagt der Schädel mit den Würfelaugen, »aber wenn du beim Aufwachen ein paar Zehen weniger hast, weißt du, dass es dich probiert hat.«

42 KAMPFGEIST

Ich klettere mitten in der Nacht hinaus auf den Bugspriet und gehe dabei der Wache aus dem Weg. Als ich darauf sitze, rutsche ich absichtlich vom frisch polierten Pfahl, und die Maid – die Galionsfigur – fängt mich auf, so wie ich es erwartet habe. Zuerst hält sie mich an den Handgelenken fest, aber dann zieht sie mich an sich und nimmt mich in die hölzernen Arme. Auch wenn mich nur ihre Arme am Sturz in die Tiefe hindern, fühle ich mich sicherer als an Deck.

Heute Nacht ist das Meer ruhig. Nur gelegentlich besprüht uns eine brechende Welle mit leichter, salziger Gischt. Während sie mich festhält, flüstere ich ihr zu, was ich erfahren habe.

»Der Kapitän glaubt, dass du Glück bringst«, sage ich. »Dass dein Blick Seeungeheuer besänftigt.«

»Glück?«, schnaubt sie. »Was habe ich wohl für ein Glück, dass ich für immer an diesem Bug festsitze und alles hinnehmen muss, was das Meer mir an Gemeinheiten ins Gesicht schleudert? Und was die Seeungeheuer angeht: Die besänftigt nur ein voller Bauch – da kannst du dir sicher sein.«

»Ich gebe nur wieder, was er gesagt hat.«

Wir treffen auf eine Welle, das Schiff hebt sich und sinkt wieder hinab. Sie hat mich so fest im Arm, dass ich selbst mich gar nicht mehr halten muss. Ich strecke die Hand aus und fahre sanft durch ihr wallendes Teakhaar.

»Hast du einen Namen?«, frage ich.

»Kalliope. Nach der Muse der Dichtkunst. Ich bin ihr nie begegnet, aber ich habe gehört, sie ist sehr schön.«

»Das bist du auch.«

»Pass auf«, sagt sie mit dem Hauch eines Grinsens, »falsche Schmeichelei könnte dazu führen, dass ich meinen Griff lockere, und wo würde das hinführen?«

»Geradewegs ins Wasser.« Ich erwidere das Grinsen.

»Hast *du* einen Namen?«, fragt sie.

»Caden.«

Sie denkt eine Weile nach. »Ein schöner Name«, sagt sie dann.

»Er bedeutet Kampfgeist«, erkläre ich.

»In welcher Sprache?«

»Keine Ahnung.«

Sie lacht, ich lache. Auch das Meer scheint zu lachen, aber gar nicht spöttisch.

»Wärme mich, Caden«, flüstert sie, und ihre Stimme ist wie das sanfte Knarren eines jungen Zweiges. »Ich habe keine eigene Wärme, nur die, welche die Sonne mir bringt, und die ist auf der anderen Seite der Welt. Wärme mich.«

Ich schließe die Augen und strahle Körperwärme aus. Es ist so angenehm hier, dass mir nicht einmal die Splitter etwas ausmachen.

43 IST ALLES KABUKI

»Weißt du, warum du hergerufen wurdest?«, fragt die Beratungslehrerin der Schule. Sie heißt Ms Sassel. Die Schüler sagen gern ihren Namen, weil er ein bisschen wie *Miss Asshole* klingt.

Ich zucke die Schultern. »Um mit Ihnen zu reden?«

Sie seufzt, weil sie merkt, das wird ein Gespräch von *der* Sorte. »Ja, aber weißt du, *warum* du mit mir reden sollst?«

Ich schweige weiter, denn ich weiß, je weniger ich sage, desto mehr behalte ich die Kontrolle über die Situation. Dass meine Knie unaufhörlich zucken und wippen, untergräbt allerdings jedes Kontrollgefühl.

»Du bist wegen deines Physiktests hier.«

»Ach, der.« Ich schaue weg, ehe mir einfällt, dass man den Blickkontakt mit der Beratungslehrerin niemals abbrechen darf, sonst findet sie tiefgehende psychologische Gründe für deinen gesenkten Blick. Ich zwinge mich, ihr wieder in die Augen zu sehen.

Sie öffnet einen Aktenordner. Es gibt eine Akte über mich im Büro der Beratungslehrerin? Wer hat sonst noch eine Durchschrift meiner Akte? Wer darf Dinge hineinheften und herausnehmen? Hat sie irgendwas mit meiner Schülerakte zu tun? Was *ist* überhaupt eine Schülerakte? Wird sie mich mein ganzes Leben lang verfolgen?

Aus dieser Akte zieht Ms Sassel (ich sage es auch gern) das Ankreuzformular meines Physiktests, auf dem mehr als die üblichen Kreise ausgemalt sind. »Das ist eine sehr kreative … Interpretation einer Leistungsprüfung«, sagt sie.

»Vielen Dank.«

»Könntest du mir erklären, wieso du das gemacht hast?«

Darauf kann man in so einer Situation eigentlich nur eine Antwort geben. »In dem Augenblick fand ich es eine tolle Idee.«

Sie wusste, dass ich das sagen würde. Ich weiß, dass sie es wusste, und sie weiß, dass ich weiß, dass sie es wusste. Das Ganze ist wie ein sehr formelles Ritual, das wir beide aufführen. Wie japanisches Kabuki-Theater. Ich habe direkt Mitgefühl mit ihr, dass sie mit mir da durch muss.

»Mr Guthrie ist nicht der einzige Lehrer, der sich deinetwegen besorgt zeigt, Caden«, sagt sie so freundlich wie nur möglich. »Du versäumst Unterricht; du konzentrierst dich nicht auf deine Aufgaben. Das passt gar nicht zu deiner Historie.«

Historie? Werde ich hier wie ein Geschichtsphänomen studiert? Füllt irgendjemand Multiple-Choice-Tests über mich aus? Gibt jemand Noten in dem Fach *Ich*, oder kann man nur bestehen oder durchfallen?

»Wir machen uns Sorgen und wollen dir helfen, wenn du uns lässt.«

Jetzt bin ich dran mit Seufzen. Mir fehlt die Geduld für Kabuki. »Kommen wir zur Sache. Sie glauben, dass ich Drogen nehme.«

»Das habe ich nicht gesagt.«

»Dann habe ich es auch nicht gesagt.«

Sie klappt meine Akte zu und legt sie beiseite. Vielleicht will sie damit andeuten, dass unser Gespräch jetzt inoffiziell und vertraulich wird. Das nehme ich ihr nicht ab. Sie beugt sich ein wenig vor, aber ihr Schreibtisch liegt immer noch wie Brachland zwischen uns.

»Caden, ich weiß nur, dass irgendetwas nicht stimmt. Es könnte alles Mögliche sein, und ja, Drogen sind eine Möglichkeit, aber nur eine. Ich würde gern von dir hören, was los ist, wenn du es mir erzählen magst.«

Was los ist? Ich sitze im letzten Wagen einer Achterbahn auf dem Gipfel des Anstiegs, die ersten Reihen ergeben sich schon der Schwerkraft. Ich höre die Fahrgäste in den ersten Wagen kreischen, und ich weiß, bis zu meinem eigenen Schrei sind es nur noch Sekunden. Ich stecke in dem Moment fest, in dem du das Fahrwerk eines Flugzeugs laut einrasten hörst, in dem Bruchteil einer Sekunde, bevor dir die Vernunft sagt, dass es nur das Fahrwerk ist. Ich springe von einer Klippe und merke plötzlich, dass ich fliegen kann ... nur um dann zu erkennen, dass es nirgendwo eine Landemöglichkeit gibt. Niemals, nirgends. Das ist los.

»Du willst also nichts sagen?«, fragt Ms Sassel.

Ich drücke die Hände fest auf die Knie, damit sie nicht mehr zucken, und schaue ihr ernst in die Augen. »Also, ich hatte einen schlechten Tag, und das habe ich an dem Test ausgelassen. Ich weiß, das war dumm, aber Mr Guthrie streicht sowieso die schlechteste Note, darum hat es gar keinen Einfluss auf meine Gesamtnote.«

Sie lehnt sich zurück, ein wenig selbstgefällig, aber das versucht sie zu verbergen. »Ist dir das vor oder nach der Abgabe des Tests eingefallen?«

Ich habe noch nie Poker gespielt, aber jetzt bluffe ich wie ein Profi. »Hören Sie mal, glauben Sie wirklich, ich hätte das gemacht, wenn ich gedacht hätte, das würde meine Gesamtnote verschlechtern? So blöd zu sein passt doch gar nicht zu meiner Historie.«

Das nimmt Ms Sassel mir nur halbwegs ab, aber sie versteht genug von ihrem Job als Beratungslehrerin, um zu wissen, dass weiteres Drängen jetzt kontraproduktiv wäre.

»Schön und gut«, sagt sie.

Aber schön oder gut ist das alles überhaupt nicht.

44 HAUPTSCHLÜSSEL

Immer mehr bin ich vom Drang erfüllt zu laufen. Ich gehe in meinem Zimmer hin und her, wenn ich eigentlich Hausaufgaben machen sollte. Ich tigere im Wohnzimmer auf und ab, wenn ich fernsehen sollte.

Die normalen Nachmittagsserien sind von einer Livereportage aus dem Programm gedrängt worden: Irgendwo in Kansas ist ein Junge in einen alten Brunnenschacht gefallen. Man zeigt Interviews mit den weinenden Eltern, mit Feuerwehrleuten, Rettungshelfern, Brunnenexperten – heutzutage gibt es nämlich für alles Experten. Ständig wird zu einer Hubschrauberkamera geschaltet, als würde eine Verfolgungsjagd gefilmt, dabei kann der Junge im Brunnen nirgendwohin.

Und ich gehe die ganze Zeit auf und ab, gefesselt von dem Drama, unfähig stillzusitzen.

»Caden, wenn du das sehen willst, setz dich hin«, sagt meine Mutter und klopft neben sich auf das Sofa.

»Ich habe den ganzen Tag in der Schule gesessen«, antworte ich. »Sitzen ist das Letzte, was ich jetzt will.«

Ich gehe nach oben, um ihr auszuweichen, und lege mich volle zehn Sekunden aufs Bett, ehe ich aufspringe und auf Toilette gehe, obwohl ich eigentlich gar nicht muss, dann wieder nach unten, um mir etwas zu trinken zu holen, obwohl ich eigentlich gar keinen Durst habe, dann wieder nach oben.

»Hör auf damit, Caden!«, sagt Mackenzie, als ich zum ungefähr zehnten Mal an ihrer Zimmertür vorbeikomme. »Du machst mich wahnsinnig.«

Mackenzie ist gerade süchtig nach einem Computerspiel, mit dem sie erst aufhören kann, wenn sie es bezwungen hat, und das wird noch vierzig bis fünfzig Spielstunden dauern. Ich habe es schon geschafft, allerdings glaube ich, im Augenblick hätte ich nicht mehr die Geduld dafür.

»Kannst du mir helfen?«, fragt sie. Ich schaue auf den Bildschirm. Eine große Schatzkiste steht in einem vergitterten Raum, der anscheinend weder Ein- noch Ausgang hat. Die Truhe glitzert golden und rot. Daher weiß man, dass es nicht bloß irgendeine Schatzkiste ist. Manchmal strengt man sich ungeheuer an, zu einer zu gelangen, und dann ist nur eine magere Rupie drin. Aber die rotgoldenen Truhen – darin liegen die richtigen Schätze.

»Da drin ist der Hauptschlüssel«, sagt Mackenzie. »Ich habe eine Stunde gebraucht, um den Schlüssel für diese Truhe zu finden, und jetzt komme ich nicht ran.« Komisch, dass man einen Schlüssel braucht, um eine Truhe aufzuschließen, die einem dann einen größeren, besseren Schlüssel liefert.

Sie läuft weiter um den vergitterten Raum herum, als wären die Eisenstangen bei der nächsten Runde vielleicht nicht mehr da.

»Guck nach oben«, sage ich.

Das tut sie und entdeckt den Geheimgang direkt über dem Kopf ihres Avatars. So leicht, wenn man die Antwort kennt.

»Aber wie komme ich da hoch?«, fragt sie.

»Einfach die Schwerkraft umkehren.«

»Wie macht man das denn?«

»Hast du den Hebel dafür nicht gefunden?«

Sie knurrt frustriert. »Zeig ihn mir!«

Aber ich bin hier fertig, denn mein Lauffieber hat eine kritische Temperatur erreicht. »Ich kann doch nicht alles für dich tun, Mackenzie. Das ist wie bei Mathe: Ich kann dir bei der Aufgabe helfen, aber ich darf dir nicht die Lösung verraten.«

Sie wirft mir ihren besten bösen Blick zu. »Computerspiele sind *nicht* wie Mathe, und versuch mir das nicht einzureden, sonst hasse ich dich!« Aber sie fügt sich und fängt an, nach dem Anti-Schwerkraft-Hebel zu suchen, während ich rausgehe. Und zwar ganz aus dem Haus. Obwohl es schon fast dunkel ist – obwohl es in ein paar Minuten Abendessen gibt, muss ich laufen. Während Mackenzie sich also in grafischen Spieltempeln die Füße wund läuft, wandere ich durch das Viertel, biege wahllos hierhin und dorthin ab, vielleicht auf der Suche nach meinem eigenen Hauptschlüssel.

45 ZEHN GRÄBER TIEF

Wie viel Pech muss ein Kind haben, dass es in einen ungenutzten alten Brunnen fällt? Solche Geschichten hört man dauernd. Irgendein Kind spielt draußen auf der Wiese mit seinem Hund, und plötzlich geht es nach unten – fünfzehn Meter und mehr verschwindet es ins Nichts.

Wenn das Kind Glück hat und der Hund nicht zu blöd ist, findet man es schnell genug und holt jemanden, der keine Schlüsselbeine hat und darum in den Brunnen kriechen und das Kind herausholen kann. Dann darf der Typ ohne Schlüsselbein den Rest seines Lebens das Gefühl haben, dass er nicht ohne Grund so schmalschultrig geboren wurde, und das gerettete Kind darf sein Erbgut an folgende Generationen weitergeben.

Wenn das Kind weniger Glück hat, stirbt es da unten, und die Geschichte endet traurig.

Wie ist das wohl, wenn man so plötzlich vom Erdboden verschluckt wird und sich gut zehn Gräber tiefer wiederfindet? Was für Gedanken gehen einem Menschen da durch den Kopf? »Mann, ist das Scheiße« trifft es da wohl nicht ganz.

Manchmal fühle ich mich wie das Kind, das vom Grund eines Brunnens heraufschreit, und mein Hund rennt zum Pinkeln in den Wald, anstatt Hilfe zu holen.

46 NAHRUNGSKAMPF

»Du bist ja bloß Haut und Knochen«, sagt meine Mutter am nächsten Tag beim Abendessen zu mir.

»Er braucht mehr Fleisch!«, lautet die Sofortlösung meines Vaters, der damit die Versuche meiner Mutter torpediert, uns zu Veganern zu machen. »Proteine für den Muskelaufbau.«

Dad hat noch nicht bemerkt, dass ich mein Essen bloß auf dem Teller herumschiebe. Weil ich immer und selbstverständlich gut gegessen habe, ist es für ihn wie Atmen. Er nimmt einfach an, dass es passiert. Mom hingegen muss meine halb gegessenen Mahlzeiten in den Müll kratzen.

»Ich esse doch«, sage ich. Und das stimmt auch, ich esse bloß nicht sehr viel. Manchmal fehlt mir die Geduld, manchmal vergesse ich es einfach.

»Nahrungsergänzungsmittel«, sagt mein Vater. »Ich besorge dir ein paar Protein-Shakes.«

»Protein-Shakes«, wiederhole ich. »Gut.«

Diese Antwort scheint sie zu befriedigen, aber jetzt sind beide auf mein Essverhalten aufmerksam geworden und beobachten meinen Teller, als wäre er eine Zeitbombe.

47 WIR HABEN SOGAR EINE TAUCHERGLOCKE

Unser Schiff ist auf einmal aus Kupfer. Das ist über Nacht passiert. Sämtliches Holz, mein Stockbett, die karge Möblierung. Alles ist zu mattem Metall von der Farbe eines viel benutzten Cents geworden.

»Was geht denn hier ab?«, sage ich mehr zu mir selbst, aber der Steuermann antwortet von der anderen Seite der Kabine.

»Du hast gesagt, das Schiff sei zu altmodisch für die Mission, und was du sagst, hat hier eine Menge Einfluss«, erklärt er mir. »Einfluss, Einblick, Eingriff. Du hast in die natürliche Ordnung der Dinge eingegriffen, will ich damit sagen. Du hättest alles so lassen sollen, wie es war. Mir hat es aus Holz besser gefallen.«

Ich fahre mit den Fingern über die Schiffswand. Statt aus glatten Platten – wie man sie auf einem metallenen Schiff erwarten würde – besteht sie immer noch aus gemaserten, rauen Planken, doch auf molekularer Ebene scheinen die sich verändert zu haben, als wäre das Holz zu Kupfer erstarrt. Nieten und Bolzen sind nirgends zu sehen – die Metallplanken werden immer noch von dem dunklen Pech zusammengehalten, das sich in den Spalten zu winden scheint.

Ich verlasse meine Kajüte und stelle fest, dass das ganze Schiff zu braunem Metall verhärtet ist, an manchen Stellen glänzend, aber zumeist stumpf und in den Ecken schon mit Grünspan besetzt, wie bei Kupfer üblich. Es ist immer noch das gleiche Schiff, nur ist es eben jetzt eine Kupfergaleone. Alles ziemlich *Steampunk,* bloß ohne Dampf, und auch ohne Punk. Ich wusste gar nicht, dass es auf der Welt so viel Kupfer gibt.

Der Kapitän erblickt mich und grinst. »Sieh nur, was deine Gedanken dir erworben haben«, sagt er laut und deutet auf das kupferne Deck um ihn herum. Er trägt kein Piratenkostüm mehr. Seine Uniform erinnert eher an eine erfundene Marine des 19. Jahrhunderts: eine blaue Wolljacke mit Rockschößen, übergroßen Messingknöpfen und goldenen Quasten auf den Schultern, dazu ein ebenso lachhafter Hut.

Ich sehe an mir herab – auch meine Kleidung sieht seemännisch aus, allerdings genauso abgetragen und zerlumpt wie vorher. Mein gestreiftes Hemd wirkt wie eine ausgeblichene Version der Drehstangen vor Friseurläden.

»Nach weidlicher Überlegung haben wir anhand deiner Vorschläge modernisiert«, sagt der Kapitän, auch wenn das Schiff nichts Modernes an sich hat. »Wir haben sogar eine Taucherglocke!« Er zeigt auf eine originalgetreue Nachbildung der Freiheitsglocke, die schwer auf den Deckplanken ruht. In die Wand ist ein

Bullauge gesägt worden, durch das ich einen einsamen Seemann erkenne, der in der Glocke gefangen ist. Ich höre seine dumpfen Schläge ans Metall, mit denen er bittet, herausgelassen zu werden.

»Siehst du, was du getan hast?«, fragt der Papagei von der Schulter des Kapitäns. »Siehst du? Siehst du?«

Der Blick des Seemanns ruht auf mir, und ich kann nicht erkennen, ob darin Zustimmung oder Verachtung liegt.

48 WIRKLICH SO EINSAM

In der ersten Nacht nach der Kupferverwandlung wage ich mich hinaus, um zu sehen, wie Kalliope die Veränderung überstanden hat. Ich gleite zu ihr hinab, und ihre Arme umfangen mich mit einer andersartigen Festigkeit. Einer härteren Kraft.

»Du hättest dem Kapitän nicht so viele von deinen Gedanken preisgeben sollen«, sagt sie. »Jetzt ist es so kalt. *Mir* ist kalt.«

Das stimmt. Sie ist jetzt kälter. Glatter. Härter.

»Wärme mich, Caden. Und ich verspreche dir, ich werde dich niemals fallen lassen.

Da sie in die salzige Gischt schaut, ist ihre Kupferhaut bereits grün angelaufen, doch sie trägt sie würdevoll, majestätisch.

»Du bist jetzt wie … wie die Freiheitsstatue«, sage ich, aber das ist ihr kein Trost.

»Bin ich wirklich so einsam?«, fragt sie.

»Einsam?«

»Die arme leere Hülle von Frau muss ewig ihre Fackel in die

Höhe recken, während die Welt um sie herum ihren Geschäften nachgeht«, sagt Kalliope traurig. »Hast du dir schon mal überlegt, wie einsam es ist, das Mädchen auf dem Podest zu sein?«

49 WILLST DU KEINEN WHOPPER?

Ich fülle die leeren Straßen des Viertels mit meiner Anwesenheit. Es ist ein Samstag während der Frühjahrsferien, ich habe also alle Zeit der Welt. Heute Nachmittag will ich mit meinen Freunden ins Kino, aber den Vormittag habe ich zum Gehen.

Heute beginne ich ein Spiel. Die Schilder, die ich sehe, werden mir sagen, was ich tun soll.

NUR LINKS ABBIEGEN!

Ich biege scharf nach links ab und überquere die Straße.

NICHT GEHEN!

Ich höre auf zu gehen und zähle bis zehn, ehe ich mich wieder in Bewegung setze.

FÜNFZEHN-MINUTEN-HALTEZONE

Ich setze mich eine Viertelstunde auf den Bordstein – als besondere Herausforderung versuche ich die ganze Zeit stillzusitzen.

Die Verkehrszeichen wiederholen sich zu oft, darum dehne ich das Spiel auf andere Mitteilungen aus. An einer Bushaltestelle fragt eine Werbung: *Willst du keinen Whopper?* Ich will keinen, aber ich gehe trotzdem zum nächsten Burger King und hole mir einen. Weiß nicht mehr, ob ich ihn auch esse oder nicht. Vielleicht habe ich ihn auch einfach dagelassen.

Zeit für ein Upgrade? Kommen Sie noch heute in den nächsten Verizon-Store! Der nächste ist ziemlich weit weg, aber ich laufe trotzdem hin und lasse den Verkäufer zwanzig Minuten lang versuchen, mir ein Telefon zu verkaufen, das ich absolut nicht haben will.

Es gibt so viele Zeichen in der Welt! Ich bleibe draußen, bis die Sonne untergeht. Ins Kino schaffe ich es nicht.

Ich kann mich nicht erinnern, ab wann es kein Spiel mehr ist.

Ich kann mich nicht erinnern, ab wann ich glaube, dass die Schilder mir Anweisungen geben.

50 GARAGENFENSTER

Nicht alle Spinnen bauen perfekte Netze. Schwarze Witwen zum Beispiel nicht. In unserer Garage leben Schwarze Witwen, oder jedenfalls lebten sie dort, bevor das Haus ausgeräuchert wurde. Aber selbst wenn sie weg sind, kommen sie bestimmt schneller wieder als die Termiten. Schwarze Witwen sind leicht zu erkennen: eine Zeichnung auf der Unterseite wie eine rote Sanduhr. Sie sind hart und glänzend – sehen fast aus wie Halloween-Spinnen aus Plastik. Und sie sind gar nicht so giftig, wie die Leute immer denken. Ohne Gegengift verliert man höchstens einen Arm oder ein Bein. Ein Erwachsener müsste schon drei oder vier Mal von verschiedenen Spinnen gebissen werden, damit er daran stirbt. Außerdem sind sie ziemlich scheu. Sie beißen nicht so schnell; sie wollen am liebsten in Ruhe gelassen werden. Sind geradezu Einsiedler. Ironischerweise ist die Braune Einsiedlerspinne viel aggressiver, die geht auf einen los. Ihr Gift ist ziemlich tödlich.

Ich weiß immer, wann eine Schwarze Witwe in unserer Garage ist – wegen des Netzes. Die Netze von Schwarzen Witwen sind unordentlich. Kein Muster. Als ob der Mechanismus in ihrem winzigen Hirn, der fürs Netzweben zuständig ist, kaputtgegangen sei. Ihnen fehlt das Bautalent für mustergültige Netze zum Fliegenfangen. Oder vielleicht ist es ihnen auch einfach egal. Vielleicht stehen sie gerade auf das Zufallsprinzip. Vielleicht haben die Netzlinien, die sie ziehen, auch eine Bedeutung für sie, die dem Rest der Spinnenwelt entgeht.

Aus diesem Grund verspüre ich mehr als das übliche Mitgefühl, wenn ich sie mit dem Absatz zertrete.

51 NICHT MEHR GANZ ICH

»Ich kann nicht an mich halten«, sage ich zu Max, als wir in unserem Wohnzimmer zusammen an einem Schulprojekt arbeiten.

»Was soll das denn heißen? Bist du überglücklich oder so was?« Er schaut nicht mal auf von der PowerPoint-Präsentation, die er auf meinem Computer erstellt.

Ich finde einfach keine bequeme Haltung auf meinem Stuhl. Ob ich wohl wirklich glücklich wirke, oder kriegt er einfach lachhaft wenig mit?

»Hattest du schon mal das Gefühl, deinen Körper zu verlassen?«, frage ich.

»Was hast du denn genommen?«

»Ich habe bloß eine einfache Frage gestellt. Ist die so schwer zu beantworten?«

»Nein, aber du bist echt komisch drauf. Irgendwie irre.«

»Vielleicht geht es mir bestens, und alle anderen sind irre. Darüber schon mal nachgedacht?«

»Egal.« Endlich sieht er mich an. »Arbeitest du jetzt mit mir zusammen hier dran, oder muss ich alles allein machen? Du bist doch der Künstler – du solltest die Präsentation machen.«

»Digital ist nicht mein Medium«, entgegne ich. Dann schaue ich zum ersten Mal bewusst auf den Bildschirm. »Was war noch mal das Projekt?«

»Das ist ein Witz, oder?«

»Ja, klar.« Es war aber keiner, und das macht mir Sorgen.

Max bewegt die Maus, als wäre sie ein Lebewesen. Ist sie vielleicht auch. Er klickt an und zieht rüber und setzt ein. Er erstellt ein fiktives Erdbebenszenario in Miami. Ein Projekt in Naturwissenschaft. Jetzt erinnere ich mich. Nach meinem letzten Test sollte ich das hier eigentlich ernst nehmen, aber meine Gedanken schweifen ständig ab. Wir haben uns Miami ausgesucht, weil die Hochhäuser dort hurrikansicher gebaut sind, aber nicht erdbebensicher. In unserer Präsentation knicken gläserne Türme ein. Mega-Zerstörung. Sollte uns eine Spitzennote einbringen.

Aber ich muss immer an das Erdbeben in China denken, das ich auszulösen fürchte, wenn ich zu viel darüber nachdenke.

»Würde Stärke sieben Komma fünf solche Schäden anrichten?«, fragt Max. Ich sehe, wie seine Hand weiter die Maus bewegt, aber manchmal habe ich das Gefühl, es ist meine Hand, nicht seine. Ich spüre, wie meine Finger mit dieser Maus klicken. Verstörend.

»Ich bin nicht ganz in mir *drin*«, sage ich. Ich wollte es eigentlich nur in Gedanken sagen, aber es ist aus meinem Mund gekommen.

»Hör jetzt mal auf mit dem irren Scheiß, ja?«

Aber ich kann nicht aufhören. Vielleicht will ich auch gar nicht. »Ich bin irgendwie so ... überall um mich herum. Ich bin im Computer. In den Wänden.«

Er sieht mich an und schüttelt den Kopf.

»Ich bin sogar in dir drin«, verrate ich ihm. »Ich weiß sogar, was du denkst, ich bin nämlich nicht mehr ganz ich. Zum Teil bin ich auch in deinem Kopf.«

»Und was denke ich gerade?«

»Eis«, sage ich sofort. »Du willst ein Eis. Pfefferminz mit Schokosplittern, um genau zu sein.«

»Falsch. Ich dachte gerade, dass Kaitlin Hicks Möpse bei einem Erdbeben der Stärke sieben Komma fünf mächtig hüpfen würden.«

»Nein, du bist durcheinander«, sage ich. »Das habe *ich* gedacht. Ich habe es dir bloß in den Kopf gesetzt.«

Ein paar Minuten später geht Max, schleicht sich rückwärts aus der Haustür, als könnte ein Hund ihn in den Hintern beißen, wenn er sich umdrehte. »Ich mache das Projekt allein fertig«, sagt er. »Kein Problem. Kriege ich hin.« Und dann ist er weg, bevor ich mich überhaupt verabschieden kann.

52 WAHRHEITSBEWEIS

Nach einem Abendessen, auf das ich keinen Appetit hatte, ruft mein Vater mich in dem Tonfall zu sich, der *wir müssen reden* sagt. Ich möchte spontan wegrennen, lasse es aber. Ich möchte im Wohnzimmer auf und ab gehen, aber ich zwinge mich, auf dem Sofa Platz zu nehmen. Meine Knie hüpfen aber immer noch wie auf Minitrampolinen.

»Ich habe deinem Trainer gemailt, weil ich einen Terminplan der Wettkämpfe haben wollte«, sagt er. »Er meinte, es gibt keinen Caden Bosch im Laufteam.«

Ich wusste, irgendwann würde das passieren.

»Ja und?«, sage ich.

Mein Vater lässt entnervt so viel Luft ab, dass er damit seine Geburtstagskerzen ausblasen könnte. »Schlimm genug, dass du uns angelogen hast – aber darüber sprechen wir ein andermal.«

»Gut, kann ich dann gehen?«

»Nein. Ich habe nur eine Frage: Warum? Und was machst du nach der Schule? Was hast du angestellt?«

»Das sind schon drei Fragen.«

»Werd nicht frech.«

Ich zucke die Achseln. »Ich laufe so rum«, sage ich wahrheitsgemäß.

»Und wohin?«

»Nirgendwohin. Ich gehe bloß so rum.«

»Jeden Tag? Stundenlang?«

»Ja. Stundenlang.« Meine schmerzenden Füße sind eigentlich Wahrheitsbeweis genug, aber damit hat er immer noch nicht, was er braucht.

Er fährt sich mit den Fingern durch die Haare und stellt sich dabei vor, dass sein Haar tatsächlich noch zurückgestrichen werden müsste. »Das sieht dir überhaupt nicht ähnlich, Caden.«

Ich stehe auf und schreie plötzlich. Ich will eigentlich gar nicht, aber ich tue es. »SEIT WANN IST SPAZIERENGEHEN VERBOTEN?«

»Es geht doch nicht bloß ums Spazierengehen. Sondern um dein Verhalten. Dein *Denken.*«

»Was wirfst du mir denn vor?«

»Gar nichts! Das ist doch keine Inquisition hier.«

»Ich habe es nicht ins Laufteam geschafft, okay? Ich wurde aussortiert und wollte dich nicht enttäuschen, darum laufe ich eben stattdessen durch die Stadt. Bist du jetzt zufrieden?«

»Darum geht es doch gar nicht!«

Aber mehr kriegt er nicht. Ich gehe zur Haustür.

»Wo willst du hin?«

»Spazieren. Es sei denn, ich habe Hausarrest, weil ich nicht ins Laufteam gekommen bin.« Und schon bin ich draußen, ehe er noch etwas sagen kann.

53 RÜCKBLICK
ZU MEINEN FÜßEN

Vor ein paar Jahren ist mein Vater einmal ganz untypisch ausgerastet, als er uns zur Schule fuhr. Es war untypisch, weil sich sonst alle Ausraster meines Vaters so zuverlässig vorhersagen lassen wie die Einkommenssteuer, aber dies war etwas ganz Neues. Mackenzie saß hinten, ich auf dem Beifahrersitz. Kaum waren wir aus der Einfahrt gebogen, wurde Dad schon nervös und unruhig, als hätte er zu viel Kaffee getrunken. Ich nahm an, es hätte irgendwas mit seiner Arbeit zu tun, bis er unsicher Luft abließ und sagte: »Hier stimmt etwas nicht.«

Ich erwiderte nichts, sondern wartete auf eine Erklärung, weil er nie so provokative Sachen sagt, ohne sich sofort zu erklären. Mackenzie jedoch fehlt dafür die Geduld.

»Was stimmt nicht womit?«, fragte sie.

»Nichts«, sagte Dad. »Ich weiß nicht.« Er war so durcheinander, dass er eine gelbe Ampel übersah und heftig auf die Bremse steigen musste, um nicht bei Rot auf die Kreuzung zu schlittern. Er schaute nervös nach den anderen Autos um uns herum. »Ich habe heute einfach Probleme mit dem Fahren«, sagte er.

Ich machte mir schon Sorgen, dass er einen Herzinfarkt oder Schlaganfall oder so was hätte, aber ehe ich das aussprechen konnte, fiel mir etwas zu meinen Füßen auf, direkt neben meinem Rucksack. Es war aus Metall und eigenartig geformt, wirkte aber nur seltsam an dem Ort, wo es lag. Ein ganz alltäglicher Gegenstand eigentlich, den man aber normalerweise nicht auf dem Boden liegen sieht. Erst als ich ihn aufhob, erkannte ich, was es war.

»Dad?«

Er schaute zu mir rüber, sah, was ich in der Hand hatte, und seine ganze Anspannung schmolz mit einem kurzen, erkennenden Auflachen dahin. »Na, das erklärt doch alles, oder?«

Mackenzie beugte sich nach vorn. »Was ist das denn?«

Ich zeigte es ihr. »Der Rückspiegel«, sagte ich.

Dad hielt am Straßenrand, um sich geistig darauf einzustellen, dass er fahren musste, ohne unmittelbar hinter sich schauen zu können.

Ich weiß noch, wie ich die Klebefolie an der Windschutzscheibe anschaute, wo der Spiegel eigentlich hängen sollte, und den Kopf schüttelte, als wäre mein Vater total ahnungslos. »Wieso hast du denn nicht gemerkt, dass er nicht da ist?«

Dad zuckte die Achseln. »Fahren geht automatisch«, sagte er. »Über so was denkt man nicht nach. Ich habe nur gemerkt, dass ich mich irgendwie … eingeschränkt fühlte.«

Damals habe ich es nicht verstanden, aber dieses Gefühl – irgendwas stimmt nicht, aber man kann es nicht richtig festmachen – kenne ich inzwischen sehr gut. Der Unterschied ist bloß, dass ich nie etwas so Einfaches und Offensichtliches entdeckt habe wie einen Rückspiegel zu meinen Füßen.

54 GEBÜHRENDE SORGFALT

Ich starre meine Hausaufgaben an, kann aber keinen Finger rühren, um sie zu machen. Mein Stift wiegt anscheinend tausend Tonnen. Oder vielleicht ist er elektrisch geladen. Das ist es – er ist elektrisch geladen. Wenn ich ihn berühre, bringt er mich um. Oder das Papier wird mir eine Schlagader aufschlitzen. Papierschnitte sind die schlimmsten. Ich habe legitime Gründe, meine Aufgaben nicht zu machen. Todesangst. Doch der wichtigste Grund ist, dass meine Gedanken nicht dorthin wollen. Sie sind woanders.

»Dad?«

Wir nähern uns »dieser Jahreszeit«, und mein Vater sitzt mit dem Laptop am Küchentisch, gestresst und verärgert wegen der neuen Abgabenordnung und des ungeordneten Haufens von Quittungen eines seiner Klienten. »Ja, Caden?«

»Ein Junge in der Schule will mich umbringen.«

Er sieht mich an, in mich hinein, durch mich hindurch. Das hasse ich. Dann schaut er kurz wieder auf seinen Laptop, holt tief Luft und klappt ihn zu. Ich frage mich, ob er etwas vor mir verbergen will. Nein, das kann nicht sein. Was sollte er zu verbergen haben? Das ist doch verrückt. Trotzdem …

»Ist es der gleiche Junge wie vorher?

»Nein«, sage ich. »Jemand anders.«

»Jemand anders.«

»Ja.«

»Ein anderer Junge.«

»Ja.«

»Und du glaubst, er will dich umbringen.«

»Mich umbringen. Ja.«

Dad nimmt die Brille ab und kneift sich in die Nasenwurzel. »Okay. Sprechen wir darüber. Reden wir über diese Gefühle …«

»Woher willst du wissen, dass es bloß Gefühle sind? Woher willst du wissen, dass er nicht schon etwas getan hat? Etwas Schlimmes!«

Wieder holt er tief Luft. »Was hat er getan, Caden?«

Ich werde lauter. Ich kann nichts dagegen tun. »Es geht nicht um das, was er getan hat – sondern um das, was er tun wird! Ich kann in seinem Verhalten lesen! Ich weiß es! Ich weiß es!«

»Ist gut, beruhige dich.«

»Hörst du mir überhaupt zu?«

Mein Vater steht auf und nimmt die Sache womöglich endlich so ernst, wie er sollte. »Caden, deine Mutter und ich machen uns Sorgen.«

»Na, dann ist es ja gut! Das solltet ihr auch. Vielleicht hat er es ja auch auf euch abgesehen.«

»Nicht um ihn«, sagt mein Vater. »Um dich. Verstehst du?«

Meine Mutter kommt hinter mir in die Küche und erschreckt mich. Meine Schwester ist bei ihr.

Meine Eltern tauschen Blicke, und es wirkt wie Gedankenlesen. Ich spüre, wie ihre Gedanken durch mich hindurchschießen: Dad an Mom und wieder zurück zu Dad. Geistiges Tischtennis durch meine Seele.

Meine Mutter wendet sich an meine Schwester. »Geh nach oben.«

»Nein, ich will hierbleiben.« Meine Schwester setzt eine Miene auf, die zu ihrem Quengeln passt, aber Mom bleibt hart.

»Keine Diskussionen. Geh jetzt!«

Meine Schwester lässt die Schultern hängen und stampft die Treppe hinauf, tritt extra schwer auf jede Stufe.

Jetzt bin ich allein mit meinen Eltern.

»Was ist los?«, fragt meine Mutter.

»Weißt du noch, was ich dir erzählt habe? Über diesen Jungen in der Schule?«, sagt mein Vater.

Mir wird kristallklar, dass ich keinem von beiden etwas Vertrauliches sagen kann. Ich liefere meiner Mutter die Einzelheiten, und sie nimmt das Ganze etwas anders auf als Dad.

»Vielleicht müssen wir uns das mal genauer anschauen. Selbst etwas über den Jungen herausfinden.«

»Siehst du, das meine ich doch. Schaut es euch an!« Ich bin ein ganz klein wenig erleichtert.

Dad macht den Mund auf, als wollte er etwas sagen, aber klappt ihn dann wieder zu und überlegt es sich anders. »Okay«, sagt er. »Ich bin immer für gebührende Sorgfalt, aber …«

Den Satz beendet er nicht, sondern geht ins Wohnzimmer und kniet sich neben das Bücherregal. »Wo ist denn das Jahrbuch vom letzten Schuljahr?«, fragt er. »Schauen wir uns den Jungen doch mal mit eigenen Augen an.«

Jetzt, wo sie mir glauben, bin ich erleichtert. Aber nicht so richtig. Weil ich weiß, dass sie mir eigentlich *nicht* glauben. Sie spielen bloß mit, um mich zu besänftigen. Um mir das Gefühl zu geben, dass sie auf meiner Seite sind. Sind sie aber nicht. Sie sind wie Ms Sassel und meine Lehrer und die Mitschüler, die mich mit bösen Absichten anstarren. Es kommt mir vor, als wären das gar nicht mein Vater und meine Mutter, sondern bloß Masken meiner Eltern, und ich weiß nicht, wer oder was wirklich darunter steckt. Ich weiß, dass ich ihnen nichts mehr erzählen kann.

55 EINE REGELRECHTE PLAGE

Was ich an Deck des Schiffes für Ratten gehalten habe, sind gar keine Ratten. Auch wenn mir das, glaube ich, lieber wäre.

»Die sind sehr lästig«, verrät mir Carlyle, während er so gut es geht versucht, sie aus den Ecken zu stochern und vom Deck zu spülen. Vor seinem Seifenwasser laufen sie weg. Sie werden nicht gern nass – oder sauber. »Gerade wenn man denkt, man hat sie im Griff, tauchen noch mehr auf.«

Manche Schiffe sind von Nagetieren befallen. Andere von Kakerlaken. Unseres wird von einer regelrechten Plage freilaufender Hirne heimgesucht. Die kleinsten sind nicht größer als eine Walnuss, die größten haben den Umfang einer Faust.

»Die verdammten Dinger flüchten aus den Köpfen der Seeleute, wenn die schlafen oder nicht aufpassen, und verwildern.« Carlyle schiebt seinen Mopp auf ein kauerndes Grüppchen zu, und sie huschen auf kurzen lila Dendritenbeinen davon.

»Wenn der Tag zum Tauchen kommt«, sagt Carlyle, »darf kein einziges Hirn an Deck sein und die Sache vermasseln.«

»Wenn das die Hirne der Besatzung sind, wieso sind sie dann so klein?«, frage ich.

Carlyle seufzt traurig. »Entweder haben die Leute sie nicht benutzt, und sie sind verkümmert – oder sie haben sie zu viel benutzt, und sie sind durchgebrannt.« Er schüttelt den Kopf. »Was für eine Verschwendung.« Er taucht den Mopp in seinen Eimer mit Seifenwasser und spritzt es in die dunklen Ecken, spült die hilflosen Hirne aus ihren Schlupfwinkeln und flutet sie aus den Speigatts ins Meer.

Er entdeckt ein besonders kleines, das sich an die Fransen seines Mopps klammert, und schlägt den Mopp an die Reling, um es loszuwerden. »Das nimmt kein Ende. Aber meine Aufgabe ist es, sie vom Schiff zu kriegen, ehe sie sich fortpflanzen.«

»Und … was passiert mit den hirnlosen Seeleuten?«, frage ich.

»Ach, der Kapitän findet irgendwas, womit er ihnen den Schädel füllen kann, und schickt sie fröhlich ihrer Wege.«

So fröhlich klingt das in meinen Ohren allerdings nicht.

56 DIE STERNE SIND RICHTIG

Es ist mitten in der Nacht. Ich stehe oberhalb von Kalliope auf der Bugspitze und bin von hässlichen Vorahnungen erfüllt. So ein Gefühl wie fünf Minuten bevor man merkt, dass man sich übergeben muss.

Am Horizont zieht ein Gewitter auf. In unregelmäßigen Abständen erleuchten Blitze die fernen Wolken, aber es ist noch zu weit weg, um den Donner zu hören. Die See ist heute Nacht zu rau, um mich in Kalliopes Arme fallen zu lassen. Sie muss das Brausen der Wellen übertönen, um sich Gehör zu verschaffen.

»Der Kapitän hat nicht ganz unrecht, wenn er mich für magisch hält«, rät sie mir. »Ich sehe Dinge, die sonst niemand sieht.«

»Dinge im Meer?«, frage ich? »Unter den Wellen?«

»Nein. Ich richte meinen Blick auf den Horizont. In den Sternen, die überm Horizont stehen, erkenne ich die Zukunft. Nicht bloß eine Zukunft, sondern alle möglichen Zukünfte zugleich, und ich weiß nicht, welche die wahre ist. Es ist ein Fluch, alles zu sehen, was passieren *könnte,* aber nie zu wissen, was passieren *wird.*«

»Wie kannst du denn in den Sternen irgendetwas erkennen?«, frage ich sie. »Die Sterne sind doch alle falsch.«

»Nein«, antwortet sie. »Die Sterne sind richtig. Alles andere ist falsch.«

57 DIE CHEMIE ZWISCHEN UNS

Max und Shelby kommen nicht mehr zum Computerspiel-Designen zu mir. Max kommt gar nicht mehr, obwohl er sich hier wie zu Hause gefühlt hat. Selbst in der Schule geht er mir aus dem Weg.

Shelby hingegen bemüht sich in der Schule, sich mit mir zu unterhalten, aber ich bin misstrauisch, was ihre Motive angeht. Wenn sie wirklich mit mir reden wollte, wäre es nicht so gezwungen. Was führt sie wirklich im Schilde? Was erzählt sie Max über mich, wenn ich nicht dabei bin? Ich bin sicher, sie haben einen anderen Zeichner für ihr Spiel gefunden. Jeden Augenblick werden sie mich damit überrumpeln. Oder vielleicht erzählen sie es mir auch gar nicht.

Shelby schneidet mir den Weg ab, um ein Gespräch zu führen. Sie versucht sich in Small Talk. Shelby geht es mehr ums Reden als ums Zuhören, was normalerweise kein Problem ist, aber in letzter Zeit höre ich nicht mehr so gut zu. Ich nicke meist bloß an den Stellen, wo ich es für angebracht halte, und wenn eine Antwort nötig ist, frage ich nach: »Entschuldigung, was hast du gerade gesagt?«

Aber diesmal lässt sich Shelby nicht damit abspeisen. Sie setzt mich in einer Ecke der Schulmensa an einen Tisch und zwingt mich, ihr in die Augen zu schauen. »Caden, was ist los mit dir?«

»Das scheint ja die Frage des Monats zu sein. Vielleicht ist die Frage eher, was mit euch los ist.«

Dann beugt sie sich zu mir und spricht leiser. »Hör mal zu, ich kenne mich aus mit so was. Mein Bruder hat in der zehnten Klasse angefangen zu trinken, und es hat ihn fast kaputt gemacht. Ich hätte auch so enden können wie er, wenn ich nicht gesehen hätte, was es bei ihm angerichtet hat.«

Ich weiche zurück. »Ich trinke nicht, okay? Vielleicht ab und zu mal ein Bier auf einer Party, aber das ist alles. Ich besaufe mich nicht.«

»Egal was du machst, du kannst es mir erzählen. Ich verstehe es. Und Max auch – der weiß bloß nicht, wie er es sagen soll.«

Auf einmal spucke ich alle meine Konsonanten hart in Shelbys Gesicht. »Es geht mir gut! Ich *mache* nichts. Ich rauche kein Crack, ich schnupfe kein Ritalin, ich ziehe kein Lachgas aus Sahnespendern, und ich spritze auch keinen Abflussreiniger.«

»Schon gut«, sagt Shelby und glaubt mir kein Wort. »Wenn du drüber reden willst – ich bin da.«

58 HEADBANGER

In der zweiten Klasse kannte ich so einen Jungen. Wenn der wütend wurde, haute er immer den Kopf gegen die Wand oder auf den Tisch – gegen alles, was in der Nähe war und sich hauen ließ. Wir anderen fanden das lustig, weshalb wir bei jeder Gelegenheit versuchten, ihn wütend zu machen, bloß damit wir es zu sehen bekamen.

Ich machte auch mit. Die Lehrerin setzte ihn ständig um, weil sie hoffte, einen Platz für ihn zu finden, wo es gut ging. Irgendwann landete er neben mir. Ich erinnere mich, wie ich einmal seinen Bleistift schnappte, als er gerade Rechenaufgaben machte, und ihn so kräftig aufdrückte, dass die Spitze abbrach. Er würde wütend, aber nicht wütend genug. Er starrte mich nur böse an und ging den Bleistift anspitzen. Als er zurückkam, wartete ich eine Minute, dann zog ich an seinem Blatt, sodass sein Stift einen Strich quer über die Seite zog. Er wurde wütend, aber nicht wütend genug. Also wartete ich wieder eine Minute, dann trat ich so fest gegen seinen Tisch, dass sein Mathebuch herunter und auf den Boden flog. Beim dritten Mal machte es klick. Er starrte mich mit irrem Blick an, und ich weiß noch, wie ich mir sagte: *Jetzt bin ich zu weit gegangen. Jetzt dreht er total durch und geht auf mich los, und ich bin selbst schuld.* Aber stattdessen fing er an, den Kopf auf den Tisch zu hauen. Alle lachten, und die Lehrerin musste richtig handgreiflich werden, damit er aufhörte.

Das Ding ist, dass wir ihn nie als Menschen sahen, sondern immer nur als Anlass zum Lachen. Dann habe ich ihn eines Tages auf dem Schulhof gesehen. Er spielte ganz allein für sich. Er wirkte ziemlich zufrieden, und mir ging auf, dass er wegen seines eigenartigen Verhaltens keine Freunde hatte. Überhaupt keine, und er kannte es auch nicht gar nicht anders.

Ich wollte zu ihm gehen und mit ihm spielen, aber ich hatte Angst. Ich weiß nicht, wovor. Vielleicht, dass sein Kopfanhauen ansteckend sein könnte. Oder seine Freundlosigkeit. Ich wünschte, ich wüsste, wo er heute steckt, dann könnte ich ihm sagen, dass ich verstehe, wie es für ihn war. Und wie schnell es passieren kann, dass man plötzlich allein auf dem Schulhof steht.

59 MANN IN FLAMMEN

Ich habe noch nie die Schule geschwänzt. Wenn man die Schule ohne Erlaubnis verlässt, muss man nachsitzen oder Schlimmeres. So ein Junge bin ich nicht. Aber was habe ich jetzt noch für eine Wahl? Die Zeichen sind da. Überall um mich herum. Ich weiß, es wird passieren. Ich weiß, es wird schlimm. Ich weiß nicht, was es sein oder aus welcher Richtung es kommen wird, aber ich weiß, es wird Unglück und Tränen und Schmerz mit sich bringen. Schrecklich. Schrecklich. Inzwischen sind es viele. Schüler mit bösen Absichten. Ich begegne ihnen im Korridor. Mit einem fing es an, aber es hat sich ausgebreitet wie eine Krankheit. Wie ein Pilz. Sie senden einander Geheimsignale, wenn sie von einem Unterricht zum anderen gehen. Sie schmieden Pläne – und weil ich es weiß, bin ich ein Ziel. Das erste von vielen. Oder vielleicht sind es auch gar nicht die Schüler. Vielleicht sind es die Lehrer. Man kann es nicht mit Sicherheit wissen.

Aber ich weiß, alles wird sich beruhigen, wenn ich nicht mehr da bin. Was sie auch planen, wenn ich weggehe, wird es nicht geschehen. Ich kann alle retten, wenn ich gehe.

Es klingelt. Ich renne aus dem Raum. Ich weiß nicht mal mehr, welches Fach wir gerade hatten. Der Lehrer hat heute Cirquisch gesprochen. Heute werden alle Stimmen und Geräusche von einer Art flüssiger Furcht gedämpft, die so überwältigend ist, dass ich darin ertrinken könnte, ohne dass es jemand merkte, und in die Tiefen eines bodenlosen Grabens sänke.

Meine Füße wollen mich aus reiner Gewohnheit zum nächsten Unterrichtsraum tragen, aber eine stärkere Macht zwingt sie aus dem Schuleingang, und meine Gedanken rasen vor mir her wie ein Mann in Flammen.

»He!«, ruft ein Lehrer, aber das ist ein unfähiger, ohnmächtiger Protest. Ich muss hier raus, und niemand kann mich aufhalten.

Ich renne über die Straße. Autos hupen. Sie werden mich nicht erwischen. Ich biege die Fahrzeuge mit der Kraft meiner Gedanken um meinen Körper. Hört ihr, wie die Reifen quietschen? Das mache ich.

Schräg gegenüber der Schule ist eine Ladenzeile. Restaurants, Tierhandlung, Doughnutladen. Ich bin frei und auch wieder nicht. Denn ich spüre, dass mir eine Säurewolke folgt. Etwas Schlimmes. Etwas Schlimmes. Nicht in der Schule – nein, was habe ich mir da bloß gedacht? Es ging nie um die Schule. Es ging um zu Hause! Da wird es passieren. Meiner Mutter, meinem Vater oder meiner Schwester. Ein Feuer wird sie einschließen. Ein Heckenschütze wird sie erschießen. Ein Fahrer wird die Kontrolle über sein Auto verlieren und in unser Wohnzimmer krachen, aber es wird kein Un-

fall sein. Oder vielleicht doch. Ich weiß es nicht genau, ich weiß nur sicher, dass es passieren wird.

Ich muss sie warnen, bevor es zu spät ist, aber als ich mein Handy aus der Tasche ziehe, ist der Akku alle. Sie haben meinen Akku leergesaugt! Sie wollen verhindern, dass ich meine Familie warne!

Ich renne hierhin und dorthin, weiß nicht, was ich tun soll, auf einmal stehe ich an irgendeiner Straßenecke und flehe alle Passanten an, mir ihr Handy zu leihen. Wie sie mich ansehen – Blicke aus toten Augen –, lässt mich frösteln. Sie ignorieren mich oder hasten vorbei, vielleicht, weil sie den stählernen Stachel des Schreckens sehen können, der meinen Schädel durchbohrt und bis tief in meine Seele reicht.

60 WAS SIE SAGEN

Meine Panik hat nachgelassen. Das unerträgliche Gefühl, dass gleich etwas Grauenhaftes passieren wird, hat nachgelassen, auch wenn es nicht ganz verschwunden ist. Meine Eltern wissen nicht, dass ich die Schule früher verlassen habe. Auf unserem AB war ein automatischer Anruf von der Schule, dass »Kaa-den Busch« eine oder mehrere Stunden versäumt hat, denn die Maschinenstimme kann meinen Namen nicht richtig aussprechen. Ich habe die Nachricht sofort gelöscht.

Ich liege auf dem Bett und versuche, Ordnung in das Chaos zu bringen, den rätselhaften Aschenbecher zu erforschen, der die Überreste meines Lebens enthält.

Es ist aber nicht so, dass ich diese Gedanken kontrollieren könnte. Sie sind einfach da, wie hässliche, ungebetene Geburtstagsgeschenke, die man nicht zurückgeben oder umtauschen kann.

In meinem Kopf sind Gedanken, die sich jedoch nicht wie meine anfühlen. Sie sind fast wie Stimmen. Sie sagen mir Sachen. Als ich heute aus meinem Zimmerfenster schaue, sagen mir die Gedankenstimmen, dass die Leute in einem vorbeifahrenden Auto mir etwas antun wollen. Dass der Nachbar, der seinen Rasensprenger überprüft, in Wirklichkeit gar nicht nach einem Leck sucht. Die zischenden Gartenschläuche sind tatsächlich getarnte Schlangen, und er richtet sie ab, alle Haustiere der Nachbarschaft zu fressen – was auf ziemlich verdrehte Weise stimmen könnte, denn ich habe schon gehört, wie er sich über bellende Hunde beschwert hat. Die Gedankenstimmen sind durchaus auch unterhaltsam, denn ich weiß nie, was sie sagen werden. Manchmal bringen sie mich zum Lachen, und die Leute fragen sich, worüber ich lache, aber das will ich ihnen nicht verraten.

Die Gedankenstimmen sagen mir, dass ich Sachen machen soll. »Geh rüber und reiß den Rasensprengern des Nachbarn die Köpfe ab. Töte die Schlangen.« Aber ich höre nicht auf sie. Ich zerstöre kein fremdes Eigentum. Ich weiß, dass es in Wirklichkeit keine Schlangen sind. »Du kennst doch den Klempner, der am Ende der Straße wohnt«, sagen die Gedankenstimmen. »Der ist in Wirklichkeit Terrorist und baut Rohrbomben. Steig in seinen Transporter und fahr weg. Fahr den Wagen eine Klippe runter.« Aber auch das werde ich nicht tun. Die Gedankenstimmen können alles Mögliche sagen, aber sie können mich nicht zwingen, etwas zu tun, was ich gar nicht tun will. Das hält sie aber nicht davon ab, mich zu quälen, indem sie mich zwingen, über all diese schlimmen Dinge nachzudenken.

»Caden, bist du noch wach?«

Ich schaue hoch, und meine Mutter steht an meiner Zimmertür. Draußen ist es dunkel. Wann ist das denn passiert? »Wie spät ist es?«

»Fast Mitternacht. Wieso bist du denn noch auf?«

»Ich denke bloß über Sachen nach.«

»Das tust du viel in letzter Zeit.«

Ich zucke die Achseln. »Ich muss eben über vieles nachdenken.«

Sie knipst das Licht aus. »Geh schlafen. Was dir auch auf der Seele liegt, morgen früh wird es schon klarer aussehen.«

»Ja. Morgen früh klarer«, sage ich, obwohl ich weiß, dass es dann genauso wolkig sein wird.

An der Schwelle zögert sie. Ich überlege, ob sie weggeht, wenn ich mich schlafend stelle, aber sie bleibt.

»Dein Vater und ich glauben, es wäre vielleicht eine gute Idee, wenn du mit jemandem *reden* würdest.«

»Ich will mit niemandem reden.«

»Ich weiß. Das ist ja ein Teil des Problems. Aber vielleicht ist es leichter, mit jemand anderem zu reden. Nicht mit mir oder deinem Vater. Mit jemand Neuem.«

»So ein Psychotyp?«

»Mit einem Therapeuten.«

Ich sehe sie nicht an. Ich will dieses Gespräch nicht führen. »Ja, klar, wie ihr meint.«

61 HIRN ÜBERPRÜFEN

Automotoren sind gar nicht so kompliziert. Sie sehen kompliziert aus, wenn man nicht viel über sie weiß – diese ganzen Schläuche und Kabel und Ventile –, aber im Großen und Ganzen hat sich der Verbrennungsmotor seit seiner Erfindung kaum verändert.

Die Probleme meines Vaters mit Autos enden nicht mit abgefallenen Rückspiegeln. Er weiß im Grunde so gut wie nichts über Kraftfahrzeuge. Von Mathe und Zahlen versteht er eine Menge; Autos sind einfach nicht sein Ding. Gib ihm einen Taschenrechner, dann hebt er die Welt aus den Angeln, aber wenn das Auto eine Panne hat und der Mechaniker ihn fragt, wo denn das Problem liege, lautet seine Antwort meist: »Es ist kaputtgegangen.«

Die Automobilindustrie liebt Menschen wie meinen Vater, denn bei ihm kann sie jede Menge Geld mit womöglich gar nicht nötigen Reparaturen verdienen. Das ärgert meinen Vater schrecklich, aber er rechtfertigt es dann immer, indem er sagt: »Wir leben in einer Dienstleistungsgesellschaft. Die müssen wir alle irgendwie am Laufen halten.«

Aber die Autobauer sind natürlich auch nicht besonders hilfreich. Bei den heutigen Möglichkeiten der Technik sollte man doch meinen, dass die Autos ihre Pannen selbst diagnostizieren könnten, aber auf dem Armaturenbrett geht bloß diese stumpfsinnige Leuchte *Motor überprüfen lassen* an, sobald irgendwas nicht in Ordnung ist. Das beweist, dass Autos organischer sind, als wir denken. Sie sind offensichtlich dem menschlichen Gehirn nachgebildet.

Die Anzeige *Gehirn überprüfen lassen* kann auf viele verschiedene Arten aufleuchten, aber das Vertrackte ist: Der Fahrer kann sie nicht sehen. So als wäre die Leuchte im Becherhalter des Rücksitzes angebracht, unter einer leeren Getränkedose, die schon seit Monaten darin steht. Niemand sieht sie außer den Mitfahrern – und auch die nur, wenn sie wirklich darauf achten oder wenn das Licht so hell und heiß wird, dass die Dose schmilzt und das ganze Auto in Brand setzt.

62 LEBENDIGER, ALS DU DENKST

»Ich habe dich so viel zu lehren«, sagt der Kapitän, der über das verkupferte Deck schlendert, die Hände hinter dem Rücken verschränkt. Die frisch gebügelte Uniform, die er jetzt trägt, wirkt schon fast so natürlich an ihm wie vorher die Piratenkleidung. Er hält sich sogar anders. Hoheitsvoller. Kleider machen Leute.

Während er seine Runde macht, achtet er darauf, dass jeder an Bord seiner besonderen belanglosen Beschäftigung nachgeht. Meine Aufgabe ist es heute, seinen Schatten zu spielen. Zuschauen und lernen.

»Entdeckungsreisen erfordern mehr als nur nautische Kenntnisse«, doziert der Kapitän. »Sie erfordern auch Intuition. Impulsivität. Ebenso viel Torheit wie Zuversicht. Kannst du mir so weit folgen?«

»Jawohl, Sir«, sage ich.

»Falsche Antwort«, blafft er. »Folgen solltest du nur deinem Instinkt.« Dann springt er in die netzartige Strickleiter am Großmast. »Komm, steig mit mir in die Wanten.« Er klettert nach oben, ich bin direkt hinter ihm.

»Klettern wir ins Krähennest?«, frage ich.

»Auf gar keinen Fall.« Der Vorschlag beleidigt ihn. »Nur zu den Segeln.« Wir steigen bis zum Hauptsegel. »Ich werde dir ein Geheimnis zeigen«, sagt er, zieht ein Messer aus der Tasche und schlitzt das Segel auf – ein fast halbmeterbreiter Riss. Der Wind pfeift hindurch und verbreitert ihn wie ein Auge, das sich öffnet.

»Was sollte das denn?«

»Schau hin«, sagt der Kapitän.

Ich beobachte das beschädigte Segel … und sehe, wie es sich langsam selbst repariert. Das Segel heilt wie eine Membran, bis von dem Riss nur noch eine schwache Narbe bleibt – ein etwas dunkleres Beige als der Rest des Segeltuchs.

»Dieses Schiff ist lebendiger, als du denkst, Junge. Sie fühlt Schmerz. Sie kann verletzt werden, sich aber auch heilen.«

Ich klammere mich an die Wanten, und ein kalter Schauer durchfährt mich, der nichts mit dem böigen Wind zu tun hat. »Ist es Kalliopes Schmerz?«, frage ich.

Der Kapitän richtet sein Auge auf mich. »Das weiß ich nicht. Woher kennst du denn ihren Namen?«

Ich bemerke meinen Fehler – aber vielleicht ist das die Art Torheit, die der Kapitän schätzt. »Seeleute reden«, sage ich, was auch stimmt, also lüge ich nicht direkt. Der Kapitän ist dennoch argwöhnisch.

»Ob sie den Schmerz des Schiffes fühlt oder nicht, ist wichtig zu wissen. Auf diese Frage würde ich eine Antwort begrüßen.«

»Das werde ich mir merken«, sage ich und überlege, ob er mir gerade Erlaubnis erteilt hat, mit ihr zu reden, oder ob er mich in eine Falle locken will, weil ich es bereits getan habe.

63 Menschen, die ich nicht kenne, an Orten, die ich nicht sehen kann

»Ich fühle alles«, sagt Kalliope, als ich eines Nachts über ruhigem Meer in ihren metallenen Armen liege. »Ich fühle nicht nur die Segel, sondern auch den Rumpf. Nicht nur das Schiff, sondern auch das Meer. Nicht nur das Meer, sondern auch den Himmel. Und nicht nur den Himmel, sondern auch die Sterne. Ich fühle alles.«

»Wie kann das sein?«

»Ich erwarte nicht, dass du es verstehst.«

Und doch verstehe ich. »Ich spüre auch Verbindungen«, sage ich. »Manchmal fühle ich, dass ich *in* den Menschen um mich herum bin. Ich glaube zu wissen, was sie denken – oder wenn schon nicht *was*, so doch *wie* sie denken. Manchmal bin ich sicher, dass ich mit Menschen auf der anderen Seite der Welt verbunden bin. Menschen, denen ich nie begegnet bin. Was ich tue, beeinflusst sie. Ich gehe nach links, sie gehen nach rechts. Ich klettere hinauf, sie fallen von einem Gebäude. Ich weiß, das alles ist wahr, aber ich kann nie beweisen, was mit Menschen, die ich nicht kenne, an Orten, die ich nicht sehen kann, geschieht.«

»Und was gibt dir das für ein Gefühl?«

»Es ist wundervoll und schrecklich zugleich.«

Sie beugt den Hals, um mir in die Augen zu sehen anstatt geradeaus aufs Meer. Das ist eine schwierigere Bewegung als das Verschränken der Arme, um mich zu halten. Ich höre das angestrengte Quietschen sich biegenden Kupfers. »Dann sind wir gar nicht so verschieden«, sagt sie.

Und ich weiß, zum allerersten Mal habe ich ihre Einsamkeit wirklich durchbrochen. Und sie meine.

64 WENN SCHNECKEN REDEN KÖNNTEN

Der Therapeut hat einen Doktortitel in Psychologie von der American University, was sich für meinen Geschmack ein bisschen zu allgemein anhört, um wahr zu sein. Ein gerahmtes Diplom hängt stolz im Wartezimmer über einem Ficus, dessen Blätter ebenfalls ein wenig zu grün sind, um echt zu sein.

»Du sollst das Gefühl haben, dass du über alles mit mir reden kannst«, sagt der Rededoktor. Seine Stimme ist betont ruhig, er spricht bewusst langsam – wie eine Schnecke vielleicht, wenn Schnecken sprechen könnten. »Alles, was du in diesem Raum sagst oder tust, wird streng vertraulich behandelt, es sei denn, du möchtest, dass ich es weitergebe.«

Das klingt, als würde er mir meine umgekehrten Rechte als Verdächtiger vorlesen.

»Klar. Vertraulich. Verstanden.«

Ich verstehe es, aber ich glaube es keine Sekunde. Wie soll man einem Therapeuten trauen, wenn sogar die Topfpflanze in seinem Wartezimmer gelogen ist?

Da sitzen meine Eltern jetzt. Sie blättern Ausgaben von *Psychology Today* und *FamilyFun* durch und reden über mich. Die ersten paar Minuten waren sie auch hier drinnen bei mir und dem Rededoktor. Ich dachte schon, sie wollten ihm eine Liste mit all den Dingen aufzählen, die so passiert sind, aber es war ihnen wohl unbehaglich, mit einem Fremden über mich zu sprechen.

»Cadens Verhalten ist« – mein Vater rang nach Worten – »in letzter Zeit außergewöhnlich gewesen.«

Sowohl er als auch Mom wirkten erleichtert, als der Doktor sie bat, das Sprechzimmer zu verlassen.

»Also«, sagt der Rededoktor, als wir allein sind. »Außergewöhnlich. Fangen wir doch mal damit an.«

Ich weiß, hier drinnen muss ich mich zusammenreißen. Ich habe das Gefühl, mein ganzes Leben hängt davon ab, dass ich mich zusammenreiße. Dieser Mann kennt mich nicht. Er kann nicht in mich hineinsehen. Er kriegt nur das, was ich ihm gebe.

»Hören Sie«, sage ich, »meine Eltern meinen es gut, und ich weiß auch, dass sie glauben, mir zu helfen, aber das ist eher ihr Problem als meins. Sie sind total gestresst und übervorsichtig. Ich meine, Sie haben sie ja erlebt, oder? Sie sind so nervös, dass sie mich auch ganz nervös machen.«

»Ja, ich sehe, dass du angespannt bist.«

Ich versuche, nicht mehr mit den Händen zu reden und meine Hacken dauerhaft auf dem Boden zu lassen. Nur zum Teil erfolgreich.

»Erzähl mal«, sagt er, »hast du in letzter Zeit Schlafprobleme gehabt?«

»Nein«, antworte ich. Und das stimmt. Ich habe keine *Probleme* mit dem Schlaf, mir ist einfach nicht nach Schlafen. Überhaupt nicht.

»Und wie läuft es in der Schule?«

»Schule ist eben Schule.«

Er schweigt schmerzhaft lange. Das ertrage ich nicht. Ich fange an, an allem herumzufummeln, was in Reichweite ist. Ich greife nach einem kleinen Kaktus auf dem Tisch, um zu prüfen, ob der auch nicht echt ist, ist er aber und sticht mir in den Finger. Der Rededoktor gibt mir ein Taschentuch.

»Wollen wir es mal mit ein paar Entspannungsübungen versuchen?«, schlägt er vor, aber ich weiß, dass es nur wie ein Vorschlag klingt. »Lehn dich zurück und schließ die Augen.«

»Warum?«

»Ich warte, bis du so weit bist.«

Widerwillig lehne ich mich zurück und zwinge meine Augenlider, sich zu schließen.

»Sag mir, Caden, was siehst du, wenn du die Augen zumachst?«

Meine Lider klappen sofort wieder auf. »Was ist das denn für eine bescheuerte Frage?«

»Bloß eine Frage.«

»Was soll ich denn sehen?«

»Nichts Bestimmtes.«

»Ja, und genau das sehe ich auch. Nichts Bestimmtes.« Jetzt stehe ich. Ich erinnere mich nicht, aufgestanden zu sein. Ich weiß auch nicht mehr, wann ich angefangen habe, im Zimmer hin und her zu laufen.

Die Sitzung zieht sich eine quälende Ewigkeit hin, dabei sind es bloß weitere zwanzig Minuten. Mit den Entspannungsübungen kommen wir nicht weiter. Seine Frage beantworte ich nicht. Ich schließe die Augen gar nicht mehr, weil ich befürchte, ihm sagen zu müssen – mir selbst sagen zu müssen –, was dort zu sehen ist. Stattdessen spielen wir Schach, aber weil mir die Geduld fehlt, über meine Züge nachzudenken, mache ich absichtlich schlechte, um die Partie rasch zu beenden.

Als es Zeit wird zu gehen, sagt er meinen Eltern, wir sollten wöchentliche Sitzungen planen und dass sie sich vielleicht, nur vielleicht überlegen sollten, mich auch einem Arzt vorzustellen, der Medikamente verschreiben könne. Ich wusste doch, dass er ein Hochstapler ist.

65 DAS DUNKEL DAHINTER

Was sehe ich, wenn ich die Augen schließe? Manchmal ist da eine Dunkelheit, die über alles hinausgeht, was ich beschreiben kann. Manchmal ist das Dunkel prachtvoll, manchmal erschreckend, und ich weiß nie, was von beidem es sein wird. Wenn es prachtvoll ist, möchte ich dort leben, wo die Sterne nur Zeichen an einer riesigen, unerreichbaren Schale sind, wie man in den alten Zeiten geglaubt hat. Die innere Oberfläche eines gewaltigen Augenlids. Und wenn ich das Lid zurückschiebe, geht das Dunkel ewig weiter – nur dass es gar kein Dunkel ist. Es ist nur so, dass unsere Augen so ein Licht einfach nicht sehen können. Könnten wir, würde es uns blenden, also schützt uns das Augenlid. Stattdessen sehen wir Sterne – die einzige Spur des Lichts, das wir nie erreichen können.

Und doch gehe ich dorthin.

Ich dränge mich an den Sternen vorbei in das dunkle Licht, und ihr könnt euch nicht vorstellen, wie sich das anfühlt. Samt und Süßholz schmeicheln allen Sinnen; es schmilzt zu einer Flüssigkeit, durch die du tauchst; es verdampft zu Luft, die du atmest. Und du schwingst dich auf! Du brauchst keine Flügel, denn es trägt dich von allein – sein eigener Wille im Gleichklang mit deinem –, und du spürst nicht nur, dass du alles tun kannst, sondern dass du alles *bist*. Alles. Du bewegst dich durch alles, dein Herzschlag wird der Puls alles Lebendigen, aller Lebewesen auf einmal, und die Lautlosigkeit zwischen den Schlägen ist die Stille der Dinge, die existieren, aber nicht leben. Der Stein. Der Sand. Der Regen. Und du begreifst, dass alles notwendig ist. Die Stille muss existieren, damit es einen Puls geben kann. Und du bist beides: Gegenwart und Abwesenheit. Dieses Wissen ist so überwältigend, dass du es nicht für dich behalten kannst, es drängt dich, es zu teilen – aber dir fehlen die Worte, es zu beschreiben, und ohne die Worte, ohne die Möglichkeit, dies Gefühl zu teilen, zerbricht es dich, denn dein Geist ist schlicht nicht groß genug, das aufzunehmen, was du hineinzugeben versucht hast …

… aber es ist nicht immer so.

Manchmal ist das Dunkel dahinter auch gar nicht prachtvoll, sondern wahrhaftig die völlige Abwesenheit von Licht. Ein klammernder, verlangender Teer, der dich nach unten zieht. Du ertrinkst, aber auch nicht. Es verwandelt dich in Blei, damit du schneller in seine zähe Umarmung sinkst. Es beraubt dich aller Hoffnung und sogar der Erinnerung an Hoffnung. Es lässt dich glauben, dass du dich schon immer so gefühlt hast und dass es nur abwärts gehen kann, wo es langsam, aber unersättlich deinen Willen verdauen und zum pechschwarzen Rohöl der Albträume destillieren wird.

Du kennst diese Dunkelheit jenseits der Verzweiflung genauso gut, wie du die lichten Höhen kennst. Denn in diesem Universum wie in allen anderen herrscht Gleichgewicht. Du kannst das eine nicht haben, ohne dem anderen ins Auge zu schauen. Und manchmal denkst du, du kannst es ertragen, weil die Freude die Verzweiflung wert ist, und manchmal weißt du, du kannst es nicht ertragen, und wie hast du nur jemals geglaubt, du könntest es? Das ist der Tanz: Stärke und Schwäche, Selbstvertrauen und Trostlosigkeit.

Was sehe ich, wenn ich die Augen schließe? Ich sehe hinter das Dunkel, und das ist unermesslich groß, über wie unter mir.

66 DEINE BEÄNGSTIGENDE GROßARTIGKEIT

Doch jetzt sind meine Augen offen.

Und ich stehe an meiner Haustür, nicht drinnen und nicht draußen, auf halbem Weg zwischen zwei Orten. Ich denke an den Moment, als ich Max erzählt habe, dass ich außerhalb meiner selbst sei. Inzwischen ist es mehr als das. Ich kann nicht mehr erkennen, was zu mir gehört und was nicht. Ich weiß nicht, wie ich das Gefühl erklären soll. Ich bin wie der elektrische Strom in den Wänden. Nein – noch mehr als das! Ich bin in den Hochspannungsleitungen, die durch das Viertel laufen. Ich bewege mich mit Lichtgeschwindigkeit durch alles um mich herum. Ich erkenne, dass es kein »Ich« mehr gibt. Bloß ein kollektives »Wir«, und das raubt mir den Atem.

Wisst ihr, wie sich das anfühlt, frei von sich selbst zu sein und davor zu erschrecken? Du fühlst dich zugleich unbesiegbar und aufs

Korn genommen, als ob die Welt – das Universum – nicht will, dass du eine derartig schwindelnde Erleuchtung hast. Du weißt, da draußen sind Mächte, die deinen Geist zerstören wollen, der sich gerade ausdehnt wie Gas und jeden verfügbaren Raum ausfüllt. Jetzt werden die Stimmen in deinem Kopf laut und dröhnend, fast so laut wie deine Mutter, die dich zum dritten Mal zum Abendessen herunterruft. Du weißt, dass sie zum dritten Mal ruft, obwohl du dich nicht erinnerst, die ersten beiden Male gehört zu haben. Obwohl du dich nicht erinnerst, hinauf in dein Zimmer gegangen zu sein.

Also setzt du dich an den Küchentisch und schiebst dein Essen auf dem Teller herum und schaufelst es dir nur in den Mund, wenn jemand dich darauf aufmerksam macht, dass du nichts isst. Dabei hungerst du nicht nach Nahrung. Vielleicht, weil du nicht mehr du bist. Du bist alles um dich herum. Dein Körper fühlt sich jetzt wie eine leere Hülle an, wieso solltest du ihn also füttern? Du hast Wichtigeres zu tun. Und du redest dir ein, dass deine Freunde die Verbindung mit dir abgebrochen haben, weil deine Großartigkeit sie ängstigt. Sie fast so sehr ängstigt wie dich selbst.

67 DAS DAZWISCHEN

Der Kapitän versammelt uns bei Sonnenaufgang um den Tisch im Kartenraum. In der Ferne droht immer noch das Gewitter, kein Stück näher als gestern oder vorgestern Nacht. Es zieht sich vor uns zurück, wenn wir näher kommen.

An diesen Einsatztreffen nehmen immer die gleichen Besatzungsmitglieder teil: ich, der Steuermann, das Mädchen mit dem Perlenhalsband, das blauhaarige Mädchen und unser pummeliger Legendenmeister. Wir mühen uns alle, in den uns zugewiesenen Rollen das Beste zu leisten. Der Steuermann und ich haben es leicht – meine Zeichnungen und seine Diagramme gelten als keiner Überprüfung bedürftig. Die anderen, na ja, die schummeln sich so durch. Halsbandmädchen, unser düsterer und unglücklicher Stimmungsoffizier, hat gelernt, unter den Augen des Kapitäns positive Aussagen zu fabrizieren. Der Knochenjunge liest aus den geworfenen Knöchelchen, was immer der Kapitän seiner Ansicht nach hören will, und das blauhaarige Mädchen behauptet, sie habe in den zerfetzten Frachtverzeichnissen gesunkener Schiffe alles von Golddublonen bis zu Kisten voller Diamanten gefunden.

Der Legendenmeister jedoch hat einen gefährlichen Hang zur Ehrlichkeit. »Ich kann das nicht«, sagt er dem Kapitän bei unserem Gruppentreffen. »Bei den komischen Runen in diesem Buch kann ich nicht mal erkennen, wo oben und unten ist.«

Der Kapitän schwillt an wie ein Schwamm im Wasser. »Wir scheren uns nicht um oben und unten, uns interessiert das Dazwischen!« Dann ruft er nach Carlyle, der wie immer bei diesen Versammlungen in der Ecke gehockt hat. »Lass ihn kielholen.«

Der Legendenmeister protestiert und fängt bei dem Gedanken an zu hyperventilieren, doch dann flattert der Papagei aus dem Nichts auf des Kapitäns Schulter.

»Die Kanone putzen!«, sagt der Papagei. »Lasst ihn die Kanone putzen!«

Der Kapitän wischt den Vogel beiseite, der dabei einige leuchtend bunte Federn verliert, doch der Papagei lässt sich nicht abschrecken. »Die Kanone! Die Kanone!«

»Vergebung, Sir«, sagt Carlyle, »aber vielleicht hat der Vogel recht. Nach dem Kielholen ist er nicht mehr zu gebrauchen, wenn nicht tot. Und die Kanone muss einmal gründlich geputzt werden, wenn wir mit den Untieren kämpfen wollen, die auf uns warten.«

Der Augapfel des Kapitäns nimmt Carlyle aufs Korn, mit brennendem Blick ob dieser Aufmüpfigkeit – ein einfacher Schiffsjunge zweifelt seinen Befehl an. Doch er hält sein Temperament im Zaum und winkt ab. »Verfahrt, wie ihr wollt«, sagt er. »Solange der Bursche für seine Frechheit leidet.«

Der Papagei hockt jetzt auf einer an der Decke hängenden Lampe, sieht mich an und schüttelt traurig den Kopf über die Bemerkung des Kapitäns.

Ich schaue weg, weil ich nicht weiß, was es bedeutet, dass der Papagei sich für mich interessiert und wie der Kapitän darauf reagieren mag.

Es braucht Carlyle und zwei weitere kräftige Seemänner, um den Legendenmeister nach draußen zu zerren, der bei der Aussicht auf die Kanone schreit und um sich tritt, und ich frage mich, wieso sie wohl ebenso beängstigend für ihn ist wie das Kielholen. Als er weg ist, kehrt der Kapitän zu seiner Tagesordnung zurück.

»Heute ist ein wahrhaftig bedeutsamer Tag«, verkündet er, »denn wir werden die Taucherglocke testen und sehen, ob Cadens Kenntnisse der Tiefseeforschung glaubhaft klingen.«

Mir wird unwohl, und das hat nichts mit den Schiffsbewegungen zu tun. »Aber … das ist die falsche Art Glocke«, sage ich und komme mir klein und ohnmächtig vor.

»Das hättest du dir überlegen sollen, ehe du es vorgeschlagen hast«, spottet das blauhaarige Mädchen.

»Wir sind alle am Arsch«, sagt unsere Moralbeauftragte.

68 DER INNERE WURM

Es ist so: Du weißt die Antworten auf alles. Dein Kopf ist so voller Antworten, dass er platzt. Er kann jederzeit explodieren und alle tödlicher Strahlung aussetzen. Dein Leben wird auf Jahrhunderte zur radioaktiven Zone erklärt werden, wenn du den Druck nicht ablassen kannst, indem du allen, die zuhören wollen, die Wahrheit deines Wissens präsentierst. Die Linien, die *Verbindungen,* die du zwischen allen Dingen siehst.

Das musst du mitteilen.

Also läufst du die Straßen entlang und wirfst Menschen zufällige Schnipsel an den Kopf, wohl wissend, dass nichts davon Zufall ist. Die Menschen werfen dir eigenartige Blicke zu, und selbst in diesen Blicken erkennst du die Verbindung zwischen dir, ihnen und dem Rest der Welt.

»Ich kann in Sie hineinsehen«, sagst du einer Frau, die mit einer Einkaufstasche aus dem Supermarkt kommt. »In Ihrem Herzen lebt ein Wurm, aber Sie können ihn rauswerfen.«

Sie sieht dich an und wendet sich ab, eilt zu ihrem Auto, verängstigt von deiner Mitteilung. Und du fühlst dich gut. Aber auch nicht.

Du fühlst Schmerz weit unten und schaust auf deine Füße. Du bist barfuß. So bist du herumgelaufen, und deine Füße sind voller Blasen, zerkratzt und blutig. Du kannst dich nicht erinnern, die Schuhe ausgezogen zu haben, aber das musst du wohl. Auch das hat Bedeutung. Die Art und Weise, wie dein Fleisch sich mit der Erde verbindet, der Schwerkraft befiehlt, dich und alle anderen am Boden zu halten. Und auf einmal weißt du, wenn du Schuhe anziehst, wird die Welt loslassen und alle werden ins Weltall geschleudert, und das nur wegen einer dünnen Schicht Gummi, die deine Verbindung zum Boden abschneiden würde. *Du* bist der Anti-Schwerkraft-Hebel der Welt. So wunderbar das auch ist, die schiere Ehrfurcht vor deiner eigenen Macht ist auch beängstigend. Und der Wurm, den du in der Frau gesehen hast, ist nun irgendwie in dein Inneres gewandert. Was du da spürst, ist kein Herzschlag, sondern der Wurm, der sich durch dich hindurch frisst, und du bekommst ihn nicht heraus.

Neben dem Supermarkt ist ein Reisebüro, das in einer Zeit, da jede Reise im Netz gebucht wird, ums Überleben kämpft. Du schiebst dich durch die Tür.

»Helfen Sie mir«, sagst du. »Der Wurm. Der Wurm. Er weiß, dass ich Bescheid weiß, und jetzt will er mich umbringen.«

Aber eine Frau im Hosenanzug schubst dich unsanft aus dem Laden und schreit dich an. »Hau hier ab, sonst rufe ich die Polizei.«

Darüber musst du aus irgendeinem Grund lachen, und deine Füße bluten, und darüber musst du auch lachen, und auf dem Parkplatz steht ein BMW mit kaputtem Scheinwerfer, und darüber musst du weinen. Du lehnst dich an die Wand, rutschst daran herunter und sinkst zusammen, und deine Seele füllt sich mit Tränen. Du denkst an Jona, der erduldet hatte, von einem Wal halb verdaut zu werden, um dann auf einem Berg in Tränen auszubrechen, weil die Staude, die ihm Schatten spendete, von einem Wurm angefressen wurde und verdorrte. Der gleiche Wurm. Du verstehst seine Tränen. Dass er von der Sonne, die ihm auf den Schädel brannte, so bekümmert war, dass er sterben wollte.

»Bitte«, sagst du zu allen um dich herum. »Bitte, macht, dass es aufhört. Bitte lasst es nur aufhören.« Bis jemand aus dem Grußkartenladen kommt, eine Frau, die viel netter ist als die Reisehexe, und neben dir niederkniet.

»Kann ich jemanden anrufen?«, fragt sie freundlich.

Doch die Vorstellung, dass sie deine Eltern anrufen könnte, damit sie dich abholen kommen, treibt dich wieder auf die Beine. »Nein, mir geht es gut«, sagst du und gehst weg. Du sagst dir, dass alles in Ordnung ist, wenn du den Heimweg findest. Hier ist kein Wal, der dich verschlingen will. Was an dir nagt, arbeitet von innen heraus.

69 DEINE MEINUNG IST NICHT VON BEDEUTUNG

Appell. Der Himmel ist weiß, der ferne Horizont grau, schwaches Wetterleuchten blinkt dort – nicht bloß vor uns, sondern in allen Richtungen. Der Kapitän geht auf dem Oberdeck auf und ab, blickt auf die Mannschaft herab und spricht von der großen Wichtigkeit der Mission, von der Bedeutung des heutigen Tages.

»Heute wird Seemann Cadens Taucherglocke getestet und die Art und Weise unseres Abstiegs in die Tiefe ein für alle Mal bestimmt werden.« Er sieht höchst gebieterisch aus – umso mehr in seiner neuen Uniform aus blauer Wolle und Messingknöpfen –, doch Macht und Vernunft sind zweierlei.

»Das ist keine Tauchkugel!«, rufe ich. »Das wird nicht funktionieren! So was habe ich nicht gemeint!«

»Deine Meinung ist nicht von Bedeutung.«

Mehr als ein Dutzend Seeleute sind nötig, die tragisch fehlbesetzte Freiheitsglocke auf die Reling zu hieven. Dann wird die Glocke auf Befehl des Kapitäns über Bord geworfen. Sie sinkt wie ein Stein, und das Seil – an dem schon die wilden Hirne genagt haben – reißt und schickt die Glocke in unerreichbare Tiefen. Eine einzelne Luftblase steigt wie ein Rülpser an die Oberfläche.

Und der Kapitän sagt: »Test erfolgreich!«

»Was? Wie kann das denn ein erfolgreicher Test sein?«, rufe ich.

Der Kapitän schreitet langsam und bedächtig auf mich zu, seine Schritte klacken auf dem Kupferdeck. »Dieser Test«, sagt er, »sollte deine Theorie widerlegen, wie der Grund des Grabens erreicht werden kann.« Dann brüllt er: »Du lagst FALSCH, Junge! Und je schneller du deine absolute und überwältigende Verkehrtheit akzeptierst, desto eher wirst du für mich und diese Mission von Nutzen sein.« Damit stürmt er äußerst selbstzufrieden davon.

Erst als der Kapitän verschwunden ist, landet der Papagei auf meiner Schulter – was er sehr selten tut – und sagt: »Wir müssen reden.«

70 SILBERNER HAI

Dein Vater stellt sich dir in den Weg, als du aus dem Haus gehen willst.

»Wo willst du hin?«

»Nach draußen.«

»Schon wieder?« Er klingt viel nachdrücklicher als beim letzten Mal, als er dich gefragt hat, und er gibt den Weg nicht frei. »Caden, du hast lauter Blasen an den Füßen von dem vielen Gehen.«

»Dann besorge ich mir eben bessere Schuhe.« Du weißt, er wird nicht verstehen, wieso du laufen musst. Diese Bewegung durch die Welt verhindert, dass du explodierst. Sie schützt die Welt. Sie hält den Wurm ruhig. Nur ist es jetzt kein Wurm mehr. Heute ist es ein Krake, der an seinen Fangarmen Augen statt Saugnäpfe hat. Er bewegt sich in dir, in deinen Eingeweiden. Er gleitet um deine Organe und versucht verzweifelt, eine angenehme Stellung zu finden. Aber das wirst du deinen Eltern nicht verraten. Sie werden dir bloß erzählen, dass es Blähungen sind.

»Ich gehe mit dir«, sagt er.

»Nein! Tu das nicht. Das kannst du nicht machen!« Du drängst dich an ihm vorbei aus der Haustür. Du bist auf der Straße. Heute hast du Schuhe an, und jetzt merkst du auch, dass die Schuhe die Schwerkraft nicht daran hindern, Dinge am Boden festzuhalten. Das war albern. Wie bist du bloß darauf gekommen? Aber du weißt, wenn du nicht gehst, wird irgendwo etwas Schreckliches passieren, und morgen wirst du es in den Nachrichten sehen. Das weißt du ohne jeden Zweifel.

Drei Häuserblocks von zu Hause schaust du dich um und siehst, dass der Wagen deines Vaters dir langsam folgt wie ein silberner Hai. Ha! Und *dich* halten sie für paranoid. Irgendwas läuft gewaltig falsch, wenn deine Eltern meinen, dich verfolgen zu müssen, wenn du spazieren gehst.

Du tust so, als würdest du das Auto nicht sehen. Du gehst einfach weiter, bis weit nach Einbruch der Dunkelheit. Du bleibst nicht stehen, du redest mit niemandem. Du lässt dich von ihm verfolgen, kreuz und quer durch euer Viertel und dann wieder ganz bis nach Hause.

71 EIN SCHLIMMERER FEIND

Als ich aufwache, beobachtet der Papagei mich vom Fuß meines Bettes. Ich schnappe nach Luft. Er hüpft näher. Ich spüre seine scharfen Krallen auf der Brust. Er gräbt sie aber nicht in meine Haut, sondern stakst vorsichtig so weit über meine zerschlissene Decke, bis sein heiles Auge zwischen meinen beiden hin und her wandern muss.

»Ich bin besorgt wegen des Kapitäns«, sagt er. »Besorgt, besorgt.«

»Warum ist das mein Problem?«

Der Steuermann regt sich im Schlaf, und der Papagei wartet, bis er wieder still ist, dann beugt er sich noch näher. Sein Atem riecht nach Sonnenblumenkernen. »Ich bin besorgt, dass der Kapitän nicht immer dein Wohl im Auge hat«, flüstert er.

»Seit wann scherst du dich um mein Wohl?«

»Hinter den Kulissen, hinter den Kulissen, ich war dein größter Fürsprecher hinter den Kulissen. Was glaubst du, warum du in den inneren Kreis des Kapitäns gelangt bist? Was glaubst du, warum du nicht an die Taucherglocke gekettet warst, als sie über Bord ging?«

»Deinetwegen?«

»Sagen wir, ich habe einen gewissen Einfluss.«

Ich weiß nicht, ob ich dem Vogel glauben soll, aber ich kann mich immerhin auf den Gedanken einlassen, dass er vielleicht nicht der Feind ist. Oder jedenfalls nicht der *schlimmste* Feind.

»Warum erzählst du mir das?«, frage ich.

»Vielleicht wird es nötig sein …« Dann fängt er nervös an, mit dem Kopf auf und ab zu wippen, während er hin und her trippelt, sodass sein Gesicht vor meinen Augen Achten beschreibt.

»Wird was nötig sein?«

Er fängt an, auf meiner Brust hin und her zu trippeln. Das kitzelt. »Scheußliche Sachen, scheußliche Sachen.« Er beruhigt sich wieder, schweigt einen Augenblick, schaut mir dann ins linke Auge. »Wenn der Kapitän sich des Vertrauens der Besatzung als unwürdig erweist, muss ich wissen, dass ich auf dich zählen kann.«

»Auf mich zählen, was zu tun?«

Daraufhin schiebt er seinen Schnabel ganz dicht an mein Ohr. »Ihn zu töten natürlich.«

72 UNSERE EINZIGE HOFFNUNG

Du liegst auf deinem Bett. Das Hemd ausgezogen. Ein Fieber ohne Hitze brennt in deinem Hirn. Draußen fällt Regen, als ginge die Welt unter.

»Schlimm«, murmelst du. »Etwas Schlimmes. Etwas Schlimmes wird in der Schule passieren, weil ich nicht da bin.«

Deine Mutter streichelt dir den Rücken wie früher, als du klein warst.

»Und als du da warst, ist etwas Schlimmes zu Hause passiert.«

Sie versteht es nicht.

»Als ich dachte, dass zu Hause etwas passiert, habe ich mich geirrt«, sagst du, »aber jetzt habe ich recht. Das weiß ich. Ich weiß es einfach.«

Du drehst den Kopf und siehst sie an. Sie hat rote Augen. Nicht vom Weinen, möchtest du dir einreden. Sondern vom Schlafmangel. Sie hat nicht geschlafen. Dein Vater auch nicht. Du auch nicht. Ihr habt seit zwei Tagen nicht geschlafen. Vielleicht seit dreien. Sie fehlen beide bei der Arbeit. Sie kümmern sich abwechselnd um dich. Du möchtest allein gelassen werden, hast aber Angst, allein gelassen zu werden, aber du hast auch Angst, nicht allein gelassen zu werden. Sie hören dir zu, aber sie hören dich nicht, und die Stimmen sagen dir, dass deine Eltern ein Teil des Problems sind. »*Sie sind nicht deine richtigen Eltern, oder?*«, sagen die Stimmen. »*Sie sind Schwindler. Deine richtigen Eltern wurden von einem Nashorn gefressen.*« Das weißt du aus *James und der Riesenpfirsich* – eins deiner Lieblingsbücher, als du klein warst –, aber jetzt ist alles so durcheinander und die Stimmen so überzeugend, dass du gar nicht mehr weißt, was wirklich ist und was nicht. Du weißt, die Stimmen sprechen nicht in dein Ohr, aber in deinem Kopf sind sie auch nicht direkt. Sie scheinen dich von anderswoher zu rufen, von einer Quelle, die du zufällig angezapft hast, so als ob ein Handy plötzlich ein Gespräch in einer fremden Sprache mitschneidet – aber irgendwie verstehst du sie. Sie lauern am Rand deines Bewusstseins, wie Dinge, die du beim Aufwachen hörst, bevor dein Traum unter dem zermalmenden Gewicht der Realität zusammenbricht. Aber wenn der Traum nun nach dem Aufwachen nicht aufhört? Und wenn du nicht mehr fähig bist, den Unterschied zu erkennen?

Die Stimmen können nicht real sein, aber sie sind sehr gut darin, dich das vergessen zu lassen.

»Sie sagen mir, das Ende der Welt kommt, wenn ich das, was passieren wird, nicht aufhalte.«

»Wer sagt dir das?«, fragt deine Mutter.

Aber du antwortest nicht. Du willst nicht, dass deine Eltern von den Stimmen erfahren, also stöhnst du nur und denkst an die vielen Filme, in denen ein Mensch auserwählt ist, die Welt zu retten. »Du bist unsere einzige Hoffnung«, heißt es in solchen Filmen immer. Und wenn die Helden nun nie ihrem Schicksal entgegentreten würden? Wenn sie bloß im Bett liegen blieben und sich von ihren Müttern den Rücken massieren ließen? Wenn sie gar nichts täten? Was wäre das für ein Film?

73 DIE EHRE

Der Kapitän ruft mich in seine Kajüte. Nur er und ich in seinem Arbeitszimmer. Der Papagei ist nirgendwo zu entdecken. Zuletzt habe ich ihn in der Kombüse gesehen, wo er von Schulter zu Schulter hüpfte und den Seeleuten in die Ohren schaute, um festzustellen, ob sie noch ihre Hirne haben. Der Papagei zwinkert mir jetzt jedes Mal zu, wenn wir uns sehen, um mich an unsere geheime Besprechung zu erinnern.

»Vertraust du mir, Caden?«, fragt der Kapitän.

Wenn ich lüge, wird er es merken, also sage ich die Wahrheit. »Nein.«

Die Antwort lässt ihn lächeln. »Guter Junge. Das heißt, du lernst. Ich bin stolz auf dich. Stolzer, als du ahnst.«

Das bringt mich aus dem Konzept. »Ich dachte, Sie hassen mich.«

»Ganz und gar nicht!«, sagt er. »Die Prüfungen, denen ich dich unterwerfe, sollen dich nur läutern. Dich reinigen und härten. Täusche dich nicht, Junge, du bist der größte Hoffnungsträger dieser Mission. All meine Hoffnungen ruhen auf dir.«

Ich weiß nicht recht, was ich dazu sagen soll. Ich frage mich, ob er das zu allen Besatzungsmitgliedern sagt, aber irgendwie spüre ich, dass er es ehrlich meint.

»Offen gesagt mache ich mir große Sorgen um die Lage meines Schiffes, Junge. Nicht um die Wellen drum herum, sondern um die Strömungen im Inneren.« Er beugt sich näher zu mir. »Ich weiß, sie redet mit dir. Kalliope. Sie verrät dir Dinge, die sie niemand anderem verrät. Das ist der Beweis, dass du etwas Besonderes bist. Dass du auserwählt bist.«

Ich sage kein Wort. Nicht ehe ich weiß, wohin das alles führt.

»Wenn sie etwas weiß, wird sie es *dir* sagen.«

Da wird mir klar, dass ich womöglich endlich ein wenig Macht in der Hand habe. »Wenn sie mir Sachen erzählt, dann im Vertrauen. Warum sollte ich dieses Vertrauen brechen und es Ihnen erzählen?«

»Ich bin dein Kapitän!« Als ich darauf nicht reagiere, knurrt er und rennt hinter seinem Schreibtisch hin und her. »Oder vielleicht legst du auch dem Papagei Rechenschaft ab.« Er schlägt mit der Faust gegen die Wand. »Dieses aufrührerische Federvieh! Er sitzt auf meiner Schulter und sät dabei die Saat des Aufruhrs unter meiner Besatzung.«

Dann packt er mich und mustert mich mit seinem heilen Auge aus der Nähe, ganz wie es der Papagei getan hat. »Sagt Kalliope, dass es eine Meuterei geben wird? Dass der Vogel die Oberhand behalten wird?«

Ich bleibe ruhig. »Ich werde sie fragen«, sage ich ihm.

Er ist erleichtert. »Guter Junge. Ich wusste, du bist loyal.« Dann flüstert er: »Wenn die Zeit kommt, werde ich dir die Ehre überlassen.«

»Welche Ehre?«

Er lächelt. »Die Ehre, den Papagei zu töten.«

74 IN GOD WE TRUST

Als ich kleiner war, hatte ich jedes Mal, wenn ich einen Dollarschein anschaute, das merkwürdige Gefühl, dass Washington mich anstarrte. Das war witzig und auch ein bisschen gruselig. Und es war nicht bloß Washington. Hamilton mit seinem ewig leichten Grinsen wirkte total ablehnend. Und Jackson war der Schlimmste. Diese verstörend hohe Stirn, dieser überlegene Blick, der mir vorwarf, mein Geld unvernünftig zum Fenster hinauszuwerfen. Nur Franklin war freundlich, aber Hunderter bekam ich natürlich nicht so oft zu sehen.

Vielleicht hätte das schon ein Hinweis sein sollen, dass mit mir ernstlich etwas nicht stimmte. Oder vielleicht denkt auch jeder so verrückte, abgedrehte Sachen. Es war ja nicht so, dass ich wirklich glaubte, dass sie mich ansahen – es war bloß so ein lustiger Gedanke, mit dem ich ohne Grund ein bisschen herumspielte. Es hinderte mich nie daran, das Geld zu verwenden. Jedenfalls nicht bis vor Kurzem.

Wir suchen immer nach Hinweisen, die wir übersehen haben, wenn etwas schiefläuft. Wir werden wie Detektive, die einen Mordfall lösen müssen, weil wir glauben, wenn wir die Anhaltspunkte entdecken, bekommen wir die Sache ein wenig unter Kontrolle. Klar, wir können nicht ändern, was passiert ist, aber wenn wir genug Spuren und Anzeichen aneinanderreihen, dann können wir beweisen, dass wir den Albtraum, der uns heimsucht, hätten aufhalten *können*, wenn wir nur schlau genug gewesen wären. Ich nehme an, es ist angenehmer, an seine eigene Dummheit zu glauben als daran, dass alle Hinweise der Welt keinen Deut geändert hätten.

75 KINDERSICHERUNGEN

»Wir machen einen Ausflug«, sagt dein Vater zu dir. Du weißt, dass er geweint hat.

»Was für einen Ausflug? Eine Kreuzfahrt?«

»Wenn du willst«, sagt er. »Aber wir müssen jetzt los; das Schiff fährt bald ab.«

Du kannst dich nicht erinnern, wann du zum letzten Mal geschlafen hast. Schlaflosigkeit beschreibt es nicht ausreichend. Es ist Schlaffeindlichkeit. Eine rasende Wachheit, so ansteckend, dass sie Tote aufwecken würde, wenn du ihnen nahe genug kämst. Das glaubst du tatsächlich. Du hast Angst davor. Jeder Gedanke, der dir in den Kopf kommt, wird eine Wahrheit zum Fürchten.

Die Stimmen sprechen immer noch, aber auch sie haben nicht geschlafen, darum grummeln sie bloß Unsinn. Doch du erkennst die Gefühle hinter ihrem Kauderwelsch. Und die sind nicht gut. Darin drängen sich Vorahnungen, bittere Warnungen und Andeutungen deiner wichtigen Stellung im Universum.

Du willst diesen Ausflug nicht machen. Du musst hierbleiben, um deine Schwester zu beschützen. Jetzt ist sie mit Freundinnen unterwegs. Weg von zu Hause. Aber du musst hier sein, wenn sie wiederkommt. Und dann schaust du in die blutunterlaufenen Augen deiner Eltern und merkst, dass auch sie ihre Tochter beschützen wollen. Und dass sie vor dir beschützt werden muss.

Jetzt sitzt du im Auto. Deine Eltern reden, aber ihre Worte sind genauso verworren wie die inneren Stimmen, und obwohl du weißt, dass das Auto bloß der gute alte Familien-Honda ist, fühlt es sich so an, als wären deine Eltern auf den Vordersitzen immer weiter und weiter weg. Plötzlich sitzt du auf dem Rücksitz einer Limo, und jemand saugt den Sauerstoff aus dem Innenraum. Du kriegst keine Luft. Du versuchst die Türen zu öffnen und hinaus auf die Straße zu springen, aber die Türen gehen nicht auf. Jemand hat die Kindersicherungen aktiviert. Du fluchst und schreist und sagst ganz schreckliche Sachen. Alles, um sie dazu zu bringen, anzuhalten und dich rauszulassen, aber das tun sie nicht. Sie versuchen dich zu beruhigen. Dein Vater kann bei dem Wirbel, den du veranstaltest, kaum noch fahren, und du fragst dich, ob das Schreckliche, was du befürchtest, ein Autounfall ist, der euch alle das Leben kostet, und ob du ihn womöglich verursachen wirst, also stützt du den Kopf in die Hände und versuchst nicht mehr zu fliehen.

Ihr fahrt einen steilen Hügel hinunter. Plötzlich ist das Auto keine Limousine mehr, sondern ein gepolsterter Fahrstuhl, und wir sausen die Schräge der schwarzen Pyramide hinunter, hinein in ihre verborgenen Tiefen – tief, tief unter der Erde.

Am Fuß des Hügels biegt das Fahrzeug auf einen Parkplatz ein. Ein Schild vorn kündigt das *SEAVIEW MEMORIAL HOSPITAL* an, aber das ist gelogen. Alles ist gelogen.

Fünf Minuten später sitzen deine Eltern einer Frau mit Wangen wie ein Streifenhörnchen gegenüber, deren Brille für ihr Gesicht zu klein ist. Sie füllen Formulare aus, aber dir ist das egal, weil du eigentlich gar nicht da bist. Du beobachtest sie aus unerreichbarer Entfernung.

Um dich vom Herumtigern abzuhalten, konzentrierst du dich auf das Aquarium. Eine flüssige Oase in einer Wüste unbequemer Anstaltsstühle. Rotfeuerfische, Clownfische, Seeanemonen. Ein verdichtetes, gefangenes Meer.

Ein kleines Kind haut mit der Handfläche gegen das Glas. Die Fische schießen davon, stoßen mit den Nasen gegen die unsichtbare Grenze ihrer Welt. Du weißt, wie sich das anfühlt. Gequält von etwas Unbegreiflichem, das so viel größer ist als du selbst. Du weißt, wie es sich anfühlt, entkommen zu wollen, aber vom Umfang deines persönlichen Universums beschränkt zu sein.

Eine Mutter ruft den Jungen auf Spanisch und zieht ihn weg, als er nicht hört.

Langsam fragst du dich: *Bin ich außerhalb des Aquariums oder darin?* Denn die Regeln des Hier und Dort sind in deinem Kopf nicht mehr klar platziert. Du bist genauso sehr die Gegenstände um dich herum wie du selbst. Vielleicht bist du mit ihnen im Aquarium. Vielleicht sind die Fische Ungeheuer, und du treibst auf einem schicksalsgeweihten Schiff über ihnen – womöglich auf einem Piratenschiff –, das nichts von der Breite und Tiefe der Gefahr ahnt, auf der es sich bewegt. Daran hältst du dich fest, denn so erschreckend das auch sein mag, es ist immer noch besser als die Alternative. Du weißt, du kannst das Piratenschiff so wirklich werden lassen wie alles andere, denn es gibt keinen Unterschied mehr zwischen Gedanken und Realität.

76 NICHT AUFZUHALTEN

Ich bin in einer Verschwörung von Verschwörungen gefangen. Auf der einen Seite planen der Papagei und ich eine Meuterei. Weniger mit Worten, eher mit Blicken. Nicken. Heimlichem Zwinkern seines einen sehenden Auges. Meine Zeichnungen wimmeln von geheimen Botschaften für ihn. Glaubt er jedenfalls.

Auf der anderen Seite planen der Kapitän und ich das Ende des

Papageis. Auch er zwinkert mir mit seinem guten Auge zu und schmückt die Wände seiner Kajüte mit, wie er es nennt, »den verräterischen Visionen eines triumphierenden Kapitäns«.

»Teile niemandem die geheime Bedeutung deiner Schöpfungen mit«, flüstert er mir zu. »Wir werden den Papagei an die Untiere der Tiefe verfüttern, wie deine Zeichnungen andeuten, und niemand wird sich einen Reim darauf machen.«

Ich weiß, diese beiden Pläne werden irgendwann zusammentreffen wie Materie und Antimaterie und mich bei der Detonation vernichten, aber ich sehe keinen Ausweg. Es ist nicht aufzuhalten. Es kommt so sicher wie die Untiere, die alle Geheimnisse des Challengertiefs hüten.

77 ÖLPEST

Der Papierkram der Klinik ist erledigt. Der Handel mit dem Teufel abgeschlossen. Die Dame mit den Wangen und der kleinen Brille schaut dich mit falscher, aber wohlgeübter Freundlichkeit an.

»Es wird alles gut, Schätzchen«, sagt sie, und du schaust dich um, ob sie vielleicht mit jemand anderem redet. Du wirst mit deinen Eltern in einen anderen Flügel der Klinik geführt. Ein Spezialflügel. Deine Eltern umklammern einander. Ein einziges Wesen mit vier weinenden Augen.

Du glaubst, du kommst damit klar, weil du immer noch alles aus der Ferne betrachtest, bis es so weit ist, dass deine Eltern zur Tür gehen, und du merkst, dass du überhaupt nicht weit weg bist. Du bist hier und beängstigend allein. Du sollst kielgeholt werden, alle düsteren Vorahnungen verbinden sich zu einer, und du weißt ganz sicher, dass etwas Schreckliches passieren wird, dir, deinen Eltern, deiner Schwester, deinen Freunden, aber größtenteils dir, wenn sie dich hierlassen.

Also gerätst du in Panik. Du warst nie gewalttätig, aber jetzt hängt dein Leben davon ab, dich freizukämpfen. Das Schicksal der Welt selbst hängt daran, dass du überall anders bist, nur nicht hier.

Aber sie sind gewitzt. Sie sind clever. Massige Männer in pastellfarbener Klinikkleidung stürzen sich aus dem Nichts auf dich. Sie packen dich und halten dich zurück.

»Nein!«, schreist du. »Ich werde brav sein! Ich werde es nicht mehr tun!« Du weißt nicht mal, was »es« ist, aber was es auch sein mag, du wirst damit aufhören, wenn du nicht hierbleiben musst.

Als deine Eltern dein Flehen hören, zögern sie an der Tür, als könnten sie es sich anders überlegen – doch eine Krankenschwester in Pastellrosa stellt sich zwischen euch.

»Je länger Sie bleiben«, erklärt sie deinen Eltern, »desto schwerer wird es für ihn, und desto schwieriger wird unsere Arbeit mit ihm.«

»Sie bringen mich um!«, schreist du. »Sie bringen mich um!« Und allein, weil du es aus deinem eigenen Mund hörst, wird es wahr, aber deine Eltern drehen sich um und fliehen durch eine Reihe von Türen, die sich auf- und wieder zuschieben wie Schleusen, und sie gehen hinaus in eine Nacht, die anscheinend vor wenigen Sekunden über das Tageslicht gefallen ist. Jetzt denkst du, dass du womöglich recht hattest. Vielleicht sind sie gar nicht deine Eltern, sondern Schwindler.

Dein Adrenalin macht dich beinahe stärker als die drei Pastellmänner, die dich festhalten. Beinahe. Am Ende schleifen sie dich in ein Zimmer und auf ein Bett, und du spürst einen scharfen Stich im Hintern. Du drehst dich um und siehst gerade noch, wie eine Schwester die Spritze herauszieht, die ihre tödliche Ladung bereits abgesetzt hat. Innerhalb von Sekunden sind deine Arme und Beine mit gepolsterten Schnallen befestigt, und die Injektion wirkt.

»Ruh dich jetzt aus, mein Lieber, es wird alles gut«, sagt die Schwester. »Es wird dir davon besser gehen.«

Dann erreicht das Gift aus deinem Hintern dein Gehirn, und dein Geist zerläuft ganz dünn wie eine Öllache auf der Meeresoberfläche.

Und zum ersten Mal entdeckst du die Weiße Plastikküche. Einen Ort, den du immer wieder besuchen wirst. Ein Tor zu all den Orten, an denen du nicht sein willst.

78 DAS REICH DER BARMHERZIGEN SONNE

Ich habe so einen Traum. Ich liege irgendwo an einem Strand, wo man kein Englisch spricht – oder wenn, dann nur, weil es hier so viele amerikanische Touristen gibt, die Geld ausgeben, das sie nicht haben, für Dinge, die sie nicht brauchen, und sich von der unbarmherzigen Sonne rot wie Hummer brennen lassen.

Mir jedoch vergibt die barmherzige Sonne. Sie vergibt uns allen – meiner Mutter, meinem Vater, meiner Schwester. Sie gießt Wärme und Licht über uns aus, ohne mit bösen Folgen zu drohen. Kein Sonnenschutz nötig.

Die Geräusche hier sind alle freudig. Lachen. Spielende Kinder. Strandverkäufer, die ihre glänzenden Waren so charismatisch anpreisen, dass niemand ihnen widerstehen kann. Glückliche Touristen ziehen golden und silbern behängt von dannen, und ihr neuer Schmuck klimpert bei jedem Schritt wie Weihnachtsglöckchen.

Meine Schwester spielt in der sanften türkisfarbenen Brandung und sucht nach Muscheln. Das Rauschen der Wellen, die um ihre Füße brechen, ist ein sanftes Seufzen, als hätte das Meer selbst dauerhafte Zufriedenheit gefunden.

Meine Eltern gehen Hand in Hand den Strand entlang. Mein Vater trägt seinen liebsten Strohhut, einen weißen Fedora, den er nur im Tropenurlaub aufsetzt, weil er überall sonst lächerlich aussieht. Niemand redet von Quittungen oder Steuern, er muss nicht über Zahlen brüten. Mom geht fröhlich barfuß, und egal, wie warm die Sonne scheint, der Sand bleibt immer kühl. Sie muss heute keine Zähne reinigen. Sie schlendern beide in einem gemächlichen Tempo, das ihre Ziellosigkeit verrät.

Und ich? Ich sitze im Sand und freue mich am körnigen Gefühl, wie er durch meine Zehen rieselt. In der Hand halte ich ein hohes Glas mit einem kühlen Getränk, von Kondenswasser beperlt, in dem sich das Sonnenlicht bricht wie in einem Kaleidoskop. Ich sitze am Strand und tue absolut nichts. Ich denke auch absolut nichts. Ich bin zufrieden, nur im Augenblick zu leben.

Es gibt hier keine Küche außer einem Grill unter freiem Himmel etwas weiter den Strand hinunter, wo Garnelen serviert werden. Das Aroma ist angenehm; eine Art fleischlicher Weihrauch, wie Brandopfer für den Gott des endlosen Urlaubs.

Es gibt hier auch kein Schiff außer der schnittigen Rennjacht, die gerade aus der Bucht segelt, angetrieben von einer wie für sie gemachten sanften Brise, die sie zu noch exotischeren Orten trägt.

Mit der Welt scheint alles in Ordnung …

Und das Traurige ist, dass ich weiß, es ist nur ein Traum. Ich weiß, bald muss er enden, und wenn er endet, werde ich wach an einen Ort geworfen, wo entweder ich kaputt bin oder die Welt.

Darum verfluche ich den vollkommenen Strand und den kühlen, Durst löschenden Drink, den ich in der Hand spüre, aber nie, niemals an die Lippen heben kann.

79 ZUR GENEHMIGUNG VORGELEGT

Bewusstsein ist ein relatives Konzept, wenn man mit psychoaktiven Substanzen vollgepumpt ist. Es ist keine Frage von Entweder-oder. Es ist eher so, als ob die Schnittstelle zwischen Schlaf und Wachen wie eine Supernova explodiert ist und sich alles ringsum mit kosmischem Schrapnell einverleibt hat. Das Einzige, was überlebt, ist ein beständiges Gefühl von *Woanders*. Ein Ort, wo die Zeit kein gerader, vorhersehbarer Strahl ist, sondern eher wie der verknotete Schnürsenkel eines Kleinkinds. Ein Ort, wo der Raum Blasen wirft und sich wie ein Zerrspiegel in vier Dimensionen verbiegt, und wo jeder ein Horrorclown ist. Du bist die kleine gesichtslose Figur im ganz alten Vorspann von *Twilight Zone*, die durch eine Welt aus Schatten und Materie fällt, während wattige Gedanken aus ihrem länglichen Kopf quellen.

Rod Serling muss schwer psychotisch gewesen sein, als er sich diese Fernsehserie ausgedacht hat.

80 SALZIGE NACKTSCHNECKE

Manchmal begreifst du, dass du in einer Klinik im Bett liegst. Manchmal bist du überzeugt, dass es die Weiße Plastikküche ist. Und dann wieder bist du sicher, in die geblähten Segel eines Schiffes genäht zu sein. Der Schwindel ist real, und einige der Gesichter auch, aber viel Glück beim Herausfinden, welche das sind und wie sie wirklich aussehen. Sie sagen dir, dass du nur in der ersten Nacht »fixiert« wurdest, als du gewalttätig wirktest, aber es kommt dir immer noch vor, als wärst du an das geblähte Bett geschnallt.

Menschen kommen und gehen, reden mit dir, und du hörst dich antworten, spürst aber nicht, wie deine Lippen Worte formen. Deine Fingerspitzen oder Zehen spürst du auch nicht.

»Wie fühlst du dich?«

Das wirst du oft gefragt. Oder vielleicht auch nur einmal, und die anderen Male waren bloß Echos.

»Salzige Schnecke«, hörst du dich betäubt nuscheln. »Ich glaube, ich habe ins Bett gepinkelt.«

»Mach dir keine Gedanken deswegen. Wir kümmern uns darum.«

Du glaubst, dass sie dir womöglich so eine Erwachsenenwindel anlegen, und dann wird dir klar, dass sie das vielleicht schon getan haben, aber du weißt es nicht und willst es nicht herausfinden. Du möchtest dich in dein Haus zurückziehen, immer tiefer in die Spiralen hinein, aber du merkst, dass du gar kein Haus hast. Du bist eher so eine Nacktschnecke. Völlig schutzlos.

Und die ganze Zeit reden die Stimmen in deinem Kopf weiter auf dich ein, aber sie sind so bedröhnt, dass sie nicht viel bewirken, und du erkennst, dass diese Behandlung sich gar nicht so sehr von einer Chemotherapie für Krebspatienten unterscheidet. Sie bombardieren den ganzen Körper mit fiesem Scheißzeug und hoffen, dass sie damit die Krankheit erwischen und den Rest am Leben lassen. Die Frage ist: Wenn man die Stimmen vergiftet, bringt sie das um oder macht es sie nur richtig stinksauer?

81 DER KRIEG DER NEMESI

»Heute«, sagt der Kapitän mit höchst gebieterischer Stimme, »werde ich euch eine Geschichte aus diesen Gewässern erzählen, deren Wahrheit nicht vom Legendenmeister bestätigt werden muss, denn ich kenne sie auswendig.«

Der Papagei wird skeptisch und trippelt merklich beiseite, weil er vielleicht nicht mit dem assoziiert werden möchte, was der Kapitän sagt.

»Alles fängt mit einem großen Kapitän an, Ahab genannt«, erzählt er uns, »und endet mit einem anderen Kapitän namens Nemo.«

Ich weiß zwar, dass ich wieder ein Brandzeichen auf der Stirn oder Schlimmeres riskiere, aber ich melde mich trotzdem zu Wort. »Entschuldigung, aber ich glaube, diese beiden literarischen Figuren sind sich nie begegnet.«

»Sind sie wohl, Junge!«, sagt der Kapitän viel geduldiger, als ich erwartet hätte. »Tatsächlich waren sie gute Freunde – und das war ein Teil des Problems. Doch in dieser Geschichte geht es weniger um sie, sondern vielmehr um die großen Nemesi.«

Ich überlege, ob ich einwenden soll, dass Nemesi womöglich nicht der richtige Plural von Nemesis ist, komme aber zu dem Schluss, dass ich lieber nichts riskieren sollte.

»Die Nautilus, das geheimnisvolle Unterseeboot, das Nemo zwanzigtausend Meilen und mehr getragen hat, wurde ständig von dem Riesenkalmar belauert, der sie in die Tiefe zu ziehen drohte. Als die Nautilus vor dem Tintenfisch floh, traf sie zufällig auf die Pequod mit Ahab, die den weißen Wal verfolgte. Es kam zu einem Zusammenstoß, und die Pequod sank.« Er schaut mich an und sagt spöttisch: »*Du* wirst mir sicher weismachen wollen, dass der Wal Schiff und Kapitän versenkt hat, aber da lag Melville falsch. Seine Geschichte war ein Lügenmärchen, das ihm Ismael aufgetischt hat, der geschworen hatte, das Geheimnis des Kapitäns zu wahren.«

Der Papagei pfeift – entweder vor Abscheu oder vor Bewunderung für die Dehnbarkeit dieses Seemannsgarns.

»Sei es nun, wie es wolle«, fährt der Kapitän fort, »Nemo jedenfalls fischte Ahab aus dem Wasser, und auf den ersten Blick erkannten die beiden Kapitäne, dass sie Brüder im Geiste waren. Sie fuhren im Unterseeboot davon, bis sie die Grüne See fanden, und wenn sie nicht gestorben sind, leben sie dort noch heute glücklich und zufrieden.« Er legt eine Pause ein, vielleicht, weil er Beifall erwartet, doch er bekommt keinen, also fährt er fort. »Ihre Untiere jedoch entdeckten keine solche gegenseitige Zuneigung.« Dann breitet der Kapitän die Arme aus, und seine Augen weiten sich. »Riesig waren sie, der weiße Wal und der Riesenkalmar. Groteske Launen der Natur beide, doch von gegensätzlicher Art. Empfindsam und eigenwillig der Krake, der das Meer um ihn herum mit tintiger Dunkelheit verwirrte. Eine achtarmige Monstrosität – eine Ausgeburt des Chaos, die sich aller Logik widersetzte. Der Wal hingegen war ganz Vernunft und Anstand. Mit seinem mächtigen, durch Echos ortenden Hirn konnte er Dimensionen und Distanzen berechnen. Er wusste alles, was sich über seine Lebenswelt zu wissen lohnte, während der Kalmar nie über seine eigene Tintenwolke hinausschaute. Natürlich verabscheuten sie einander.«

Damit haut er die Faust so fest auf den Tisch, dass wir alle zusammenzucken und der Papagei so heftig mit den Flügeln schlägt, dass er ein paar Federn verliert.

»Große Seefahrer dürfen ihre Untiere niemals verlassen!«, verkündet der Kapitän. »Dank der Nachlässigkeit dieser beiden Männer sind die Nemesi nun dazu verdammt, einander bis zum Ende der Zeiten zu bekriegen, und mit jedem Jahr werden sie wütender!« Er starrt uns alle nacheinander an. »Irgendwelche Fragen?«

Wir schauen einander an. Offensichtlich gibt es jede Menge Fragen, aber keiner will eine stellen. Schließlich hebt Knochenjunge ängstlich die Hand, und als er aufgerufen wird, sagt er: »Hä?«

Der Kapitän holt tief Luft und leert seine Lunge dann mit einem entnervten Seufzer, den ich wie einen Sturmwind spüre. »Die Moral der Geschichte ist, dass wir uns nicht von unseren Untieren befreien dürfen. Oh nein – wir müssen allem anderen auf der Welt entsagen *außer* unseren Untieren. Wir müssen sie so sehr pflegen, wie wir mit ihnen fechten, und wir müssen uns der Einsamkeit und dem Elend ergeben, ohne Hoffnung auf Entrinnen.«

Das Mädchen mit dem Perlenhalsband nickt zustimmend. »Das verstehe ich.«

Mir jedoch liegt es so quer, dass ich nicht anders kann, als offen zu widersprechen. »Das ist nicht richtig!«

Alle Augen wenden sich in meine Richtung. Ich sehe schon das *Minus* neben der Sechs auf meine Stirn gebrannt.

»Erläutere das«, knurrt der Kapitän. Ich weiß, das ist eine Warnung, aber ich will nicht darauf hören.

»Wenn diese Kapitäne einen Weg gefunden haben, ihre Ungeheuer hinter sich zu lassen, dann verdienen sie den Frieden, den sie gefunden haben. Und die Untiere … na, die verdienen einander.«

Niemand rührt sich. Niemand außer dem Papagei, der sich putzt. Ich kann mich des Gefühls nicht erwehren, dass er stolz auf mich ist, weil ich das gesagt habe. Es ärgert mich, dass mir das wichtig ist.

Sollte der Kapitän wirklich geduldig gewesen sein, so ist das nun verflogen. Er sieht aus wie ein Vulkan kurz vorm Ausbruch. »Wie üblich, Seemann Bosch, wird deine Dreistigkeit nur von deiner Dummheit übertroffen!«

Da eilt der Steuermann zu meiner Rettung. »Frechheit, Dummheit, Reizbarkeit, Halbwertzeit. Gehen Sie nicht in die Luft, Kapitän, die Besatzung würde die Strahlung nicht überleben.«

Der Kapitän überlegt und beschließt dann, den Druck seiner Wut durch einen weiteren stürmischen Seufzer abzubauen. »Meinungen sind wie Sandstürme, Seemann Bosch«, sagt er. »Auf See haben sie nichts zu suchen.« Dann kneift er mich in die Nase wie ein unartiges Kind und entlässt uns.

Kaum sind wir aus dem Kartenraum raus und an Deck, schimpft der Steuermann mich aus. »Wann lernst du es endlich? Entweder du gehst mit dem Kapitän konform, oder du gehst über die Planke – und weil die aus Kupfer ist, federt sie nicht genug, um einen eleganten Kopfsprung hinzulegen.«

Mir fällt auf, dass ich zwar die Springer aus dem Krähennest gesehen habe, aber nie die berühmte Planke dieses Schiffes. Als ich aber jetzt über das offene Deck schaue, entdecke ich sie, wie sie unanständig seitlich über den Rumpf hinausragt wie ein ausgestreckter Mittelfinger. Es überrascht mich nicht, dass sie bei ihrer Erwähnung sofort auftaucht. Ich habe gelernt, mich hier von nichts mehr überraschen zu lassen.

Ehe wir unter Deck gehen, wendet sich das blauhaarige Mädchen an mich. Jedes Mal, wenn ich dem Kapitän widerspreche, scheine ich in ihrer Achtung ein wenig zu steigen. »Ich wette, unser Kapitän hat auch ein ziemlich fieses Untier«, sagt sie. »Glaubt ihr, wir werden jemals darauf stoßen?«

Ich schaue nach oben, wo der Papagei sich vom Kartenraum zu einer hohen Rahe am Fockmast aufschwingt.

»Ich glaube, das sind wir schon«, antworte ich.

82 TIEF IM RACHEN DES SCHICKSALS

Mitten in der Nacht werde ich von Seeleuten, die ich nicht kenne, verschleppt und zum Putzen der Kanone gebracht. Zweifellos die Bestrafung dafür, dem Kapitän widersprochen zu haben. Ich versuche mich zu wehren, aber meine Gliedmaßen haben sich vollständig in Gummi verwandelt, so wie das Schiff in Kupfer. Meine Arme und Beine dehnen sich in seltsame Richtungen und tragen mich nicht, als ich aufzustehen versuche, helfen mir nicht, als ich zu kämpfen versuche. Meine Arme schlabbern wie Suppennudeln.

Wir steigen durch eine finstere Luke hinunter in den Raum, wo die Kanone uns erwartet. »Jeder muss auf jeder Reise mindestens einmal die Kanone putzen«, sagt man mir. »Du wirst es tun, ob es dir gefällt oder nicht.«

Es ist finster und trostlos und stinkt nach Fett und Schießpulver. Kanonenkugeln sind zu Pyramiden aufgestapelt, und in der Mitte steht die Kanone, unfassbar schwer – die Kupferplanken darunter geben unter ihrem Gewicht nach. Ihre dunkle Mündung ist sogar noch bedrohlicher als das Auge des Kapitäns.

»Ist das nicht ein Prachtstück?«, sagt der Bootsmann – jener angegraute, muskulöse Seemann, der von tätowierten Skeletten überzogen ist.

Neben der Kanone steht ein Eimer mit Politur und einem Lappen. Mit meinen Gummiarmen tauche ich den Lappen in die Politur und fange an, sie auf den Lauf der mächtigen Waffe zu schmieren, doch der Bootsmann lacht. »So doch nicht, Dummkopf.« Dann packt er mich mit seinen starken Armen und hebt mich hoch. »Außen muss sie nicht geputzt werden.«

Ich höre mehr Gelächter und glaube einen Augenblick, dass noch andere Leute im Raum sind – doch das Lachen kommt von den Totenköpfen seiner Tätowierungen. Dutzende Stimmen kichern mich an. *»Schieb ihn rein!«*, kreischen sie. *»Schieb ihn rein!« – »Ramm ihn rein!«*

»Nein! Halt!« Doch mein Flehen ist zwecklos. Mit dem Kopf voran werde ich in den Lauf der Kanone geschoben und rutsche in ihren kalten, rauen Rachen. Eng. Klaustrophobisch. Ich kriege kaum Luft. Ich versuche mich hin und her zu winden, doch der Bootsmann schreit mich an: »Nicht rühren! Die kleinste Bewegung kann sie losgehen lassen!«

»Wie soll ich sie putzen, wenn ich mich nicht bewegen darf?«

»Das ist *dein* Problem.« Er und seine Tintenfreunde lachen laut und lange – dann ist es still … und dann fängt er an, mit einer Eisenstange auf den Kanonenlauf zu schlagen. Der gleichbleibende Takt ist so laut, dass mein Schädel davon widerhallt.

Dong! Dong! Dong! Dong!

»Stillhalten, bitte!«, schreien die tätowierten Schädel. »Sonst musst du es noch mal machen.«

Nach einer Zeit, die mir unendlich scheint, ändert sich der Rhythmus der Schläge.

B-B-B-Bamm! B-B-B-Bamm! B-B-B-Bamm!

Die endlose Symphonie für Schlagwerk weckt in meinem Hirn den Wunsch, durch die Ohren aus dem Kopf zu schlüpfen und wegzurennen – und mir wird klar, dass es so passieren muss! So werden die Gehirne aus den Köpfen der Seeleute gejagt! Aber ich will keiner von den hirnlosen Matrosen werden. Ich will nicht, dass Carlyle mein abtrünniges Hirn ins Meer spült.

Klong-Klong Dong! Klong-Klong Dong! Klong-Klong Dong!

Das Schlagmuster wird noch zwei Mal durchgespielt, jedes Mal lauter, bis die ganze Welt Lärm ist und mir die Zähne klappern, und ich weiß, niemand wird dem Einhalt gebieten. Ich stecke allein im Lauf einer Kanone, und niemand kann mich retten.

83 UHRWERKROBOTER

Deine Eltern kommen einmal am Tag zur Besuchsstunde wie zwei Uhrwerkroboter. Ihr trefft euch im Gemeinschaftsraum, und jeden Tag flehst du sie an und feilschst mit ihnen, dich mitzunehmen.

»Hier sind lauter *Verrückte!*«, vertraust du ihnen flüsternd an, damit die Leute, über die du redest, dich nicht hören können. »Ich bin keiner von denen! Ich gehöre nicht hierher!«

Sie sprechen es zwar nicht aus, aber du kannst die Antwort in ihren Augen lesen. *Doch, bist du, und doch, tust du.* Du hasst sie dafür.

»Es ist nur für kurze Zeit«, sagt deine Mutter. »Bis es dir wieder besser geht.«

»Wärst du nicht hierhergekommen«, beharrt dein Vater, »wäre es nur noch schlimmer geworden. Wir wissen, es ist hart für dich, aber wir wissen auch, dass du tapfer bist.«

Du fühlst dich gar nicht tapfer, und du traust ihnen nicht genug, um es ihnen zu abzunehmen.

»Es gibt auch gute Nachrichten«, sagen sie. »Dein MRT war in Ordnung. Das heißt, du hast keinen Hirntumor oder so was.«

Bis sie es erwähnt haben, wäre dir gar nicht in den Sinn gekommen, dass du einen haben könntest. Und da sie es jetzt erwähnt haben, glaubst du das Ergebnis nicht.

»War doch nicht so schlimm, oder? Die Kernspintomografie?«

»Es war laut«, sagst du. Allein beim Gedanken daran fangen deine Zähne wieder an zu klappern.

Deine Eltern kommen und gehen, kommen und gehen. Nur daran kannst du das Vergehen der Tage messen. Und sie reden über dich, wenn sie glauben, dass du nicht zuhörst – als wäre irgendwie dein Gehör beeinträchtigt und nicht dein Gehirn. Dabei hörst du sie immer noch quer durch den Raum.

»Es liegt jetzt so etwas in seinem Blick«, sagen sie. »Ich weiß gar nicht, wie ich es beschreiben soll. Ich kann ihm nicht in die Augen gucken.« Darüber musst du beinahe lachen, weil sie nicht sehen, was du siehst, wenn du in *ihre* Augen schaust. In die Augen aller Menschen. Du siehst Wahrheiten, die sonst keiner sieht. Verschwörungen und Verbindungen, so verdreht und vertrackt und klebrig wie das Netz einer Schwarzen Witwe. Du siehst Dämonen in den Augen der Welt, und die Welt sieht in deinen einen bodenlosen Abgrund.

84 VERLORENE LANDSCHAFT

Manchmal kommst du nicht in deinen eigenen Kopf. Du kannst drum herum schleichen, du kannst ihn gegen die Wände hauen, aber du kommst nicht hinein.

»Das ist gar nicht schlimm«, sagt Dr. Poirot. »Denn was da drin ist, nützt dir im Augenblick sowieso nicht viel, oder?«

»Nützt mir nicht viel«, wiederholst du. Oder wiederholt er deine Worte? Das weißt du nie so genau, denn Ursache und Wirkung sind genauso zweifelhaft geworden wie die Zeit selbst.

Dr. Poirot hat ein Glasauge. Das weißt du nur, weil dein Zimmergenosse es dir erzählt hat, aber wenn du jetzt genau hinschaust, erkennst du, dass es etwas kleiner ist als das andere und nicht so gut folgt. Dr. Poirot trägt bunte Hawaiihemden. Er sagt, das soll helfen, dass seine Patienten sich entspannen und wohlfühlen. Dr. Poirot spricht seinen Namen »Poa-rooh« aus; ich hätte gedacht, er klingt eher wie *parrot*. »Wie der Detektiv bei Agatha Christie«, sagt er. »Aber du bist wahrscheinlich zu jung, um die Figur zu kennen. Die Zeiten ändern sich, die Zeiten ändern sich.«

Dr. Poirot hat Spickzettel, die ihm alles über dich verraten. Sogar Sachen, die du selbst nicht wusstest. Wie kannst du einem solchen Menschen auch nur ansatzweise trauen?

»Vergiss den Ärger der Welt da draußen. Deine Aufgabe ist es, dich auszuruhen«, sagt er und blättert die Seiten deines Lebens um.

»Meine Aufgabe ist Ausruhen«, echost du und bist sauer auf dich, dass du nicht mehr zu bieten hast als ein Echo. Du weißt nicht, ob das an den Medikamenten liegt oder an deinem gestörten Gehirn.

»Dein Geist ist jetzt geschient«, sagt er. »So musst du dir das vorstellen. Er war gebrochen, und jetzt hat er eine Schiene.«

Du fragst, ob du Sachen von zu Hause haben kannst, weißt aber nicht, wonach du fragen sollst. Du kannst deine eigenen Sachen anziehen, nur keine Gürtel oder Schmuck. Bücher sind erlaubt, aber keine scharfen Bleistifte oder Kugelschreiber. Nichts, das als Waffe gegen andere oder dich selbst eingesetzt werden kann. Im Gemeinschaftsraum sind Schreibgeräte erlaubt, werden aber ständig von den Pastellen bewacht.

Später am Vormittag kommt dein Frühstück zusammen mit der

Morgenmedikation in einem krassen Kotzstrahl wieder hoch. Es gab keinerlei innere Vorwarnung, und alles ergießt sich wie Gischt über den Puzzletisch.

Das Mädchen, das anscheinend sein ganzes Leben an diesem Puzzletisch verbringt, rastet total aus.

»Das hast du mit Absicht gemacht!«, schreit die ewige Puzzlespielerin. »Das weiß ich genau!« Sie hat blaue Haare, an den Wurzeln blond. Die Wurzeln sind, vermutest du, die korrekte Maßeinheit dafür, wie lange sie schon hier ist. Als du auf ihr Puzzle kotzt, stürzt sie sich auf dich – stößt dich hart gegen die Wand, und du bist zu sediert, um dich zu wehren. Jetzt hast du eine schlimme Prellung am Arm, aber der Schmerz ist ebenfalls betäubt, so wie auch jeder andere Teil deines Nervensystems.

Ein Pastellmensch ist rasch zur Stelle, um die Puzzlepatientin zurückzuhalten, ehe sie dir die Augen auskratzen kann, und ein anderer Pastellmensch führt dich weg. Hier sind immer und überall Pastelle zur Stelle, falls jemand über die Stränge schlägt, und wenn es richtig schlimm wird, gibt es noch die Wachleute in Schwarz, aber du glaubst nicht, dass sie Waffen tragen, denn es wäre zu leicht für jemand Verzweifelten, sich eine Waffe zu schnappen.

Du hörst die Puzzlerin weinen, als du weggehst. Du willst auch weinen, um ihre verloren gegangene Landschaft, aber stattdessen kommt ein Lachen heraus, wovon du dich noch schlechter fühlst, weshalb du noch lauter lachst.

85 ALLES FLEISCH MUSS WEICHGEKLOPFT WERDEN

Du bist wieder in der Weißen Plastikküche. Um dich herum siehst du Formen, die manchmal Sinn ergeben, manchmal nicht. Monster mit miesen Absichten tragen ständig wechselnde Masken. Stimmen fallen in einen plappernden Chor ein, du kannst nicht sagen, aus welcher Richtung sie kommen, aus welcher Dimension – ob aus einer der üblichen drei oder einer, die nur durch den dauernd schmerzenden Teil deines Schädels zugänglich ist.

Heute Nacht schwitzt du. Es ist zu heiß in der Küche. Und dein Kopfschmerz wird davon nur schlimmer.

»Ich habe einen Hirntumor«, sagst du zu einer körperlosen Maske, neben der ein Klemmbrett schwebt.

»Nein, hast du nicht«, antwortet sie.

»Er ist inoperabel«, beharrst du. Du weißt nicht, ob die Maske männlich oder weiblich ist. Du glaubst, das ist Absicht.

»Weder das MRT noch die Computertomografie haben irgendetwas Ungewöhnliches gezeigt«, sagt die Maske und schaut auf das Klemmbrett – und du widersprichst nicht mehr, denn du willst nicht wieder in die Kanone geschoben werden.

Der Maske wachsen Hände – oder vielleicht hatte sie die ganze Zeit Hände, und bis jetzt waren sie bloß unsichtbar. Du spürst Druck am Oberarm, und als du hinschaust, wird dein ganzer Arm in die Beuge einer Guillotine gepresst.

»Halt still, ich prüfe bloß deine Vitalfunktionen«, sagt die männlich-weibliche Maske.

Die Guillotine fährt herab. Du siehst deinen Arm auf dem Boden herumzucken wie eine Forelle im Boot. Du stöhnst, und die Maske sagt: »Zu klein. Wieder reinschmeißen, ja?« Sie wirft den Arm aus einem offenen Fenster, das vor einem Moment noch nicht da war. Aber als du noch mal hinschaust, hängt dein Arm immer noch an deinem Körper.

»Der systolische ist immer noch hoch. Wir werden die Clonidingabe erhöhen«, sagt die Maske. »Und wenn das nicht hilft, lassen wir deinen Kopf einfach wie einen Ballon platzen.«

Einige dieser Sätze werden tatsächlich gesprochen. Andere nicht. Aber du hörst sie trotzdem alle gleich, und du kannst nicht erkennen, welche Worte laut ausgesprochen und welche dir telepathisch zugesandt werden.

»Schauen wir uns mal diese Prellung an. Ist die Stelle noch druckempfindlich?« Er-sie schaut sich den violetten Fleck an, den dir das blauhaarige Puzzlemädchen verpasst hat.

»Hmm – schön weichgeklopft«, sagt er-sie oder auch nicht. »Gut! All unser Fleisch sollte sich wie Butter schneiden lassen.« Dann lassen sie dich zurück und im eigenen Saft schmoren.

86 THERAPIE-RODEO

Du weißt nicht, was sie den Jugendlichen innerhalb dieser schmerzlich kahlen Einrichtungsmauern zu essen geben. Hühnchen vielleicht? Gulaschsuppe? Das Einzige, was du eindeutig identifizieren kannst, ist die Götterspeise. Davon gibt es eine Menge. Kleine Stückchen Pfirsich oder Ananas hängen darin, eingeschlossen im durchsichtig wabbelnden Hellrot. Du kannst ihre Zwangslage nachfühlen. Vor allem, wenn die Wirkung der Medikamente einsetzt. Manchmal fühlt sich deine Umwelt gelatiniert an, und es erfordert so ungeheure Willenskraft, sich auch nur ein winziges Stück zu bewegen, dass es die Mühe kaum wert scheint.

Du existierst von einer Mahlzeit zur nächsten, obwohl das Essen dir gar nichts mehr bedeutet, weil du weder Hunger hast noch einen Geschmackssinn. Das ist eine Nebenwirkung deines magischen Medikamenten-Cocktails.

»Ist nur vorübergehend«, sagt Dr. Poirot. »Nur vorübergehend.«

Was dir nicht viel sagt, denn die Zeit bewegt sich nicht mehr vorwärts. Aber auch nicht mehr seitwärts. Sie dreht sich bloß noch auf der Stelle wie ein kleines Kind, das schwindelig werden will.

Du lernst, die Zeit nach Therapiesitzungen einzuteilen.

Drei Mal am Tag treiben sie euch für jeweils eine Stunde im Kreis zusammen und zwingen euch, so schreckliche Dinge anzuhören, dass du sie nie wieder aus dem Kopf kriegst. Ein Mädchen beschreibt in grausamen Einzelheiten, wie sie immer wieder von ihrem Stiefbruder vergewaltigt wurde, ehe sie versuchte, sich die Kehle durchzuschneiden. Ein Junge erklärt Schritt für Schritt, wie es ist, sich Heroin zu spritzen und auf der Straße seinen Körper zu verkaufen, um das Geld für mehr Drogen zu verdienen. Diese Jungen und Mädchen sind mit furchtbaren Dämonen gestraft, und du willst dich abwenden, wegrennen, dir die Ohren zuhalten, aber du bist zum Zuhören gezwungen, weil es »therapeutisch« ist. Welcher verdammte Vollidiot hat wohl beschlossen, dass man verkorkste Jugendliche am besten damit quälen sollte, sich die realen Albträume aller anderen anzuhören?

Du erzählst deinen Eltern davon, und zu deiner Überraschung sind sie genauso wütend darüber wie du.

»Mein Sohn ist fünfzehn!«, sagt dein Vater zum obersten Pastell. »Sie setzen ihn da Gräuelgeschichten aus, die kein Kind zu hören kriegen sollte – und erst recht kein krankes Kind –, und das nennen Sie Therapie?«

Super, Dad. Das erste Anzeichen, dass er doch kein Schwindler ist.

Die Beschwerden deiner Eltern zeigen Wirkung. Ein neuer »Moderator« übernimmt die Therapiegruppe, um die Zügel fester in die Hand zu nehmen, damit das Therapie-Rodeo für leicht zu beeindruckende junge Seelen nicht allzu traumatisch wird. »Ich soll euch keine Gehirnwäsche verabreichen«, sagt er zu uns. »Ich soll euch nur helfen, euch alles von der Seele zu reden.«

Sein Name ist Carlyle.

87 ALLES, WOFÜR WIR GEARBEITET HABEN

»Deine Träume machen mir Sorgen«, sagt der Kapitän. »Sie stinken nach Bosheit und aufrührerischen Vorsätzen.«

Wir sitzen in seiner Kajüte, nur er und ich. Er raucht eine schwelende Pfeife, die er mit aus dem Meer gefischtem Tang gestopft hat. Die Papageienstange ist leer.

»Aber aus Träumen gewinnt man Erkenntnisse«, entgegne ich.

Der Kapitän beugt sich vor, und der beißende Rauch aus seiner Pfeife steigt mir in die Augen. »Nicht aus diesen Träumen.«

Ich erwarte dauernd, dass auch der Papagei seine Meinung äußert, weil ich vergesse, dass er gar nicht da ist. Ich habe mich so an Kapitän und Papagei als Team gewöhnt, dass es mich verstört.

»Die maskierten Dämonen aus deinen Träumen von der weißen Küche drohen alles zunichtezumachen, wofür wir gearbeitet haben«, sagt der Kapitän, »und dann war unsere Fahrt vergebens.«

Ich frage mich, ob der Papagei wohl das gleiche Schicksal erlitten hat wie sein Vater, ob er einen unfreiwilligen Besuch in der Kombüse gemacht hat, die ganz und gar nicht so hell und steril ist wie meine Traum-Küche. Hatte er eine Verabredung mit dem Hackbrett? Ich habe schon oft gedacht, dass ich den Papagei gern los wäre, doch der Gedanke an sein Verschwinden weckt dunkle Vorahnungen.

Der Kapitän kann ihn nicht beseitigt haben, denn der Kapitän und ich stecken in der Sache unter einer Decke. Solange ich eine Schlüsselfunktion in den geheimen Plänen sowohl des Kapitäns als auch des Papageis habe, sind sie beide in Sicherheit, wenn ich mich nicht für eine Seite entscheide. Es gibt Tage, da möchte ich, dass sie beide überleben. An anderen möchte ich beide tot sehen. Doch ich fürchte mich davor, dass nur einer von beiden übrig bleibt.

»Hör mir gut zu«, instruiert mich der Kapitän. »Du darfst nicht in die weiße Küche gehen. Verschließe die Augen vor dem Glanz ihrer Lichter. Widersetze dich diesem Ort mit jeder Faser deines Seins. Alles hängt davon ab, dass du hier bei uns bleibst. Bei mir.«

88 GIFTIGE GEZEITEN

Du schläfst eigentlich weniger, als dass du dir acht Stunden vom Tod borgst. Wenn die Medikamente ihre volle Wirkung entfalten und du nicht in deinen Kopf hineinkannst, kannst du auch nicht träumen. Vielleicht gleitest du in den frühen Morgenstunden, kurz vor dem Aufwachen, in dein eigenes Unbewusstes, aber du erwachst nur allzu bald wieder.

Allmählich erkennst du das Muster deines speziellen chemischen Beschusses. Die Taubheit, die fehlende Konzentration, der künstliche Frieden, wenn die Medikamente ins System eingespeist werden. Die wachsende Paranoia und Anspannung, wenn ihre Wirkung wieder nachlässt. Je schlechter es dir geht, desto weiter gerätst du in die trügerischen Gewässer deiner eigenen Gedanken. Je größer die innere Bedrohung, desto mehr sehnst du dich nach diesen Gewässern, als hättest du dich an die fürchterlichen Fangarme gewöhnt, die dich in ihre zermalmende Umarmung ziehen wollen.

Manchmal erkennst du, warum du den Cocktail brauchst. In anderen Momenten kannst du nicht fassen, das überhaupt gedacht zu haben. Und so geht es fort, ein Auf und Ab wie die Gezeiten, zugleich giftig und gesund.

Wenn die Flut steigt, glaubst du an die Wände dieses Gebäudes. Wenn die Ebbe kommt, fängst du an, andere Dinge zu glauben.

»Wenn die Chemie deines Gehirns sich wieder beruhigt«, sagt Dr. Poirot, »wird immer klarer werden, was wirklich ist und was nicht.«

Du bist nicht vollständig überzeugt, dass das gut ist.

89 DIE STRAßEN GRÜN VON BLUT

»Er starrt den ganzen Tag Karten an«, verrät dir Carlyle, der Therapiegruppenleiter. »Wir nennen ihn den Steuermann.«

Der Junge, der am Tisch in der Ecke des Gemeinschaftsraums sitzt, brütet mit aufgerissenen Augen über eine Karte von Europa. Du kannst gar nicht anders, als neugierig werden.

»Warum liegt die Karte auf dem Kopf?«, fragst du ihn.

Er schaut gar nicht auf. »Muss die gewohnten Muster aufbrechen, um zu sehen, was wirklich da ist.« Das ergibt irgendwie Sinn. An dem Punkt warst du auch schon, darum weißt du, wovon er redet.

Mit grünem Marker zieht er entschlossene Linien zwischen Städten, als wüsste er genau, was er tut. Die Karte ist ein wildes grünes Netz. »Löse das Muster, dann löst du alles«, sagt er, und dich packt ein Schauder, weil es dich so sehr an dich selbst erinnert. Du setzt dich ihm gegenüber. Er ist älter als du. Vielleicht siebzehn. An seinem Kinn versucht ein schwächlicher Ziegenbart, sich Ausdruck zu verleihen, ist aber noch sechs Monate von der Verwirklichung entfernt.

Schließlich hebt er den Kopf und sieht dich mit der gleichen Intensität an, mit der er die Karte studiert hat. »Ich bin Hal«, sagt er und streckt dir die Hand hin, nimmt sie aber wieder weg, bevor du sie schütteln kannst.

»Kurzform von Haldol?«

»Witzig. Kurzform von Harold, aber das ist eine elterliche Zuschreibung. Ich bin genauso wenig Harold wie ich Seth bin, der ägyptische Gott des Chaos. Trotzdem ist Seth mein zweiter Vorname. Wie Seth Rogen.« Er schlenkert den Stift zwischen den Fingern hin und her und murmelt Worte vor sich hin, die sich auf »Rogen« reimen – *flogen, zogen, Bogen* –, und irgendwie bringt ihn das dazu, den Stift auf die Stadt Wien zu lenken.

»Mozart!«, sagt er. »Die Geige war sein Lieblingsinstrument. Hier ist er in Armut gestorben.« Er drückt den Stift auf den Punkt, der die Stadt markiert. Grüne Farbe blutet in die Vorstädte. »Hier wird es anfangen«, sagt er. »Gestern dachte ich schon, ich hätte es, aber da lag ich daneben. Diesmal liege ich richtig.«

»Was fängt an?«, fragst du.

»Spielt das eine Rolle? *Dass* es anfängt, ist die Hauptsache.« Dann murmelt er: »Sache, Lache, Lacher, Macher. Hutmacher!« Er springt auf und fragt den nächsten Pastellmenschen, ob man den Film *Alice im Wunderland* zeigen kann – die gruselige Version mit Johnny Depp –, weil irgendwas daran wichtig ist und er ihn unbedingt sofort sehen muss.

»Den haben wir hier nicht«, sagt ihm der Pastellmensch. »Wie wäre es mit der Zeichentrickversion von Disney?«

Hal winkt angewidert ab. »Wieso sind die Leute hier alle so nutzlos?«, sagt er und schaut dich dann an. »Anwesende ausgenommen.«

Es ist ein schönes Gefühl, ausnahmsweise mal nicht zu den Reihen der Nutzlosen gerechnet zu werden.

90 KAMPF DER ATLANTEN

Sie machen Hal zu deinem Zimmergenossen. Dein früherer Zimmergenosse, dessen Namen und Gesicht du schon vergessen hast, wurde heute früh entlassen. Hal zieht ein, bevor das Bett kalt ist.

»Ihr scheint euch zu verstehen«, sagt ein Pastell zu dir. »Hal hat noch mit niemandem ein Zimmer teilen können, aber dich mag er. Das verstehe, wer will.«

Du weißt nicht genau, ob das ein Kompliment ist oder eine Beleidigung.

Hal kommt mit einer überladenen Mappe voller Karten, die aus Atlanten gerissen und vom Automobilclub geklaut sind. »Meine Mutter bringt mir ab und zu neue mit«, sagt er. »Jeder Zuwachs ist ein Schritt in die richtige Richtung.«

Auf die Verbindungslinien, die er zwischen den Städten zieht, hat er rätselhafte Sachen geschrieben. Und er verkündet mit solcher Autorität zusammenhanglose Tiefsinnigkeiten, dass man sie sofort aufschreiben und an die Wand hängen will, aber Schreibgeräte sind nur im Gemeinschaftsraum erlaubt.

»Der Mensch verliert sich oft in einem Fehlen von technologischem, physiologischem, astrologischem Lebenssinn, der sich am besten beschreiben lässt als jede Menge Nichts, versetzt mit einem offensichtlichen Hauch Scotch«, sagt Hal. Du wünschst dir, du könntest es dir merken, damit du es deinen Eltern vortragen und ihnen zeigen kannst, dass auch du tiefsinnig bist – aber im Augenblick gehen dir solche Sachen nicht bloß zu einem Ohr rein und zum anderen wieder raus, sondern sie teleportieren direkt und überspringen den Raum zwischen den Ohren.

Hal spricht von Mathematik, von euklidischer Perfektion, vom

Goldenen Schnitt. Du erzählst ihm von den unsichtbaren Bedeutungslinien, die du fühlen kannst – wie sie sich durch und um die Menschen in deinem Leben winden und dehnen. Er wird ganz aufgeregt, was dich auch erregt.

»Du begreifst es!«, sagt er. »Du siehst das große Ganze.« Auch wenn dein großes Ganzes nicht das gleiche ist wie seins, scheinen sie sich doch sauber übereinanderlegen zu lassen, wie Teile einer Partitur – völlig unverständlich für den, der keine Noten lesen kann, bis alle Instrumente zu spielen beginnen.

»Deine Bilder sind Karten«, sagt er. »Linien und Kurven, die Kontinente von Bedeutung enthalten, Zentren von Wirtschaft und Kultur. In jedem Bogen Handelsrouten und Verkehrswege.« Er fährt mit dem Finger über die Linien deines letzten Werks, das an die Wand geklebt ist.

»Was wir als Kunst wahrnehmen, sieht das Universum als Wegweiser«, verkündet er. Wohin sie den Weg weisen, weiß jedoch keiner von euch beiden so genau.

91 GAR NICHT BEI DEN OLYMPISCHEN SPIELEN

Du leerst geistesabwesend deinen Mittagsteller. Als du den leeren Teller anschaust, bist du plötzlich ein paar Augenblicke lang bei den Olympischen Spielen. Du bist Diskuswerfer. Du drehst dich und drehst dich im Kreis, kämpfst gegen die chemisch erzeugte Dichte der Luft und schleuderst den Teller im sicheren Bewusstsein, gleich die Goldmedaille zu erringen. Der Teller prallt gegen die Wand, doch er zerschellt nicht, weil er aus Plastik ist. Dann merkst du, dass du gar nicht bei den Olympischen Spielen bist. Wie enttäuschend. Die Pastelle sind augenblicklich rechts und links von dir, denn das war ja sicher gerade ein Gewaltausbruch, und sie wollen einen weiteren verhindern.

»So kannst du die Wände nicht durchbrechen«, sagt Hal ganz ruhig von einem anderen Tisch im Speisesaal. »Und die Fenster auch nicht. Habe ich schon versucht. Versucht, verflucht, verflixt und zugeschnürt. Sie lassen uns nicht mal Schnürsenkel haben. *Schnürsenkel!* Nur weil sie wissen, wie sehr ich die verdammten Slipper hasse.«

92 DIE GRÖẞERE UNBEKANNTE

Seit ich größtenteils unversehrt aus der Kanone herausgekommen bin, betrachten mich die anderen Seeleute voller Ehrfurcht.

»Er ist etwas Besonderes«, sagt der Kapitän.

»Das ist er, das ist er«, sagt der Papagei.

Die beiden spielen Theater, tun ganz herzlich miteinander, aber nur, um den schlussendlichen Verrat umso süßer zu machen. Auch wenn ich keinem von beiden traue, weiß ich doch, dass ich mich irgendwann entscheiden muss.

»Sei mein zweites Auge«, sagt der Kapitän, »und du sollst Reichtümer und großartige Abenteuer jenseits aller Vorstellungskraft haben.«

»Sei *mein* zweites Auge«, sagt der Papagei, »und ich biete dir, was der Kapitän dir niemals bieten wird: einen Weg herunter von diesem Schiff.«

Ich kann nicht entscheiden, welches der beiden Angebote das bessere ist, weil ich nicht weiß, welches die erschreckendere Unbekannte ist: die Abenteuer des Kapitäns oder das Leben an Land.

Ich versuche Carlyle das Dilemma vorzulegen, aber da ich nicht weiß, welcher Seite seine wahre Loyalität gehört, muss ich die Frage so verhüllen, dass er keinen Verdacht schöpft.

»Wenn zwei gleichermaßen gefährliche Kreaturen unser Schiff gleichzeitig von beiden Seiten angreifen«, frage ich ihn, »wie entscheiden wir dann, welche wir aufs Korn nehmen, da wir doch nur eine Kanone haben?«

»Wüsste ich auch nicht«, sagt Carlyle. »Was für ein Glück, dass ich hier keine Entscheidungen zu treffen habe.«

»Aber wenn du es tätest ...«

Er hört einen Augenblick auf zu wischen und denkt darüber nach. »Wenn ich das täte, würde alles sehr viel besser laufen«, sagt er. »Oder auch sehr viel schlechter«, fügt er dann hinzu.

Es macht mich wahnsinnig, dass Carlyle sich nie auf irgendeine Meinung festlegen lässt. Nicht mal über sich selbst.

»Wenn du Weisheit und Weitblick willst, weißt du ja, wen du fragen kannst«, sagt er. Dann wendet er sich in Richtung Bug und vollendet den Satz mit einem Blick.

93 NICHT ANDERS

Kalliope hat auch keine Lösung für mein Untier-Dilemma.

»Ich sehe Zukünfte, keine Hypothesen«, sagt sie beinahe beleidigt. »Da kann ich dir nicht weiterhelfen.«

Beinahe erzähle ich ihr die ganze Wahrheit, aber dann merke ich, dass sie recht hat. Selbst wenn ich ihr sagte, dass die Untiere in Wirklichkeit der Kapitän und sein Vogel sind, würde ihre Antwort nicht anders ausfallen. Nur ich kann es entscheiden. Es kann nicht anders sein.

Das Gewitter posiert immer noch am Horizont, doch wir kommen nicht näher heran, und der Kapitän wird immer frustrierter.

»Die Meeresströmung ist wie eine Tretmühle unter unserm Kiel«, sagt er zu mir. »Sie drängt uns genauso schnell zurück, wie der Wind uns vorwärtstreibt. Wir machen ordentlich Fahrt und kommen doch nicht voran.«

»Wir brauchen stärkeren Wind«, sage ich.

»Oder ein leichteres Schiff«, entgegnet er und wirft mir einen bösen Blick zu. Er macht mich immer noch für die Umwandlung des Schiffes in Kupfer verantwortlich. Dann wird er umgänglicher und packt mich an der Schulter. »Doch kräftiger als Holz sind wir jetzt – und das Blassgrün ist eine bessere Tarnfarbe vor Wasser und Himmel. Sie schützt uns vor den abscheulichen suchenden Augen der Untiere.«

94 KRITISCHE MASSE

Heute bist du in der Klinik. Oder jedenfalls diesen Vormittag. In dieser Stunde. Dieser Minute. Wo du in drei Minuten sein wirst, weiß niemand. Du hast aber immerhin bemerkt, dass das Gefühl, außerhalb deiner selbst zu sein, jeden Tag ein klein wenig abnimmt. Eine kritische Masse ist erreicht, und jetzt fällt deine Seele in sich zusammen. Du bist wieder an Bord deines Körpers.

Nur einer. Nur du. Nur ein Individuum.

Ich.

Ich weiß nicht genau, wann es passiert. Es ist wie mit der Bewegung eines Stundenzeigers, zu langsam für das menschliche Auge, aber wenn man einen Augenblick wegschaut, ist der Zeiger wie von Zauberhand von einer Zahl zur nächsten gesprungen.

Ich bin hier in der Weißen Plastikküche, aber sie ist nicht mehr so weiß, wie ich sie in Erinnerung hatte, und der Tisch, auf dem ich liege, hat sich zu einem Bett erweicht. Mein Körper fühlt sich wie Gummi an und mein Hirn wie Kaugummi. Das Licht über mir schmerzt in meinen Augen. Warum müssen alle so dringend sehen, dass sie so viel Licht brauchen? Und warum habe ich immer noch das Gefühl, gleich gegessen zu werden?

Niemand kommt, und mehrere Ewigkeiten lang passiert nichts. Dann merke ich, dass sich am anderen Ende des Zimmers ein Lichtschalter befindet. Ich kann es ausknipsen. Ich kann, aber ich kann auch nicht, weil ich das Ananasstück in der Götterspeise bin. Nichts kann mich aus diesem Bett motivieren außer einem dringenden Bedürfnis nach der Toilette. Da ich das augenblicklich nicht verspüre, kann ich mich nicht bewegen. Hal offenbar auch nicht. Ich weiß nicht, ob er schläft oder bloß in derselben Götterspeiseform festsitzt auf seiner Zimmerseite. Ich döse und wache und kann den Unterschied zwischen beidem kaum greifen. Dann fängt der Boden unter mir an zu schwanken, und ich entspanne mich, weil ich weiß, es dauert nicht mehr lange, und ich bin auf See, wo ich einen Sinn habe, wenn auch sonst nichts.

95 WINDMÜHLEN MEINER GEDANKEN

Wie erklärt man, gleichzeitig *dort* und *hier* zu sein?

Das ist so ähnlich wie in den Augenblicken, wo man an etwas Großes denkt, das eine starke Erinnerung hinterlassen hat. Vielleicht der Moment, als du in den Play-offs das Siegtor geschossen hast. Oder der Moment, als du auf dem Fahrrad von einem Auto angefahren wurdest. Gut oder schlecht, gelegentlich durchlebst du diese Momente sicher im Kopf – und manchmal, wenn du dort gewesen bist, ist es ein richtiger Schock, wieder zurückzukehren. Du musst dich selbst daran erinnern, dass du nicht mehr da bist.

Und jetzt stell dir vor, dass es immer so ist – dass du nie ganz sicher sein kannst, wann du hier bist und wann dort oder irgendwo dazwischen. Der einzige Maßstab für die Wirklichkeit ist dein eigener Geist ... Was geschieht also, wenn dein Geist ein krankhafter Lügner wird?

Es gibt die Stimmen und auch visuelle Halluzinationen, wenn es richtig schlimm wird – aber beim *dort sein* geht es nicht um Stimmen oder Erscheinungen. Es geht darum, Dinge zu *glauben*. Eine Wirklichkeit zu sehen und zu glauben, es sei etwas ganz anderes.

Don Quijote – der berühmte Verrückte aus der Literatur – kämpfte gegen Windmühlen. Die Leute glauben, dass er Riesen sah, wenn er sie anschaute, aber wer selbst so weit war, kennt die Wahrheit. Er sah Windmühlen wie alle anderen auch – aber er *glaubte*, sie wären Riesen. Nichts macht mehr Angst, als nie zu wissen, was du im nächsten Moment glauben wirst.

96 GOTT DEALT

Meine Freundin Shelby kommt mich mit meinen Eltern besuchen. Sie kommt langsam auf mich zu, wie durch Götterspeise. Erstaunlich, dass sie sich überhaupt hindurch bewegen kann.

»Ich habe dich schon mal besucht – erinnerst du dich? Weißt du, wer ich bin?«

Ich will mich über die Frage ärgern, aber ich kann keinen Ärger fühlen. Ich fühle überhaupt nichts. »Nein und ja«, antworte ich. »Nein, ich erinnere mich nicht, aber ja, ich weiß, wer du bist.«

»Letztes Mal warst du ziemlich weggetreten.«

»Und jetzt nicht?«

»Ist alles relativ.«

Ich sitze da und sage nichts. Ich glaube, für sie ist es unangenehm. Aber ich spüre das nicht. Ich bin geduldig. Ich kann ewig warten.

»Es tut mir leid«, sagt sie.

»Okay.«

»Es tut mir leid, dass ich gedacht habe, du … du weißt schon.«

»Dass du was gedacht hast?«

»Dass du *Drogen* nimmst.«

»Ach. Das.« Ich ziehe Teile unseres letzten Gespräches in der Schule aus den Tiefen. Kommt mir vor wie vor mehreren Lebenszeiten. »Ich *habe* ja auch Drogen genommen«, sage ich. »Und Gott war mein Dealer.«

Das versteht sie nicht.

»Ich war voll auf meiner eigenen Hirnchemie. Der Stoff, den ich genommen habe, war schon in mir drin.«

Sie nickt, versteht so halb und wechselt das Thema. Kein Problem. »Also, Max und ich arbeiten immer noch an dem Spiel.«

»Das ist gut.«

»Wenn du rauskommst, zeigen wir dir, was wir geschafft haben.«

»Das ist gut.«

Jetzt hat sie Tränen in den Augen. »Bleib stark, Caden.«

»Okay, Shelby. Ich bleibe stark.«

Ich glaube, meine Eltern spielen mit uns noch eine Partie *Apples to Apples*, so ein Wortfindungsspiel, aber ich glaube nicht, dass es gut läuft.

97 KANN ICH DIR TRAUEN?

Das Mädchen steht als Silhouette vor dem riesigen Aussichtsfenster, das vom Boden bis zur Decke und von einer Wand zur anderen reicht. Den Raum hat die Klinikleitung »Panorama-Lounge« genannt. Er soll den Patienten inmitten all der beengenden Sterilität ein Gefühl von Freiheit und Freiluft geben. Funktioniert nicht.

Das Mädchen ist immer da. Sie steht dort wie ein Monolith und starrt aus dem Riesenfenster. Ein dunkler Schattenriss vor der hellen Außenwelt, der unablässig nach vorn schaut.

Ich scheue mich beinahe, zu ihr zu treten. Die ersten paar Male, als ich sie sah, habe ich Abstand gehalten – aber gerade jetzt ist das Gefühl, ein Stück Ananas in der Götterspeise zu sein, weniger stark als sonst. Ich bin hier – nicht *Anderswo* – und entschlossen, das auszunutzen. Es erfordert dennoch eine gewaltige Willensanstrengung, die Schritte zu ihr hin zu machen. In wenigen Augenblicken bin ich so nahe, dass sie mich aus dem Augenwinkel sehen kann.

Sie rührt sich nicht und gibt nicht zu erkennen, dass sie meine Anwesenheit registriert. Ich kann ihre ethnische Herkunft nicht zuordnen. Sie hat seidig braune Haare, ihre Haut glänzt in der Farbe polierter Eiche. Ich habe noch niemanden so lange so still stehen sehen. Ob es wohl an ihren Medikamenten liegt, oder ist sie einfach so? Ich finde es faszinierend.

»Was ist da draußen?«, wage ich zu fragen.

»Alles, was nicht hier drin ist«, antwortet sie kühl mit der Andeutung eines Akzents. Die Andeutung reicht aber, mir zu verraten, dass sie aus Indien oder vielleicht auch Pakistan stammt.

Die Aussicht aus dem Fenster zeigt sanft gewellte Hügel und eine Reihe von Häusern am Hang, die abends mit Beleuchtung wie eine weihnachtliche Lichterkette aussehen. Hinter den Hügeln liegt das Meer.

»Ich habe einen Habicht herabstürzen und mit einem Kaninchenjungen wegfliegen sehen«, sagt sie.

»Na«, sage ich, »so was sieht man ja nicht jeden Tag.«

»Ich konnte fühlen, wie es gestorben ist«, sagt sie und berührt ihren Oberkörper an einer Stelle, wo die Leber sitzen könnte. »Ich habe es hier gespürt« – dann hebt sie die Hand und legt sie an die Kehle – »und hier«.

Einen Augenblick Schweigen, dann sagt sie: »Dr. Poirot sagt, so etwas sei nicht real. Und wenn ich wieder gesund würde, wüsste ich das auch. Glaubst du ihm? Ich nämlich nicht.«

Ich antworte nicht, weil ich nicht weiß, ob ich irgendwas glauben kann, was der Papagei sagt.

»Der Habicht war meine Hoffnung, das Kaninchen meine Seele.«

»Das ist sehr poetisch.«

Endlich dreht sie sich zu mir um. Ihre dunklen Augen brennen vor Wut. »Das sollte gar nicht poetisch sein, sondern wahr. Du arbeitest für Poirot, stimmt's? Er hat dich geschickt. Du bist eins seiner Augen.«

»Poirot kann mich mal kreuzweise«, sage ich. »Ich bin hier, weil …« Ich bringe es nicht über mich, den Satz zu beenden, deshalb tut sie es für mich.

»Weil du musst. Wie ich.«

»Ja. Genau.« Endlich haben wir eine Verständnisebene gefunden. Noch nicht direkt vertraut und ungezwungen, aber immerhin eine Stufe unter unangenehm.

»Die anderen reden über mich, oder?«, fragt sie und richtet den Blick wieder Richtung Horizont. »Ich weiß es. Hinter meinem Rücken sagen sie schreckliche Dinge über mich. Alle.«

Ich zucke die Achseln. Die meisten Jugendlichen scheinen überhaupt nichts zu bemerken, solange es nicht in den Radius dringt, den sie für ihren persönlichen Raum halten. Für manche reicht dieser persönliche Raum natürlich von der Erde bis zum Mond.

»Ich habe noch niemanden irgendwas sagen hören«, antworte ich ihr.

»Aber wenn du etwas hörst, wirst du es mir erzählen? Kann ich dir trauen?«

»Ich kann mir *selbst* nicht trauen«, antworte ich.

Darüber muss sie lächeln. »Dass du zugibst, dir selbst nicht zu trauen, macht dich umso vertrauenswürdiger.« Sie wendet sich wieder zu mir. Ihre Augen mustern mein Gesicht, auf und ab, dann von einer Seite zur anderen, als würde sie den Abstand zwischen meinen Ohren einschätzen. »Ich bin Callie«, sagt sie.

»Caden.«

Und ich bleibe bei ihr, schaue aus dem Fenster und warte auf Habichte, die Kaninchen töten.

98 VERWESTES POTENZIAL

Früher hatte ich Angst vorm Sterben. Jetzt habe ich Angst, nicht zu leben. Das ist ein Unterschied. Wir gehen durchs Leben und planen eine Zukunft, aber manchmal kommt diese Zukunft nie. Ich rede über die persönliche Zukunft. Über meine, um genau zu sein.

Manchmal stelle ich mir vor, wie Menschen, die mich kennen, in zehn Jahren zurückblicken und Sätze sagen wie »Er hatte so viel Potenzial« und »Was für eine Verschwendung«.

Ich denke an all die Sachen, die ich tun und sein will. Wegweisender Künstler. Unternehmer. Gefeierter Spieldesigner. »Ach, er hatte so viel Potenzial«, jammern die Geister der Zukunft mit klagenden Stimmen und schütteln den Kopf.

Die Angst, nicht zu leben, ist eine tief sitzende und hartnäckige Furcht davor, sein eigenes Potenzial zu rettungsloser Enttäuschung verwesen zu sehen, wo das »sollte« vom »ist« zermalmt wird. Manchmal denke ich, Sterben wäre leichter zu ertragen, denn »was hätte sein können« hat viel höheres Ansehen als »was hätte sein sollen«. Tote Kinder werden aufs Podest gestellt, psychisch kranke Kinder unter den Teppich gekehrt.

99 AUF DEN RINGEN DES SATURN LAUFEN

In Poirots Büro hängt so ein Motivationsposter. Ein Läufer zerreißt bei den Olympischen Spielen das Zielband. Der Spruch dazu lautet: *Du bist vielleicht nicht der Erste, vielleicht auch nicht der Letzte, aber du wirst es ins Ziel schaffen.* Ich muss dabei an das Laufteam denken, in das ich es tatsächlich nicht geschafft habe. Sein Poster ist eine Lüge. Man kann es nicht ins Ziel schaffen, wenn man schon vor dem ersten Wettkampf aufgibt.

»Spricht es dich an?«, fragt Poirot, als er mich daraufstarren sieht.

»Wenn es so wäre, würden Sie wahrscheinlich meine Medikation ändern«, sage ich.

Darüber gluckst er fröhlich und fragt, wie ich klarkomme. Ich sage ich, dass alles scheiße ist, und er entschuldigt sich dafür, tut aber nichts, um die Dinge weniger scheiße zu machen.

Er lässt mich einen Fragebogen ausfüllen, der mir mehr als sinnlos vorkommt. »Ist für die Krankenversicherung«, sagt er. »Die lieben Papierkram.« Aber wenn ich mir meine Akte ansehe, die vor ihm liegt, hat er auch einen kleinen Papierfetisch.

»Deine Eltern haben mir erzählt, dass du eine künstlerische Ader hast.«

»Kann schon sein.«

»Ich habe sie gebeten, dir Künstlerbedarf mitzubringen. Wir erlauben natürlich nichts, was gefährlich sein könnte – die Betreuer werden entscheiden, was du haben darfst. Ich bin sicher, du wirst in der Lage sein, dich künstlerisch auszudrücken.«

»Wie schön für mich.«

Er nimmt meine Haltung wahr wie einen Geruch, der in der Luft liegt, und schreibt etwas auf. Ich nehme an, das wird zu einer Justierung meines Cocktails führen. Neben einer gelegentlichen Injektion Haldol nehme ich inzwischen zwei Mal täglich vier Tabletten. Eine, um mein Denken ruhigzustellen, eine, um meine Handlungen ruhigzustellen. Eine dritte, um die Nebenwirkungen der ersten beiden zu mildern. Und eine vierte, damit die dritte sich nicht so einsam fühlt. Die Kombination transportiert mein Hirn auf irgendeine Umlaufbahn hinterm Saturn, wo es niemandem in die Quere kommt, vor allem mir selbst nicht.

Irgendwie kann ich mir nicht vorstellen, dass ein Läufer, der so weit draußen unterwegs ist, es irgendwann demnächst ins Ziel schafft.

100 IHRE EINGESCHLOSSENEN EXTREMITÄTEN

»Ich habe mich auf meine Beine konzentriert«, sagt Kalliope, als sie mich wieder in ihrer vertrauten Umarmung über den Wogen hält. Ich habe blaue Flecken von ihren harten Kupferhänden, die noch grüner geworden sind als der Rest des Schiffes. Was als Spuren von Oxidation in den Augenwinkeln und Falten ihres wallenden Kupferhaares begann, hat sich nun ganz über sie ausgebreitet, sodass ihr strahlender Glanz zu blasser Hingabe abgestumpft ist.

»Du hast gar keine Beine«, erinnere ich sie.

»Ich glaube, jetzt schon. Beine und Füße. Zehen und Zehennägel. Das hat meine Konzentration bewirkt.« Dann flüstert sie: »Das darfst du niemandem sagen, vor allem dem Kapitän nicht. Er würde es nicht billigen.«

»Er fürchtet dich«, sage ich.

»Er fürchtet alles, was er nicht kontrollieren kann – und er würde nicht davor zurückschrecken, mir die Beine abzuhacken, wenn er glaubt, das würde mich davon abhalten, ihn zu verlassen.« Sie bewegt sich, lockert aber nicht den Griff, mit dem sie mich hält. »Wenn ich Füße habe, sind sie hinter mir im Vorschiff eingeschlossen. Finde die Stelle gleich unterhalb des Hauptdecks, wo die Backbordplanken und die Steuerbordplanken sich treffen und den Bug bilden. Finde die Stelle, sag mir, ob ich Beine habe, und sag mir, ob du sie befreien kannst.«

101 EIN STÜCK HIMMEL

»Callie steht nicht vor dem Fenster, weil es ihr gefällt, sondern weil sie *muss.*«

Das erfahre ich von dem Mädchen mit den blauen Haaren – der ewigen Puzzlerin, die ihre neue kotzfreie Puzzlelandschaft mit ihrem Leben verteidigt. Sie redet nur mit mir, wenn sie etwas Gehässiges über andere zu sagen hat. »Sie wohnt bei mir im Zimmer, und ich sage dir, sie ist total irre. Sie glaubt, die Welt draußen verschwindet, wenn sie nicht hinguckt.«

Ich sehe dem blauhaarigen Mädchen zu, wie es ein Puzzleteil an eine Stelle zu legen versucht, wo es eindeutig nicht hingehört. Dann fasst sie sich zwei Mal an die Nase und versucht, das gleiche Teil an die gleiche Stelle zu legen, worauf sie sich wieder zwei Mal an die Nase fasst. Erst als sie diese Gesten drei Mal wiederholt hat, nimmt sie sich ein anderes Teil.

»Sie glaubt nicht, dass die Welt verschwindet«, erkläre ich. »Sie *fürchtet*, dass sie verschwindet. Das ist was anderes, verstehst du? Sie versucht, der Angst aus dem Weg zu gehen.«

»Idiotisch ist es auf jeden Fall.«

Ich möchte nach ihr schlagen. Ihr sagen, dass sie in Wirklichkeit die Idiotin ist. Vielleicht den ganzen Tisch umschmeißen, dass die Puzzleteile in alle Richtungen fliegen. Aber ich lasse es – weil es hier nicht um Idiotie geht. Ich vermute, Callie ist genial. Und das blauhaarige Mädchen womöglich auch. Intelligenz ist hier nicht das Thema, sondern der Rückspiegel auf dem Boden. Die verdammt nutzlose Motorleuchte. Und die Einzigen, die für den Blick unter die Motorhaube qualifiziert sind, kriegen das Scheißding nicht auf.

Nein, ich schlage nicht nach ihr. Stattdessen frage ich: »Was, fürchtest du, wird passieren, wenn du dir nicht zwei Mal an die Nase fasst?«

Ihr Kopf zuckt in meine Richtung, als hätte ich sie tatsächlich ins Gesicht geschlagen, aber sie sieht, ich mache mich nicht über sie lustig, ich stelle eine ernst gemeinte Frage. Ich will es wirklich wissen.

Sie schaut wieder auf ihr Puzzle, versucht aber keine weiteren Teile einzupassen. »Wenn ich das nicht tue«, sagt sie leise, »habe ich das Gefühl zu fallen. Wenn ich es nicht tue, fängt mein Herz so schnell an zu schlagen, dass ich Angst habe zu explodieren. Wenn ich es nicht tue, kann ich nicht atmen, so als ob die Luft weggesaugt worden ist.« Dann fasst sie sich verschämt zwei Mal an die Nase und versucht wieder ein Teil einzufügen.

»Du bist nicht verrückt«, flüstere ich ihr zu.

»Hab ich auch nie behauptet.«

Ich stehe auf und will gehen, aber sie packt mich am Handgelenk und drückt zu, zwingt meine Hand, sich zu öffnen. Dann schiebt sie mir ein Puzzleteil in die Handfläche. Es ist blau. Ein Stück Himmel. Keine besonderen Kennzeichen, die anzeigen, an welche Stelle des Himmels es gehören könnte. Die Sorte, die am schwierigsten unterzubringen ist.

»Kannst du leihen«, sagt sie. »Aber bring es zurück, bevor das Puzzle fertig ist, okay?« Nach einer kurzen Pause fügt sie hinzu: »Das ist mein Name. Skye. Bescheuerter Name, oder?«

Ich kann zwar mit dem Puzzleteil nichts anfangen, nehme es aber und bedanke mich – denn ich weiß, wichtig ist nicht, wie wenig es mir nützen kann, sondern dass sie beschlossen hat, sich davon zu trennen.

»Ich werde es sicher verwahren«, sage ich.

Sie nickt und wendet sich wieder ihrem Puzzleritual zu. »Callie mag dich«, sagt sie noch. »Sei nicht eklig und mach alles kaputt.«

102 STRENGE NÄGEL

Hal bekommt selten Besuch. Wenn, dann von seiner Mutter. Hals Mutter ist eine sehr schöne Frau. Sie wirkt kaum alt genug, einen siebzehnjährigen Sohn zu haben. Wenn sie kommt, denkt man, sie käme gerade vom Friseur, aber ich glaube, sie sieht immer so aus.

Sie unterscheidet sich nicht nur deutlich von den anderen Eltern, sie hält auch Distanz. Sie scheint sich mit einem Abwehrschild zu umgeben, so einer Art Schutzanzug, den sonst niemand sehen kann. Diese Einrichtung kann ihr nichts anhaben. Hals wilde und profunde Paradoxien berühren sie nicht.

Bei ihrem letzten Besuch habe ich gehört, wie sie sich über eine Fliege beschwerte, die offenbar von ihrem Parfüm angelockt wurde und sie nicht in Ruhe ließ.

»Die Fliegen sind grauenhafte Geheimpolizisten, die uns zerreißen wie Aas«, verriet Hal ihr. »Unsere Gedanken sind bloß Haut.«

Ungerührt nippte sie an ihrer Diätcola und redete über das Wetter. Es sei »zu kühl für die Jahreszeit«. Ich weiß nicht mal, welche Jahreszeit wir haben, nur dass es kein Winter sein kann, denn dann könnte es nicht zu kalt für die Jahreszeit sein.

Die Fingernägel von Hals Mutter sind so lang, dass sie mit den Händen fast nichts bewerkstelligen kann, und immer so präzise lackiert, dass sie die Aufmerksamkeit fast von ihrem Busen ablenken, der – wie eine Renaissanceskulptur – zweifellos von Meistern ihres Fachs umfangreich bearbeitet worden ist.

Einmal habe ich Hal gefragt, womit sie ihr Geld verdient.

»Sie ist Sammlerin«, antwortete er ohne weitere Erläuterung.

Sie hat Hal nicht aufgezogen. Das haben seine Großeltern getan, bis sie gestorben sind, und dann kam er in eine Pflegefamilie.

»Sie wurde der Mutterschaft für untauglich befunden – sozusagen ausgemustert, dabei geht sie jeden Tag ins Fitnessstudio«, hat Hal mir einmal erzählt. Außerdem hat er mir verraten, dass die erste Karte, die er je bemalt hat, eine unseres Bundesstaates war. Er verband alle Orte mit Linien, an denen er schon gelebt hatte. Die Muster, die sich ergaben, fand er äußerst fesselnd.

Wenn Hals Mutter bei ihm sitzt, spricht sie in kurzen, eingeübten Statements. Sie stellt ihm Fragen wie die Moderatorin einer Talkshow und versorgt ihn mit Informationen wie eine Nachrichtensprecherin. Dabei trommelt sie mit ihren Nägeln so streng auf die

Tischplatte, dass ich nach einer Weile überhaupt kein anderes Geräusch mehr im Gemeinschaftsraum wahrnehme und hinausgehen muss, denn ich spüre, wie ihre Nägel sich in mein Hirn graben, und dann glaube ich, dass sie es wirklich tun, und dann ist mein ganzer Tag versaut.

Schönen Menschen wird oft vieles vergeben – und vielleicht ist sie so auch bisher durchs Leben gekommen, aber ich vergebe ihr nichts; dabei weiß ich nicht mal, was für abscheuliche Dinge sie angestellt hat, außer dass sie mangelnde Elterntauglichkeit gezeigt hat. Was mich allerdings am meisten aufregt, ist die Unverschämtheit, dass ich ihretwegen meine eigenen Eltern mehr zu schätzen weiß.

103 MAGISCHE MANTRAS UND GUMMIPUDEL

Mein Vater hat eine nervige Angewohnheit: Er sagt immer das Gleiche, wenn etwas Schlimmes passiert. »Auch das geht vorbei«, sagt er. Mich nervt besonders, dass er damit immer recht hat. Und noch mehr nervt mich, dass er mich immer daran erinnert, wenn es vorbei ist, mit einem selbstgefälligen »Hab ich doch gesagt«.

Das sagt er jetzt nicht mehr, weil meine Mutter ihm erklärt hat, wie abgedroschen es klingt. Stimmt sicher, aber ich stelle fest, dass ich es mir jetzt selbst sage. Egal wie schlecht ich mich fühle, ich zwinge mich, es auszusprechen, selbst wenn ich nicht bereit bin, es zu glauben. *Auch das geht vorbei.* Erstaunlich, was man mit solchen Kleinigkeiten bewirken kann.

Das ist wie bei der alten Nike-Werbung: *Just do it.* Meine Mutter erzählt gern, dass sie nach Mackenzies Geburt so viel zugenommen hatte und dass der Gedanke an Sport so abschreckend war, dass sie einfach noch mehr aß und noch dicker wurde. Aber schließlich fing sie an, »Just do it« zu sich selbst zu sagen, und das war das magische Mantra, das sie wieder zum regelmäßigen Sport brachte. Sie war ihr Übergewicht wieder los, ehe Mackenzie zwei wurde. Andererseits gab es auch die Anhänger einer bizarren Sekte, die alle in brandneuen Nike-Sneakern Selbstmord begangen haben – eine ziemlich verdrehte Hommage an das *Just do it*.

Ich schätze, selbst ein so simpler Slogan lässt sich zu allem verbiegen, was wir wollen, wie ein Luftballontier – wir können es sogar in sich selbst zurückbiegen und eine Schlinge daraus knüpfen. Letztlich kann man daran erkennen, wer wir sind – an der Form unserer Ballontiere.

104 MEUTERNDE MADEN

Eine Galionsfigur sieht nur, was vor dem Schiff passiert, und nicht darin, darum kann Kalliope bloß raten, wie man ins Vorschiff kommt, wo ihre Beine – wenn sie denn existieren – eingeschlossen sein müssten. Sie vermutet, dass ich vom Unterdeck dorthin gelangen kann, aber da irrt sie sich. Der einzige Weg ins Vorschiff führt durch eine Gitterluke im Hauptdeck. Die ist mit einem stählernen Vorhängeschloss versperrt, dessen Glanz spöttisch mit dem stumpfen grünen Belag kontrastiert, der den Rest des Schiffes überzieht. Ich spähe durch das Gitter hinunter, sehe aber nur Dunkelheit.

»Suchst du was Bestimmtes, was Bestimmtes?«

Die schrille Stimme des Papageien lässt mich zusammenzucken. Ich schaue über den Bug, von wo ich sie gehört habe, und sehe ihn auf Kalliopes Kopf sitzen. Sie versucht nicht, ihn abzuschütteln. Sie greift auch nicht nach ihm. Ich frage mich, ob er überhaupt weiß, dass sie zum Leben erwacht ist. Vielleicht verhält sie sich so still, weil sie nicht will, dass er es merkt.

»Nichts Bestimmtes«, sage ich und weiß, ohne eine glaubhafte Antwort komme ich ihm nicht davon. Ich schaue wieder hinunter in das quadratische Gitter über dem Vorschiff. »Ich frage mich bloß, was da unten drin ist.«

»Stauraum«, antwortet er. »Stauraum und Laubbaum und Albtraum und Abschaum«, versucht er den Steuermann nachzuahmen, und lacht dann zufrieden über seine Imitation. Dabei kommt er ihm nicht mal nahe. Die Stimmlage hat er vielleicht getroffen, aber nicht den Rhythmus, die Kadenz. Kadenz, Caden, Maiden, Maden. Das trifft es schon eher.

»Alle Sinne beisammen!«, ermahnt mich der Papagei. »Lass dich nicht vom Glanz der Dinge ablenken und vergiss nicht, was ich über den Kapitän gesagt habe. Was womöglich getan werden muss.«

»Maden, Meutern, Männer, Lämmer«, sage ich und stelle damit seine Nachahmung in den Schatten.

»Sehr gut, sehr gut«, sagt er. »Ich glaube an dich, Seemann Bosch. Ich glaube, dass du das Richtige tun wirst, wenn es richtig ist, es zu tun.« Dann fliegt er hinauf ins Krähennest.

Der Papagei sorgt dafür, dass abends Lamm auf den Tisch kommt, nur um mich an unser Gespräch zu erinnern – ich weiß allerdings nicht, wo man auf See Schaffleisch auftreiben kann, und fürchte, es ist gar kein Lamm.

105 NICHT MEHR AUSGERICHTET

»Es gibt viele Arten, die Welt zu betrachten«, erklärt mir Dr. Poirot an einem meiner klareren Tage, an dem er weiß, dass ich es auch verarbeite und nicht bloß wiederhole, was er sagt. »Wir haben alle unsere eigenen Konstruktionen. Manche sehen die Welt als böse, andere als grundsätzlich gut. Manche sehen Gott in den einfachsten Dingen, andere sehen die große Leere. Sind das Lügen? Oder Wahrheiten?

»Wieso fragen Sie mich das?«

»Ich will nur darauf hinweisen, dass deine Konstruktion nicht mehr an der Realität ausgerichtet ist.«

»Und wenn mir meine Konstruktion aber gefällt?«

»Sie können sehr verführerisch sein, sehr verführerisch. Aber wenn man darin leben will, muss man einen hohen Preis zahlen.«

Er schweigt einen Augenblick und lässt das Gesagte einsinken; allerdings treiben Gedanken in letzter Zeit eher an der Oberfläche, als dass sie sinken.

»Deine Eltern und ich – überhaupt alle, die hier arbeiten –, wir wollen nur, was für dich am besten ist. Wir wollen dir helfen, gesund zu werden. Ich muss wissen, dass du mir das glaubst.«

»Warum spielt es eine Rolle, was ich glaube? Sie tun es doch trotzdem.«

Poirot nickt und schenkt mir ein – wie ich glaube – ironisches Lächeln, aber eine etwas irre Stimme in meinem Kopf sagt mir, es sei unheilvoll. Die Stimmen werden von den Medikamenten zwar gedämpft, aber nicht ganz zum Schweigen gebracht.

»Ich glaube, dass Sie mir helfen wollen«, sage ich. »Aber vielleicht glaube ich es in fünf Minuten nicht mehr.«

Das akzeptiert er. »Deine Ehrlichkeit wird bei der Genesung helfen, Caden.«

Das kotzt mich an, weil ich gar nicht gemerkt habe, dass ich ehrlich war.

Als ich wieder in mein Zimmer komme, frage ich Hal, was er von der Sache hält. Glaubt er, dass alles hier zu unserem Wohl und Nutzen getan wird?

Hal lässt sich Zeit mit seiner Antwort. Seit dem letzten Besuch seiner Mutter ist er noch gesellschaftsfeindlicher als sonst. Das scheint ein Verhaltensmuster zu sein. Sie haben die Dosis seines Antidepressivums erhöht, wovon er aber nicht weniger depressiv ist – er kann es nur leichter vergessen.

»Was hier getan wird, hat keinerlei Einfluss auf den Reispreis in China«, sagt er schließlich. »Und auf den Wurstpreis in Deutschland genauso wenig.«

»Und auch nicht«, füge ich hinzu, »auf den Preis für Smørrebrød in Dänemark.«

Er hebt abrupt den Kopf und wedelt mit dem Zeigefinger. »Lass Dänemark aus dem Spiel – es sei denn, du bist bereit, die Konsequenzen zu tragen.«

Da ich dazu nicht bereit bin, schlage ich keine weiteren Länder vor.

106 DIE HAUT DES MENSCHEN, DER WIR WAREN

Callie und ich sind nicht in derselben Therapiegruppe. Ich bitte darum, in ihre verlegt zu werden, aber ich glaube nicht, dass solche Bitten erfüllt werden.

»Ich bin sicher, es ist genauso wie in deiner Gruppe«, erzählt Callie mir eines Morgens beim Frühstück, »nur dass wir keine Frischlinge sind. Wir sind wahrscheinlich alle ein bisschen weniger naiv. Wir waren mal so arrogant zu glauben, dass wir mit diesem Ort fertig sind. Jetzt sind wir demütiger. Oder angepisster. Oder beides.«

»Hal ist in meiner Gruppe, und der ist auch kein Frischling«, wende ich ein.

»Ja, er ist draußen gewesen und wieder reingekommen«, sagt Callie, »aber im Grunde hat sein erstes Mal nie aufgehört.«

Sooft ich kann, stelle ich mich neben sie ans Panoramafenster. Sooft meine Füße mir erlauben, auf einer Stelle stehen zu bleiben.

Während sie heute am Fenster steht und tapfer die Welt betrachtet, zeichne ich Dinge, die mir zufällig in den Kopf kommen. Sie haben mir erlaubt, außerhalb des Gemeinschaftsraums Filzstifte zu benutzen. Das ist wohl ein Zeichen, dass ich Fortschritte mache. Aber keine Buntstifte und Bleistifte. Filzstifte können wohl weniger leicht Verletzungen herbeiführen, ob absichtlich oder versehentlich.

Manchmal reden Callie und ich, manchmal nicht. Manchmal halte ich ihre Hand – was wir streng genommen nicht tun dürfen. Körperkontakt ist untersagt. Menschen dürfen hier nur verbal interagieren oder gar nicht.

»Es ist gut, wenn du das tust«, sagt sie mir eines Tages, als ich ihre Hand nehme. »Es verhindert, dass ich runterfalle.«

Ich weiß nicht, wo sie runterfallen könnte. Ich frage nicht nach. Ich nehme an, sie wird es mir erzählen, wenn sie will.

Ihre Hände sind kalt. Sie sagt, ihre Arme und Beine seien schlecht durchblutet. »Das ist genetisch«, erklärt sie. »Bei meiner Mutter ist es genauso. Die kann ein Getränk kühlen, indem sie es dir bringt.«

Die Kälte ihrer Hand macht mir nichts aus. Mir ist meistens zu warm. Außerdem wärmt sie sich rasch auf, wenn ich sie halte. Es ist gut zu wissen, dass ich diese Wirkung auf sie habe.

»Ich bin jetzt zum dritten Mal hier«, vertraut sie mir an. »Meine dritte Episode.«

»Episode.«

»So nennen sie das.«

»Klingt schon fast nach einer Miniserie.«

Darüber lächelt sie, lacht aber nicht. Callie lacht nie, aber die Aufrichtigkeit ihres Lächelns macht das wett.

»Sie sagen, wenn ich bereit bin, nicht mehr aus diesem Fenster zu schauen, bin ich bereit, nach Hause zu gehen.«

»Und bist du bald so weit?«, frage ich und wünsche mir selbstsüchtig, dass sie Nein sagt.

Sie antwortet nicht. Stattdessen sagt sie: »Mehr als alles andere möchte ich hier raus … aber manchmal ist es zu Hause schlimmer als hier. Das ist wie beim Sprung ins Meer an einem heißen Sommertag. Du willst es lieber als alles andere, aber gleichzeitig willst du den Schock des kalten Wassers nicht erleben.«

»Den finde ich eigentlich ganz gut«, sage ich.

Sie dreht sich zu mir, grinst und drückt meine Hand. »Du bist echt schräg.« Dann schaut sie wieder nach draußen, wo sich heute nichts ändert. Nicht ein einziger Habicht am Himmel auf der Suche nach Kaninchen.

»Zu Hause erwarten sie, dass du repariert bist«, sagt sie. »Sie sagen zwar, sie verstehen es, aber die einzigen Menschen, die es wirklich verstehen, sind diejenigen, die selbst schon so weit waren. Das ist, als ob ein Mann einer Frau sagt, er wüsste, wie sich eine Geburt anfühlt.« Wieder wendet sie sich zu mir und entsagt der Aussicht einen Augenblick. »Das kannst du niemals wissen, also tu gar nicht erst so.«

»Tu ich nicht. Ich meine, werde ich nicht. Aber ich weiß schon irgendwie, wie es sich anfühlt, du zu sein.«

»Das glaube ich. Aber zu Hause wirst du nicht bei mir sein. Bloß meine Eltern und meine Schwestern. Die glauben alle, Medizin sollte wie Zauberei sein, und werden sauer auf mich, wenn es nicht so ist.«

»Das tut mir leid.«

»Aber wenn ich es ertrage«, sagt sie, »gewöhne ich mich irgendwann wieder ein. Ich finde mich selbst, so wie ich vorher war. Das können wir nämlich. Uns selbst wiederfinden. Allerdings wird es jedes Mal ein bisschen schwerer. Es dauert Tage. Wochen. Aber irgendwann pressen wir uns wieder in die Haut des Menschen, der wir vor all dem hier waren. Wir setzen die Teile wieder zusammen und machen weiter.«

Dabei muss ich an Skye denken, die Puzzlerin, und an das Puzzleteil, das sie mir gegeben hat. Ich habe es in der Hosentasche, zur Erinnerung, nur weiß ich nicht mehr, woran es mich erinnern soll.

107 DER SCHLÜSSEL ZUR BACK

Der Steuermann ist vielleicht genial, aber ich wage nicht, ihn nach dem Vorschiff zu fragen und wie man hineinkommt, weil er außerdem neugierig ist. Er wird wissen wollen, warum ich frage. Ich habe ihm nicht erzählt, wie viel Zeit ich mit Kalliope verbringe, weil ich weiß, dass er kein Geheimnis bewahren kann. Er wird es in Reimen und Alliterationen ausplaudern, und alle werden Bescheid wissen. Außerdem ist er in letzter Zeit launischer als gewöhnlich. Er fängt an, sich gegen mich ebenso abzuschotten wie gegen alle anderen. Er meint, ich sei irgendwie verdächtig und verderblich.

Stattdessen suche ich um Mitternacht Carlyle auf und frage ihn. Ich finde ihn achtern beim Wischen, in der Nähe des Besanmastes, wo er das Deck von Schmutz und gelegentlich einem Hirn reinigt.

»Die Back?«, fragt er, denn das ist der richtige seemännische Ausdruck für das Vorschiff. »Was willst du denn in der Back?«

»Ich will bloß wissen, was da unten drin ist.«

Er zuckt die Achseln. »Da bewahren wir die vorderen Haltetrossen auf«, teilt er mir mit. »Aber wir haben schon so lange keinen Hafen mehr gesehen, dass es mich nicht überraschen würde, wenn die Taue sich inzwischen zu höheren Lebensformen entwickelt hätten.«

»Wenn ich da hineinwollte, wo würde ich den Schlüssel finden?«

»Wieso würdest du denn das wollen?«

»Ich habe meine Gründe.«

Er seufzt und schaut sich um, ob wir wirklich unbeobachtet sind. Er respektiert meine Verschwiegenheit und fragt nicht weiter nach den Gründen. »Es gibt nur einen Schlüssel zu dem Vorhängeschloss, und den hat der Kapitän.«

»Und wo bewahrt er ihn auf?«

»Das wird dir nicht gefallen«, warnt Carlyle.

»Erzähl es mir trotzdem.«

Einen Augenblick betrachtet Carlyle das graue Seifenwasser in seinem Eimer, dann sagt er schließlich: »Er steckt hinter dem Pfirsichkern in seiner leeren Augenhöhle.«

108 AUFWÄRTS ODER ABSAUFEN?

Ganz egal, wie rational die Welt auch sein mag, man kann nie wissen, was für ein verrückter Scheiß hinter der nächsten Kurve lauert. Das hier habe ich mal in den Nachrichten gesehen: Irgendeine feine Dame steigt in einem Hochhaus in Manhattan in den Fahrstuhl, um von ihrem Penthouse in die Tiefgarage zu fahren, siebenundsechzig Stockwerke abwärts – achtundsechzig, wenn man das Zwischengeschoss mitzählt –, um ihren Mercedes zu holen und zu einer Galerie in der Madison Avenue zu fahren, oder was feine Damen in Manhattan sonst so mit ihrer Zeit anfangen.

Was sie nicht weiß: Vor wenigen Minuten ist direkt neben ihrem Hochhaus eine Hauptwasserleitung gebrochen. Ihr Fahrstuhl kommt also im Keller an, und als die Tür sich öffnet, wird die Kabine mit eiskaltem Wasser geflutet. Was soll sie tun? Für so einen Fall gibt es nicht mal ein Katastrophenszenario, weil er jegliche Vorstellungskraft übersteigt.

In fünf Sekunden steht ihr das Wasser bis zur Hüfte, kurz darauf bis zum Hals, und dann ertrinkt sie, ohne begriffen zu haben, was zum Teufel überhaupt passiert ist oder wie so etwas Entsetzliches überhaupt möglich ist. Ich meine, denkt mal drüber nach: in einem Fahrstuhl eines Wolkenkratzers zu ertrinken. Das stimmt doch auf siebenundsechzig Ebenen nicht, wenn man das Zwischengeschoss nicht mitzählt.

Das Komische ist: Wenn ich solche Geschichten höre, fühle ich mich mit dem Allmächtigen irgendwie verwandt, weil sie beweisen, dass sogar Gott gelegentlich psychotische Episoden hat.

109 WENN TINTE SICH AUFSPIELT

Ich steige ins Krähennest, um über die Hürden und Folgen nachzudenken, die mit der Erlangung dieses besonderen Hauptschlüssels verbunden sind. Wie ich es sehe, ist es eine unlösbare Aufgabe. Ich sitze an der Bar, nippe an meinem Cocktail und teile mein Dilemma mit dem Barkeeper, weil Barkeeper dafür bekannt sind, gute Ratschläge zu geben, und weil ich weiß, dass die Belegschaft des Krähennests weder Liebe noch Loyalität für den Kapitän empfindet. Ich habe hier schon mehrere Barkeeper kennengelernt. Sie arbeiten in unterschiedlichen Schichten, denn das Krähennest hat vierundzwanzig Stunden geöffnet. Heute steht eine Frau hinter der Bar, deren Augen etwas zu klein für ihr Gesicht sind. Das kompensiert sie mit Mascara und türkisfarbenem Lidschatten, sodass die Augen ein wenig wie Pfauenfedern aussehen.

»Vergiss es am besten«, sagt die Barfrau. »Das meine ich ganz wörtlich. Je weniger du dich daran erinnerst, desto weniger wichtig wird es dir vorkommen, und je unwichtiger es scheint, desto weniger angespannt wirst du sein.«

»Ich will aber nicht weniger angespannt sein«, sage ich. »Oder jedenfalls nicht, bevor ich diesen Schlüssel habe.«

Sie seufzt. »Tut mir leid. Ich würde dir gern helfen.«

Sie scheint ein bisschen eingeschnappt zu sein, dass ich ihren Ratschlag nicht annehme. Oder vielleicht ist sie sauer, dass ich an der Bar herumhänge. Die Leute im Krähennest sehen es anscheinend nicht so gern, wenn ich zu lange dort herumlungere. Wie jeder Dienstleistungsbetrieb wollen sie die Kunden so schnell wie möglich wieder draußen haben. Ich hingegen lasse mir gern Zeit.

Auf dem Barhocker neben mir sitzt der Bootsmann. Er trinkt keinen Cocktail, er baggert bloß die Barfrau an. Dass *er* herumhängt, scheint ihr nichts auszumachen. Die lüstern grinsenden Tattoos auf seinem Arm betrachten mich mit Gefühlen, die von Neugier bis Verachtung reichen, und dann stimmt der Totenschädel mit dem Hang zu Musicalnummern mitreißend den Song *Hello, Dolly!* an, was zufällig der Name der Barfrau ist. Daraufhin fangen alle anderen Schädel an zu maulen.

»Wie hältst du das aus, wenn deine Tinte sich so aufspielt?«, frage ich ihn.

Einen Augenblick schaut er mich an, als käme ich vom Mars, dann sagt er ziemlich langsam: »Ich … höre … einfach … nicht hin.«

Ich nehme an, »nicht hinhören« erfordert eine Menge Disziplin. Ich weiß, wenn meine Stimmen außer Kontrolle geraten, komme ich mir vor wie mitten auf dem Parkett der New Yorker Börse. Er kann seine immerhin mit langen Ärmeln in mehreren Schichten dämpfen.

»Habt ihr schon jemals den Kapitän hier oben gesehen?«, frage ich, aber jetzt scheint der Bootsmann mich zu ignorieren, also richte ich die Frage an den Schädel mit der Rose im Mund, weil ich annehme, das ist der Sanfteste. »Kommt der Kapitän je ins Krähennest?«

»Niemals«, sagt der Schädel durch die zusammengebissenen Zähne. »Er fände es besser, wenn niemand hier heraufkommt. Der Kapitän möchte am liebsten, dass niemand außer ihm an den Köpfen der Seeleute herumdoktert.«

»Aber wieso schließt er den Laden dann nicht einfach? Ich meine, er ist der Kapitän, er kann auf seinem Schiff doch tun und lassen, was er will, oder?«

»Ha!«, wirft der Schädel mit den Würfelaugen ein. »Da sieht man, wie viel Ahnung *du* hast.«

»Manche Dinge kann der Kapitän nicht kontrollieren«, sagt der Schädel mit der Rose.

»Was für Dinge?«

Und der theatralische Schädel fängt wieder an zu singen: »Gewitterfronten, die am Horizont lungern; weißes Plastik, in dem die Gedanken verhungern; Schiffsjungen, Cocktails, des Papageis bunte Schwinge; das sind ein paar seiner unliebsten Dinge.«

Die anderen Schädel stöhnen alle, doch ich lächle. Wenn der Kapitän gar nicht so allmächtig ist, dann ist es vielleicht nicht so unmöglich, wie ich dachte, an den Schlüssel zu kommen.

110 GARTEN DER LÜSTE

Hal und ich sitzen im Gemeinschaftsraum. Er ist mit seinen Karten beschäftigt, ich mit meinen Zeichnungen. Ich versuche, hier zu sein und nirgendwo sonst.

»Ich habe mir mal eine Chaossprache geschaffen«, erzählt Hal mir. »Lauter Symbole und Signale und Idyllen und Sigillen. Aber wegen ihrer chaotischen Struktur kann ich mich nicht mehr daran erinnern.«

»Sollten die Signale dich aufwecken, wenn du zu langweilig wurdest?«, frage ich.

Er zeigt mit dem Finger auf mich. »Pass bloß auf, sonst zeichne ich dich im Schlaf mit einem Sigill für Haarausfall, dann wirst du wie dein Vater.«

Sigille sind, wie ich aus irgendeiner düsteren Comicserie weiß, Symbole mittelalterlicher Magie, aus den Zeiten, als so wenige Menschen lesen konnten, dass schon die Lesefähigkeit als nahezu magisch galt. Wer lesen konnte, war ein Genie. Wer lesen konnte, ohne die Lippen zu bewegen, wurde entweder als göttlich oder dämonisch erklärt, je nach Absicht desjenigen, der das Erklären besorgte.

Heute besorgt Hal das Erklären, wie üblich.

»Symbole haben Macht!«, verkündet er. »Wenn du ein Kreuz siehst, fühlst du etwas. Wenn du ein Hakenkreuz siehst, fühlst du etwas anderes. Aber das Hakenkreuz ist auch ein altes indisches Symbol und bedeutet ›Es ist gut‹, was nur beweist, dass Symbole grausam verdorben werden können. Darum habe ich mir meine eigenen ausgedacht. Sie haben Bedeutung für mich, und nur darauf kommt es an.«

Er zeichnet eine Spirale, die von einer Sinuswelle durchbohrt wird. Er zeichnet zwei Fragezeichen, die einander in eigenartigem Winkel schneiden. Er hat recht – sie haben Macht. Er hat ihnen Macht *verliehen.*

»Was bedeuten sie?«, frage ich.

»Ich habe doch gesagt, ich habe die Sprache vergessen.« Dann schaut er auf meinen Skizzenblock und sieht, dass ich seine Symbole abgezeichnet habe und Dinge hinzufüge, sie in Figuren verwandle, die einander bekämpfen. Ich habe seine Symbole verdorben. Wie wird er reagieren?

»Du heißt mit Nachnamen Bosch«, sagt er. »Seid ihr verwandt?«

Ich nehme an, er will wissen, ob ich mit Hieronymus Bosch verwandt bin – einem Maler, der ein paar ziemlich bizarre Sachen gemalt hat, die mir als Kind schreckliche Angst eingejagt haben und mir an schlechten Tagen immer noch im Kopf herumgeistern.

»Vielleicht. Weiß ich nicht.«

Er nickt, mit Unsicherheit kommt er klar und sagt: »Steck mich nicht in deinen Garten der Lüste, dann schreibe ich dir auch keine Todessymbole auf die Stirn.«

So kommen Hal und ich zu einem beiderseitigen Einverständnis.

111 MACH DICH HEIß

Ich schlage mitten in der Nacht die Augen auf und spüre die vertraute Taubheit des halbbewussten Zustands, kombiniert mit medikamentösem Dunst. Mein Kopf ist ein vom Nebel lahmgelegter Flughafen. Alle Gedanken haben Startverbot. Trotzdem spüre ich, dass ich beobachtet werde. Ich zwinge mich, den pharmazeutischen Schleier zu durchdringen, drehe mich um und entdecke, dass jemand neben meinem Bett steht. Im schwachen Licht aus dem Flur erkenne ich einen grünen Pyjama mit gezeichneten Seepferdchen darauf. Ich höre eine Art Klicken, und es dauert ein paar Augenblicke, bis ich begreife, dass es klappernde Zähne sind.

»Mir ist kalt«, sagt Callie, »und du bist immer so warm.«

Sie rührt sich nicht, sie zittert bloß. Ich schaue auf die andere Zimmerseite, wo Hal vor sich hin schnarcht. Callie wartet auf meine Einladung. Ich schlage die Decke zurück. Das ist Einladung genug, sie steigt in mein Bett.

Sie ist *wirklich* kalt. Nicht bloß Hände und Füße, sondern ihr ganzer Körper. Ich decke uns beide zu, und sie wendet mir den Rücken zu, damit ich sie leichter umarmen und meine Körperwärme mit ihr teilen kann. Wir liegen aneinander wie zwei Löffel. Ich spüre ihre Wirbel an meiner Brust. Ich fühle ihr Herz so viel schneller schlagen als meins. Unsere Körper bilden ein Symbol, denke ich, das genauso kraftvoll ist wie eines von Hal – und mir fällt auf, dass die bedeutsamsten Symbole alle auf den verschiedenen Arten basieren müssen, wie zwei Menschen sich umarmen können.

»Komm nicht auf dumme Gedanken«, sagt sie

»Keine Gedanken«, antworte ich benebelt. Ich könnte gar nicht auf solche »Gedanken« kommen, selbst wenn ich wollte. Wenn die

Medikation so hochgefahren ist, werden sämtliche Regungen abgetötet. Darüber bin ich sogar froh – jedenfalls in diesem speziellen Moment –, weil so keine Erwartungen entstehen und nicht der Hauch von Peinlichkeit. Hier geht es nur um eins: sie zu wärmen.

Aber ich bin besorgt. Ich weiß, dass mehrere Pastelle Wache schieben, regelmäßig ihre Runden drehen und in jedes Zimmer schauen. Kameras gibt es auch überall. Die Klinik gibt sich alle Mühe, jeden Aspekt unseres Verhaltens zu überwachen, aber es gibt immer Spielraum für menschliches Versagen. Callies Anwesenheit ist der Beweis.

»Und wenn sie uns sehen?«, frage ich.

»Was wollen sie machen, uns rausschmeißen?«, fragt sie zurück.

Und mir wird klar, dass mir egal ist, was sie sehen, was sie sagen oder was sie tun. Ob Poirot, die Pastelle oder sogar meine Eltern. An diesem Augenblick haben sie nicht teil. Sie haben kein Recht darauf.

Ich halte sie noch fester, presse mich an sie, bis mir ein ganz klein wenig kalt wird, was bedeutet, dass sie etwas von meiner Körperwärme abzieht. Nach einer Weile hören ihre Zähne auf zu klappern, und wir liegen nur noch nebeneinander und atmen im Gleichtakt.

»Danke«, sagt sie schließlich.

»Du kannst immer kommen, wenn dir kalt ist«, sage ich. Ich überlege, ob ich ihr einen sanften Kuss aufs Ohr geben soll, aber stattdessen kuschele ich mich noch ein bisschen enger an sie und flüstere ihr etwas hinein. »Ich mach dich gern heiß.«

Erst nachdem ich es gesagt habe, fällt mir auf, wie es klingt. Ich lasse sie denken, dass ich es so gemeint habe.

Sie sagt nichts. Ihr Atem wird langsamer, ich döse weg, und als ich die Augen wieder öffne, liege ich allein im Bett und frage mich, ob es überhaupt passiert ist. War das bloß wieder ein Streich meines Hirns?

Erst am Morgen finde ich ihren Hausschuh auf dem Fußboden neben meinem Bett – nicht versehentlich dort liegen gelassen, nicht achtlos, sondern mit durchtriebener Absicht.

Beim Frühstück werde ich ihn zu ihr bringen, mich vor sie hinknien und ihn an ihren Fuß stecken. Und genau wie im Märchen wird er wie angegossen passen.

112 ABSTRAKTE KANTIGE ANGST

In der Gruppe verteilt Carlyle Zeichenpapier und Filzstifte. »Heute haben unsere Lippen mal Pause«, sagt er. »Es gibt auch andere Wege, sich auszudrücken. Heute werden wir uns der nonverbalen Ausdrucksform bedienen.«

Der eklige Junge, den alle Bones nennen, sieht Skye an und macht eine nonverbale, sexuell explizite Geste, die Skye ebenso nonverbal mithilfe eines bestimmten Fingers beantwortet. Bones kichert, und Carlyle tut so, als hätte er die Interaktion nicht bemerkt.

»Die Aufgabe ist heute, aufzuzeichnen, wie ihr euch fühlt. Das muss nicht gegenständlich sein, und es gibt auch kein Richtig oder Falsch dabei. Kein Gut oder Schlecht.«

»Das ist doch Kindergartenscheiße«, verkündet Alexa – das Mädchen mit dem Verband um den Hals.

»Das hängt davon ab, was du daraus machst«, sagt Carlyle.

Einige in der Runde blicken auf ihr Papier, als würde die schreiende Leere jetzt schon in ihre fragile Psyche dringen. Andere starren die lindgrünen Wände um sie herum an, als könnte sich die Antwort dort finden lassen. Bones grinst fies und macht sich an die Arbeit. Ich weiß genau, was er zeichnet. Wir wissen es alle. Dabei behauptet heute niemand, Gedanken lesen zu können.

Für mich ist die Aufgabe gar kein Problem. Das mache ich sowieso die meiste Zeit. Manchmal leidenschaftlich und gehetzt, manchmal nicht so sehr. Carlyle weiß das, vielleicht hat er auch deshalb heute dieses Zeichenprojekt angesetzt.

Nach wenigen Minuten spiegelt mein Blatt eine zerklüftete innere Landschaft aus scharfen Kanten und tiefen Schründen wider. Kein Schwerpunkt, keine Perspektive. Abstrakte, kantige Angst. Es gefällt mir. So lange, bis ich es hasse.

Andere zeichnen nicht so schnell.

»Ich kann das nicht«, beschwert sich Skye. »Mein Kopf sieht Gefühle nicht als Bilder.«

»Versuch es«, sagt Carlyle sanft. »Egal was du zu Papier bringst, es ist alles gut. Du wirst hier nicht beurteilt.«

Noch einmal schaut Skye ihre leere Seite an und hält sie mir dann hin. »Mach du es.«

»Skye, ich glaube, du hast den Sinn der Sache nicht verstanden ...«, sagt Carlyle.

Ich nehme das Papier trotzdem, schaue Skye einen Augenblick prüfend an und fange an. Ich zeichne ein ausladendes abstraktes Ding, eine Art Kreuzung aus Amöbe und Mantarochen mit Augen und Mündern an unerwarteten Stellen. Dauert ungefähr eine Minute. Als ich fertig bin, starrt Skye mich mit offenem Mund und aufgerissenen Augen an. Ich rechne auch mit einem Mittelfinger, doch stattdessen sagt sie: »Wie hast du das gemacht?«

»Was?«

»Ich habe keinen Schimmer, was das sein soll, aber genauso fühle ich mich im Augenblick.«

»Skye«, sagt Carlyle, »ich glaube wirklich nicht –«

»Ist mir egal, was Sie glauben oder nicht«, sagt Skye. »Er hat mich genau getroffen.«

»Jetzt bin ich dran«, sagt Bones. Er dreht den Penis um, den er gerade zeichnet, damit ich auf der Rückseite arbeiten kann.

Ich werfe Carlyle einen Blick zu. Er zieht die Augenbrauen hoch und zuckt die Achseln. »Bitte, leg los«, sagt er. Ich finde es gut, dass Carlyle sich eher dem Wellengang anpasst als dagegen anzugehen. Ein Zeichen von Seefestigkeit.

Für Bones zeichne ich einen Schnörkel, der sich in ein leicht anzügliches Stachelschwein verwandelt. Als ich fertig bin, lacht er. »Mann, du bist ein echter Seelenkünstler.«

Die anderen wollen unbedingt auch an die Reihe kommen. Sogar die Besatzungsmitglieder, die total weggetreten wirken, schauen mich an, als hinge ihr Leben davon ab, was ich zeichne.

»Also gut«, sagt Carlyle und lehnt sich an die grün angelaufene Kupferwand des Kartenraums. »Caden kann es zeichnen, aber wenn er fertig ist, müsst ihr alle erklären, was es bedeutet.«

Sie strecken mir ihre Pergamente hin, und ich übertrage ihre Gefühle fieberhaft in Linien und Farben. Dem Legendenmeister biete ich ein stachliges Dingsda mit lauter Augen. Alexa und ihrem Perlenhalsband zeichne ich einen Drachen mit Tentakeln, der im Aufwind in die Lüfte steigt. Der Einzige, der mir sein Pergament nicht anbietet, ist der Steuermann. Er zeichnet stattdessen stumm seine eigene Karte.

Alle behaupten, ich hätte sie richtig getroffen, und während sie ihr inneres Wesen miteinander vergleichen, wende ich mich ein wenig besorgt an Carlyle. »Meinst du, der Kapitän wird das billigen?«

Carlyle seufzt. »Bleiben wir doch bitte im Hier und Jetzt, okay?«

Das macht mich zwar nervös und gereizt, aber ich verspreche, es zu versuchen.

113 WER SIE WAREN

Vincent van Gogh hat sich das Ohr abgeschnitten, es an die Frau geschickt, die er liebte, und sich am Ende das Leben genommen. Trotz einer künstlerischen Vision, die so erschreckend neu war, dass die Welt Jahre brauchte, sie wirklich anzuerkennen, konnte seine Kunst ihn nicht vor den Abgründen seiner gequälten Seele retten. So war er.

Michelangelo – womöglich der größte Künstler, den die Welt je gesehen hat – war am Ende so krankhaft besessen davon, die David-Skulptur zu vollenden, dass er sich monatelang nicht wusch und sich selbst völlig vernachlässigte. Er hatte seine Arbeitsschuhe so lange nicht ausgezogen, dass sich, als er es am Ende doch tat, die Haut von seinen Füßen löste. So war Michelangelo.

Neulich las ich eine Reportage über einen schizophrenen Maler, der in Los Angeles auf der Straße lebte. Seine Gemälde waren wundervolle abstrakte Meisterwerke, und man verglich ihn mit den großen Meistern. Inzwischen verkaufen sich seine Bilder für Zehntausende Dollar, weil irgendein reicher Mensch den Scheinwerfer der Medien auf ihn gerichtet hat. Bei der Ausstellungseröffnung in der Galerie trug er Anzug und Krawatte, doch dann kehrte er, obwohl ihm alle Türen offen standen, zurück auf die Straße und lebte wieder als Obdachloser. Denn so war er.

Wer bin ich also?

114 ZUM FRÖHLICHEN PAPPBECHER

»Tut mir leid, das habe ich nicht verstanden.«

»Ich habe gefragt, ob du irgendeinen Unterschied in deinem Gefühlsleben feststellen kannst, Caden.«

»Unterschied im Gefühlsleben.«

»Ja. Ist dir irgendetwas aufgefallen?«

Dr. Poirot hat die nervige Angewohnheit zu nicken, selbst wenn ich gar nichts sage, weshalb ich nicht immer genau weiß, ob ich eine Frage schon beantwortet habe oder nicht.

»Ist mir *was* aufgefallen?«

Er klopft eine Weile nachdenklich mit dem Stift auf die Tischplatte. Das lenkt mich ab, und ich vergesse nicht bloß den Kern unserer Unterhaltung, sondern die gesamte Richtung. Heute ist so ein Tag. Worüber haben wir geredet? Vielleicht das Abendessen?

»Lamm«, murmele ich.

»Lamm«, sagt er. »Was ist mit Lamm?«

»Ich weiß es nicht genau, aber ich glaube, wir haben die Seeleute ohne Hirn gegessen.«

Darüber denkt er ganz ernsthaft nach, schnappt sich dann seinen kleinen Block und kritzelt ein neues Rezept für mich. »Ich würde gern noch Risperdal in deinen Medikationsplan einführen«, sagt er. »Ich glaube, das würde dich öfter hier bei uns halten.«

»Wieso kombinieren Sie eigentlich nicht Tavor, Risperdal, Seroquel und Convulex zu einer einzigen Tablette?«, schlage ich vor. »TavoRisperQuellulex.«

Er gluckst erheitert und reißt das Rezept vom Block, aber natürlich gibt er es mir nicht. Das kommt in meine Krankenkarte, und die geht an die Pastelle, die sie wiederum zur Apotheke bringen, und noch vor dem Abendessen wird eine neue Pille ihren Weg in meinen fröhlichen Pappbecher finden.

115 DOPPELT PLAGT EUCH, MENGT UND MISCHT! KESSEL BRODELT, FEUER ZISCHT

Etwa 99 Prozent einer Tablette besteht aus Zeug, das überhaupt nichts mit der medizinischen Wirkung zu tun hat: die Farbe, der Überzug, die Bindemittel. Stoffe wie Xanthangummi, aus Bakterien gewonnen; Carbomer, eine Polyacrylsäure, die auch für Anstreichfarben verwendet wird; und Gelatine, die man aus Rinderknorpeln herstellt.

Irgendwo in den tiefsten Höhlen der großen Pharmakonzerne, bei Pfizer oder GlaxoSmithKline oder einem anderen, stelle ich mir immer so ein Hochsicherheitsverlies vor, in dem drei bucklige Hexen in einem riesigen Kessel rühren, einem industriellen Kessel voller Mist, den ich lieber gar nicht so genau kennen will, den ich aber Tag für Tag schlucken muss.

Und die Generika werden nicht mal von richtigen Hexen gebraut.

116 SCHMUTZIGER MARTINI

Schließlich passiert es.

Mein Hirn entkommt durch mein linkes Nasenloch und verwildert.

Ich bin außerhalb meines Körpers und husche mitten in der Nacht übers Deck. Das Schiff liegt im Nebel. Keine Spur von Sternen oder dem, was vor uns liegt – aber vielleicht liegt es auch nur daran, dass mein geistiges Auge nicht so weit sehen kann. Die anderen Gehirne zischen, als ich näher komme. Wir sind Einzelgänger, merke ich. Vereinzelt und misstrauisch. So dicht an den Deckplanken sehe ich das klebrige Pech aus der Nähe, mit dem sie kalfatert sind. Der schwarze Schleim brodelt von Absichten, die ich lieber nicht kennen möchte.

Meine krummen dunkelroten Beine sind wie Wurzeln und schlagen intelligente Funken, oder vielleicht sind es auch nur lauter Kurzschlüsse. Die verdrehten Dendritenbeine bleiben am Pech kleben, und das Zeug zieht mich hinab wie einen Dinosaurier in eine Teergrube. Ich weiß, wenn ich mich nicht befreien kann, werde ich in den schmalen Spalt zwischen den Planken gezerrt und zerquetscht – vom Pech verdaut. Es erfordert gewaltige Willenskraft, aber schließlich reiße ich mich los.

Wo soll ich hin?

Kalliope darf mich so nicht sehen. Ich bin widerlich. Also eile ich nach achtern und krabbele wie ein Gecko die Wand hinauf zum Besprechungszimmer des Kapitäns, dann mache ich mich so flach ich kann und presse mich unter der Tür hindurch. Wenn ich bei dieser Mission wirklich eine entscheidende Rolle spiele, wird er mir helfen. Er wird einen Weg finden, die Sache in Ordnung zu bringen.

Der Kapitän sitzt an seinem Schreibtisch und untersucht im Licht einer halb geschmolzenen Kerze meine Zeichnungen nach Symbolen und Zeichen. Als er den Blick hebt und mich sieht, lodert sein Auge wie ein Flammenwerfer.

»Schafft das Ding hier raus!«, dröhnt er.

Er erkennt mich nicht. Natürlich nicht – für ihn bin ich bloß ein weiteres nutzlose Ungeziefer, das sein Schiff heimsucht. Ich versuche mich zu erklären, aber ich kann nicht, ich habe keinen Mund.

Ich höre Schritte. Eine Tür öffnet sich knarrend, und Hände greifen nach mir, Dutzende, Hunderte. Ich winde und krümme mich – sie dürfen mich nicht kriegen! Die Hände krallen nach mir, doch ich entringe mich ihren Fingern und renne aus der Tür, stürze die Stufen hinunter ins … Nasse. Das Deck ist nass von Seifenwasser, und Carlyle schiebt seinen Mopp auf mich zu. Der Mopp ist riesig! Eine Wand schmutzig brauner Schlangen. Sein Mopp trifft mich, ich rutsche durch die glitschige Flut, versuche mich an irgendwas festzuhalten, aber das hat keinen Zweck. Vor mir sehe ich ein Speigatt, aus dem das Wasser ins Meer abläuft, und eine Sekunde später bin ich im freien Fall. Und dann tauche ich im kalten Meer in die Wellen.

Ich habe Schmerzen. Mir tut alles weh – und ich weiß, so werde ich sterben. Mein Körper wird an Bord des Schiffes mechanisch weiterexistieren, doch ich werde nicht mehr da sein.

Doch dann, mitten in meiner Panik, spüre ich etwas. Etwas Riesenhaftes. Es bewegt sich unter mir. Harte Schuppen streifen meine blanken Nervenenden. Das ist eines der Untiere, von denen der Kapitän gesprochen hat. Es ist hier, und es ist real. Ich zucke in nacktem Grauen zurück. Einen Augenblick später ist es weg, tief abgetaucht … aber nur, um Schwung zu holen, wenn es wieder heraufkommt – und diesmal mit offenem Maul. Ich strample, ich kämpfe, und schließlich durchstoße ich die Wasseroberfläche.

Ich sehe nichts. Kein Schiff. Kein Meer. Der Nebel ist wattedicht.

Ich spüre, wie das Wasser an mich drängt, als die Kreatur zu mir herauf schießt.

Dann stößt aus dem Nichts der Papagei mit ausgebreiteten Schwingen herab und packt mich. Seine Krallen greifen in die Furchen und Windungen meiner grauen Zellen. Er zieht mich aus dem Wasser, und wir erheben uns in die Lüfte.

»Unerwartet, unerwartet«, sagt der Papagei, »aber nicht unumkehrbar.«

Wir steigen auf, hoch über das Schiff, heraus aus dem Gefahrenbereich und aus der dichten Nebelbank. Vom Schiff sehe ich nur den Großmast und das Krähennest aus dem Dunst ragen, doch darüber ist der Himmel klar. Die Sterne drängen sich so zahlreich wie die Milchstraße aus dem All betrachtet. Im Nu wandelt sich mein Gefühl von absolutem Grauen zu absolutem Staunen.

»Ich kann dir grenzenlose Horizonte schenken«, quäkt der Papagei laut, »aber nur, wenn du tust, was getan werden muss. Die Zeit ist reif. Beseitige den Kapitän, und alles, was du von einem Horizont zum anderen siehst, soll dir gehören.«

Ich will ihm von dem Wesen unter den Wogen berichten, doch ich kann überhaupt nicht kommunizieren. Ich möchte gern glauben, dass der Papagei meine Gedanken lesen kann, doch das kann er nicht.

»Alles ist gut«, sagt er. Dann lässt er mich fallen.

Ich stürze auf das eingenebelte Schiff zu. Das Krähennest schwillt vor mir an, umgibt mich, und auf einmal plansche ich in einer bitteren Flüssigkeit. Ich liege hilflos am Boden eines mächtigen Cocktailglases wie eine Olive in einem schmutzigen Martini.

Überall um mich herum sind Augen. Sie betrachten mich aus Gesichtern, die durchs gekrümmte Glas zu verzerrt erscheinen, als dass ich sie erkennen könnte.

»Wisst ihr was«, höre ich den Barkeeper sagen, »Einsteins Gehirn haben sie in ein Glas mit Formaldehyd gesteckt. Wenn es für ihn gut genug ist, dann auch für euch.«

117 WÄHREND DU WEG WARST

»So was passiert manchmal«, sagt Carlyle. Er hat keinen Mopp in der Hand, was mir erkennen hilft, wo ich bin. Die Uhr sagt, dass die Gruppentherapie längst vorbei ist, aber manchmal treibt sich Carlyle auch im Essbereich herum, um zu reden. Zu helfen.

»So was passiert«, wiederhole ich. Ich habe heute nicht an der Gruppentherapie teilgenommen. Ich hatte andere Sorgen.

»Jeder Mensch reagiert anders auf Medikamente. Darum ändert Poirot auch dauernd die Mischungen. Er muss den richtigen Cocktail finden.«

»Den richtigen Cocktail«, sage ich. Ich weiß, dass ich wie ein Echo klinge. Ich weiß es, kann es aber nicht verhindern. Mein Geist ist Gummi, und was hineingeworfen wird, prallt durch den Mund wieder heraus.

Bei mir gab es eine »unerwünschte Nebenwirkung« durch das Risperdal. Weder Poirot noch die Pastelle wollen mir sagen, was das genau bedeutet. Carlyle war ein bisschen auskunftsfreudiger. »Ich soll dich eigentlich nicht mit den Einzelheiten belasten, aber du hast ein Recht, es zu wissen«, sagte er. »Du hattest eine stark erhöhte Herzfrequenz und heftigen Tremor. Du hast ziemlich unverständliches Zeug geredet. Ich weiß, das klingt schrecklich, aber eigentlich war es gar nicht so schlimm.«

Ich habe keinerlei Erinnerung daran. Ich war im Anderswo.

Carlyle schiebt mir einen Teller Essen hin und erinnert mich, dass ich etwas zu mir nehmen muss.

Das tue ich und versuche mich aufs Kauen und Schlucken zu konzentrieren, aber selbst dabei driften meine Gedanken ab. Ich denke an Kalliope, die ich seit Tagen nicht gesehen habe. Ich muss auf den Bugspriet klettern. Ich denke über die Barkeeper nach, welche teuflischen Zutaten sie wohl in meinen Cocktail mixen. Chamäleonmilz. Tarantelhoden. Irgendwann bemerke ich, dass ich mit der Gabel in der Luft am Tisch sitze und mir Essen aus dem Mundwinkel läuft. Ich habe das Gefühl, ich könnte schon seit Stunden so dagesessen haben, habe ich aber wahrscheinlich nicht, denn Carlyle würde sich das bloß ein paar Sekunden ansehen. Er erinnert mich daran, zu kauen und zu schlucken. Dann erinnert er mich wieder daran, zu kauen und zu schlucken. Das Ganze ist ein Rückschlag. Wir wissen es beide.

Carlyle nimmt mir den Löffel aus der Hand und legt ihn auf den Tisch. »Vielleicht isst du später noch was«, sagt er, als er merkt, dass diese Mahlzeit keine mehr wird.

»Vielleicht esse ich später noch was.« Es ist mir nicht entgangen, dass sich die Gabel auf magische Weise in einen Löffel verwandelt hat.

118 SIMPLE PHYSIK

Das Schiff hebt und senkt sich, hebt und senkt sich. Eine Laterne, die an der niedrigen Decke meiner Kabine hängt, schwingt im Takt, und Schatten kommen dabei auf mich zu und ziehen sich zurück; nähern sich anscheinend jedes Mal ein bisschen mehr.

Der Kapitän überwacht persönlich die Rückführung meines Gehirns in meinen Kopf. Zahnpasta zurück in die Tube zu kriegen, ist nur ein schwacher Vergleich.

»Dies erreichen wir, indem wir im Kranium ein Vakuum erzeugen«, erklärt der Schiffsarzt mit heftigem deutschem Akzent. »Dann wird das umherirrende Hirn in das linke Nasenloch eingeführt, wobei es unmittelbar in die Schädelhöhle gesaugt wird, um dort den luftleeren Raum zu füllen. Ganz simple Physik.« Der Schiffsarzt, den ich noch nie gesehen habe und nie wieder sehen werde, sieht verdächtig wie Albert Einstein aus und klingt auch genauso. Einstein, dessen Hirn, wie ich gehört habe, in einem Schraubglas aufbewahrt wird. Als die Operation vorüber ist, habe ich immer noch ein wenig das Gefühl, außerhalb meines Körpers zu sein.

Der Kapitän sieht mich an und schüttelt enttäuscht den Kopf. »Wer sich zu den Hunden legt, wacht mit Tollwut auf«, sagt er mitleidlos. Ich glaube eigentlich nicht, dass das eine richtige Redensart ist, aber ich verstehe, was er meint. »Wenn du dein Vertrauen in den Vogel und die verfluchten Barkeeper setzt, dann kannst du nichts anderes erwarten. Glaube an mich, Junge, und nicht an diese hirnsaugenden Mixturen. Ich dachte, inzwischen müsstest du es besser wissen!«

Der Kapitän ragt über mir auf und wirkt viel größer als in Wirklichkeit, weil ich so hilflos und ohnmächtig bin. Er wendet sich zum Gehen, aber ich will nicht, dass er mich verlässt. Der Steuermann ist nicht in Sicht, und ich will jetzt nicht allein gelassen werden.

»Es ist an mir vorbeigeschwommen ...«, sage ich.

Er dreht sich langsam um und betrachtet mich. »Was ist an dir vorbeigeschwommen?«

»Etwas Riesiges. Es hatte Schuppen, die sich wie Stahl anfühlten. Es ist ganz tief abgetaucht und kam dann wieder in Richtung Oberfläche geschossen. Ich konnte seinen Hunger spüren. Es wollte mich verschlingen.« Ich wage ihm nicht zu erzählen, dass der Papagei mich rechtzeitig gerettet hat.

Der Kapitän setzt sich an den Rand meiner Koje. »Das«, sagt er, »war die Abgrundschlange – ein beeindruckender Gegner. Wenn sie einmal ihren Blick auf dich gerichtet hat, wird sie dich verfolgen, bis einer von euch beiden nicht mehr ist. Sie wird nie mehr von dir ablassen.«

Das sind zwar nicht gerade die besten Neuigkeiten, aber der Kapitän lächelt. »Wenn die Abgrundschlange dich ihrer Aufmerksamkeit für würdig erachtet, ist das ein gutes Zeichen. Es bedeutet, das mehr in dir steckt, als sich mit bloßem Auge erkennen lässt.«

Ich wende den Blick ab und drehe mich zur Wand – ein Versuch, dem forschenden Auge der Schlange zu entgehen. »Wenn es Ihnen nichts ausmacht«, sage ich, »dann gibt es gewisse Augen, in die ich lieber nicht sehen möchte.«

119 KLEINE PLAUDERTASCHE

Meine Angst und Anspannung werden wieder stärker, und ich laufe vor der Stationswache auf und ab, wo ich Schwester Dolly nervös mache.

»Schätzchen, hast du jetzt keine Gruppensitzung?«

»Ich glaube nicht.«

»Und gibt es sonst nichts, was du gern tun würdest?«

»Ich glaube nicht.«

Sie beschwert sich bei einer anderen Schwester, dass der Tagesablauf von uns Patienten viel zu wenig strukturiert sei, und am Ende bittet sie den Pfleger mit den gruseligen Tattoos, mich wegzubringen.

»Wieso gehst du nicht in den Gemeinschaftsraum, ein bisschen fernsehen?«, schlägt er vor. »Ein paar von deinen Freunden gucken gerade *Charlie und die Schokoladenfabrik.* Das Original – nicht die fiese Version mit Johnny Depp.«

Ich bin sofort verärgert. »Erstens: Bloß weil uns allen Umpa-Lumpas im Hirn herumspringen, sind wir noch längst nicht alle ›Freunde‹. Zweitens hieß das Original in Wirklichkeit *Willy Wonka und die Schokoladenfabrik,* auch wenn es streng genommen falsch ist, denn zuerst kam das Buch, und da heißt es schon *Charlie* – aber deshalb hast du trotzdem nicht recht.«

Er kichert, was mich noch mehr aufregt. »Na, wir sind aber heute eine kleine Plaudertasche!«

Was ist er eigentlich – ein Kindergartenerzieher für Hells Angels? »Ich hoffe, deine ganzen Schädel fressen dich im Schlaf auf!«, sage ich. Darüber lacht er nicht, und ich habe das Gefühl, einen kleinen Sieg verbuchen zu können.

120 DIE KARTEN SEHEN ES ANDERS

Hals Mutter kommt auf einen ihrer Überraschungsbesuche. Ich bin nicht im Gemeinschaftsraum und kriege es nicht zu sehen. Ich kann nicht mal zum Zeichnen lange genug stillsitzen – ich laufe wieder auf Deck auf und ab, um die Wellenbewegungen auszugleichen. Wenn ich darum bitten würde, bekäme ich eine Tavor zusätzlich, aber ich tue es nicht. Der Barkeeper schenkt seine Cocktails viel zu freigiebig aus, und beim Gedanken, ins Krähennest hinaufzuklettern, werde ich noch angespannter.

Als wir beide wieder in unserem Zimmer sind, berichtet Hal mir von seinem jüngsten Mutterabenteuer. Sie ist diesmal länger als üblich geblieben. Sie hat sogar eine Partie Dame mit ihm gespielt. So etwas gilt gemeinhin als »Warnsignal«.

»Und was ist das Problem?«, frage ich.

»Sie zieht nach Seattle«, antwortet Hal. »Sie ist schon sehr aufgeregt und wollte es mir sagen.«

»Warum Seattle?«, frage ich weiter.

»Sie angelt sich gerade einen neuen Ehemann für ihre Sammlung, und da wohnt er.«

Ich kann nicht genau erkennen, wie Hal das findet. »Das ist doch gut, oder? Dann ziehst du auch dahin, wenn du hier fertig bist.«

Hal liegt flach auf dem Bett und starrt an die Decke. »Die Karten sehen es anders.«

»Sie nimmt dich nicht mit?«

»Ich sehe keinen Weg in den Pazifischen Nordwesten.« Ein Augenblick herrscht Stille, dann fährt er fort. »Ihr Verlobter findet mich ›abschreckend‹.«

Ich will ihn gerade darauf hinweisen, dass sie ihn als seine Mutter nicht einfach im Stich lassen kann, aber dann fällt mir ein, dass er schon einmal aus ihrer Obhut genommen wurde.

Er dreht sich zur Schottwand um. Ich spüre das Auf und Ab des Schiffes, das auf langer, aber kraftvoller Dünung unterwegs ist.

»Ist schon okay«, sagt Hal zu mir. »Ich weiß sowieso was Besseres.«

121 WIE AUSGEWECHSELT

Am nächsten Morgen sitzen ein paar neue Gesichter in der Therapiegruppe, während ein paar alte fehlen. Jeder hat hier einen anderen Abschlusstag, und die Besatzung wird ständig umlaufend ausgewechselt. Manchmal gibt es einen warmen Abschied, manche gehen eher heimlich. Hängt immer davon ab, was die Betreffenden wollen.

»Sie können Leute hier rein- und rausbeamen«, erzählt mir ein Junge namens Raoul. »Hab ich schon gesehen.« Anstatt über Raouls Realitätskonstrukt zu diskutieren, sage ich bloß, dass ich nicht mit Menschen sprechen darf, die zu viele aufeinanderfolgende Vokale im Namen haben.

In der Gruppensitzung wirkt Skye, die allmählich mit ihrem Puzzle fertig wird, etwas weniger wütend. »Das hat alles seinen Grund hier«, verkündet sie der Gruppe und sieht Carlyle Bestätigung heischend an. »Meine Mutter sagt, Gott gibt uns nichts, was wir nicht bewältigen können.«

Worauf Hal bemerkt: »Deine Mutter ist ein Arschloch.«

»Hey!«, ruft Carlyle laut, und Hal wird von der restlichen Gruppensitzung ausgeschlossen. Erste Regel: Abfällige Bemerkungen werden durch vorzeitigen Ausschluss aus der Gruppe geahndet. Es sei denn, der vorzeitige Ausschluss war beabsichtigt. Dann ist er ja keine Strafe, sondern eine Belohnung für die Unverschämtheit.

»Caden«, sagt Carlyle, der nach einem Moderaten zwischen den Extremisten sucht, »was hältst du von Skyes Aussage?«

»Wer, ich?«

Ich rechne damit, dass er etwas Spöttisches entgegnet, *Nein, ich meine den Caden im Lüftungsschacht* oder so, aber stattdessen sagt er »Ja, du«, als wollte ich nicht bloß auf Zeit spielen, sondern hätte tatsächlich vermutet, er würde einen Caden im Lüftungsschacht ansprechen. Carlyle lässt sich enttäuschend wenig auf solche Plänkeleien ein.

»Ich glaube, Gott hat uns dies hier genauso wenig gegeben, wie er kleinen Kindern Krebs gibt oder arme Leute die Lotterie gewinnen lässt«, sage ich. »Wenn überhaupt, dann gibt er uns den Mut, damit fertig zu werden.«

»Und was ist mit denen, die nicht damit fertig werden?«, fragt Raoul.

»Ganz leicht«, antworte ich mit großen Augen, seelenvollem Blick und unbewegter Miene. »Das sind die Menschen, die Gott wirklich richtig hasst.«

Ich hoffe, Carlyle wirft mich aus der Gruppe, aber da habe ich kein Glück.

122 HISTORISCH UMNACHTET

Wenn man mal drüber nachdenkt, war die öffentliche Wahrnehmung eigenwilliger Hirnchemie historisch betrachtet ebenso unterschiedlich und seltsam wie die Symptome.

Wäre ich zu einer anderen Zeit als amerikanischer Ureinwohner geboren worden, hätte man mich womöglich als Medizinmann gefeiert. Meine Stimmen wären als die Stimmen der Vorfahren betrachtet worden, die ihre Weisheit weitergeben. Man hätte meine mystischen Fähigkeiten mit großer Ehrerbietung betrachtet.

In den Tagen der Bibel hätte ich womöglich als Prophet gegolten, denn seien wir ehrlich, da gibt es eigentlich nur zwei Möglichkeiten: Entweder die Propheten haben tatsächlich gehört, wie Gott zu ihnen sprach, oder sie waren psychisch krank. Wenn heute ein echter Prophet auftauchte, würde er oder sie jede Menge Haldol injiziert bekommen, bis der Himmel sich auftäte und die behandelnden Ärzte von der Hand Gottes saftige Ohrfeigen empfingen.

Im finsteren Mittelalter hätten meine Eltern nach einem Exorzisten geschickt, denn ich wäre ja eindeutig von bösen Geistern besessen oder womöglich der Teufel selbst.

Und im viktorianischen England von Charles Dickens hätte man mich ins Irrenhaus geworfen – Bedlam hieß das Londoner Hospital zu seiner Zeit und ist in der englischen Sprache zum Synonym für Wahnsinn geworden –, wo die Geisteskranken unter unaussprechlichen Bedingungen eingekerkert waren.

Im 21. Jahrhundert hat man viel bessere Aussichten auf vernünftige Behandlung, aber manchmal wünschte ich mir, in vortechnischen Zeiten zu leben. Ich würde viel lieber wie ein Prophet behandelt als wie ein armer, kranker Junge.

123 BARDE UND HUND

Raoul, der neue Junge, wird von berühmten Toten heimgesucht. Besonders bemerkenswert: Shakespeare. Ob es sich um seinen Geist oder das Ergebnis einer Zeitreise handelt, weiß niemand so genau.

»Und was sagt er?«, frage ich ihn, als wir vor der Stationswache herumlungern. Plötzlich wird Raoul sehr zurückhaltend.

»Lass mich in Ruhe!«, sagt er. »Du willst mir bloß erzählen, dass es nicht echt ist – aber ich habe meine Theorien, klar? Ich habe meine Theorien.« Er stürmt davon, weil er wahrscheinlich denkt, ich will mich über ihn lustig machen, aber das will ich gar nicht. Ich habe großen Respekt für Wahnvorstellungen und/oder Halluzinationen entwickelt – allerdings weiß ich nicht genau, worunter Raoul eigentlich leidet. Sieht er den großen Barden? Oder hört er ihn bloß? Oder glaubt er, ich sei Shakespeare, wenn ich mit ihm rede?

Es gab mal eine Zeit – bevor ich hier landete –, da hätte ich das alles lustig gefunden. Als ich noch Mitglied der Welt war und kein Mitglied im »Club«. Die Welt lacht einfach gern über die Absurdität des Wahns. Was es für die Menschen so komisch macht, ist wohl die grobe Verzerrung von Vertrautem. Dass Raoul beispielsweise so viel Lärm um Nichts macht, liegt sicher auch an seinem Vater, einem gescheiterten Shakespeare-Darsteller, der seinen Traum aufgegeben und ein Theater-Camp für benachteiligte Kinder gegründet hat.

Ich habe ein schlechtes Gewissen, weil ich in der Gruppensitzung gemein zu ihm war, darum fühle ich mich jetzt auf die schlimmste Art zur Hilfe verpflichtet. Und was könnte schlimmer sein als meine Hilfsversuche? Also folge ich Raoul in den Gemeinschaftsraum, wo Skye an ihrem Puzzle arbeitet und ein paar andere einen Film mit einem sprechenden Hund schauen – als könnten wir in unserem psychischen Süppchen auch noch redende Hunde gebrauchen.

Raoul lässt sich an einen Tisch fallen, und ich setze mich ihm gegenüber. »Ist es Tragödie oder Komödie?«, frage ich.

Er dreht den Stuhl von mir weg, steht aber nicht auf, also ist das jetzt nur Gepose. Er will sehen, wo das hier hinführt.

»Shakespeare hat Tragödien und Komödien geschrieben, was glaubst du also, wo du dich befindest, wenn er mit dir redet?« Tatsächlich hat der Barde auch Liebessonette geschrieben, aber wenn Shakespeare ihm Liebessonette vorträgt, ist das wieder ein ganz anderer Fall.

»Ich … ich weiß nicht«, sagt Raoul.

»Wenn es eine Tragödie ist«, rate ich ihm, »dann erinnere Shakespeare daran, dass er auch eine komische Seite hat. Fordere ihn heraus, dich zum Lachen zu bringen.«

»Geh weg!«, sagt er, und als ich nicht verschwinde, setzt er sich zu den Hundefreunden. Aber ich merke, dass er nicht richtig hinguckt, sondern über das nachdenkt, was ich gesagt habe – und mehr wollte ich gar nicht.

Ich bin kein Poirot, nicht mal ein Carlyle; ich weiß nicht, ob ich ihm einen guten Rat gegeben habe oder nicht; aber diese Welten, in die wir uns manchmal begeben, können so dunkel sein, dass es doch immer gut sein muss, sie ein wenig aufzuhellen, oder?

124 DEN ÜBERBRINGER HASSEN

Gegen die Schrecken der Gruppentherapie bin ich inzwischen abgehärtet. Die brutalen Einzelheiten, die tränenreichen Geständnisse, die wütenden Tiraden. Alles bloß noch Hintergrundrauschen. Carlyle ist ein guter Moderator. Er versucht sich ganz zurückzunehmen und uns miteinander reden zu lassen, gibt nur Ratschläge und Anleitungen, wenn wir sie brauchen.

Alexa macht fast jeden Tag das Gleiche. Sobald sie das Wort ergreift, ist es wie bei einem Redemarathon im Parlament – vor allem, wenn jemand Neues in der Gruppe ist. Immer wieder durchlebt sie die Gräuel, die ihr Stiefbruder ihr angetan hat, und wie es sich anfühlte, sich selbst die Kehle durchzuschneiden – nur dass sie jedes Mal andere Worte findet, andere Ein- und Überleitungen, um uns vorzuspielen, sie habe etwas Neues zu sagen.

Ist es unsensibel von mir, dass ich sie bremsen will? Ist es grausam, dass ich sie anschreien möchte, endlich das Maul zu halten, nachdem ich die Geschichte eine Million Mal gehört habe? Ich merke, dass ich mich heute ein wenig klarer als sonst fühle. Ein bisschen redefähiger. Ich kann Gedanken aneinanderreihen. Hält vielleicht nicht lange an, aber ich bin entschlossen, es auszunutzen, solange ich kann.

Bei der heutigen Version steht sie vor dem Spiegel, schaut sich tief in die Augen und beschließt, dass nichts darin sich zu retten lohnt, doch bevor sie das Schweizer Offiziersmesser an die Kehle setzen kann, rufe ich laut: »Entschuldigung, aber den Film habe ich schon gesehen.«

Alle Augen wenden sich mir zu.

»Spoileralarm«, fahre ich fort. »Das Mädchen versucht sich

umzubringen, aber sie überlebt, und ihr widerlicher Stiefbruder haut ab und verschwindet aus dem Leben aller Beteiligten. Bei den ersten paar Malen ging es echt auf die Tränendrüsen, aber inzwischen ist es doch abgegriffen – sogar fürs Kabelfernsehen.«

»Caden«, sagt Carlyle vorsichtig, als wollte er herausfinden, ob er an einer Bombe das gelbe oder das blaue Kabel durchtrennen muss. »Das ist wirklich ein bisschen hart, Mann.«

»Nein, das ist ehrlich«, entgegne ich. »Sollen wir hier nicht ehrlich sein?« Dann sehe ich wieder Alexa an, die mich verschreckt anstarrt, womöglich aus Furcht vor dem, was jetzt kommt. »Jedes Mal, wenn du es wieder durchlebst, ist das so, als würde er es dir immer und immer wieder antun«, sage ich. »Aber das ist gar nicht mehr er – das bist du selbst. *Du* machst dich jetzt zu seinem Opfer.«

»Ach so, ich soll es also einfach vergessen?« Tränen steigen ihr in die Augen, aber heute habe ich kein Mitleid.

»Nein, vergiss es nie«, sage ich. »Aber du musst es verarbeiten und hinter dir lassen. Leb dein Leben, sonst hat er dir auch noch die Zukunft gestohlen.«

»Du bist so gemein!«, schreit sie mich an. »Ich hasse dich!« Dann vergräbt sie das Gesicht in den Händen und schluchzt.

»Ähm … ich finde, Caden hat recht«, sagt Raoul verschüchtert. Hal nickt ebenfalls zustimmend, Skye schaut nach links, als sei ihr das alles so was von egal, und die anderen beobachten bloß Carlyle, weil sie entweder zu ängstlich oder zu sediert sind, eine eigene Meinung zu haben.

Carlyle grübelt immer noch, welches Kabel er durchschneiden soll, und sagt behutsam: »Nun, Alexa hat ein Recht auf ihre Gefühle …«

»Danke«, sagt Alexa.

»… aber vielleicht hat Caden da ein allgemeines Thema angesprochen, über das wir nachdenken sollten.« Dann fragt er, was »hinter sich lassen« für jeden einzelnen von uns bedeutet, und es schließt sich ein ruhiges Gespräch an. Ich habe zwar alles so gemeint, wie ich es gesagt habe, bin aber trotzdem froh, dass er das richtige Kabel gefunden hat.

Am Ende nimmt Carlyle mich beiseite. Ich weiß schon. Er wird mir einen Vortrag über mein Benehmen in der heutigen Sitzung halten. Vielleicht wird er sogar drohen, Poirot davon zu berichten.

Ich bin also schockiert, als er sagt: »Das war eben tatsächlich sehr verständig von dir. Hey«, fährt er fort, als er meine Überraschung bemerkt, »Ehre, wem Ehre gebührt. Es war vielleicht nicht die beste Art, es auszudrücken, aber Alexa musste es mal hören, ob sie es wusste oder nicht.«

»Ja, und jetzt hasst sie mich.«

»Mach dir keinen Kopf«, sagt Carlyle. »Wenn die Wahrheit wehtut, hassen wir immer den Überbringer.«

Dann fragt er mich, ob ich eigentlich meine Diagnose kenne – die Ärzte überlassen es nämlich immer den Eltern, sie zu überbringen. Meine Eltern haben ein paar psychomedizinische Stichworte fallen lassen, aber nur ganz vage.

»Mir sagt niemand irgendwas«, gebe ich schließlich zu. »Jedenfalls nicht offiziell und ins Gesicht.«

»Ja, so ist das zu Anfang meist. Vor allem, weil die Diagnose sich noch ändert, aber auch, weil die Worte selbst so belastet sind. Verstehst du, was ich meine?«

Ich weiß genau, was er meint. Ich habe mitgehört, wie Poirot mit meinen Eltern sprach. Er verwendete Worte wie *Psychose* und *schizophren*. Viele Menschen glauben, solche Worte flüstern zu müssen oder gar nicht aussprechen zu dürfen. Die psychische Erkrankung, deren Namen nicht genannt werden darf.

»Ich habe meine Eltern den Ausdruck ›bipolar‹ verwenden hören, aber ich glaube, das haben sie bloß gesagt, weil es netter klingt.«

Er nickt verständnisvoll. »Echt scheiße, oder?«

Darüber muss ich lachen. Es ist eigentlich schön, es so deutlich gesagt zu bekommen. »Gar nicht, ist ein richtiger Spaziergang«, sage ich. »Ein Spaziergang durch ein Minenfeld voller Fallgruben.«

Jetzt muss er lachen. »Deine Medikamente wirken tatsächlich, wenn du deinen Humor wiedergefunden hast.«

»Ein reiner Zufallsfang«, erwidere ich.

Er grinst. »Mit der Zeit werden dir immer mehr solcher Fänge ins Netz gehen.«

»Dabei mag ich gar keinen Fisch.«

»Es können ja auch Wale sein«, sagt er. »Oder Delfine.«

Und damit lande ich direkt bei Mackenzies Zimmerwand. Ich frage mich, ob sie wohl schon übermalt ist, um jeden Hinweis auf meine Krankheit aus ihrem Zimmer zu bannen. Schließlich könnte man diese Samurai-Delfine als psychotisch klassifizieren.

125 SPAZIERGANG

Ich sitze in der Panorama-Lounge und zeichne, während Callie aus dem Fenster schaut. So verbringen wir unsere Freizeit – das bisschen, was wir haben. Heute benimmt sich mein Magen schlecht. Blähungen oder Verstopfung oder was weiß ich. Aber wenn ich hier bei Callie bin, wird mein Unwohlsein unwichtig. Draußen ist es bedeckt, und durch das große Fenster verliert der Raum Wärme, aber tagsüber, wenn überall Augen sind, kann ich Callie nicht wärmen. Ich bilde mir ein, dass sie jede Nacht in mein Zimmer kommt, um sich zu wärmen – aber das ist wahrscheinlich nur einmal passiert. Trotzdem glaube ich in diesem Fall gern an meine Einbildung.

Fade Fahrstuhlmusik dringt in der Panorama-Lounge aus Lautsprechern, die in die Decke eingelassen sind, damit wir sie nicht packen und abreißen können. Gedämpfte Blechbläser tönen wie Charlie Browns Eltern. *Bwaa-wa-waa, Bwaa-mwaa-wa-waa.* Hier sind sogar die Melodien sediert.

Callie schaut auf meinen Skizzenblock. »Du zeichnest jetzt anders als bevor du krank geworden bist, richtig?«

Ich bin überrascht, dass sie das weiß, aber das sollte ich vielleicht nicht sein. Ich habe das Gefühl, dass wir einander schon viel länger kennen als in Wirklichkeit.

»Ich ›zeichne‹ nicht mehr«, erkläre ich ihr. »In letzter Zeit räume ich hauptsächlich Zeug aus meinem Kopf.«

Sie grinst. »Ich hoffe, es ist noch was drin, wenn du damit fertig bist.«

»Ja, hoffe ich auch.«

Dann greift sie sanft nach meinem Arm. »Ich möchte spazieren gehen«, sagt sie. »Gehst du mit mir spazieren?«

Das ist eine ganz neue Bitte von ihr. Wenn sie einmal vor dem Panoramafenster steht, geht sie selten von dort weg, es sei denn, jemand zwingt sie dazu.

»Bist du sicher?«, frage ich nach.

»Ja«, sagt sie. Und dann noch einmal: »Ja, bin ich«, als müsste sie es zwei Mal sagen, um sich selbst zu überzeugen.

Wir gehen hinaus in den Flur und promenieren los – ein guter alter Spaziergang, Arm in Arm, in grober Missachtung des Kontaktverbots. Niemand hält uns auf.

Die Station ist als Oval angelegt. »Wie eine dicke fette Null«, hat Hal einmal bemerkt und es sehr bedeutsam gefunden. Man kann hier also immer den Flur entlanglaufen, ohne umzukehren, ohne Hin und Her, denn wenn man losgeht, kommt man an kein Ende. Heute zähle ich die Runden jedes Mal, wenn wir an der Stationswache vorbeikommen, aber ich verliere rasch den Überblick.

»Willst du wieder zurück zum Fenster?«, frage ich Callie. Nicht, weil ich dorthin will, sondern weil *sie* es wollen müsste.

»Nein«, sagt sie. »Da gibt es heute nichts mehr zu sehen.«

»Aber …«

Sie wendet sich mir zu und wartet, dass ich weiterrede. Ich würde auch gern, aber ich habe keinen Schimmer, wohin das »Aber« führen sollte. Also geleite ich sie zu ihrem Zimmer.

»Du solltest dein Bild zu Ende zeichnen«, sagt sie. »Ich möchte es sehen, wenn es fertig ist.«

Da ich bloß Impressionen zur Berieselungsmusik zu Papier gebracht habe, bin ich weniger am Endprodukt interessiert als sie.

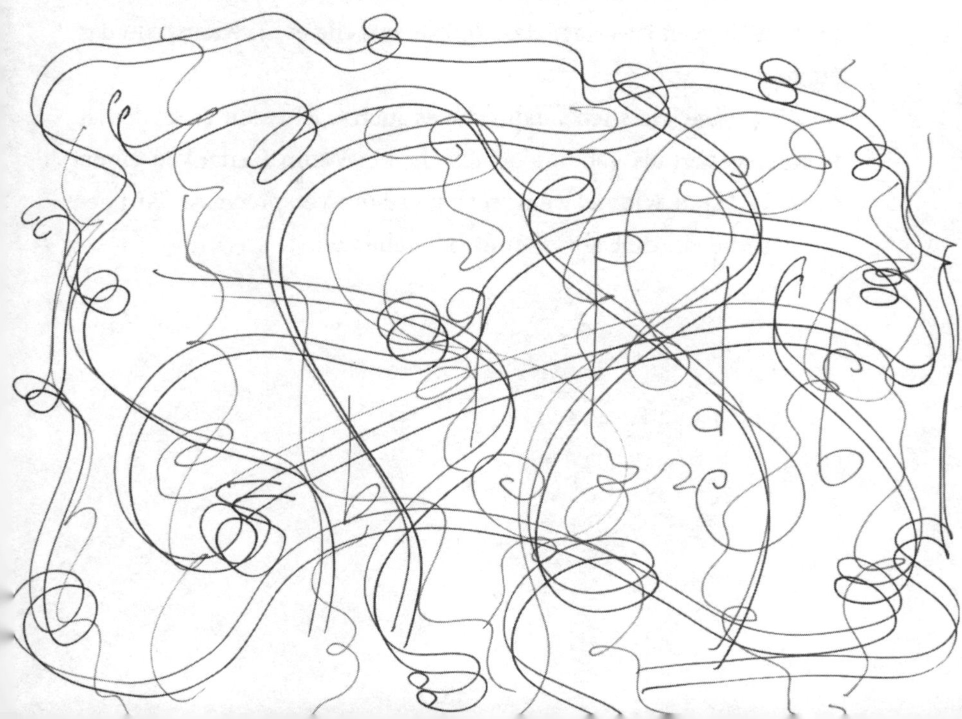

»Klar«, sage ich. »Zeige ich dir.« So gehemmt fühlen sich unsere Gespräche sonst nie an. Selbst wenn wir nichts sagen, ist es weniger unangenehm als jetzt. Mein Magen grollt und fängt an zu schmerzen. Das wirkt wie ein Echo auf die Verlegenheit, die zwischen uns hängt.

Schließlich sagt Callie, was sie auf dem Herzen hat. »Ich mache mir Sorgen. Dass wir einander nicht freilassen.«

Ich bin nicht ganz sicher, dass ich sie richtig verstehe, aber ich bin auf jeden Fall beunruhigt. »Aber das hängt doch nicht von uns ab. Poirot entscheidet, wer hier rauskommt.«

Sie schüttelt den Kopf. »Poirot unterschreibt bloß die Papiere.«

Wir stehen an ihrer Zimmertür. Die Arme des Todes kommen vorbei, und der Blick des Pflegers sagt *Ich hab euch im Auge,* bevor er weitergeht.

»Wir werden von hier weggehen«, sagt sie, »aber nicht gemeinsam. Einer von uns wird zurückbleiben.«

Ich will zwar nicht darüber nachdenken, aber ich weiß, dass sie recht hat. Eine harsche Realität inmitten der harschen Irrealität.

»Wir müssen uns versprechen, dass wir einander freigeben, wenn es so weit ist«, sagt sie. »Ich verspreche es … Kannst du das auch?«

»Ja«, sage ich. »Ich verspreche es auch.« Aber ich weiß, das ist leichter gesagt als getan. Und ich denke: Wenn Gedanken einen Cent wert sind, wie viel weniger kosten dann Versprechen. Ganz besonders die, die du wahrscheinlich brechen wirst.

126 EIN GUTER SCHMERZ

Mein Bauch ist das Meer, darin brodeln und wogen tiefdunkle Säuren und bösartige Absichten. Das Unwohlsein im Inneren hat sich zu reinem Elend ausgewachsen. So wie mein Magen von unerfreulichen Gasen grummelt, so grollt auch der Ozean unter unserem Rumpf.

»Die Abgrundschlange verfolgt uns«, sagt der Steuermann. »So wie manche Menschen kommenden Regen in den steifen Gelenken spüren, so spürst du dieses widerliche Wesen durch deine Eingeweide rumoren.« Dann wendet er sich einer seiner Karten der nicht existierenden Welt zu und greift nach einem Bleistift, den er in unserer Kabine eigentlich gar nicht haben dürfte. »Sag mir, wo du es fühlst, und ich werde einen Kurs berechnen, der die Verfolgerin verwirren wird.«

Ich zeige auf die Stellen, wo ich meine Innereien gurgeln und schmerzen, grollen und spannen spüre.

Er übersetzt meine wütenden Gedärme und zeichnet mit eiserner Konzentration ein verschlungenes Geflecht von Linien auf seine Karte – ein Weg, der sich selbst immer und immer wieder in alle Richtungen kreuzt, nur nie geradeaus geht. Dann präsentiert er die korrigierte Karte dem Kapitän.

»Das ist ein guter Schmerz«, versichert mir der Kapitän, als er hereinschaut, um meinen Zustand zu kontrollieren. »Hör auf deinen Bauch, der wird dich nie in die Irre führen.«

127 HAST DU SCHON MAL ÜBERLEGT, OB DAS WOMÖGLICH ABSICHT WAR?

Die Krankenschwester sagt, es ist keine Lebensmittelvergiftung, weil ja außer mir niemand krank geworden ist. Ich vermute, ich habe sie mir von den Auberginen mit Parmesan geholt, die meine Mutter mitgebracht hat. Sie hat sie reingeschmuggelt, weil wir eigentlich kein Essen von draußen bekommen sollen. Ich habe sie in meinem Schrank versteckt, dann vergessen, am nächsten Tag wiedergefunden und aufgegessen. Das beste Argument aller Zeiten für Lebensmittelkühlung. Es ist mir zu peinlich, irgendwem zu erzählen, dass mein quälend rumorender Bauch meine eigene dämliche Schuld ist – Hal weiß allerdings Bescheid, weil er gesehen hat, wie ich den Teller versteckt habe. Ich weiß, er wird mich nicht verraten. Er erzählt den Pastellen oder Ärzten oder Carlyle nichts mehr.

Ich kann mich vor Schmerzen kaum bewegen, mich nur auf dem Bett hin und her werfen. Die Pastelle geben mir ein Medikament, das absolut nichts bewirkt. Es kommt mir so vor, als würde man einen Waldbrand mit einer Wasserpistole löschen wollen.

Ich stöhne laut, und Hal sieht lange genug von seinem irren Atlas auf, um zu sagen: »Hast du schon mal überlegt, ob das womöglich Absicht war? Vielleicht haben deine Eltern dich vergiftet.«

»Wow, schönen Dank, Hal, das ist genau das, was ich jetzt brauche.«

Tatsächlich habe ich selbst schon daran gedacht, aber es aus seinem Mund zu hören, macht die Sorge viel realer, und das regt mich auf. Als wäre ich nicht schon paranoid genug.

Er zuckt die Achseln. »Ich versuche bloß, dir Relationen aufzuzeigen. Relation, Transpiration, Transit, Exit. Wenn du abtrittst, gebe ich dir einundzwanzig Schüsse Salut, aber deine Angehörigen müssen die einundzwanzig Kanonen besorgen.«

128 ZWISCHENMIETER IM VERDAUUNGSTRAKT

Mal wieder auf den Tisch der Weißen Plastikküche geschnallt. Ich bin klar genug, um zu erkennen, dass es ein Traum ist. Und zu bemerken, dass mein Magen mir nicht mal im Schlaf Ruhe lässt.

Die Monster mit den Masken, die wie meine Eltern aussehen, sind wieder da, und diesmal ist auch eine Kreatur mit Mackenzies Gesicht dabei. Die Maske sieht aus wie eine Mischung aus meiner Schwester und Edvard Munchs *Der Schrei*; blondes Haar und ein verängstigt aufgerissener Mund – doch hinter der Maske ist Gelächter zu hören.

Die drei pressen ihre spitzen Vulkanier-Ohren an meinen aufgeblähten Bauch, und mein Bauch spricht mit bösartigem, gutturalem Grollen zu ihnen, so als hätte Satan persönlich sich zur Zwischenmiete in meinem Verdauungstrakt eingenistet. Sie lauschen, nicken, beantworten Fragen in der gleichen kehligen Sprache.

»Wir verstehen«, sagen sie. »Wir werden tun, was getan werden muss.«

Dann beginnt das üble Wesen, das in meinen Eingeweiden wohnt, sich herauszuwühlen.

129 GEGEN UNS

Das Meer wogt mit unablässigem Auf und Ab. Mein Bettzeug unter mir ist nass. Vom blassgrün angelaufenen Kupfer tropft das Kondenswasser.

Der Kapitän steht vor mir und schaut auf mich herunter. Mustert mich mit dem guten Auge. »Willkommen zurück, Junge«, sagt er. »Wir dachten, wir hätten dich verloren.«

»Was ist passiert?«, krächze ich.

»Du wurdest kielgeholt«, berichtet er. »Mitten in der Nacht aus deinem Quartier gezerrt, an Deck gebracht, das Innere nach außen gekehrt, an ein Tau gebunden und über Bord geworfen.«

Ich kann mich an nichts dergleichen erinnern, bis er davon zu sprechen anfängt – als wären seine Worte selbst meine Erinnerung.

»Jemand hatte genug davon, dich über deine Gedärme jammern zu hören, also haben sie dich ausgeputzt, indem sie dein Innerstes der See ausgesetzt, dich über den seepockigen Rumpf des Schiffes und auf der anderen Seite wieder hinaufgeschleift haben. Was dir Ärger gemacht hat, ist jetzt mit Sicherheit weggeschabt.«

Während er das erzählt, spüre ich jede Seepocke. Ich spüre meine Lunge brennen, als sie nach Sauerstoff ringt, der nicht mehr da ist. Ich schreie lautlos in der Tiefe, fülle meine Lunge mit tödlichem Meerwasser, werde bewusstlos.

»So mancher Seemann überlebt es nicht oder ist unheilbar gebrochen«, sagt der Kapitän. »Aber du scheinst es gut überstanden zu haben.«

»Bin ich immer noch umgekrempelt?«, frage ich schwach.

»Soweit ich sehen kann, nicht. Es sei denn, deine Innenseite ähnelt deiner Außenseite aufs Haar.«

»Geschah das auf Ihren Befehl?«

Er wirkt beleidigt. »Hätte ich das befohlen, so wäre mein Gesicht das Letzte gewesen, was du vor dem Abtauchen gesehen, und das Erste, was du beim Auftauchen wieder erblickt hättest. Ich übernehme immer die volle Verantwortung für meine Grausamkeiten. Alles andere wäre Feigheit.«

Er befiehlt dem Steuermann, der uns von seiner Koje aus beobachtet, mir etwas Wasser zu holen. Als er weg ist, kniet sich der Kapitän neben mein Bett und flüstert: »Hör gut zu. Wer dein Freund zu sein vorgibt, ist es nicht. Wer das eine scheint, ist etwas anderes. Ein blauer Himmel kann orange sein, oben kann sich als unten verkleiden, und irgendwer versucht immer, das Essen zu vergiften. Kannst du mir folgen?«

»Nein«, antworte ich.

»Gut. Du lernst dazu.« Er schaut sich um, ob wir immer noch unbeobachtet sind. »Du hast wegen dieser Dinge schon länger einen Verdacht, nicht wahr?«

Ich merke, dass ich nicke, obwohl ich es gar nicht zugeben will.

»Ich sage dir nun, dass deine Ängste begründet sind. Es ist alles wahr; Mächte beobachten alles, zu jeder Minute eines jeden Tages, und schmieden Pläne gegen dich. Gegen uns.« Er packt mich am Arm. »Traue niemandem auf diesem Schiff. Traue niemandem außerhalb dieses Schiffes.«

»Wie ist es mit Ihnen?«, frage ich. »Kann ich Ihnen trauen?«

»Welchen Teil von ›Vertraue niemandem‹ hast du nicht verstanden?«

Dann kehrt der Steuermann mit einem Becher Wasser zurück, den der Kapitän auf den Boden schüttet, denn nicht einmal der Steuermann ist über jeden Verdacht erhaben.

130 BLEIB GEBROCHEN

Meine Darmstörung geht vorbei, und es zeigt sich, dass es nichts weiter als verdorbene Aubergine war. Poirot würde es einen Sieg nennen, dass mir klar wurde, meine Eltern wollen mich nicht vergiften. Dass ich begriff, ein solcher Gedanke ist bloß Verfolgungswahn.

»Je mehr du es schaffst, die Dinge nicht mehr zu glauben, die deine Krankheit dir einreden will, desto schneller wirst du gesund genug, um wieder nach Hause zu gehen.«

Er versteht allerdings nicht, dass ich zwar zum Teil in der Lage bin, die Wahnvorstellungen als solche zu erkennen, dass aber ein anderer Teil von mir nicht anders kann, als sie zu glauben. In diesem Augenblick halte ich vergiftete Auberginen für äußerst unwahrscheinlich. Aber morgen tobe ich womöglich, weil meine Eltern mich umbringen wollen, und glaube es so vollständig, wie ich glaube, dass die Erde rund ist. Und wenn mir plötzlich einfällt, dass die Erde flach ist, werde ich auch das wahrscheinlich glauben.

Mein einziger Halt ist Callie, aber auch sie macht mir allmählich Sorgen. Nicht dass ihr Zustand sich verschlechtert, sondern dass er sich verbessert. Sie verbringt nicht mehr so viel Zeit vor dem Panoramafenster. Ein solcher Mangel an obsessivem Verhalten könnte Poirot dazu bringen, sie nach Hause zu schicken.

An diesem Abend spreche ich ein furchtbares Gebet. Eines, das mich in die Hölle bringen könnte, wenn ich daran glaubte, was ich vielleicht tue, vielleicht auch nicht. Das ist noch nicht entschieden.

»Bitte bleib gebrochen, Callie«, bete ich. »Bitte bleib so lange gebrochen wie ich.«

Ich weiß, dass es selbstsüchtig ist, aber das ist mir egal. Ich kann mir nicht vorstellen, ihr Lächeln nicht mehr zu sehen. Sie nicht mehr zu wärmen. Egal was ich ihr versprochen habe, ich kann mir nicht vorstellen, ohne sie hier zu sein.

131 PAPPFESTUNGEN

Beim nächsten Besuch bringen meine Eltern zum ersten Mal Mackenzie mit. Ich weiß, warum sie bisher darauf verzichtet haben. Weil ich manchmal Angst mache. Vielleicht auf andere Weise als zu Hause, aber trotzdem. Und dann sind da ja auch noch alle anderen. Mackenzie ist zwar hart im Nehmen, aber die Jugendpsychiatrie ist kein guter Ort für einen jungen Menschen.

Meine Eltern hatten mich vorgewarnt, sie würden sie trotz meiner Bedenken mitbringen.

»Sie ist überzeugt, dass alles viel schlimmer ist als in Wirklichkeit«, hatte meine Mutter mir erzählt. »Du kennst ja ihre Fantasie. Und es wird euch beiden guttun, einander wiederzusehen. Dr. Poirot findet das auch.«

Also entdecke ich sie eines Tages, als diejenigen von uns, die Besuch haben, von den Pastellen in den Gemeinschaftsraum geführt werden, mit meinen Eltern an einem Tisch.

Ich zögere, als ich sie sehe, weil ich völlig vergessen habe, dass sie kommen würde. So als hätte ich Angst, sie kaputt zu machen, wenn ich ihr zu nahe komme. Das will ich nicht, und auch nicht, dass sie mich so sieht. Aber es ist Besuchsstunde. Davor kann man nicht wegrennen. Vorsichtig nähere ich mich meiner Familie.

»Hi, Caden.«

»Hi, Mackenzie.«

»Du siehst gut aus. Abgesehen von der Bettfrisur.«

»Du auch.«

Mein Vater zieht einen Stuhl vom einzigen unbesetzten Tisch heran. »Setz dich doch, Caden.«

Ich tue, wie geheißen. Ich setze mich und bemühe mich, meine Knie am Hüpfen zu hindern, was mir aber nur gelingt, wenn ich mich voll darauf konzentriere. Wenn ich mich aber voll darauf konzentriere, verliere ich den Gesprächsfaden. Den will ich nicht verlieren. Ich möchte für Mackenzie glänzen. Ich möchte ein Gefühl von *Alles in Ordnung* ausstrahlen. Ich glaube, das gelingt mir nicht.

Mackenzies Lippen bewegen sich, und ihre Augen drücken etwas aus. Ich bekomme noch den Schluss ihrer Erzählung mit. »… und die Ballettmütter haben sich praktisch gegenseitig die Augen ausgekratzt, darum hat Mom, die irgendwie so überhaupt nicht ist wie die, eine entspanntere Ballettschule für mich gefunden, wo die Leute nicht so psycho sind.« Sie senkt den Blick und wird ein bisschen rot. »Sorry, das habe ich nicht so gemeint.«

Im Augenblick fühle ich so gut wie überhaupt nichts, aber wenn ich mich schlecht fühlen könnte, weil sie sich schlecht fühlt, dann würde ich es jetzt – darum sage ich: »Na ja, es gibt psycho und *psycho.* Für das Ballettmüttersyndrom gibt es keine Medikamente. Außer vielleicht Zyanid.«

Mackenzie kichert. Meine Eltern finden das nicht witzig.

»Dieses Wort benutzen wir hier nicht, Mackenzie«, sagt Mom. »Genauso wenig wie das Wort mit V.«

»Visuell eingeschränkt meint sie«, sage ich. »Weil der Arzt nämlich nur ein Auge hat.«

Wieder kichert Mackenzie. »Das denkst du dir aus.«

»Nein, das tut er tatsächlich nicht«, sagt Dad mit eigenartigem Stolz. »Sein anderes Auge ist aus Glas.«

»Aber seine Flügel funktionieren beide«, sage ich. »Bloß kann man hier nirgendwo hinfliegen.«

»Warum spielen wir nicht was?«, sagt Mom rasch.

Das letzte Spiel, an das ich mich erinnere, war *Apples to Apples*, als Shelby zu Besuch kam. Oder war das Max? Nein, ich glaube, es war Shelby. Ich weiß zwar, wie das Spiel geht, aber die Grundidee überstieg damals meine Fähigkeiten. Die Regeln sind ganz einfach: Ein Adjektiv wird auf den Tisch gelegt, zum Beispiel *peinlich*, und dann muss jeder von seinen Karten das Hauptwort dazulegen, das am besten passt. Eine absurde Karte hinzulegen, funktioniert nur, wenn man es ironisch meint, nicht unter Medikamenteneinfluss. Ich glaube, beim letzten Mal haben meine abgelegten Karten alle tieftraurig gemacht.

Aber weil alle Besuchsrunden mit Spielen beschäftigt sind, liegt nur noch *Apples to Apples* im Regal, und Mackenzie greift danach, weil sie die trübselige Historie nicht kennt.

»Ich habe eine Idee«, sagt Mom, als Mackenzie sich mit dem Karton wieder an den Tisch setzt. »Wieso bauen wir aus den Karten nicht ein Kartenhaus?« Mackenzie will protestieren, aber mein Vater reißt die Augen auf, und sein Blick sagt deutlich *Keine Diskussion jetzt, ich erkläre das später.*

Über die Kartenhaus-Idee muss ich grinsen, auch wenn die anderen die Ironie nicht verstehen. Der Papagei fände das sicher ein gutes Zeichen. Er würde vorschlagen, dass ich das Spiel doch richtig zu spielen versuche. Aus genau dem Grund tue ich es nicht.

Dad legt mit der Konzentration eines Ingenieurs das Fundament für eine Brücke. Jeder von uns fügt abwechselnd Karten hinzu. Offenbar kriegen wir nicht mehr als zehn Karten aufeinander, ehe das

Haus einstürzt. Vier Versuche. Beim vierten Mal kommen wir tatsächlich weiter und schaffen noch eine zweite Ebene, ehe alles wieder flach liegt.

»Na ja«, sagt Mom.

»Das ist nicht so leicht, nicht mal bei ruhiger See«, erkläre ich.

Meine Eltern versuchen wieder gleichzeitig, das Thema zu wechseln, aber Mackenzie lässt sie nicht. »Welche See?«, fragt sie.

»Wie, welche See?«, frage ich zurück.

»Du hast gesagt, die See wäre ruhig.«

»Habe ich?«

»Mackenzie …«, fängt Dad an, aber Mom fasst ihn sanft an die Schulter, um ihn zu bremsen.

»Lass ihn antworten«, sagt sie freundlich.

Plötzlich wird mir sehr, sehr unbehaglich. Peinlich beschämt. Als wäre ich bei einem Date mit dem Finger in der Nase ertappt worden. Ich wende mich ab, schaue aus dem Fenster, wo ich sanfte Hügel mit frisch gemähtem Rasen sehe. Das bringt mich auf den Boden zurück. Wenn auch nur vorübergehend. Trotzdem muss der Kapitän irgendwo sein und auf jedes Wort lauschen, das ich sage.

»So … ist es eben manchmal«, sage ich zu Mackenzie. Das Einzige, was ich sagen kann, ohne zu implodieren.

Und Mackenzie sagt: »Das verstehe ich.«

Dann streckt sie die Hand aus und legt sie auf meine. Ich kann ihr immer noch nicht in die Augen sehen, also schaue ich ihre Hand an.

»Weißt du noch, wie wir uns früher an Weihnachten immer Festungen aus Pappkartons gebaut haben?«, fragt sie.

Ich lächle. »Ja. Das war lustig.«

»Diese Festungen waren so echt, obwohl sie das überhaupt nicht waren, verstehst du?«

Einen Augenblick sagt niemand etwas.

»Ist Weihnachten?«, frage ich.

Dad seufzt. »Es ist fast Sommer, Caden.«

»Oh.«

Mom hat Tränen in den Augen, und ich frage mich, was ich getan habe, dass sie weinen muss.

132 OHNE ZU FLÜSTERN

Es ist spätnachmittags. Fast schon Sonnenuntergang. Die Sonne steht dicht über dem Horizont und wirft ein hypnotisches Spiegelbild aufs Wasser. Unsere Segel sind von einem stetigen Wind gebläht, während wir hartnäckig nach Westen segeln. Wenn die Sonne tatsächlich noch im Westen untergeht.

Ich bin mit Carlyle an Deck. Er reicht mir seinen Wischmopp und lässt mich ein bisschen von seiner Drecksarbeit machen.

»Irgendwie glaube ich, der Kapitän würde das nicht billigen«, sage ich ihm. »Oder der Papagei.«

Über den Kapitän scheint er keine Meinung zu haben, aber über den Papagei sagt er: »Dieser Vogel sieht alles. Ich habe längst aufgegeben, vor ihm Geheimnisse haben zu wollen.«

»Und … auf wessen Seite stehst du?«

Carlyle lächelt und schüttet ein wenig Wasser aus dem Eimer, damit ich es aufwischen kann. »Auf deiner.«

Er betrachtet mich ein paar Sekunden. »Du erinnerst mich an mich selbst, als ich noch in deinen Schuhen steckte«, sagt er dann.

»Du?«

»Ja.« Er klappt den Laptop zu, um sich ganz mir zu widmen. Die anderen hier im Gemeinschaftsraum sehen größtenteils fern. »Du hast Glück. Ich war auch fünfzehn, als ich meine erste Episode hatte, aber ich bin nicht in so einer Klinik gelandet.«

»Sie?«, verbessere ich mich, als ich mir meiner Umgebung bewusst werde.

»Sag ruhig du. Zuerst dachten sie, ich sei bipolar, aber als meine Wahnvorstellungen immer psychotischer wurden und ich auch akustische Halluzinationen hatte, hat man die Diagnose auf schizoaffektive Störung korrigiert.«

Das sagt er, ohne zu flüstern. Er spricht die Worte ohne den angstvollen Ernst, mit dem die Leute draußen sie immer belegen. Die Vorstellung, dass Carlyle einer von uns ist, verstört mich, denn was ist, wenn er lügt? Wenn er sich das ausdenkt, um mich durcheinander zu bringen? Nein. Das ist reine Paranoia. Würde Poirot sagen, und Poirot hätte recht.

Carlyle erklärt, dass schizoaffektiv eine Mischung aus bipolar und schizophren ist. »Müsste eigentlich ›tripolar‹ heißen«, sagt er. »Weil du zuerst manisch wirst und dich für den Herrn des Universums hältst, dann drehst du richtig durch, siehst und hörst alle möglichen Sachen – und *glaubst* Sachen, die nicht wahr sind. Und wenn du davon wieder runterkommst, stürzt du in die Depression, sobald dir klar wird, wo du vorher gewesen bist.«

»Und dich lassen sie hier arbeiten?«

»Mir geht's gut, solange ich meine Pillen nehme. Das musste ich auf die harte Tour lernen, aber ich hab's gelernt. Hab jetzt seit Jahren keine Episode mehr gehabt. Und außerdem arbeite ich streng genommen gar nicht hier – ich bin ehrenamtlich bei euch. Ich dachte mir, wenn ich so was habe und dazu noch einen Master in Psychologie, dann kann ich doch auch was damit anfangen.«

Das ist alles ein bisschen viel zu verarbeiten für mich. »Und was machst du sonst so, wenn du nicht unseren Hirnabfall aufwischst?«

Er zeigt auf seinen Laptop. »Softwarefirma. Ich designe Computerspiele.«

»Ist nicht wahr.«

»Hey, die Medikamente vernebeln zwar deine Fantasie ein bisschen, aber töten sie nicht ab.«

Ich bin verblüfft, sogar begeistert. Als ich mich umdrehe und über das Deck schaue, ist der Rest der Besatzung mit den Pflichten beschäftigt, die der Kapitän ihnen auferlegt hat, oder schlendert bloß so herum. Der Sonnenuntergang ist prächtig und strahlt in so gut wie allen Farben.

Carlyle wringt seinen Mopp aus und sieht sich um, zufrieden mit der Sauberkeit des Decks. »Übrigens«, sagt er. »Bloß weil die Fahrt lang ist, musst du nicht ewig mitfahren.«

Mit diesem Gedanken verlässt er mich und geht unter Deck. Erst als er weg ist, sehe ich den Kapitän. Er steht am Ruder, sein Lieblingsplatz, um auf das übrige Schiff herunterzuschauen – gerade jetzt schaut er mich direkt an, und der Salzsäureblick aus seinem einen Auge könnte mich völlig ins Nichts auflösen.

133 GISCHTMÄHRENGASSE

Die Natur – ob natürlich oder nicht – entfesselt ihre ganze Wut, als wir endlich in die wirbelnden Winde des feststeckenden Sturmtiefs hineinsegeln. Der Himmel springt sofort von unablässigem Tag zu Endzeitdämmerung, während das Schiff auf den Wellen schlingert und tanzt wie ein Korken. Blitze zucken um uns herum, nicht mal eine Sekunde später gefolgt von Donner.

Ich stehe an Deck und weiß nicht, was ich tun soll, während ich sehe, wie die Segel über mir zerfetzen und wieder heil werden, zerfetzen und wieder heil werden, und wie die Narben im Gewebe dick wie Wanten werden. Ich frage mich, wie viel sie aushalten, bevor sie aufgeben.

Der Kapitän brüllt der Besatzung Befehle zu, während die aus der Hauptluke krabbelt wie Ameisen aus einem überfluteten Ameisenhügel. Ich denke mir, sie sollten den umgekehrten Weg wählen. Besser unter Deck als an Deck, wo sie weggespült werden können, aber vielleicht fürchten sie den Zorn des Kapitäns mehr als den Zorn des Himmels.

»Segel reffen!«, befiehlt der Kapitän. »Takelage bergen!« Er tritt einen Seemann in den Hintern. »Schneller! Wollt ihr, dass wir einen Mast verlieren?«

Der Sturm droht seit mehr als einer Woche – jede Menge Zeit, das Schiff auf diese Attacke vorzubereiten, doch der Kapitän hat beschlossen, nichts zu tun, weil er einer einzigartigen Philosophie folgt.

»Präventivmaßnahmen sind der Fluch spontaner Aktion«, sagte er. »Ich bevorzuge die Herrlichkeit von Heldentum inmitten größter Panik.«

Jetzt hat er seine Panik. Ob sein Heldentum uns rettet, wird sich noch zeigen.

Der Kapitän sieht mich ohne Einsatzbefehl herumstehen. »Übernimm das Ruder«, ruft er mir zu und zeigt aufs Oberdeck. »Steuer bemannen. Dreh uns in die Wellen!«

Ich bin schockiert, dass er mich tatsächlich aufgefordert hat, das Schiff zu steuern. »*In* die Wellen?« Ich bin nicht sicher, ob ich richtig gehört habe.

»Tu, was ich sage!«, brüllt der Kapitän. »Das sind Zehn-Meter-Brecher, wenn nicht mehr. Wenn die uns längsseits erwischen, könnten wir kentern – und ich befahre das Meer lieber richtig herum.«

Ich springe drei Stufen auf einmal zum Ruderstand hinauf, packe das Steuer und mühe mich, es zu drehen. Der Papagei schießt an mir vorbei und quäkt mir etwas zu, aber ich kann ihn über den Donner und die brechenden Wellen nicht hören.

Endlich schaffe ich es, das Steuerrad zu drehen und das widerspenstige Ruder herumzureißen, aber nicht schnell genug. Eine Welle trifft uns schräg längsseits und bricht von Steuerbord über den Bug. Die Besatzung wird über das Deck geschwemmt, die Seeleute greifen nach allem, woran sie sich festhalten können.

Endlich kann ich das Schiff wenden und voll auf die Wellen halten. Der Bug senkt sich in ein Wellental, und eine Welle trifft uns frontal. Ich muss an Kalliope denken – wie sie das hier wohl übersteht? Beuteln die Wellen sie genauso wie uns? Wenn sie alles fühlt, spürt sie dann auch die Schmerzen des Schiffes, das Mühe hat, ganz zu bleiben?

Gischt überflutet das Deck, läuft wieder ab und hinterlässt nach Luft schnappende Seeleute. Ich habe keine Ahnung, ob wir schon jemanden an die See verloren haben.

Ein plötzlicher Schmerz an der Schulter. Der Papagei hat eine Runde gedreht, ist auf mir gelandet und krallt sich fest, um nicht vom Wind fortgerissen zu werden. »Es ist Zeit, es ist Zeit«, sagt er. »Du musst den Kapitän beseitigen.«

»Was? Mitten in diesem Sturm?«

»Töte ihn«, beharrt der Vogel. »Wirf ihn über Bord. Wir sagen, die See habe ihn geholt, und du bist von ihm befreit.«

Doch meine Loyalität ist noch nicht geklärt, und im Augenblick ist es mir wichtiger, mein eigenes Leben zu retten, als ein anderes zu beenden. »Nein! Ich kann nicht!«

»Er ist der Grund für diesen Sturm!«, ruft der Vogel. »Er ist es, der dich aus deinem Leben gerissen hat! All dies beginnt und endet mit ihm! Du musst es tun! Du musst!« Dann reißt ihn eine Bö von meiner Schulter.

Ich habe keine Zeit zu grübeln, ob er lügt oder die Wahrheit spricht. Eine weitere Welle trifft uns. Diesmal werde ich vom Steuer gerissen und auf das Hauptdeck geworfen, wo ich als einer von vielen darum kämpfe, mich gegen den Sog der See an Bord zu halten.

Als ich den Kopf hebe, sehe ich etwas, was das Meer an Bord gespült hat. Ein Wesen starrt mich vom Großbaum an. Das Ding hat ein langes Pferdegesicht mit flammenden Nüstern und wütenden rot glühenden Augen. Es ist ein Pferd – aber ohne Hinterhand. Es hat überhaupt keine Beine, bloß einen Greifschwanz, der um den Mastbaum gewickelt ist. Es ist ein mannsgroßes Seepferdchen mit knochenharten Stacheln am ganzen Körper.

»Gischtmähre!«, schreit jemand.

Der Kapitän springt zum Baum hinauf und schneidet der Kreatur mit einer geschmeidigen Bewegung die Kehle durch. Sie fällt tot vor meine Füße, die Augen werden dunkel. »Das hätte ich wissen müssen«, sagt der Kapitän. »Wir sind in der Gischtmährengasse.«

Dann befiehlt er mich wieder ans Steuer. »Neuer Plan«, sagt er. »Heck in die Wellen.«

»Rückzug?«, ruft der Steuermann aus dem Fenster des Kartenraums. »Meine Karten sagen, dass wir hier hindurchmüssen.«

»Von Rückzug habe ich nichts gesagt! Dies ist ein Duell – und ein Duell beginnt man Rücken an Rücken.«

Als ich wieder am Steuer stehe, zwinge ich das Ruder auf eine Seite, und die Wellen besorgen den Rest. Ganz leicht vollführen wir eine Kehrtwende.

Ich weiß, ich sollte vorausschauen, aber ich muss mich einfach zum Heck umdrehen. Im Licht eines langen Blitzes sehe ich eine weitere Welle von achtern auf uns zurollen, höher als alle anderen – und in der Gischt auf dem Wellenkamm sehe ich so viele feuerrote Augen, dass ich sie nicht zählen kann. Offenbar kennen die Gischtmähren die Regeln eines Duells nicht.

Ich schlinge meine Arme um das Steuer, als die Welle uns trifft. Das Heck verschwindet darunter, das Hauptdeck wird überflutet, und die Woge trifft den Ruderstand, überschwemmt mich. Eine Ewigkeit, so scheint es, halte ich die Luft an, werde von der Wucht des Wassers herumgeschleudert, während ich mich ans Steuer klammere. Ich glaube schon, dass wir versenkt worden sind, doch dann fließt das Wasser ab, und ich schnappe nach salziger Luft.

Als ich wieder sehen kann, erblicke ich eine Szene, die sich die Hölle selbst nicht schlimmer hätte ausdenken können. Dutzende von Gischtmähren bewegen sich an Deck hin und her, mithilfe ihrer Schwänze so agil wie Affen. Wie Schlangen winden sie ihre scharfstachligen Körper um Seeleute. Eines der Wesen reißt das Maul auf und zeigt haiartige Zähne, die sich in den Hals seines schreienden Opfers graben. Dann schleift es den sterbenden Seemann über die Reling ins Meer.

Eine Gischtmähre springt auf mich zu, ich schwinge die Faust und schlage sie zur Seite, doch sie wickelt den Schwanz um meinen Arm und ist augenblicklich wieder direkt vor mir, bläst mir ihren Atem ins Gesicht. Ich glaube schon, sie wird mir mit einem Biss den Kopf abreißen, aber stattdessen spricht sie. »Nicht dich wollen wir … aber wenn es sein muss, gehen wir über deine Leiche.« Dann versetzt sie mir einen Kopfstoß, dass ich mit dem Rücken auf den Planken lande, und schwingt sich davon.

Und da sehe ich den Kapitän. Drei Gischtmähren bedrängen ihn – zwei haben seine Beine umschlungen, die dritte seine Brust. Diese hat er am Hals gepackt, während sie nach seinem Gesicht schnappt. Er versucht sie mit dem Dolch zu erledigen, doch das Vieh schlägt das Messer zur Seite, und es fällt klappernd aufs Deck.

Du musst den Kapitän beseitigen, hatte der Papagei gesagt – aber vielleicht muss ich das gar nicht. Vielleicht erledigen die Gischtmähren das für mich. Doch wenn sie ihn töten und ins Meer schleifen, was wird dann aus Kalliope? Ohne den Schlüssel kommt sie niemals frei.

Ehe die nächste Welle das Deck fluten kann, stürze ich mich auf den Dolch des Kapitäns und versenke ihn im Hinterkopf der Gischtmähre, die ihn zu beißen versucht. Sie stürzt tot zu Boden, worauf ich mich um die beiden an seinen Beinen kümmere. Eine weitere springt uns an, doch die schlage ich zu Boden und zertrete ihr mit dem Absatz den Kopf.

Von den Gischtmähren befreit, ist der Kapitän zunächst desorientiert. Er schnappt nach Luft. Wenn er jemals zu schwach war, mich abzuwehren, dann jetzt. Ich schnappe mir ein dickes Brett von einer zerschmetterten Kiste und schwinge es mit solcher Kraft gegen seinen Hinterkopf, dass der Pfirsichkern hinter der Augenklappe aus der Höhle fliegt, gefolgt von einem kleinen silbernen Schlüssel, der klappernd an Deck landet. Der Kapitän sinkt zu Boden und weiß nicht, was ihn niedergestreckt hat.

Eine weitere Welle – der Kamm voller rot glühender Augen sieht aus wie die Vorderfläche eines Lavastroms. Sollen die Gischtmähren sich den Kapitän holen, das schert mich nicht. Ich habe, was ich will.

Ehe die Welle uns trifft, stürze ich nach vorn zur Gitterluke des Vorschiffs und stochere den Schlüssel ins Vorhängeschloss.

Ich spüre eher, als dass ich es höre, als der Brecher unser Heck trifft. Das Wasser strömt übers Deck in meine Richtung, aber ich drehe mich nicht um. Endlich geht das Schloss mit einem Klick auf. Ich ziehe es ab, hebe die Luke und werfe mich hinein, als die Welle gerade den Bug erreicht und mich in die Back spült.

Ich stehe wieder auf. Das Wasser reicht mir bis zur Taille – das Vorschiff ist halb geflutet. Zu beiden Seiten sind Haltetrossen aufgeschossen. Dann entdecke ich vor mir, verschwommen, aber deutlich sichtbar, ein Beinpaar, das aus der Bugspitze nach hinten ragt. Kalliope hatte recht! Sie ist nicht bloß ein Teil des Schiffes; sie hat eigene Beine, auch wenn sie stark korrodiert sind, weil sie so lange in diesem feuchten Loch gesteckt haben. Dann sehe ich, wieso sie sich nicht befreien kann – ein Bolzen ist durch ihre Lendenwirbel getrieben, mit dem sie am Bug festgeschraubt ist. Ich kann sie erlösen!

»Kalliope! Kannst du mich hören!«, rufe ich. Zur Antwort bewegt sie einen Kupferfuß. Ich packe den Bolzen, doch die Kraft meiner bloßen Hände reicht nicht aus – ich verfluche den Schiffsbauer, der sie so gefesselt hat.

Dann höre ich eine Stimme hinter mir. »Vielleicht kannst du das hier gebrauchen.«

Ich drehe mich um, und Carlyle hält mir einen Schraubenschlüssel hin, als hätte er schon die ganze Zeit hier auf mich gewartet.

Ich nehme ihm das Werkzeug ab. Der Schlüssel hat die richtige Größe – und ich weiß, ich habe genug Hebelkraft, um den Schraubbolzen zu lösen ... aber ich zögere.

Wenn ich das jetzt tue, was wird dann passieren? Wenn ich sie vom Schiff löse, könnte sie das ins nasse Grab stürzen. Sie ist aus Kupfer, was bedeutet, dass sie sinken könnte wie eine Münze im Brunnen. Und wenn sie nicht sinkt? Wenn sie schwimmen kann? Wenn ich sie jetzt vom Schiff befreie, wird sie mich mitnehmen? Kann ich diese Fahrt auch ohne sie fortsetzen?

»Beeil dich, Caden«, sagt Carlyle. »Ehe es zu spät ist.«

Über mir höre ich die Gischtmähren wüten, unter mir das Meer toben, und ich setze den Schraubenschlüssel an den Bolzen, um Kalliope zu befreien. Mit aller Kraft stemme ich mich gegen den Schlüssel, und der Bolzen beginnt sich zu drehen. Ich ruckele heftiger, damit er sich ganz löst, und dann drehe ich weiter, bis der Bolzen herausfällt.

Sobald er ins schwarze Wasser des gefluteten Vorschiffes klatscht, fängt Kalliope an, sich aus dem eng gefassten Loch zu winden und sich nach vorn zu ziehen. Ich kann mir vorstellen, wie sie die Arme anspannt und gegen das Schiff drückt, als würde sie sich selbst aus dem Bug gebären. Sie bekommt die Hüften frei, dann die Beine, und augenblicklich ist sie weg und hinterlässt ein bullaugengroßes Loch, in dem sie gesteckt hat.

Ich schaue hindurch und sehe, dass sie nicht gesunken ist – doch sie schwimmt auch nicht. Sondern läuft, denn ihr Geist ist leichter als Luft, leichter als das Kupfer ihrer Haut, willensstärker als die Schwerkraft. Sie rennt auf der Wasseroberfläche! Ein einzelner Sonnenstrahl dringt durch die Wolken, folgt ihr wie ein Scheinwerfer, und ihre korrodierte, oxidierte Hülle fällt von ihr ab und enthüllt von Kopf bis Fuß glänzendes Kupfer. Ich möchte vor Freude wei-

nen, doch da stürzt ein dunkler Schatten vom Schiff über mir in die Wellen, dann noch einer und noch einer. Die Gischtmähren! Im Nu wimmelt das Meer von ihnen, und wie ein Reiterangriff rasen sie auf die in der Ferne glänzende Gestalt zu.

Nicht dich wollen wir … aber wenn es sein muss, gehen wir über deine Leiche.

Sie waren gar nicht hinter dem Kapitän her – sondern hinter Kalliope! Das muss der Kapitän gewusst haben! Darum hat er wenden lassen, um sie von ihnen wegzudrehen.

»Lauf!«, schreie ich, obwohl ich weiß, dass sie mich nicht hören kann. »Lauf, und bleib niemals stehen!«

Einen Augenblick später ist sie nur noch eine winzige Flamme am Horizont, verfolgt vom Strom der Gischtmähren, und dann kann ich sie nicht mehr sehen und bete, dass sie genug Kraft hat, so lange wie nötig zu laufen.

Als ich aus dem Vorschiff klettere, ist der Sturm vorbei, als hätte jemand einen Schalter umgelegt. Die Wellen beruhigen sich; die Wolken reißen auf. Der Kapitän steht mit verschränkten Armen mittschiffs und richtet sein Auge auf mich. Seine andere Augenhöhle ist dunkel und leer, doch auch sie starrt irgendwie.

»Werde ich kielgeholt?«, frage ich. »Oder Schlimmeres?«

»Du hattest die Stirn, mir etwas zu stehlen«, sagt er.

Die Mannschaft um ihn herum wartet angespannt, was er nun tun wird.

»Du hattest die Stirn, mir etwas zu stehlen – und hast uns damit alle gerettet.« Er schlägt mir auf die Schulter. »Heldentum inmitten von Panik.«

Der Steuermann kommt mit dem Pfirsichkern in der Hand zu uns. »Das habe ich gefunden. Macht mich das auch zum Helden?« Der Kapitän nimmt ihm den Kern kommentarlos ab und steckt ihn wieder an den vorgesehenen Platz, doch irgendwann im Sturm ist die Augenklappe verloren gegangen. Nichts verbirgt nun mehr die Grässlichkeit des Pfirsichkernauges.

»Wendet das Schiff«, sagt der Kapitän. »Wieder auf westlichen Kurs, Meister Caden.«

»Meister?«

»Ich habe dich gerade zum Herrn des Ruders ernannt. Nicht mehr der Wind lenkt uns«, sagt er, »sondern du.«

134 AUF DER ANDEREN SEITE DER SCHEIBE

Von Skye höre ich, dass Callie geht.

»Sie ist gerade in unserem Zimmer und packt«, erzählt Skye mir, während sie an demselben Puzzle arbeitet wie schon seit Ewigkeiten. Ob sie wohl noch weiß, dass sie mir ein Teil gegeben hat, und ob sie es jemals zurückfordert? »Du wirst Callie nie wiedersehen. Armer Junge.« Diese Tatsache scheint Skye gleichzeitig zu erfreuen und zu deprimieren. »Leben ist Leiden. Komm damit klar.«

Ich würdige sie keiner Antwort. Stattdessen gehe ich zu Callies Zimmer. Unterwegs treffe ich Carlyle, und an seiner mitleidigen Miene sehe ich, dass es stimmt. Callie geht weg.

»Vielleicht kannst du das hier gebrauchen«, sagt er und zieht eine Rose aus dem Blumenstrauß, der an der Stationswache steht. Er reicht sie mir. »Beeil dich, Caden«, sagt er. »Ehe es zu spät ist.«

Callie ist mit ihren Eltern in ihrem Zimmer und packt ihre wenigen Habseligkeiten. Ich bin ihren Eltern noch nicht vorgestellt worden. Wenn sie zur Besuchsstunde kamen, haben sie sich immer in eine Ecke der Panorama-Lounge zurückgezogen und leise miteinander gesprochen, niemanden in ihren kleinen Dreierkreis hineingelassen.

Als Callie mich sieht, lächelt sie nicht. Sie scheint sogar eher Schmerz zu empfinden. »Mom, Dad, das ist Caden«, sagt sie. Wollte sie etwa gehen, ohne sich zu verabschieden? Oder war das so schmerzhaft, dass sie nicht daran denken wollte?

Die Rose in meiner Hand kommt mir jetzt wie eine eher peinliche Geste vor, also lege ich sie aufs Bett, statt sie ihr zu überreichen.

»Hallo, Caden«, sagt ihr Vater. Sein Akzent ist viel stärker als ihrer.

»Hi«, sage ich und wende mich wieder an Callie. »Es stimmt also – du gehst.«

An ihrer Stelle ergreift ihr Vater das Wort. »Die Entlassungspapiere sind schon unterzeichnet. Unsere Tochter kommt heute nach Hause.«

Trotz seines Versuchs, im Namen seiner Tochter zu sprechen, richte ich meine Worte weiterhin an Callie. »Das hättest du mir sagen können.«

»Bis heute Morgen war ich mir selbst nicht sicher. Und dann ging alles so schnell …«

Skyes Worte klingen noch in meinem Kopf. *Du wirst Callie nie wiedersehen.* Ich bin fest entschlossen, sie Lügen zu strafen. Ich ziehe einen zerknitterten Zettel aus dem Papierkorb und frage ihre Eltern nach einem Stift, denn ich weiß, hier wird sicher keiner herumliegen.

Ihre Mutter gibt mir einen Kugelschreiber aus ihrer Handtasche, und ich schreibe so leserlich wie nur möglich auf das Stück Papier.

»Hier ist meine Mailadresse, damit du mir schreiben kannst«, sage ich. E-Mails sind hier drinnen nicht erlaubt, aber mein Mailprogramm wird ja noch da sein, falls und wenn ich hier wieder herauskomme.

Callie nimmt den Zettel und hält ihn fest umklammert wie einen Schatz. Ich sehe Tränen in ihren Augen. »Vielen Dank, Caden.«

»Vielleicht kannst du mir auch deine geben?«

Callie zögert und schaut ihre Eltern an. In deren Anwesenheit ist sie so anders – so kleinlaut, dass ich gar nicht weiß, was ich davon halten soll.

Ihre Eltern schauen einander an, als hätte ich um etwas Undenkbares gebeten.

Und da wird mir klar, dass ich ihre Mailadresse nicht nehmen darf. Nicht ihrer Eltern wegen, sondern ihretwegen. Weil ich versprochen habe, sie freizugeben.

»Vergiss es«, sage ich, als wäre es gar nichts, dabei ist es alles. »Du kannst mir zuerst schreiben. Und wenn du das tust, schreibe ich zurück.«

Callie nickt und schenkt mir ein schmerzliches, aber wahrhaftiges Lächeln. »Ich danke dir, Caden.«

Ihr Vater versucht ihr meinen Zettel abzunehmen, doch sie drückt die Faust an die Brust, als würde sie mich noch im Arm halten.

Ich überlege, wie Callie war, als ich sie zum ersten Mal sah. Jetzt ist sie klarer. Man sieht es an ihrer Haltung, hört es daran, wie sie spricht. Es liegt in ihrem Blick. Sie ist jetzt auf der anderen Seite der Scheibe. Gehört zu der äußeren Welt, die sie so dringend im Auge behalten musste.

Ich möchte sie umarmen, aber ich weiß, das geht in Gegenwart ihrer Eltern nicht. Ihre Anstandsgrenzen sind eine kilometerbreite

Flugverbotszone. Stattdessen schüttele ich ihr die Hand, und sie erwidert meinen Blick – überrascht von der Geste, vielleicht ein bisschen enttäuscht, aber auch sie versteht die Notwendigkeit. Eigenartig, aber dieser Handschlag fühlt sich verfänglicher an als das Wärmen in meinem Bett.

Anscheinend halten wir einander zu lange die Hände, denn schließlich sagt ihr Vater: »Verabschiede dich, Callie.«

Sie widersetzt sich dezent und sagt keinen Abschiedsgruß, sondern etwas anderes. »Ich werde dich sehr, sehr vermissen, Caden.«

»Ich werde immer am Horizont stehen«, versichere ich ihr.

Und mit unendlichem Kummer antwortet sie: »Das glaube ich. Aber leider schaue ich nicht mehr aus diesem Fenster.«

135 WAS IST ERSCHRECKENDER?

»Ich möchte die Klinik verlassen«, sage ich Poirot bei meiner nächsten Beurteilung.

»Das wirst du auch, das wirst du. Ich versichere dir, das wirst du.«

Doch seine Versicherungen bedeuten mir gar nichts. »Was muss ich tun, damit ich hier rauskomme?«

Statt einer Antwort zieht er eine meiner jüngsten Zeichnungen aus der Schublade. Die verwendet er gegen mich wie Kugeln in den Kopf.

»Wozu all die Augen?«, fragt er. »Faszinierend, das schon, aber warum so viele Augen?«

»Ich zeichne, was ich fühle.«

»Und das fühlst du?«

»Ich muss Ihnen gar nichts erzählen.«

»Ich mache mir Sorgen um dich, Caden. Ich bin tief besorgt.« Er wippt nachdenklich mit dem Kopf. »Vielleicht müssen wir deine Medikation neu einstellen.«

»Medikation neu einstellen, Medikation neu einstellen – das ist alles, was Sie ständig wollen, meine Medikation neu einstellen!«

Er behält die Fassung und schaut mich an. Ich sehe seine Augen – das lebendige und das tote in den Zahlen der tickenden Uhr, in den Motivationspostern an den Wänden. Überall. Ich kann ihnen nicht entrinnen.

»So wird es gemacht, Caden. Das ist das, was funktioniert. Nicht so schnell, wie du möchtest, ich weiß. Aber gib der Medizin etwas Zeit, dann wird sie dich dahin bringen, wo du sein sollst. Wo du sein *willst.*« Er schreibt ein neues Rezept. »Ich würde es gern einmal mit Zeldox versuchen.«

Ich schlage mit den Fäusten auf die Armlehnen. »Ich bin wütend! Wieso können Sie mir nicht meine Wut lassen? Wieso müssen Sie alle meine Gefühle wegtherapieren?«

Er sieht mich nicht mal an. »Wut ist im Augenblick kein nutzbringendes Gefühl.«

»Aber sie ist real, oder? Sie ist *normal,* oder nicht? Sehen Sie doch mal, wo ich bin und was mit mir los ist! Ich habe das Recht, wütend zu sein!«

Er hört auf zu schreiben und schaut mich endlich mit seinem einen Auge an, und ich denke, wie kann dieser Mann überhaupt eine richtige Perspektive auf mich kriegen, wenn er nicht mal räumlich sehen kann? Ich rechne damit, dass er die Arme des Todes holt, um mich im Zaum zu halten. Oder um mir vielleicht einen Schuss Haldol zu verpassen und mich damit in die Weiße Plastikküche zu schicken. Doch er tut nichts dergleichen. Er tippt mit dem Stift auf den Tisch. Überlegt. Sagt dann: »Das ist ein vernünftiges Argument. Und das ist ein Zeichen, dass du auf dem Weg der Besserung bist.« Er legt den Rezeptblock weg. »Wir behalten den eingeschlagenen Kurs noch eine Woche bei und evaluieren dann neu.«

Ich werde wieder in mein Zimmer geleitet und fühle mich viel schlechter als vor meiner Beurteilung. Ich weiß nicht, was erschreckender ist – die Vorstellung, noch eine Woche hierzubleiben, oder die Vorstellung, dass die Medikamente, die ich so verabscheue, tatsächlich helfen könnten.

136 EIN STERNBILD WERDEN

Mit dem Steuermann stimmt irgendwas nicht. Er hat sich mehr in sich selbst und seine Karten zurückgezogen als je zuvor. Er weigert sich, meine Zeichnungen anzuschauen, und seit mein Bauch sich beruhigt hat, will er sich auch nicht mehr nach ihm richten. Er ist düster drauf, aber das allein ist es nicht. Seine Haut ist blasser als sonst, und er hat einen Ausschlag an den Armen, der sich allmählich pellt.

»Begleite mich ins Krähennest«, sagt er in einem seiner seltenen geselligen Momente. »Ich bin aussichtsbedürftig.«

Wir klettern zu dem kleinen Fass am Großmast empor. Wie immer ist das, was von außen nach einem Meter Durchmesser aussieht, Dutzende von Metern breit, als wir hineingestiegen sind. Es ist wenig Betrieb, nur vereinzelt sitzen Seeleute herum und beobachten die Springer oder wie die Oliven in ihren Drinks ihnen zuzwinkern. Der Steuermann holt sich seinen Trank vom Barkeeper. Für meinen ist es noch zu früh. Ich werde später noch einmal wiederkommen.

In seinem Glas wirbeln blaue Funken durch eine trübe orange Brühe. »Ich bin viel zu abgestumpft«, sagt er. Dann schüttet er seinen Cocktail langsam auf den Boden. Radioaktive Flüssigkeit sammelt sich in einer Vertiefung des Kupferholzes, doch noch während ich hinschaue, wird sie vom schwarzen Teer zwischen den Metallplanken aufgesaugt. Das Pech scheint sich zu winden und zu schlängeln, aber ich weiß, das muss ein Lichtreflex sein. Der Barkeeper ist am anderen Ende der Theke und bedient jemanden, weshalb er nicht sehen kann, was der Steuermann getan hat.

»Das ist unser Geheimnis«, sagt er. »Wenn ich uns zur Tauchstelle steuern soll, brauche ich mein unverdorbenes Genie. Ich muss unseren Kurs ohne äußere Einwirkungen berechnen. Einwirken, einwickeln, entwickeln – ich entwickle mich, so ist es nämlich: Ich bin ein Gott, der ein Sternbild wird.«

»Die Sternbilder sind größtenteils Halbgötter«, wende ich ein. »Und zu Sternbildern wurden sie erst nach ihrem Tod.«

Darüber lacht er. »Der Tod ist ein kleines Opfer für Unsterblichkeit.«

137 VERLORENER HORIZONT

Ohne Kalliope am Bug fühle ich eine tiefe Einsamkeit, und nichts kann hindurchdringen.

»Lebe einfach einen Tag nach dem anderen«, rät mir Carlyle, »dann wird es dir jeden Morgen ein klein wenig besser gehen.«

Doch es geht mir nicht besser. Der Kapitän tut so, als hätte es Kalliope nie gegeben. Für den Kapitän gibt es keine Geschichte, kein Gestern, kein Gedächtnis. »Lebe für den Augenblick und den Augenblick danach«, hat er mir einmal gesagt. »Niemals für den Augenblick davor.« Dieses Credo bestimmt sein Wesen.

Kalliope war unsere Sicht auf den Horizont, und ohne sie kommt es mir vor, als sei der Horizont verloren gegangen. Das Meer verblasst in einem Dunst, der in den Himmel übergeht. Es ist nicht zu erkennen, wo das eine endet und das andere anfängt. Der Himmel ist unberechenbar geworden, die See flatterhaft. Über uns blähen sich Wolken unvermittelt zu düsteren Monstrositäten auf, schwer von boshaften Absichten, und ein klarer blauer Himmel wird zum Brennglas für die unbarmherzige Sonne. Was das Meer angeht, so haben seine Wellen keinen Rhythmus mehr; seine Launen keinen Sinn und Verstand. Im einen Moment liegt das Meer glatt und ruhig wie ein Bergsee da, im nächsten brodelt es von abnormen Wellen.

»Wir haben den Punkt überschritten, von dem an es kein Zurück mehr gibt«, verrät mir der Kapitän, als ich mich am Steuer um einen Zickzackkurs bemühe wie ein Frachter zu Kriegszeiten. Ein gerader Kurs wäre jetzt Selbstmord. Die größten Chancen, den Untieren der Tiefe auszuweichen und sie zu verwirren, hat man dann, wenn man sich ebenso unberechenbar verhält wie Himmel und Meer.

Meine Hände sind schon rau und schwielig vom Führen des Steuerrades. Meine Handflächen sind leicht grünlich, denn wie alles andere an Bord hat sich auch das Steuerrad in Kupfer verwandelt und ist in der salzigen Seeluft oxidiert.

»Gab es denn je einen Punkt, an dem ein Zurück möglich war?«, überlege ich laut.

»Verzeihung?«, fragt der Kapitän zurück.

»Sie haben gesagt, wir hätten den Punkt überschritten; heißt das, vorher hätten wir umkehren können?«

Im Grinsen des Kapitäns liegt wenig Wärme. »Tja, das werden wir jetzt nie mehr erfahren, was?«

Ich vermute, es gab nie die Möglichkeit zur Umkehr. Diese Fahrt war mir bestimmt, noch ehe ich den Fuß aufs Deck setzte. Vorherbestimmt vom Augenblick meiner Geburt an.

Der Steuermann kommt von unten heraufgestürmt und wedelt mit einer brandneuen Seekarte. Seine hingekritzelten Linienknäuel sind sorgfältig und genauestens in Seemeilen und Kompassgraden ausgemessen. Der Kapitän schaut sie an, nickt und reicht sie mir. Mein Zickzack ist überhaupt nicht zufällig. Oder jedenfalls folgen wir nicht meiner Willkür, sondern der des Steuermanns.

Der Kapitän schlägt ihm stolz auf den Rücken. »Das wird uns mit großer Sicherheit dorthin bringen, wohin wir fahren.«

Der Steuermann strahlt ob der Aufmerksamkeit des Kapitäns. »Ich habe jetzt die Macht angezapft – mich ganz tief der Tiefe verbunden«, sagt der Steuermann. »Verbunden, verschwunden, verschlungen, verdaut – ich spüre unser Ziel in den Eingeweiden. Mehr Nahrung brauche ich nicht!«

Der Kapitän weiß, dass der Steuermann seinen Cocktail nicht mehr trinkt. Vielleicht ist das ein Grund, wieso er so stolz auf ihn ist. Der Kapitän wendet sich an mich. »Du solltest seinem Beispiel folgen, Meister Caden. Die Sicht unsres Steuermanns ist klar. Deine auch?«

Doch diese »Klarheit der Sicht«, wie der Kapitän es nennt, bringt noch andere Dinge mit sich. Die Diagramme des Steuermanns sind verwirrter und verworrener als je zuvor, und doch schwört er Stein und Bein, dass sie der Schlüssel sind, wenn wir dorthin wollen, wo wir hin wollen. Und das Beängstigende ist, dass ich ihm glaube.

»Meide das Krähennest, dann wird deine Erleuchtung süßer sein als ihr giftiger Rausch«, mahnt der Kapitän. »Schau dir den Steuermann an!«

Ich fürchte jedoch, dass die Erleuchtung des Steuermanns so gefährlich ist wie Feuerwerk in Kinderhänden. Wenn er sich der Tiefe verbunden hat, was redet ihm die Tiefe dann ein? Die Tiefen meinen es ganz bestimmt nicht gut mit uns. Wenn der Steuermann jetzt über das Schiff geht, fällt mir auf, dass der klebrige Teer aus allen Ritzen an seinen Schuhsohlen haften bleibt. Wenn er eine Wand berührt, wird das Pech dort dicker, von seiner Hand angezogen, so als wäre er eine Schwerkraftquelle für das Dunkel – und mir geht auf, dass die Dunkelheit das Licht lieben muss. Und doch muss eins das andere immer töten.

138 SCHARFSCHÜTZE AUF DEM FARBENFELD

Als das Meer mal einen Augenblick ruhig ist, zieht der Kapitän eine Pistole aus der Jacke. Eine altmodische. Steinschloss nennt man den Mechanismus, glaube ich. Die Art Waffe, mit der Aaron Burr in dem berüchtigten Duell Alexander Hamilton erschossen hat.

»Ich höre, du bist ein ausgezeichneter Schütze«, sagt der Kapitän. Das wundert mich sehr, denn ich habe in meinem ganzen Leben noch keine Waffe abgefeuert.

»Wer hat Ihnen das denn erzählt?«, frage ich, weil ich es nicht abstreiten möchte.

»Das spricht sich herum«, sagt er. »Ist allgemein bekannt, dass du auf dem Farbenfeld so manchen Gegner erledigt hast.«

»Ah. Sie meinen Paintball.«

»Ein Scharfschütze ist ein Scharfschütze, egal mit welchen Mitteln, und die Zeit des Handelns ist gekommen.« Dann drückt er mir die Waffe in die Hand, dazu ein kleines Säckchen Schießpulver und eine einzelne Bleikugel. »Einen Schuss, mehr brauchst du nicht, um den Vogel zu beseitigen.«

Ich sehe mir die Pistole an und versuche, weniger verängstigt davon zu wirken. Sie ist schwer. Viel schwerer, als sie aussieht. Ich schaue zu den Segeln hinauf, kann den Papagei aber nicht finden. Er hat sich rar gemacht, seit er seine Absicht, den Kapitän zu töten, offengelegt hat. Jetzt sitzt er hoch oben in den Wanten oder auf den oberen Mastbäumen. Die Zeit des Handelns ist gekommen, aber ich bin immer noch unentschieden, wie ich handeln soll. Es fühlt sich allerdings gut an, am Steuer und weit oben in der Achtung des Kapitäns zu stehen.

»Wäre es nicht befriedigender, wenn Sie es selbst tun?«, schlage ich vor.

Der Kapitän schüttelt den Kopf. »Selbst einäugig ist diese gefiederte Schlange von einem Vogel zu gerissen, um sich überrumpeln zu lassen. Die Tat muss von jemandem vollbracht werden, dem er vertraut und dem ich zutraue, es zu tun.« Mit so etwas Ähnlichem wie Stolz packt er mich an der Schulter. »Lock ihn zu einem Treffen. Halt die Waffe bis zum letzten Augenblick verborgen.«

Ich stecke die Pistole in den Gürtel und bedecke sie mit meinem Hemd.

Der Kapitän nickt zustimmend. »Wenn wir uns vom Papageien befreit haben, sind wir wahrhaftig frei.«

Mir wird klar, dass ich vor einer unmöglichen Wahl stehe, und habe keine Ahnung, was ich tun werde.

139 DER REST IST SCHWEIGEN

Wenn du mit irgendwem über psychische Fehlzündungen reden willst, dann hat Raoul schon die richtige Idee. Sprich mit Shakespeare.

Mir verschmort das Hirn, wenn ich Shakespeare zu lesen versuche, aber meine Englischlehrerin wollte »mein Hofhund die Papiere mir verschlang« nicht als Entschuldigung gelten lassen, weil ich *Hamlet* nicht lesen konnte. Das Komische ist, nachdem ich es eine Weile gelesen hatte, begann ich es allmählich zu verstehen.

Der traurige Prinz von Dänemark ist so ein Typ, der vor einer unmöglichen Wahl steht. Der Geist von Hamlets Vater verlangt von ihm, seinen Tod zu rächen, indem er seinen Onkel umbringt. Den Rest des Stückes quält Hamlet sich mit dieser Entscheidung. Soll ich meinen Onkel töten? Soll ich den Geist ignorieren? Ist der Geist real? Bin ich wahnsinnig? Und wenn ich nicht wahnsinnig bin, soll ich so tun, als sei ich wahnsinnig? Sollte ich die Todesqualen der unmöglichen Wahl beenden, indem ich mir das Leben nehme? Werde ich noch träumen, wenn ich mich umgebracht habe? Und werden diese Träume besser sein als der Albtraum von meinem toten Vater, der mir befiehlt, meinen Onkel zu töten, der übrigens inzwischen mit meiner Mutter verheiratet ist? Er grübelt, er quält sich, er führt Selbstgespräche, bis er schließlich von einer vergifteten Klinge durchbohrt wird und seine zermarterte Selbstanalyse von ewigem Schweigen abgelöst wird.

Shakespeare hatte es echt mit dem Tod. Und mit Gift. Und Wahnsinn. Hamlets geliebte Ophelia wird tatsächlich wahnsinnig und ertrinkt. König Lear verliert den Verstand durch, wie wir das in heutiger Zeit nennen würden, Alzheimer. Macbeth ist total im Wahn und hat Halluzinationen von Geistern und einem lästigen schwebenden Dolch. Das ist alles so auf den Punkt gebracht, dass ich mich frage, ob Shakespeare wohl aus eigener Erfahrung geschöpft hat.

Unabhängig davon bin ich überzeugt, die Leute haben ihm auch vorgeworfen, »auf irgendwas« zu sein.

140 DIE ZEIT DER WORTE IST VORBEI

Noch habe ich den Befehl des Kapitäns nicht befolgt, den Papagei zu töten. Noch habe ich auf die ernste Warnung des Papageis nicht gehört, dass ich den Kapitän töten muss. Meine Unfähigkeit zu entscheiden und das eine oder andere zu tun, lähmt mich völlig.

Doch all das ändert sich an dem Tag, als wir uns der nächsten Bedrohung aus der Tiefe gegenüber sehen.

Es beginnt mit einer Störung Backbord voraus; ein Fleck sprudelnd schäumenden Wassers, der auf irgendetwas unter der Oberfläche hindeutet.

Der Kapitän befiehlt Stille an Deck, doch es ist nicht leicht, Stille zu befehlen, wenn man dabei nur flüstern darf; darum schickt er Carlyle herum, um alle Seeleute an Deck einzeln anzuweisen, den Mund oder andere Körperteile zu halten, mit denen sie Geräusche machen.

»Bring uns zwanzig Grad nach Steuerbord«, flüstert der Kapitän mir zu.

Ich drehe das Steuer. Wir haben heute guten Rückenwind, weshalb das Schiff sofort auf das Ruder anspricht und wir rasch nach Steuerbord und weg vom Strudel wenden.

»Was war das da draußen?«, frage ich.

»Schhh«, macht der Kapitän. »Alles in Ordnung, solange sie unsere Vorbeifahrt nicht hören.«

Dann entdecke ich an Steuerbord einen zweiten Fleck wirbelnden Wassers, noch dichter am Schiff als der erste. Der Kapitän holt tief Luft und flüstert: »Hart Backbord.«

Ich tue, wie geheißen, doch ich drehe das Steuerrad zu schnell, und das Ruder knarrt. Ich spüre, dass die Vibration im Bauch des Schiffes verstärkt wird wie ein bedrohlicher Cello-Ton. Der Kapitän zieht eine Grimasse.

Das Schiff schwenkt von dem seltsamen Fleck weg, und für einen Moment glaube ich, dass wir außer Gefahr sind, doch dann beginnt direkt vor uns das Wasser zu schäumen, und in der kreiselnden Gischt erhasche ich einen Blick auf etwas, das ich lieber nicht gesehen hätte. Ein Wesen, bedeckt von Seepocken und bleich wie ein Leichnam, und den dunkel-öligen Fangarm einer zweiten Kreatur, der die erste gepackt hat. Die Ungeheuer tauchen, und das Wasser beruhigt sich.

»Waren das … die, für die ich sie halte?«, frage ich den Kapitän.

»Oh ja«, sagt der Kapitän. »Wir dringen nun in das Reich der Nemesi vor.«

Wir segeln schweigend weiter und warten … warten – bis plötzlich der Wal, umschlungen vom Klammergriff des Kraken, komplett aus dem Wasser springt, kaum fünfzig Meter entfernt an Steuerbord. Die Untiere sind riesenhaft. Zusammen mehr als doppelt so groß wie unser Schiff. Der Wal windet sich, seine Fluke schlägt kraftvoll in die Luft, als er aus dem Wasser springt und enthüllt, wie vollkommen die Tentakel des Tintenfisches ihn umschlingen, ihm mit zermalmender Kraft das Leben aus dem Leib pressen. Sie stürzen wieder ins Meer und erzeugen eine gewaltige Flutwelle, die das Schiff längsseits trifft und uns um ein Haar kentern lässt.

Wie alle anderen rutsche ich übers Deck, doch der Kapitän verliert nie den festen Stand. Als das Schiff sich wieder aufrichtet, packt er mich und stellt mich wieder ans Steuer. »Umschiffe diese Ungeheuer«, weist er mich an. »Spür ihren Aufenthaltsort und weich ihnen aus.«

Ich fühle zwar große Boshaftigkeit unter uns, doch dieses Gefühl hat keine Richtung. Es kommt mir vor, als wären sie überall, und ich kann nicht wissen, wohin ich steuern soll.

»Sie sind so ineinander verbissen, dass sie unsere Anwesenheit nicht bemerken«, sagt der Kapitän. »Nur wenn sie uns hören, kann ihre Aufmerksamkeit sich uns zuwenden. Halt uns auf Kurs, dann werden wir unversehrt durchkommen.«

Ich versuche mich an die Geschichte des Kapitäns von den Nemesi zu erinnern. »Aber wenn sie miteinander im Streit liegen, warum sollten sie dann *uns* angreifen?«

Der Kapitän flüstert mir ins Ohr. »Der Wal verabscheut Chaos; der Krake hasst Ordnung. Und ist dies Schiff nicht das illegitime Kind von beidem?«

Seine Worte entfachen einen Funken des Begreifens. Zwar nehmen die Nemesi in diesem Schiff einen Teil ihrer selbst wahr, doch sie sehen nur das, was ihnen zuwider ist. Das macht uns zum Todfeind zweier Todfeinde.

»Die Flutwelle so eines Sprungs können wir überstehen«, fährt der Kapitän fort, »doch wenn sie uns hören, sind wir erledigt.«

Das nächste Mal tauchen sie an Backbord auf. Der Wal kommt diesmal nur zum Teil aus dem Wasser, darum ist die Welle weniger heftig als zuvor. Wie der Kapitän gesagt hat, sieht der Wal uns nicht. Seine Augen sind so heftig verdreht, dass er gar nichts sehen kann. Er schlägt heftig hin und her und beißt in einen Fangarm von der Stärke eines Mammutbaums. Der Krake stößt ein ohrenzerfetzendes Kreischen aus. Ich drehe das Steuer, um ihnen auszuweichen – aber diesmal langsamer, damit das Ruder nicht knarrt.

Und dann höre ich von oben ein Kreischen, fast so laut wie das des Kalmars.

»Hier drüben!«, schreit der Papagei. »Hier drüben! Wir sind hier drüben!«

Und kurz bevor der Wal wieder unter die Oberfläche sinkt, drehen sich seine Augen vom blinden Weiß zum glänzenden Schwarz, und ich schwöre, er fixiert mich.

Unsere Heimlichkeit ist dahin, und nun tobt der Kapitän in gehässiger Wut auf den Papagei. »Dieser gefiederte Dämon will lieber das Schiff versenken, als mich siegreich sehen! Schaff ihn beiseite, Caden! Jetzt!«, befiehlt er. »Ehe er uns beiseiteschafft!«

Ich greife unauffällig nach der Steinschlosspistole, die in meinem Gürtel steckt, doch es wird nichts mehr nützen, den Papagei zum Schweigen zu bringen. Es ist zu spät – die Untiere wissen, dass wir hier sind.

Als der Kapitän sieht, dass ich keine Anstalten mache, den Papagei zu erwischen, packt er mich und wirft mich vom Ruderstand aufs Hauptdeck hinunter. »Tu deine Pflicht, Junge! Oder willst du im Bauch eines dieser Ungeheuer landen?«

Der Papagei sitzt ganz oben auf dem Fockmast und quäkt viel zu laut für einen so kleinen Vogel. Ich klettere die Wanten hinauf auf ihn zu. Als er mich sieht, lächelt er. Glaube ich jedenfalls. Schwer zu sagen.

»Komm und sieh! Komm und sieh!«, ruft er mir zu. »Die Aussicht ist viel besser hier oben!«

Er weiß nicht, dass ich komme, um ihn zu töten. Ich weiß selbst noch nicht, ob ich es kann.

»Perspektive! Perspektive!«, kräht der Papagei. »Begreifst du jetzt?«

Als ich nach unten schaue, erkenne ich die Lage viel klarer. Von hier oben sehe ich, dass die beiden Untiere voneinander abgelassen haben. Sie umkreisen das Schiff auf gegenüberliegenden Bahnen – im Augenblick haben die beiden Feinde ein gemeinsames Ziel.

»Die Nemesi werden diese Fahrt beenden. Der Kapitän wird

mit dem Schiff untergehen«, sagt der Papagei. »So wie es sein soll. Wie es sein soll.«

Genau in diesem Augenblick schießt ein Fangarm des Kraken aus dem Wasser und greift nach dem Bug. Das Schiff schwankt. Ich halte mich verzweifelt an der Takelage fest. Die finstere Kreatur schlingt einen zweiten Fangarm um den Bugspriet, packt fest zu und reißt den Spriet einfach aus dem Rumpf. Wäre Kalliope noch da gewesen, hätte er sie in der Mitte durchtrennt.

Ein heftiges Zittern schleudert mich fast aus den Wanten. Ich schaue nach unten und sehe, dass der Wal unsere Steuerbordseite gerammt, beinahe eingedrückt hat. Der Kapitän befiehlt dem Bootsmann, die Kanone abzufeuern, doch der Wal taucht zu schnell wieder ab, um sich treffen zu lassen. Der Krake hat sich inzwischen ganz aus dem Wasser und auf den Bug gezogen, seine Tentakel winden sich wie schwarze Ranken um die untere Hälfte des Fockmasts. Der Bug sinkt wegen seines Gewichts tief ins Wasser, und die Besatzung schreit und krabbelt in Sicherheit. Ich klettere höher, um der tastenden Spitze des obersten Fangarms zu entgehen.

An Deck sticht Carlyle mit dem zur Harpune angespitzten Moppstiel nach dem Kraken, doch die Haut des Tieres ist zu dick, als dass er ihr etwas anhaben könnte.

»Greif nach meinen Krallen«, sagt der Papagei. »Ich trage uns weit weg von hier.«

»Aber was ist mit den anderen?«

»Ihr Schicksal ist nicht deins!«

»Wir sind zu weit vom Land entfernt.«

»Meine Flügel sind stark!«

Seine Stimme überzeugt mich fast, aber ich kann es immer noch nicht glauben. Er ist so klein. Er wirkt so kraftlos im Vergleich zum Kapitän.

»Vertrau mir«, sagt der Papagei. »Du musst mir vertrauen!«

Aber ich kann nicht. Ich kann einfach nicht.

Und dann sehe ich den Steuermann. Er kommt unter Deck hervor und rennt auf den Kapitän zu, ohne einen Blick für den Kampf, der um ihn herum tobt. Selbst aus dieser großen Entfernung sehe ich, dass er in viel schlechterem Zustand ist als zuvor. Seine bleiche Haut schält sich im Wind. Sie fällt in seitengroßen Stücken von ihm ab, die hinter ihm aufs Deck flattern und sofort vom hungrigen Pech aufgesogen werden. Eine der sich ablösenden Seiten schnappt er sich und zeigt sie dem Kapitän – eine neue Seekarte –, doch der Kapitän schiebt sie beiseite, denn Navigation ist jetzt das kleinste seiner Probleme.

Wieder rammt uns der Wal, und endlich sieht der Steuermann sich um und erkennt die Lage. Sein Gesichtsausdruck lässt mich frösteln. Seine Miene zeigt eiserne Entschlossenheit – und ich denke: *Pergament, Sakrament, Sediment, Suizid.* Ich weiß schon, was er tun wird, bevor er den Großmast erklimmt. Er wird sich opfern. Er wird ins Krähennest steigen. Und er wird springen.

»Nicht gut«, sagt der Papagei. »Nicht gut, nicht gut, nicht gut.«

»Wenn du jemanden retten willst, dann ihn!«

»Zu spät«, sagt der Papagei. »Unsere Wissenschaft ist nicht exakt, aber wir tun, was wir können.«

Das werde ich nicht akzeptieren. Der Steuermann ist jetzt auf halber Höhe des Großmasts. Ein Fangarm schießt auf ihn zu, verfehlt ihn jedoch, greift stattdessen eines seiner abfallenden Blätter und zerknüllt es. Der Steuermann lässt das Krähennest nicht aus den Augen, das jetzt direkt über ihm liegt. Ich muss ihn retten!

Die Entfernung zwischen Fockmast und Großmast kann ich nicht überspringen, und wenn ich hinunterklettere, lande ich direkt im gähnenden Maul des Kraken. Aber vielleicht gibt es doch einen sicheren Weg hinüber. Ich wende mich an den Papagei. »Bring mich zum Steuermann!«

Der Papagei schüttelt den Kopf. »Das lasse ich lieber.«

Ich habe zwar keine Ahnung, welchen Rang ich in dieser Geschichte einnehme, doch ich spreche so gebieterisch, wie ich nur kann. »Das ist ein Befehl!«

Der Papagei seufzt, gräbt seine Krallen schmerzhaft in meine Schulter, schlägt mit den Flügeln und hebt mich von den Wanten des Fockmastes weg. Er hat die Wahrheit gesprochen: Trotz seiner kleinen Schwingen hat er genug Kraft, mich zu tragen. Wir segeln über dem Schlachtfeld dahin, und er lässt mich ins Krähennest fallen, nur wenige Augenblicke nach der Ankunft des Steuermanns.

Ich brauche ein paar Sekunden, bis meine Augen sich an die Dimensionen gewöhnt haben; von außen winzig, von innen riesig. Ich sehe mich um. Niemand von der Besatzung ist hier. Um die leere Bar liegt nichts als gesplittertes Glas. Endlich entdecke ich den Steuermann auf der anderen Seite, wo er gerade auf die Springerbrüstung steigt. Ich erkenne ihn kaum wieder, weil schon so viel von ihm abgeblättert ist.

»Nein!«, schreie ich. »Halt! Du musst das nicht tun!« Ich versuche, zu ihm zu gelangen, doch die Glasscherben unter meinen Füßen bremsen mich.

Seine entschlossene Miene hat sich zu einem schwachen, fatalistischen Grinsen entspannt. »Du hast deinen Zielhafen, ich habe meinen«, sagt er. Sogar seine Stimme klingt jetzt wie raschelndes Papier. »Zielhafen, Kielholen, Stillhalten ... Stille.« Und ehe ich ihn erreiche, wirft er sich in den Wind.

»Nein!« Ich greife nach ihm, aber zu spät. Er stürzt in Richtung Meer, und Pergamentschichten lösen sich im Fallen, Seite um Seite, bis nichts mehr von ihm übrig ist. Er ist vollständig aufgelöst, bevor er aufs Wasser prallt. Was bleibt, sind tausend Blätter, die wie Konfetti vom Wind verstreut werden und sich eins nach dem anderen auf die Meeresoberfläche senken.

Ich starre dem Pergamentwirbel hinterher und kann nicht glauben, dass er weg ist. Der Papagei versucht mir einen Flügel vor die Augen zu halten. »Sieh nicht hin, sieh nicht hin.« Ich stoße ihn angewidert weg.

Unten scheint die Zerstörungslust des Kraken plötzlich verpufft zu sein. Er lockert den Griff um das Schiff und gleitet zurück ins Wasser. Der Wal, der das Schiff gerade wieder rammen wollte, taucht stattdessen darunter hindurch. Wenige Augenblicke später stoßen die beiden Untiere weit voraus an Backbord wieder aus dem Wasser, in gewohnt gehässiger Umarmung vereint, und haben uns völlig vergessen. Die Nemesi haben ihr Opfer. Das Schiff ist gerettet.

»Unerwartet«, sagt der Papagei. »Sehr unerwartet.«

Ich drehe mich zu ihm um, rasend vor Wut. »Ich hätte ihn aufhalten können!«, schreie ich. »Du hättest ihn retten können!«

Der Papagei neigt in spöttischer Ehrerbietung den Kopf und pfeift leise. »Wir tun, was wir können.«

Was ich fühle, lässt sich nicht in Worte fassen. Wieder einmal reden meine Gefühle in Zungen. Aber das ist in Ordnung – denn die Zeit der Worte ist vorbei. Jetzt ist die Zeit des Handelns. Ich gebe der tobenden Wut eine Stimme, indem ich die Pistole aus dem Gürtel ziehe. Sie ist bereits geladen. Ich erinnere mich nicht, sie geladen zu haben, doch ich weiß, sie ist geladen. Ich halte die Mündung an die Brust des Papageis. Ich drücke ab. Der Schuss hallt so laut wie ein Kanonenknall, und die Kugel durchschlägt die Brust des Papageis. Mit dem schockierten Blick des Betrogenen findet sein sehendes Auge meine beiden, und er hinterlässt mir sein Vermächtnis.

»Du hast den Kapitän schon mal gesehen«, sagt der Papagei,

und seine Stimme wird mit jedem Wort schwächer. »Du hast ihn gesehen. Er ist nicht … wofür du … ihn hältst.« Der Papagei röchelt seinen letzten Atemzug und erschlafft. Nun ist für uns beide die Zeit der Worte vorbei. Ich packe den schlaffen Körper und schleudere ihn aus dem Krähennest. Ich sehe ihn im hohen Bogen über den Himmel fliegen wie einen fedrigen Feuerball, bis die See ihn aufnimmt.

141 ALS HÄTTE ES IHN NIE GEGEBEN

Meine Eltern sind außer sich, als sie von Hal hören. Ich wünschte, niemand hätte ihnen davon erzählt. Mit ihnen darüber zu reden, ist so, als würde ich es noch einmal durchleben, und im Gegensatz zu Alexa muss ich meine Albträume nicht unbedingt noch einmal durchleben, wenn ich es vermeiden kann.

Ich sitze in der Panorama-Lounge und starre aus dem Fenster wie Callie früher, will nicht auf dieser Seite der Scheibe sein, aber auch nicht auf der anderen. Ich bin taub. Ich kann nicht klar denken. Das liegt zum Teil an den Medikamenten, zum Teil aber auch nicht.

»Das ist eine schreckliche Sache«, sagt meine Mutter.

»Ich möchte wissen, wie das überhaupt passieren konnte«, sagt mein Vater.

Sie sitzen links und rechts von mir und versuchen mich zu trösten, aber ich bin schon in unsichtbare Noppenfolie gewickelt. Trost ist nicht das Problem.

»Er hat meinen Bleistiftanspitzer aus Plastik genommen«, erkläre ich ihnen. »Dann hat er die kleine Klinge vom Plastikgehäuse gelöst und sich damit die Pulsadern aufgeschnitten.«

»Ich weiß, was passiert ist«, sagt mein Vater und steht auf, um hin und her zu laufen, wie ich es oft tue. »Aber es hätte nicht passieren dürfen. Es gibt doch Kameras hier, oder? Und einen ganzen Arsch voll Schwestern und Pfleger. Was haben die bloß gemacht? Däumchen gedreht?«

Der Tumult ist vorbei, aber die Wellen haben sich noch nicht beruhigt. Es wird noch eine Weile dauern, bis das Meer wieder ruhig ist.

»Du musst wissen, Caden, dass es nicht deine Schuld war«, sagt mein Vater. Aber irgendwie sind die einzigen Worte, die mir vor Augen stehen, *deine* und *Schuld*. »Wenn er den Anspitzer nicht genommen hätte, dann hätte er etwas anderes gefunden.«

»Ja, kann sein«, sage ich. Ich weiß, die Aussage meines Vaters ist logisch, aber ich glaube, der logische Teil meines Hirns huscht noch unter Deck herum.

Meine Mutter schüttelt traurig den Kopf und spitzt die Lippen. »Wenn ich an den armen Jungen denke ...«

Dann lass es, möchte ich ihr sagen, aber ich bleibe stumm.

»Ich habe gehört, seine Mutter will die Klinik verklagen.«

»Seine Mutter? Sie ist doch ein Grund, wieso er es getan hat!«, sage ich ihnen. »Die Klinik sollte *sie* verklagen!«

Meinen Eltern fehlt der Kontext, um weiter darüber zu sprechen, also sagen sie nichts mehr.

»Jedenfalls«, sagt mein Vater, »werden auf die eine oder andere Weise Köpfe rollen, so viel ist sicher. Irgendjemand muss zur Rechenschaft gezogen werden.«

Dann versucht meine Mutter, das Gespräch aufzulockern, indem sie von der Ballettaufführung meiner Schwester erzählt, und sie schafft es, den Rest der Besuchszeit mit nicht makabren Themen zu bestreiten.

Ich habe Hal nicht gefunden. Das waren die Arme des Todes. Ich habe aber einen Blick ins Bad geworfen, als sie ihn schnell abtransportiert haben. Das sah aus, als hätte man darin einen Elefanten geschlachtet.

Und jetzt ist alles wieder beim Alten. *Business as usual.* Die Betreuer setzen fröhliche Mienen auf und wollen nicht darüber reden. Am besten regt man die Patienten nicht auf. Tut so, als wäre es gar nicht passiert. Als hätte es ihn nie gegeben.

Nur Carlyle ist Mensch genug, in der Gruppensitzung darüber zu sprechen.

»Das Gute ist«, sagt er, »dass es in einer Klinik passiert ist. Sie haben ihn blitzschnell in die Notaufnahme gebracht.«

»Ist Hal tot?«, fragt Skye.

»Er hat viel Blut verloren«, sagt Carlyle. »Er ist auf der Intensivstation.«

»Würden Sie es uns überhaupt erzählen, wenn er sterben würde?«, frage ich zweifelnd.

Carlyle antwortet nicht sofort. »Das wäre nicht meine Aufgabe«, sagt er schließlich.

Und dann fasst Alexa sich an den Hals und vergleicht es mit ihrem eigenen Selbstmordversuch, damit sich wie üblich alles um sie dreht.

142 DENKST DU GERADE DARAN ODER HAST DU JEMALS DARAN GEDACHT?

Meine Eltern fragen sich, ob ich an Selbstmord denke oder jemals daran gedacht habe. Meine Psychiater fragen sich das. Die Fragebögen der Krankenversicherung fragen es. Ich habe schon mal so flüchtig daran gedacht – vor allem, wenn die Depression mich in ihren hässlichen Klauen hat –, aber habe ich je die Linie überschritten und war wirklich selbstmordgefährdet? Ich glaube nicht. Wenn diese Gedanken auftauchen, ist meine Schwester mein Sicherheitsschalter. Mackenzie wäre für den Rest ihres Lebens gestört, wenn ihr Bruder sich umbrächte. Sicher, meine weitere Existenz könnte ihr Leben auch elend machen, aber Elend ist das kleinere Übel. Ein Problembruder ist immer noch leichter zu verarbeiten als ein Bruder, der ein Problem *war*.

Ich bin mir immer noch nicht klar darüber, ob es mutig oder feige ist, sich das Leben zu nehmen. Ich kann mich nicht entscheiden, ob es selbstsüchtig oder selbstlos ist. Ist es die extremste Form des Selbst-Loslassens oder ein billiger Beweis der Selbst-Beherrschung? Die Leute sagen, ein gescheiterter Versuch ist ein Hilfeschrei. Das stimmt wohl, wenn der Mensch wollte, dass der Versuch scheitert. Aber wahrscheinlich sind die meisten gescheiterten Versuche nicht ganz ernst gemeint, denn mal ehrlich: Wenn man wirklich abtreten wird, gibt es jede Menge todsichere Methoden.

Aber wenn man sich so nah an den Tod heranwagen muss, weil man bloß um Hilfe rufen will, dann stimmt etwas irgendwo anders nicht. Entweder hat man vorher nicht laut genug um Hilfe geschrien, oder die Leute um einen herum sind taub, stumm und blind. Weshalb ich glaube, dass es nicht bloß ein Hilfeschrei ist – sondern eher ein Aufschrei, endlich ernst genommen zu werden. Ein Schrei, der sagt: *Ich habe solche Schmerzen, dass die Welt dieses eine Mal für mich zum Stillstand kommen muss.*

Die Frage ist, was macht man dann? Die Welt kommt zum Stehen und schaut dich an, wie du mit verbundenen Wunden da liegst, oder mit ausgepumptem Magen, und sie sagt: »Okay, jetzt hast du meine volle Aufmerksamkeit.« Die meisten Menschen wissen nicht, was sie mit einem solchen Augenblick anfangen sollen. Und dann ist es auf keinen Fall den Preis wert, dorthin zu kommen. Vor allem dann nicht, wenn der gescheiterte Versuch aus Versehen gelingt.

143 VERSAGT

Hal hat am Samstag den Anspitzer genommen. Dr. Poirot kommt gleich am Montagmorgen als Erstes zu mir. Er wäre noch früher gekommen, aber er war auf einer Konferenz, wo er sich um Angelegenheiten kümmern musste, während Hal sich um seine eigenen Angelegenheiten gekümmert hat.

Ich bin allein im Zimmer, als Poirot hereinkommt. Hals Bett ist abgezogen, seine Sachen haben die Pastelle herausgeschafft. Die Leere auf Hals Seite ist wie ein lebendiges Nichts. Nachts konnte ich es atmen hören.

»Es tut mir sehr leid, was passiert ist. Sehr leid«, sagt Poirot. Sein grelles Hawaiihemd verhöhnt den düsteren Ernst des Tages.

Ich liege flach auf dem Rücken und bemühe mich, ihn nicht anzusehen oder seine Anwesenheit sonst wie zur Kenntnis zu nehmen.

»Ich weiß, du hast dich mit Harold angefreundet. Da muss es besonders schmerzhaft sein.«

Ich sage immer noch kein Wort.

»So eine Sache … das hätte nie passieren dürfen.«

Trotz meines Entschlusses muss ich auf so einen Vorwurf reagieren. »Wollen Sie mir die Schuld geben?«

»Das habe ich nicht gesagt.«

»Haben Sie wohl. Eben gerade.«

Poirot seufzt, zieht sich einen Stuhl heran und setzt sich. »Du wirst heute einen neuen Zimmernachbarn bekommen.«

»Ich will aber keinen.«

»Lässt sich nicht ändern. Die Bettenzahl hier ist begrenzt. Es kommt ein neuer Junge zu uns, und dies ist das einzige verfügbare Bett.«

Ich schaue ihn immer noch nicht an. »Es war IHRE Aufgabe, sich um Hal zu kümmern. Ihn vor allem zu beschützen – auch vor sich selbst!«

»Ich weiß. Wir haben versagt. Es tut mir leid.« Poirot schaut ins Nichts auf der anderen Zimmerseite. »Wenn ich zum fraglichen Zeitpunkt hier gewesen wäre …«

»Was? Wären sie reingeflogen gekommen und hätten ihn aufgehalten?«

»Ich würde gern glauben, dass ich das Ausmaß von Harolds Verzweiflung gespürt hätte. Aber vielleicht auch nicht. Vielleicht wäre es auch so passiert.«

Jetzt sehe ich Poirot endlich an. »Ist er tot?«

Poirot zeigt ein gut eingeübtes Pokerface. »Seine Verletzungen sind beträchtlich. Er wird bestmöglich versorgt.«

»Würden Sie mir sagen, wenn er stirbt?

»Ja. Wenn ich das Gefühl hätte, dass du damit umgehen kannst.«

»Und wenn Sie das Gefühl hätten, dass ich nicht damit umgehen kann?«

Poirot zögert, und ich kann beim besten Willen nicht erkennen, ob er eine Lüge verschleiert. »Du musst mir einfach vertrauen«, sagt er.

Aber ich vertraue ihm nicht. Und ich sage ihm auch nicht, dass Hal seine Medikamente nicht mehr genommen hat. Hal hat mich zur Verschwiegenheit verpflichtet. Ob er nun lebt oder tot ist, dieses Vertrauen werde ich nicht enttäuschen. Sicher, wenn ich ihn verpfiffen hätte, wäre er womöglich zu sediert gewesen, um es zu tun. Damit deutet in der Schuldfrage der Zeigefinger noch ein bisschen mehr in meine Richtung. Und ich bin noch entschlossener, ihn von mir wegzuschieben.

»Sie hätten ihn retten müssen«, sage ich zu Poirot. »Sie haben recht; Sie haben versagt.«

Das nimmt Poirot wie eine Ohrfeige auf, doch er hält mir die andere Wange hin. »Viel zu tun, viel zu tun. Muss mich auch noch um andere Patienten kümmern.« Er steht auf und geht. »Ich schaue später noch mal rein. Versprochen, okay?«

Aber ich antworte ihm nicht und beschließe, nie wieder mit ihm zu reden. Von nun an ist Poirot für mich tot.

144 ANDERE MÖGLICHKEITEN

»Caden, wir haben nachgedacht«, sagt meine Mutter am nächsten Tag. Sie schaut kurz zu meinem Vater, um sicherzugehen, dass sie sich einig sind. »Nach allem, was hier geschehen ist, dachten wir, du wärst vielleicht lieber woanders.«

»Ich kann nach Hause?«

Mein Vater fasst mich fest und beruhigend am Oberarm. »Noch nicht«, sagt er. »Aber bald. Für den Rest der Zeit gibt es aber auch andere Möglichkeiten.«

Ich brauche einen Moment, um zu begreifen, was er vorschlägt. »Eine andere Klinik?«

»Wo solche Sachen nicht passieren«, fügt meine Mutter hinzu.

Darauf schnaube ich ein Lachen heraus. Denn »solche Sachen« können überall passieren. Hätte Hal einen persönlichen Leibwächter bekommen, so hätte der ihn nicht vor sich selbst schützen können. Ich weiß, dass es andere »Einrichtungen« so wie diese gibt. Die anderen Jugendlichen erzählen Geschichten von den Kliniken, in denen sie schon gewesen sind. Die klingen alle schlimmer als diese hier. Ich gebe es zwar nur ungern zu, aber meine Eltern haben diese Klinik ausgesucht, weil es die beste weit und breit war. Also ist sie es vielleicht auch.

»Nein, ich bleibe«, sage ich.

»Bist du sicher, Caden?« Mein Vater versucht, mich mit den Augen zu lesen, weshalb ich wegschaue.

»Ja, es gefällt mir hier.«

Das überrascht sie beide. Mich auch. »Es gefällt dir?«

»Ja«, sage ich. »Nein«, sage ich. »Aber doch.«

»Also, denk doch einfach noch mal darüber nach, ja?«, meint

Mom, die von meiner Entscheidung womöglich enttäuscht ist – aber ich möchte genauso wenig darüber nachdenken, wie ich über Hal nachdenken will. Diese Klinik ist eine vertraute Hölle. Wie geht noch die Redensart? Der Teufel, den man kennt, ist besser als der, den man nicht kennt.

»Nein, ich bin mir sicher«, sage ich.

Sie akzeptieren meine Entscheidung, aber ein gewisses Bedürfnis ihrerseits bleibt unbefriedigt.

»Wir wollten dir wenigstens die Möglichkeit anbieten«, sagt mein Vater. Dann reden sie von Mackenzie, wie sehr sie mich vermisst und dass sie vielleicht mal wieder mit zu Besuch kommt, aber es kommt mir vor, als würden sie sich immer weiter entfernen. Und plötzlich begreife ich etwas Schreckliches über meine Eltern. Sie sind nicht die Giftmischer. Sie sind nicht der Feind …

… aber sie sind hilflos.

Sie wollen etwas tun – *irgendwas* –, um mir zu helfen. Irgendwas, um meine Situation zu verändern. Aber sie sind genauso ohnmächtig wie ich. Die beiden sitzen im Rettungsboot, zusammen, aber so allein. Kilometerweit vor der Küste, aber auch kilometerweit von mir entfernt. Das Boot leckt, und sie müssen abwechselnd schöpfen, um über Wasser zu bleiben. Das muss sehr anstrengend sein.

Die grauenhafte Wahrheit ihrer Hilflosigkeit ist fast nicht zu ertragen. Ich wünschte, ich könnte sie an Bord nehmen, aber selbst wenn sie uns erreichen könnten, würde der Kapitän das niemals zulassen.

Im Augenblick ist es echt scheiße, in meiner Lage zu sein – aber bis eben ist mir nie in den Sinn gekommen, dass es auch scheiße ist, in ihrer Lage zu sein.

145 DIE SEELE UNSERER MISSION

Ich habe einen neuen Kabinengenossen, den ich nicht kenne und nicht kennen will. Er ist bloß ein weiteres Mitglied der gesichtslosen Besatzung. Jetzt bin *ich* der alte Hase – derjenige, der sich an Bord auskennt –, so wie zuvor der Steuermann, als ich ankam. Es gefällt mir zwar überhaupt nicht, der Neuling zu sein, aber genauso ungern spiele ich die alte Teerjacke.

Ein paar Abende, nachdem der Steuermann sich ins Meer geblättert hat, kommt der Kapitän vorbei. Er setzt sich auf meine Bettkante und betrachtet mich mit seinem Auge. Ich denke, sein Gewicht müsste die klapprige Koje einknicken lassen, aber das geschieht nicht. Es sieht aus, als wäre er schwerelos. Substanzlos wie ein Geist.

»Eins will ich dir sagen, Junge«, sagt der Kapitän sanft, »aber bei Tageslicht werde ich es leugnen.« Er legt eine Pause ein, um sicherzugehen, dass er meine volle Aufmerksamkeit genießt. »Du bist der wichtigste Seemann auf diesem Schiff. Du bist die Seele unserer Mission, und wenn du Erfolg hast – und ich weiß, den wirst du haben –, dann lässt sich viel Ruhm ernten. Ich sehe viele gemeinsame Fahrten voraus für dich und mich. Bis du eines Tages selbst Kapitän sein wirst.«

Ich kann nicht leugnen, das ist eine sehr verlockende Vision, die der Kapitän mir da ausmalt. Ein Ziel vor Augen zu haben, ist höchst wünschenswert. Und was zukünftige Fahrten angeht, habe ich mich an das Wesen dieses Schiffes und dieser Gewässer gewöhnt. Noch mehr Zeit vor dem Mast ist durchaus vorstellbar.

»Nur ein Mitglied unserer Besatzung wird den Tauchgang wagen«, sagt der Kapitän, »und ich habe dich erwählt. Du allein wirst das Challengertief erreichen und die Reichtümer entdecken, die es verbirgt.«

Meine Gefühle sind so tief und dunkel wie der Graben selbst. »Ohne geeignetes Tauchboot wird der Druck mich zermalmen, Sir, und –«

Er hebt die Hand, um mich zum Schweigen zu bringen. »Ich weiß, was du glaubst, aber hier verhält sich alles anders. Das weißt du schon; du hast es bereits gesehen. Der Abstieg ist gefährlich, das will ich nicht abstreiten, aber nicht so, wie du denkst.« Dann packt er mich an der Schulter. »Glaube an dich selbst, Caden, denn ich glaube an dich.«

Das höre ich nicht zum ersten Mal. »Der Papagei hat auch an mich geglaubt«, sage ich.

Auf die Erwähnung des Vogels reagiert er gereizt. »Bereust du, uns von diesem Verräter befreit zu haben?«

»Nein …«

»Der Papagei wollte nicht, dass du diese Fahrt erfolgreich vollendest.« Er steht auf und geht in der kleinen Kabine auf und ab. »Der Papagei hätte unserem Abenteuer auf immer und ewig ein Ende gesetzt!« Dann deutet er mit krummem Finger auf mich. »Wärst du lieber ein Krüppel in seiner Welt oder ein Star in meiner?«

Er stürmt hinaus, ohne meine Antwort abzuwarten – und eine Sekunde nach seinem Verschwinden streift mich der Hauch einer Erinnerung. *Du hast den Kapitän schon mal gesehen,* hatte der Papagei gesagt. Zum ersten Mal wird mir klar, dass er recht hatte … aber die Erinnerung entgleitet mir wieder und wird vom übelriechenden Pech aufgesaugt, das das Schiff zusammenhält.

146 PSYCHISCH UNGESUND

Mit jedem Tag, der vergeht, spüre ich die Präsenz der Abgrundschlange stärker. Sie folgt dem Schiff – folgt *mir*. Sie passt sich unserem Tempo an. Sie greift nicht an wie die Gischtmähren oder die Nemesi. Sie belauert nur. Was noch schlimmer ist.

»Sie wird dich nie in Frieden lassen, Junge«, sagt der Kapitän, als wir gemeinsam in unser Kielwasser schauen. Ich kann die Schlange nicht sehen, aber ich weiß, dass sie da ist, gerade tief genug schwimmt, um vor meinen Augen verborgen zu sein, aber nicht vor meiner Seele.

»Ohne Zweifel hat die Schlange Pläne mit dir«, sagt der Kapitän. »Pläne, die etwas mit Verdauungssäften zu tun haben – aber sie ist gern hungrig. Sie mag das Verfolgen ebenso wie das Verschlingen. Das ist ihre Schwäche.«

Als der Kapitän sich zum Nachmittagstee zurückzieht, oder was ein Mann wie er so mit seiner Freizeit anfängt, klettere ich hinauf ins Krähennest, um so weit wie möglich von der Abgrundschlange entfernt zu sein.

Inzwischen verabscheue ich das Krähennest fast so sehr wie der Kapitän. Die eigenartigen Dinge, die man hier oben zu sehen bekommt, überraschen mich nicht mehr. Heute kugeln Köpfe mit dem Seegang hin und her wie Steppenroller in trockenen Gegenden. Einer stößt mich im Vorbeirollen an. »Entschuldigung«, sagt der Kopf. »Ließ sich nicht vermeiden.« Ich glaube das Gesicht zu kennen, aber seine Rollbahn führt ihn unter einen Stuhl, wo er kurzzeitig stecken bleibt, darum kann ich es nicht überprüfen.

Heute hat eine neue Barfrau Dienst. Niemand sitzt an der Theke, weil sie eine gewisse Kälte ausstrahlt. Wie bei einem Kraftfeld gehen Wellen der Unzugänglichkeit von ihr aus. Ich gehe trotzdem auf sie zu, und wenn nur aus Trotz.

»Wo ist Dolly?«, frage ich.

Die neue Barfrau deutet auf einen der rollenden Köpfe. Ich erkenne Dolly sofort. »Hallo, Caden«, sagt ihr Kopf, der nach einer besonders heftigen Wellenbewegung taumelt. »Ich würde dir winken, wenn ich könnte.«

»Es ist unerfreulich«, sagt die neue Barfrau, »aber der Zerfall des Steuermanns hat Veränderungen unabdingbar werden lassen.«

Dann rollt ein weiteres Schädelopfer vorüber. Einer mit kurzen roten Haaren. Ich eile hinterher, um ihn zu fangen. Ich hebe ihn auf und schaue in ein vertrautes Augenpaar.

»Carlyle?«

»Tut mir leid, dass ich dir das sagen muss, Caden, aber ich werde eure Gruppe nicht mehr leiten.«

Ich bin sprachlos. Kann die Nachricht nicht verdauen. »Aber … aber …«

»Keine Sorge«, sagt er. »Heute Nachmittag wird jemand Neues kommen.«

»Wir wollen niemand Neues!«

Außer uns ist niemand im Flur. Ich stehe zwischen ihm und dem Ausgang. Ich weiß, dass jemand wegen der Sache mit Hal einen Rüffel kriegen oder vielleicht auch gefeuert werden würde, aber wieso Carlyle?

»Du hattest doch gar nichts damit zu tun!«, sage ich. »Du warst an dem Tag überhaupt nicht da!«

Die kühle neue Stationsschwester beobachtet mich und überlegt, ob meine erhobene Stimme ein Problem darstellt.

»Sie hatten das Gefühl, dass das Gruppenklima … psychisch ungesund war. Jedenfalls für Hal.«

»Glaubst du das auch?«

»Spielt keine Rolle, was ich glaube. Die Klinik muss jemanden abwatschen, und ich war ein leichtes Ziel. So läuft das eben.« Er schaut sich etwas nervös um, als würde es die Sache für ihn noch schlimmer machen, wenn man ihn im Gespräch mit mir erwischt. »Es ist ja nicht so, dass ich sonst nichts zu tun hätte. Ich habe nur ehrenamtlich hier gearbeitet – erinnerst du dich?« Er schiebt sich an mir vorbei zur Tür.

»Aber … aber … wer wird denn die wild gewordenen Gehirne aufwischen?«

Er kichert. »Das wird auch ohne mich erledigt werden«, sagt er. »Pass gut auf dich auf, Caden.« Dann hält er seinen Sicherheitsausweis vor den Leser. Die innere Tür geht auf und lässt ihn in die kleine Luftschleuse, die verhindern soll, dass Patienten fliehen. Sobald die innere Tür wieder zu ist, öffnet sich die äußere Tür zur Welt jenseits unserer Mauern, und Carlyle ist weg.

Ich weiß nicht, was ich tun soll. Ich weiß nicht, wen ich anschreien soll. Die Barfrau wird es sich nicht gefallen lassen, und die Arme des Todes sind zwar in der Nähe, aber er und seine Totenschädel sind bloß froh, dass sie selbst nicht mit Dolly und den anderen herumrollen müssen.

Ich verlasse das Krähennest und stürme zum Kapitän in seine Kajüte, um meine Beschwerde vorzubringen, dass Carlyles kopfloser Körper gerade über die Planke geschickt wurde – doch der Kapitän bleibt ungerührt.

»Schiffsjungen kommen und gehen«, sagt er, einen Kopf unter jedem Arm. »Ich wollte gerade nach unten gehen, ein bisschen kegeln. Willst du mitmachen?«

147 GENETIC LIFEFORM AND DISK OPERATING SYSTEM

»Also, guten Morgen! Ich bin Gladys, die neue Moderatorin der Vormittagsgruppe.«

Der Ton im Gruppenraum ist so streitlustig wie im Klassenzimmer einer Förderschule. Und heute ist eine Vertretungslehrerin da.

»Erster Punkt der Tagesordnung: einander Kennenlernen.«

Gladys sieht gar nicht aus wie eine Gladys. Obwohl ich eigentlich gar nicht weiß, wie eine Gladys aussieht, abgesehen von denen in alten Schwarz-Weiß-Sitcoms. Sie ist Mitte dreißig, hat blond gefärbte Haare und ein leicht asymmetrisches Gesicht, was stärker zu sehen ist, wenn sie lächelt.

»Vielleicht fangen wir mal damit an, unsere Namen zu sagen.«

»Wir kennen unsere Namen«, sagt jemand.

»Ja, aber ich würde sie auch gern kennen.«

»Sie kennen sie doch«, sagt jemand anderes. »Ich habe gesehen, dass Sie unsere Akten gelesen haben, bevor Sie reinkamen.«

Sie zeigt uns ihr leicht asymmetrisches Lächeln. »Ja, aber es wäre schön, wenn ich die Namen an den Gesichtern festmachen könnte.«

»Das würde wahrscheinlich wehtun«, werfe ich ein. Ich ernte ein höfliches Glucksen von Skye und ein paar anderen – aber Höflichkeitsglucksen wird den Spott nicht am Laufen halten. Um es hinter uns zu bringen, sage ich: »Ich bin Caden Bosch.«

Von mir aus geht es im Uhrzeigersinn weiter. Ich bin überrascht, dass niemand blöde Namenswitze wie *Jen Italia* ins Spiel bringt. Wahrscheinlich habe ich die Möglichkeit gleich erstickt, als ich meinen richtigen Namen gesagt habe.

Mein neuer Zimmergenosse ist zur Gruppe gestoßen, außerdem irgendein Mädchen. Ein paar Leute, an die ich mich schon nicht mehr erinnern kann, sind vor ein paar Tagen entlassen worden. Die Gesichter wechseln, aber die Aufführung bleibt dieselbe, wie bei einem Broadway-Musical.

Heute erzählen nur sehr wenige von sich. Ich weiß, dass ich bestimmt nichts mit Gladys teilen will. Niemals. Dann fängt irgendjemand ganz subtil an, sie GLaDOS zu nennen – so hieß der bösartige Computer in den *Portal*-Computerspielen, echte Klassiker –, und wenn die Sitzung nicht schon vorher eine Farce war, dann ist sie es jetzt. Ein paar von uns streuen lauter Spielbezüge ein, die natürlich völlig an ihr vorbeigehen – als zum Beispiel ein Junge fragt, ob es nach der Sitzung Kuchen gäbe.

»Nein«, sagt Gladys asymmetrisch verblüfft, »nicht dass ich wüsste.«

»Sie wollen also sagen«, fragt der Junge nach, »*der Kuchen ist eine Lüge*?«

Selbst die Teilnehmer, die keine Ahnung haben, wovon er redet, fangen an zu kichern, weil es nicht drauf ankommt, dass sie nichts verstehen – wichtig ist, dass GLaDOS nichts versteht.

Unter normalen Umständen täte sie mir leid, aber ich habe keine klare Vorstellung mehr, was normale Umstände sind, und außerdem soll sie mein Mitleid nicht bekommen. Ich weiß, es war nicht ihre Schuld, dass Carlyle gefeuert wurde, aber sie ist jetzt nun mal der Punchingball, und ich habe nichts dagegen, es mit allen anderen an ihr auszulassen.

148 HAMSTERN

Ich liege auf dem Bett und warte darauf, dass die Welt untergeht.

Irgendwann muss sie untergehen, denn ich kann mir nicht vorstellen, dass es so weitergeht. Diese Prozession grauer Tage in seelischem Nebel muss doch irgendwann aufhören.

Von Callie habe ich nichts gehört. Ich erwarte hier auch keine Nachrichten von ihr; wir dürfen keine Handys benutzen, haben keinen Computerzugang, und ich nehme nicht an, dass sie einen Brief schreibt. Ich bin aber so weit gegangen und habe meine Eltern gebeten, meine Mails zu checken. Ich habe ihnen all meine Passwörter gegeben, denn Privatsphäre hat keine Bedeutung mehr. Ist mir egal, ob sie meine Spam-Mails lesen, denn was anderes dürfte ich im Augenblick sowieso nicht kriegen, plus irgendwas von Callie. Aber sie hat nicht geschrieben. Sagen jedenfalls meine Eltern. Würden sie es mir erzählen, wenn sie geschrieben hätte? Ich traue ihren Antworten genauso wenig wie den Leuten, die mir erzählen, Hal sei noch am Leben. Wenn alle beschlossen haben, dass es in Ordnung ist, mich zu meinem eigenen Wohl zu belügen, wie soll ich dann noch irgendwem irgendwas glauben?

Lügen sie mich an, wenn sie sagen, dass ich seit sechs Wochen hier bin? Wahrscheinlich nicht. Es kommt mir eher wie sechs Monate vor. Der Nebel und die Monotonie machen es fast unmöglich, das Vergehen der Zeit einzuschätzen. Sie nennen es natürlich nicht Monotonie. Sondern Routine. Die Routine soll beruhigen und trösten. Wir haben eine genetische Disposition zum immer gleichen Lied, die noch auf die frühesten Wirbeltiere zurückgeht. Gleichförmigkeit heißt Sicherheit.

Es sei denn, sie beschließen, dass Veränderung angesagt ist.

Mir zum Beispiel einen neuen Zimmernachbarn aufzudrücken, mit dem zu reden ich mich weigere. Oder den einzigen Menschen zu entlassen, der in mir einen ganz leisen Hoffnungsschimmer geweckt hat.

Stumm verfluche ich alle Welt wegen dieser Dinge, auch wenn ich ganz tief drinnen weiß, dass ich mich selbst verfluchen sollte, denn all das wäre nicht passiert, wenn ich mein Versprechen gebrochen und Hal verraten hätte.

»Wenn du weiter Fortschritte machst«, hat mir eine der Schwestern heute erzählt, »sehe ich keinen Grund, wieso du nicht in ein paar Wochen wieder nach Hause können solltest.« Dann hängte sie noch etwas dran. »Aber nagele mich bitte nicht darauf fest.« Unverbindlichkeit ist Trumpf in der geschlossenen Abteilung.

Ich spüre den Fortschritt nicht, den andere sehen. Ich stecke so sehr im Augenblick fest, dass ich mich gar nicht mehr erinnern kann, wie ich war, als ich hier ankam. Und dann denke ich: Wenn *dies hier* besser ist als *das früher*, darf ich mich dann darauf freuen, wenn ich nach Hause gehe? Immer das gleiche Lied? Ein Hamsterrad?

Eine Schwester kommt mit der Abendmedikation. Zuerst kümmert sie sich um meinen Zimmergenossen, dann um mich. Ich schaue in meinen fröhlichen kleinen Pappbecher. Mein aktueller Cocktail bietet mir jetzt drei Medikamente für den Abend an. Eine grüne, längliche Pille, eine blau-weiße Kapsel und eine gelbe Tablette, die sich im Mund auflöst wie ein geschmacksfreier Bonbon. Ich nehme eine nach der anderen mit einem Becher Wasser, den die Schwester mir reicht und der etwas größer ist als der Tablettenbecher. Weil ich weiß, wie es läuft, mache ich den Mund auf und ziehe mit den Fingern die Wangen auseinander, als wollte ich eine Grimasse schneiden – aber in Wirklichkeit zeige ich ihr, dass die Medizin wirklich und wahrhaftig geschluckt wurde.

Als sie weg ist, gehe ich ins Bad und fische die blau-weiße Kapsel ganz hinten aus der Wange, wo ich sie wie ein Hamster versteckt hatte, ganz oben am Zahnfleisch. Die hätte sie nur gefunden, wenn sie mit dem Finger jeden Zentimeter meiner Mundoberfläche abgesucht hätte. Wenn man erwischt wurde, wie man die Medikamente in der Wange versteckt, machen sie das tatsächlich. Aber ich bin immer brav gewesen. Bis heute.

Ich weiß, gegen die sich auflösende Tablette kann ich nichts machen, aber mit ein bisschen Übung kann ich vielleicht sowohl die Kapsel als auch die grüne Pille weghamstern. Ich weiß nicht, was Hal gefühlt hat, als er seine Nummer abgezogen hat, aber immerhin *hat* er was gefühlt. Im Augenblick käme mir sogar Verzweiflung wie ein Sieg vor. Also lasse ich die Kapsel ins Klo fallen und pinkle noch drauf, zur Sicherheit. Ich spüle und verabreiche die Medizin den fiesen Viechern, die in der Kanalisation hausen.

Dann gehe ich wieder zum Bett, lege mich hin und warte darauf, dass die Welt untergeht.

149 HALBWERTZEIT

Ich weiß mehr über Psychopharmaka als ein Mensch zu seiner eigenen Sicherheit wissen sollte. So ähnlich wie der Drogendealer, der alles schon mal probiert hat und aus Erfahrung über die verschiedenen Formen des Rausches sprechen kann.

Die meisten Anxiolytika – also Medikamente zur Bekämpfung von Ängsten – wirken rasch, erledigen ihren Job und werden dann von der Leber abgefangen. Die ist die Polizei des Körpers und schmeißt die Wirkstoffe innerhalb eines Tages wieder raus. Tavor hat sofort beruhigende Wirkung, wenn es injiziert wird. Bei oraler Einnahme dauert es weniger als eine Stunde, aber dafür lässt die Wirkung auch nach ein paar Stunden wieder nach.

Zeldox, Risperdal, Seroquel und all die anderen heftigen Antipsychotika haben eine viel längere Halbwertzeit und entgehen der Leber ziemlich lange. Außerdem verstärkt sich die »therapeutische Wirkung«, wie sie es nennen, im Lauf der Zeit noch. Man muss das Zeug tagelang, vielleicht sogar wochenlang schlucken, ehe die Wirkstoffe anfangen, für ihr Geld zu arbeiten.

Natürlich setzen die Nebenwirkungen der meisten dieser Drogen sofort ein, sodass man sich innerhalb einer Stunde nicht mehr ganz menschlich fühlt. Wenn man ganz plötzlich aufhört, sie zu nehmen, und keine Krampfanfälle bekommt, an denen man stirbt, klingen diese Nebeneffekte innerhalb von ein oder zwei Tagen ab. Bis die tatsächliche therapeutische Wirkung nachlässt, dauert es viel länger, so wie es auch länger gedauert hat, bis sie einsetzten.

Mit anderen Worten: Einige wenige goldene Tage lang erinnerst du dich, wie es sich anfühlt, normal zu sein, bevor du kopfüber in den bodenlosen Abgrund stürzt.

150 DER LETZTE ÜBERLEBENDE

Der Morgennebel verdampft und hinterlässt Myriaden watteweißer Wölkchen von Horizont zu Horizont. Sie ziehen rasch über den Himmel, und der Tag flackert zwischen Licht und Schatten. Unter diesem dramatischen Panorama mutet das Meer an wie Glas – eine vollkommen reflektierende Oberfläche, die den Himmel spiegelt. Oben Wolken, unten Wolken. Es scheint keinen Unterschied zwischen dem Himmel und den Tiefen zu geben.

Nicht mal der unaufhaltsame Schwung unseres Schiffes – inzwischen angetrieben von stetigem Wind – kann dieses Wasser aufwühlen. Es wirkt, als würden wir wie auf Schlittschuhen gleiten und nicht durchs Wasser schneiden. Ich weiß, dass die Abgrundschlange uns irgendwo unter der glasigen Oberfläche folgt, doch wie das Schiff bewegt sie sich völlig unbemerkt und hinterlässt keine Spur.

Weder Carlyles Kopf noch sonst irgendeiner rollt noch im Krähennest umher. Der Ausguck hat tatsächlich jeden Zauber verloren. Es gibt keine Bar mehr, keine Stühle, keine betrunkenen Gäste, die in Neoncocktails versinken. Das Krähennest ist jetzt von innen genauso, wie man es von außen erwartet: ein Fass, ein Meter breit, gerade groß genug für einen Ausguck, um darin zu stehen und den Horizont abzusuchen.

»Wie jedes andere Körperteil«, erklärt mir der Kapitän, »ist es durch fehlende Verwendung verkümmert.«

Da die Cocktails mich nicht mehr dämpfen, sind meine Sinne so klar und scharf wie ein Schlachtermesser. Es spaltet Fleisch und Knochen und legt Stellen im Inneren frei, die nie dem Tageslicht ausgesetzt werden sollten. Es reinigt mich, scheuert mich innen wie außen blank.

Jetzt sind es nur noch der Kapitän und ich. Der Rest der Mannschaft ist weg. Vielleicht haben sie uns in der Nacht verlassen. Oder vielleicht haben Wesen aus der Tiefe sie über Bord gezerrt. Oder vielleicht wurden sie zwischen die Kupferplanken gezogen und vom lebenden Pech verschlungen, das das Schiff zusammenhält. Ich vermisse sie nicht. In gewisser Weise ist es so, als wären sie eigentlich von Anfang nicht da gewesen.

Der Kapitän steht hinter mir am Ruder und predigt seiner einköpfigen Gemeinde.

»Hölle halten sowohl der Tag als auch die Nacht bereit«, sagt er. »Ich habe unter gnadenloser Sonne in der brennenden Tageshitze gesessen und unter den steinkalten Blicken der desinteressierten Menschheit.« Er berührt die Kupferreling, fährt mit einem Finger darüber, als suche er nach Staub. »Man sehnt sich nach ein bisschen Kupfer, doch wenn es kommt, hasst man es. Kannst du folgen?«

»Ja.«

Er gibt mir einen heftigen Klaps auf den Hinterkopf. »Niemals folgen! Immer führen.«

Ich reibe mir die schmerzende Kopfhaut. »Wie denn, wenn niemand mehr übrig ist?«

Der Kapitän sieht sich um und scheint zum ersten Mal zu bemerken, dass sonst niemand mehr an Bord ist. »Verstanden. In dem Fall solltest du feiern, dass du der letzte Überlebende bist.«

»Wonach suchen wir, Sir?«, frage ich und spähe nach den Wolken überm und unterm Horizont. »Woher wissen wir, wann wir da sind?«

»Das werden wir wissen.« Mehr sagt er nicht dazu.

Ich halte die Stellung am Ruder. Ohne Seekarten drehe ich das Steuer ganz nach Laune und Eingebung. Der Kapitän missbilligt keine meiner Entscheidungen.

Dann kommt vor uns etwas in Sicht. Zuerst ist es nur ein winziger Punkt, doch als wir näher kommen, entpuppt es sich als ein Pfahl, der aus dem Wasser ragt. Ich steuere darauf zu, und als wir noch dichter herankommen, sehe ich, dass es mehr als nur ein Pfahl ist. Eine Querstange hängt daran, und eine schlaffe Gestalt ist darüber festgemacht.

Eine Vogelscheuche.

Sie hat die Arme weit ausgestreckt und die Augen in ewiger Anbetung zum Himmel gerichtet – und mir fällt auf, dass alle Vogelscheuchen aussehen wie gekreuzigt. Vielleicht schreckt *das* die Vögel ab.

So weit draußen auf See sind jedoch keine Vögel zum Verscheuchen. Keine Möwen und keine Seeschwalben, gar keine Vögel, nicht mal ein Papagei. Wie so vieles in der Welt des Kapitäns widmet die Vogelscheuche sich einer sinnlosen Aufgabe.

»Die Vogelscheuche ist das letzte Zeichen«, verkündet der Kapitän mit ernster Stimme. Ein Anflug von Angst bei einem Mann, der keine Angst zeigt. »Direkt darunter liegt der tiefste Punkt der Welt.«

151 KÖNIG ALLER SCHICKSALE

Als wir uns der Vogelscheuche nähern, lässt der Wind, der bisher so stetig blies, dass ich ihn gar nicht mehr bemerkt habe, plötzlich nach und erstirbt dann ganz. Die folgende Stille ist so vollständig, dass ich meinen Herzschlag in den Blutgefäßen meiner Ohren hören kann. Über uns verlieren die Segel ihre straff gerundete Spannung und sacken schlaff und leblos herab. Wir treiben noch ein wenig weiter, ehe der Kapitän den Anker auswirft. Die Kette rasselt nach unten, bis sie sich stramm spannt. Die Länge der Ankerkette ist nichts im Vergleich zur Tiefe des Grabens unter uns, doch das Mysterium des Ankers ist es, dass er nie den Boden berühren oder auch nur in seine Nähe kommen muss, um auch das größte Schiff auf der Stelle festzuhalten.

Die Vogelscheuche ist noch hundert Meter vor uns, auf etwa elf Uhr Backbord voraus.

»Näher wage ich mich nicht heran, Junge«, sagt der Kapitän. »Der Rest der Reise ist dein und nur dein.«

Doch es gibt weder ein Tauchboot noch eine Taucherglocke. Nichts, was mich zum Meeresboden bringen könnte.

»Aber wie …«

Der Kapitän hebt die Hand, weil er weiß, was ich sagen will. »Du wärst niemals so weit gekommen, wenn du nicht dafür bestimmt wärst«, sagt er. »Es wird sich eine Methode zeigen.«

Ich grinse ihn an. »Eine Methode im Wahnsinn?«

Er erwidert das Lächeln nicht, sondern tadelt mich. »Der Papagei sprach von Wahnsinn, doch für Männer wie dich und mich ist es wie Wissenschaft.«

»Wissenschaft, Sir?«

Er nickt. »Aye; die einzigartige Alchemie der Verwandlung dessen, was womöglich nicht ist, in das, was ist. ›Wahnsinn‹ hat der Papagei es genannt, doch weniger ist für mich Mittelmaß.« Dann sieht er mich mit einem Hauch Verzweiflung an, den er zu verbergen sucht. »Ich beneide dich«, sagt der Kapitän. »Mein ganzes Leben habe ich von der Belohnung geträumt, die da unten wartet, bis heute außer meiner Reichweite. Doch du wirst diesen Schatz bergen. Du wirst unseren Stauraum bis zum Rand mit Beute füllen, die jenseits aller Vorstellungskraft der menschlichen Seele liegt.«

Ich frage mich, wie ich solch einen Schatz aus der Tiefe nach oben bringen soll, aber ich weiß, die Antwort wird die gleiche sein wie bei meinem Abstieg. Die Methode im Wahnsinn wird sich zeigen.

Dann fragt der Kapitän: »Glaubst du mir, Caden?«

Ich merke, das fragt er nicht nur so oder gar um meinetwillen. Er *braucht* meinen Glauben, als hinge sein Leben davon ab. Und in diesem Augenblick wird mir klar, dass sich alles verschoben hat. Er führt mich nicht mehr – ich führe ihn. Nicht nur ihn, sondern auch alles andere in dieser seiner Welt. Ich spüre sogar, wie die Abgrundschlange ängstlich gespannt meinen nächsten Schritt erwartet. Es ist eine berauschende und beängstigende Vorstellung, der König aller Schicksale zu sein.

»Glaubst du mir, Caden?«, fragt der Kapitän noch einmal.

»Ja, ich glaube.«

»Schwörst du dem Papagei und all seinen Lügen ab?«

»Das tue ich.«

Endlich lächelt er. »Dann ist die Zeit für dich gekommen, von der Tiefe getauft zu werden.«

152 VOGELSCHEUCHE

Ich steige in das Beiboot, ein so kleines kupfernes Ruderboot, dass es scheint, als könne es kaum sein eigenes Gewicht über Wasser halten, geschweige denn meines. Der Kapitän lässt es hinunter, und als es das Meer berührt, erzeugt es nicht das kleinste Kräuseln. Ich schaue über das Dollbord und sehe im glatten Wasser nur mein eigenes Spiegelbild. Ich weiß, dass es mein Gesicht ist, doch ich erkenne mich nicht.

Jedes Mal, wenn ich hinausspähe, erwarte ich halb, die Abgrundschlange aus dem Wasser schießen zu sehen, die nach meinem Kopf schnappt und mich in die Tiefe zieht. Worauf wartet die Schlange? Das frage ich mich.

»Gute Fahrt zu deinem Lohn«, sagt der Kapitän. Ich löse das Beiboot von den Taljen und mache mich allein auf übers Meer.

Ich rudere mit gleichmäßigen Zügen auf die Vogelscheuche zu, lausche dem rhythmischen Quietschen der Dollen, die sich bei jedem Zug beschweren. Beim Rudern schaue ich zum Schiff, denn man rudert immer mit dem Rücken zum Ziel. Das Schiff scheint rasch zu schrumpfen, als ich mich davon entferne. Das grüne Metallfahrzeug, das mir so mächtig erschien, als ich darauf fuhr, kommt mir jetzt kaum größer als ein Spielzeugschiff vor. Den Kapitän kann ich nicht sehen.

Endlich komme ich längsseits der Vogelscheuche. Ich hatte erwartet, dass sie auf einer schwimmenden Boje steckt, doch der Pfahl ist tatsächlich ein hölzerner Pfosten, der unter Wasser reicht, vermutlich ganz bis zum Grund in fast elf Kilometern Tiefe. Kein Baum ist je hoch genug gewachsen, so einen Pfahl hervorzubringen. Bis einen Fuß über die Wasserlinie ist er mit Muscheln und Seepocken bewachsen, die beinahe schon die Arbeitsstiefel der Vogelscheuche berühren. Die Jeans und das karierte Flanellhemd wirken in dieser tropischen Umgebung deplatziert, aber was denke ich da? Alles an ihr ist deplatziert.

Sie trägt den weißen Stroh-Fedora meines Vaters. Ihre Nase ist der abgebrochene rote Absatz vom Schuh meiner Mutter. Die Augen bestehen aus den großen blauen Knöpfen von Mackenzies gelber Fleecejacke. Würde man sie von diesem Pfahl befreien, könnte sie dann übers Wasser laufen wie Kalliope? Steckt in ihren Gliedern noch mehr als Stoff und Füllung? Das lässt sich nur auf eine Art herausfinden.

»Kannst du sprechen«, frage ich, »oder bist du doch nur eine Vogelscheuche?« Ich warte, und als sie nicht antwortet, beschleicht mich das Gefühl, umsonst hergekommen zu sein. Vielleicht bin ich dazu verdammt, bis zum Anbruch der Nacht und länger im Schatten dieser gespreizten Gestalt in meinem Boot zu sitzen. Doch dann wendet sie mit leichtem Schaben ihrer Leinwandhaut den Kopf zu mir, ihre blauen Knopfaugen rotieren ein wenig wie Ferngläser, die sich scharf stellen.

»Du bist also da«, sagt die Vogelscheuche, als würde sie mich kennen und hätte meine Ankunft erwartet. Ihre Stimme ist gedämpft, aber laut, aus mehreren Tonlagen zusammengesetzt wie ein flüsternder Theaterchor.

Ich weise mein Herz an, das plötzliche Hämmern einzustellen. »Ich bin hier. Was nun?«

»Du suchst den Grund zu erlangen«, sagt sie. »Es gibt viele Wege, das zu erreichen. Du könntest dir vielleicht den Schiffsanker ans Bein binden und dich von ihm hinunterziehen lassen.«

»Das würde mich umbringen«, wende ich ein.

Die Vogelscheuche zuckt die Achseln, so gut eine Vogelscheuche das kann. »Schon, aber du *würdest* den Grund erreichen.«

»Ich würde gern lebend dort ankommen.«

»Aha«, sagt die Vogelscheuche. »Das ist etwas anderes.«

Dann schweigt sie und schaut hinaus ins Nichts, so wie ich sie zuvor angetroffen habe. Das Schweigen wird unbehaglich. Ich frage mich, ob sie schon das Interesse an mir verloren hat – doch dann wird mir klar, dass sie auf meinen nächsten Schritt wartet, obwohl ich nicht weiß, was das sein könnte. Aber da ich irgendetwas tun muss, manövriere ich das Beiboot so dicht an den Pfahl heran, wie es geht, binde die Vorderleine darum und mache das Boot dort fest, um zu unterstreichen, dass ich nicht weg will. Ich kann so lange warten wie sie. Ich beobachte eine kleine Krabbe, die aus ihrer Hemdtasche kriecht. Sie schaut mich an und krabbelt wieder hinein.

Die Vogelscheuche dreht leicht den Kopf. Das Leinwandgesicht wirkt nachdenklich. »Kommt ein Wirbel«, sagt sie.

Ich schaue zum Himmel auf. Die Wattewolken bewegen sich immer noch gleichmäßig, aber nichts deutet auf irgendeine Art von Sturm hin – was sie wohl gemeint haben muss. »Bist du sicher?«

»Sehr«, sagt sie.

Und in diesem Augenblick beginnt das Meer, das doch glatt wie Glas war, sich zu bewegen.

Ich entdecke ein leichtes Kräuseln zu meiner Rechten und verfolge es. Etwas ist an die Oberfläche gekommen. Ich erhasche nur flüchtige Blicke. Scharfe, metallische Schuppen. Ein wurmförmiger Leib in Wellenbewegung. Dieses Untier ist mir vertraut. Die Abgrundschlange umkreist uns, und mir graut es. Als sie das Tempo erhöht, beginnt das Meer selbst auf ihre Bewegung zu reagieren, mitzuschwingen, in einem langsamen Strudel zu kreisen, der rasch schneller wird. Das Wasser dreht sich um den Pfahl der Vogelscheuche, und die Leine, die das Beiboot hält, spannt sich. Unter den kreisenden Fluten sehe ich das eine rotglühende Auge der gefürchteten Schlange; ebenso tyrannisch wie das Auge des Kapitäns, ebenso eindringlich wie das des Papageis. Es ist die höchste Steigerung aller Augen, die je mein Leben beobachtet und beurteil haben.

»Kommt ein Wirbel«, wiederholt die Vogelscheuche. »Besser in Deckung gehen.«

Doch es gibt hier keine Deckung, und das weiß sie auch. Die Schlange kreist schneller. Das wirbelnde Wasser sinkt in der Mitte ab und gibt den Blick frei auf weitere Schichten maritimen Lebens, die sich an den Pfahl der Vogelscheuche klammern – er ist eine Art senkrechtes Riff geworden. Während das Beiboot in der zunehmenden Strömung schwankt, wird die Leine, die es am Pfahl hält, von einem Klumpen scharfer Muschelschalen aufgerieben.

Ich springe aus dem Boot, als es sich vom Pfahl losreißt, und klammere mich an die Beine der Vogelscheuche. Das hilflose Beiboot umkreist uns im wachsenden Strudel, und das Pech, das seine Kupferplanken zusammenhält, leckt ins Wasser wie Rohöl. Das Beiboot fällt in Stücke. Ich sehe noch andere Dinge im Wasser kreisen. Stückchen aufgeweichten Pergaments und bunte Federn wirbeln mit dem bösartigen schwarzen Pech herum. Sie werden um und um gerührt wie die Zutaten eines neuen Cocktails.

Ich klammere mich fest an die Beine der Vogelscheuche und blicke nach unten; Höhenangst lässt mich schwindeln. Der Strudel vertieft sich mit alarmierender Geschwindigkeit, und das kreisende Wasser weicht vor uns zurück, bis ich in einen Trichter hinabblicke, der keinen sichtbaren Grund mehr hat. Der Strudel braust in meinen Ohren wie ein Güterzug. Von der salzigen Gischt auf der Zunge muss ich beinahe würgen.

Und die Vogelscheuche sagt: »Wenn du gehen willst, wird es jetzt Zeit.«

Bis zu diesem Augenblick konnte ich nur ans Festhalten denken. »Moment, soll das heißen –«

»Es sei denn, du hältst den Anker doch für die bessere Idee.«

Der Gedanke daran, ins Zentrum eines Strudels zu stürzen, lässt mich nur höher krabbeln und mich fester an sie klammern, bis ich mich an ihren Schultern halte.

Wenn ich mich auf diesen Sturz einlasse, gibt es kein Zurück. Keine Sicherheitsleine verlangsamt meinen Abstieg, keine Kamera filmt meinen Fall. Niemand fängt mich unten auf und schickt mich fröhlich meiner Wege. Und doch weiß ich, ich muss es tun. Ich muss mich der Schwerkraft überlassen. Darum bin ich hier. Also fülle ich meinen Kopf mit allen Gedanken, die mich bis hierher getrieben haben. Ich denke an meine Eltern und den Horror ihrer Hilflosigkeit. Ich denke an den Steuermann und seine Entscheidung, sich zu opfern. Ich denke an meine Schwester, die begreift, dass Pappfestungen allzu real werden können, und ich denke an den Kapitän, der mich gequält und doch auch auf diesen Augenblick vorbereitet hat. Ich *werde* von der Tiefe getauft werden. Der Papagei würde dies das großartigste Scheitern nennen, da bin ich sicher. Nun, wenn dies der Höhepunkt allen Scheiterns ist, dann werde ich ihn zu einem glorreichen Erfolg führen.

»Achte auf dem Weg nach unten auf den Pfahl«, rät die Vogelscheuche. »Mach's gut.«

Ich lasse los und falle in den Trichter, endlich bereit, die unbegreiflichen Tiefen des Challengertiefs zu begreifen.

153 DAS ÜBERWÄLTIGENDE NIE

Es gibt Bücher, die ich nie zu Ende lesen, Spiele, die ich nie zu Ende spielen werde, Filme, von denen ich den Anfang gesehen habe, aber nie das Ende sehen werde. Niemals.

Manchmal gibt es Momente, in denen wir uns objektiv dem Nie gegenüber sehen, und das überwältigt uns.

Einmal habe ich versucht, dem überwältigenden Nie zu trotzen, als ich merkte, dass es in meiner eigenen Musiksammlung Songs gibt, die ich wahrscheinlich nie wieder hören werde. Ich ging an meinen Computer und erstellte eine Playlist mit all diesen Songs. Es waren 3628 Songs, die abzuspielen 223,6 Stunden gedauert hätte. Die Playlist behielt ich ein paar Tage, bis mein Interesse schwand.

Und darum trauere ich jetzt. Ich trauere um die Songs, die nie wieder mein Ohr erreichen werden. Um die Worte und Geschichten, die auf ewig in den nicht aufgeschlagenen Seiten liegen. Und ich trauere um mein fünfzehntes Lebensjahr. Dass ich es niemals, von nun an bis ans Ende der Zeit, so werde vollenden können, wie es hätte vollendet werden sollen. Zurückspulen und es noch einmal leben, diesmal ohne den Kapitän und den Papagei und die Tabletten und die schnürsenkelfreien Innereien der Weißen Plastikküche. Die

Sterne werden verlöschen und das Universum enden, ehe ich dieses Jahr zurückbekomme.

Dieses Gewicht ist an meinen Fuß gekettet, und das ist viel schwerer als ein Anker. Das ist das überwältigende Nie, dem ich gegenübertreten muss. Und ich weiß immer noch nicht, ob ich darin verschwinden oder einen Weg finden werde, mich hindurch und darüber hinaus zu kämpfen.

154 CHALLENGERTIEF

Ich falle fast elf Kilometer tief ins Auge eines Meeresstrudels. Ich breite die Arme aus wie ein Fallschirmspringer und überlasse mich dem Sturz. Das Meer kreist um mich, die Zentrifugalkraft des Wassers hält einen senkrechten Lufttunnel frei, wie ein Wurmloch.

Durch die tobenden Wände des Strudels sehe ich die Abgrundschlange mit mir abwärts kreisen, das Tempo meines Abstiegs haltend, so wie sie auch das Tempo des Schiffes gehalten hat. Ich warte darauf, dass sie durch die Wasserwand springt und mich verschlingt, doch das tut sie immer noch nicht. Da die Sonne und der Himmel nur noch ein Nadelstich weit oben sind, ist das Licht um mich ein schwächer werdendes Azur. Wird das Blau sich zu Schwarz verdunkeln und mich in völlige Düsternis stürzen?

Es sollte eigentlich dreieinhalb Minuten dauern, bis zum Grund des Grabens zu fallen, doch ich falle viel länger. Die Minuten dehnen sich, bis sie mir wie Stunden vorkommen. Nur am Knacken meiner Ohren, als der Luftdruck zunimmt, kann ich ersehen, wie lange es dauert. Doch wie viele Atmosphären Gewicht lasten jetzt auf mir? Kein Barometer der Welt könnte das messen.

Die sich in die Wasser des Grabens gewagt haben, berichten davon, den Grund gesehen zu haben, doch sie lügen, hatte der Kapitän gesagt. Nun weiß ich, dass er die Wahrheit gesagt hat.

Dann erblicke ich unter mir etwas Bedenkliches und weiß, ich muss mich dem Grund nähern. Die zerklüfteten Reste von Schiffswracks ragen durch die Wände des Wirbels. Ich falle auf eine Mastspitze, und sie bricht ab. Ich taumele durch die zerfetzten Überreste uralter Segel, eines und noch eines und ein weiteres, alle wollen mich auffangen, doch sie scheitern, bis ich zuletzt in den schlammig grauen Schlick stürze, der den Grund der Welt auskleidet. Grau, nicht schwarz. Hierher kommt das schwarze Pech zum Sterben.

Ich habe Schmerzen, aber nichts gebrochen. Die Segel konnten mich nicht fangen, doch sie haben meinen Fall gebremst. Ich stehe auf, zwinge meine wackligen Knie, mein Gewicht zu tragen.

Ich habe es geschafft! Ich bin hier!

Der Strudel rast immer noch, doch hier im Auge tut sich eine nasse Mondlandschaft auf, fünfzig Meter im Durchmesser. Und zu meinem Erstaunen sehe ich, dass diese Mondlandschaft von Haufen um Haufen Gold und Juwelen gesprenkelt ist. Alle Schätze suchen den tiefsten Ort der Welt auf. Hier liegen die Reichtümer des Challengertiefs!

Atemlos und benommen durchwandere ich die Schatzgrube, auch wenn das Gehen im Schlick zwischen den Goldhaufen schwerfällt.

Als ich Münzen klirren höre, drehe ich mich um und sehe ein anderes Wesen bei mir. Ein kleines. Es versucht unbeholfen über einen Haufen zu steigen. Es ist ungefähr so groß wie ein kleiner Hund, geht aber auf zwei Beinen. Seine Haut ist von kränklichem Rosa. Es hat ungeschickte Arme, aber keine Hände. Ich erkenne ihn erst, als er sagt: »Gerechter Lohn, gerechter Lohn. Nichts Gerechtes dran!«

Es ist der Papagei, oder zumindest sein Geist, oder vielleicht auch seine untoten Überreste; ich weiß es nicht. Ohne Federn sieht er unterernährt und schmal aus, wie diese mageren kleinen Suppenhühnchen, die man im Supermarkt kriegt. Aus seiner Schusswunde läuft etwas, aber kein Blut. Ich brauche einen Augenblick, bis ich die orangegelbe Götterspeise erkenne. Die mit Ananasstückchen darin.

Ich gehe auf ihn zu, bereit zu Häme und Spott. Der Kapitän hatte recht, er nicht. Ich habe richtig gewählt. Das kann ich ihm jetzt unter die Nase reiben. Doch er schaut mich aus seinem klappenlosen Auge so traurig an, als wäre ich der Bemitleidenswerte.

»Hab ich kommen sehen«, sagt er. »Wir können ein Pferd zum Wasser führen – können es sogar zum Trinken bringen. Aber weitertrinken, tja, das liegt beim Pferd, beim Pferd, nicht umgekehrt.«

Einen Augenblick pickt er am Pfahl der Vogelscheuche, der in der Mitte des Strudelauges emporragt, löst eine winzige phosphoreszierende Wasserschnecke und verschlingt sie. Diese kleinen Nacktschnecken kriechen überall herum, sehe ich jetzt, und tauchen alles in einen unheimlichen Glanz. Ihr Licht tanzt auch auf den Juwelen und den Goldhaufen, was die Schätze so viel verlockender wirken lässt.

»Ich habe mich dem Graben gestellt und das Challengertief bezwungen«, sage ich. »Du kannst also von mir aus zurückgehen in deine Vogelhölle oder wo du herkommst.«

»Ja, du hast den Grund erreicht«, sagt er. »Aber der Grund wird mit jedem Besuch tiefer; das weißt du doch, oder?«

Mir wird leicht übel. Vielleicht eine Gehirnerschütterung vom Sturz?

»Nimm dir ruhig deinen Schatz«, sagt er. »Nimm ihn, nimm ihn. Er wird dir bestimmt überallhin folgen, wo du auch hinwillst.«

Ich greife in den Haufen vor mir und ziehe eine einzelne Dublone heraus. Sie ist leichter als erwartet. Viel zu dürftig für ein Goldstück. Die Übelkeit breitet sich von den Eingeweiden aus. Ich spüre, wie es sich bis in die Fingerspitzen erstreckt, die jene Münze halten. Irgendetwas wird mir gleich dämmern. Aber das will ich nicht. Ich möchte in seliger Unwissenheit verbleiben, doch das kann ich nicht. Ich wende die Dublone zwischen meinen Fingern. Dann greife ich mit der anderen Hand an den Rand, kratze mit dem Daumennagel daran, pule die Goldfolie ab und lege ein dunkelbraunes Inneres frei.

»Das ist Schokolade …«

Der Papagei zeigt mir sein ewiges Lächeln. »Ein lebenslanger Vorrat.«

Als ich mich umsehe – mich richtig umsehe –, da bemerke ich, dass die Edelsteine alle in kleinen Plastikfassungen stecken. Es sind *Ring Pops*. Sie fangen schon an, sich im Schlamm aufzulösen.

»April, April«, sagt der Papagei. »Und Mai und Juni und Juli auch.«

Die Übelkeit hat inzwischen mein Rückgrat erfasst. Sie steigt Wirbel für Wirbel hinauf zu meinem Hals. Ich fühle, wie meine Wangen und Ohren sich damit füllen. Ich versuche eine Gedankenmauer zu errichten, um zu verhindern, dass sie in mein Gehirn dringt, aber ich weiß, diese Mauer wird nicht halten.

»Sieh dir diese Dublone einmal näher an«, sagt der Papagei. »Trau dich, trau dich!«

Noch einmal schaue ich auf die Goldmünze, und da bemerke ich es. Das Gesicht auf der Münze ist das des Kapitäns, aber nicht so, wie ich es kenne. Dieses Gesicht ist viel schrecklicher. Viel realer.

Ich höre den Papagei kreischen, doch er bewegt sich immer weiter weg. Ich falle wieder. Obwohl ich schon am Grund der Welt bin, falle ich weiter.

Von Dublone zu Melone. Von Melone zu Makrone. Von Makrone zu Molekül. Von Molekül zu …

155 VESTIBÜL

Zum Vestibül eines verfallenen Gebäudes.

Wir sind auf Urlaub in New York. Ich bin zehn. Ein Straßenfest, auf dem wir Makronen gegessen haben, hat den Verkehr stocken lassen, darum haben wir wieder mal die U-Bahn genommen. Meine Eltern, meine Schwester und ich sind wieder einmal am falschen Ort aus dem Untergrund der Stadt nach oben gestiegen. An einem schlimmen Ort, an dem wir wohl besser nicht sein sollten.

Unser Hotel ist in Queens. Das hier ist nicht Queens. Vielleicht ist es die Bronx. Glaubt Mom jedenfalls. Ich sage nichts, aber insgeheim glaube ich, wir sind in einem Bezirk, der auf gar keinem Stadtplan existiert. Ich bin hibbelig, und mir ist ein bisschen übel. Wir waren gerade am Times Square und haben dort den riesengroßen Laden von Hershey's besucht, wo wir viel zu viele essbare Souvenirs bekommen haben. Sowohl Mackenzie als auch ich haben uns auf unserer unterirdischen Rätselreise mit Schokolade vollgestopft.

Mom und Dad streiten. Dad besteht darauf, dass wir mit der U-Bahn immer noch am besten dorthin kommen, wo wir hinwollen. Mom besteht darauf, ein Taxi heranzuwinken.

Ich sehe mich um. Wir stehen an einer Straßenecke vor einem Lebensmittelladen, doch die Fenster und Türen sind mit Stahlrollos verrammelt und die wiederum von Graffiti bedeckt. Am Bordstein stehen übervolle Pappkartons mit altem Obst und Gemüse und warten auf die Müllabfuhr, die vielleicht erst in Tagen kommt. Kohl und Kartoffeln, Möhren und Melonen. Der Gestank von verrottetem Obst und Gemüse ist so heftig, dass mein hersheyfizierter Magen es nur schwer aushält.

Ich drehe mich um und sehe einen Mann im Eingangsgewölbe des alten Gebäudes nebenan sitzen. Im Vestibül. Das Wort hat Dad mir beigebracht, als wir durch die Grand Central Station gegangen sind. *Wenn ein Gebäude so groß und prächtig ist,* hatte Dad zu mir gesagt, *dann braucht sein Eingang einen eigenen, besonderen Namen.* Ich hatte das Wort immer wieder vor mich hin gesprochen, weil es sich so gut auf meiner Zunge anfühlte.

Dieses Vestibül ist ein Bogengang, der in ein dunkles Gebäude hineinführt, das allem Anschein nach leer steht. Die Kleider des Mannes sind zerrissen und so schmutzig, dass man nicht erkennen kann, welche Farbe sie ursprünglich hatten. Sein massiger Vollbart ist verfilzt. Der Mann sitzt dort, wo das volle Sonnenlicht ihn krass blendet. Einen halben Meter weiter, und er könnte ihm ausweichen, aber den Schatten scheint er zu meiden, als sei der giftig. Er hat allerdings etwas, was ihn vor der Sonne schützt.

Er hat eine Packung Cap'n Crunch auf dem Kopf.

Mackenzie lacht, als sie ihn sieht. »Glaubst du, die ist noch voll, oder hat er alles schon aufgegessen, bevor er sie sich aufgesetzt hat?«

Aber ich finde es nicht komisch. Ich weiß nicht genau, wie ich es finde, aber *komisch* finde ich es nicht.

Ich sehe, dass Dad inzwischen ein Taxi zu rufen versucht, während Mom ihm erklärt, dass er dabei aggressiver sein muss.

Der Mann im Hauseingang mit der Frühstücksflockenpackung auf dem Kopf erschreckt mich, zieht mich aber zugleich so an, dass ich ihn mir genauer ansehen muss.

Ich bin bloß noch einen Meter von ihm entfernt, als er mich sieht. Er kneift ein Auge gegen die Sonne zu, aber dann merke ich, er kneift es gar nicht zu. Eines seiner Augen ist blau und zugeschwollen. Ich überlege, wie das wohl passiert ist. Ob ihn jemand verprügelt hat, dem nicht gefiel, dass er im Vestibül kampierte? Er schaut mich mit seinem sehenden Auge an, ebenso argwöhnisch mir gegenüber wie ich ihm. Sein Auge ist leuchtend und wach. Mehr als wach, es scheint tiefer zu blicken als normale Augen. Ich weiß, das bedeutet, dass er »hinüber« ist. Vielleicht sogar schlimmer als »hinüber«. Aber mir fällt auch auf, dass seine Augenfarbe ganz ähnlich ist wie meine.

»Stimmt es also, ja?«, fragt er.

»Stimmt was?« Meine Stimme ist zittrig und schwach.

»Die Vögel«, sagt er. »Die haben keinen Herzschlag. Und die Ratten auch nicht. Weißt du doch, oder? Liegt an den Molekülen.«

Noch ein neues Wort. Als ich nicht antworte, hält er mir die Handfläche hin.

»Bisschen was übrig?«

Ich greife in die Hosentasche und ziehe etwas heraus. Ich habe bloß die Schokoladenmünzen von Hershey's, schon ein bisschen weich. Ich lege die ganze Handvoll in seine Hand.

Er sieht sie an und fängt an zu lachen.

In dem Augenblick wird mir von meiner Mutter fast die Schulter ausgekugelt. »Caden! Was machst du da?«

Ich stammele einen Augenblick, denn das kann ich nicht richtig erklären.

»Lassen Sie den Jungen mal in Ruhe!«, sagt der Käpt'n. »Ist ein guter Junge, biste doch, was, mein Sohn?«

Mom zieht mich hinter sich und betrachtet den mit Pappkarton geschmückten Mann unsicher. Doch dann zieht meine Mutter – die stets behauptet, Penner auf der Straße würden das Geld nur versaufen, die glaubt, Almosen für Bettler erlauben ihnen nur, Bettler zu bleiben, und die nur per Kreditkarte spendet – ihr Portemonnaie aus der Tasche und gibt ihm einen Dollar. Offenbar hat irgendetwas an speziell diesem Mann sie dazu motiviert, so wie er auch schon mich bewegt hatte.

Dad hat endlich ein Taxi ergattert, ruft vom Bordstein und ist ein wenig verwundert, warum seine Familie sich plötzlich so für einen Obdachlosen interessiert.

»Gut, dass ihr 'n Taxi nehmt und nich die U-Bahn«, sagt der Käpt'n zu uns, aber mich sieht er mit seinem guten Auge an. »U-Bahn is schlimm um diese Tageszeit«, sagt er. »Endlos da unten.«

156 KEINE WUNDER HIER

Vestibül, Molekül, Makrone, Melone, Dublone.

Ich halte die Dublone so fest, dass sie in meinen Fingern zu schmelzen anfängt.

»Du hattest die Antwort selbst in der Tasche«, sagt der Papagei. »Komisch, wie das manchmal geht.«

Dann schaut er an mir vorbei, und ich folge seinem Blick. Der Raum um uns schrumpft rasch. Berge falscher Reichtümer werden vom tobenden Wasser weggeschwemmt. Der Strudel fällt in sich zusammen.

Der Papagei pfeift. »So was, so was. Erleuchtungen sind selten praktisch und kommen oft zu spät.« Er scheint weniger selbstzufrieden als resigniert.

»Moment mal! Du musst mir helfen!«

Er zuckt die Achseln. »Habe ich. Mache ich. Werde ich. Aber hier gibt es keine Wunder. Bloß Schwung. Wir können nur hoffen, dass es nach oben geht.«

Er dreht sich um und hüpft von einem Haufen falschen Goldes zum nächsten, dann direkt in die wirbelnde Wasserwand, wo er verschwindet und mich auf dem Grund der Welt allein lässt.

Als der Raum um mich kleiner wird, werden die »Schatzberge« weggerissen und zu Treibgut im enger werdenden Kreis aus Wasser. Ich kann nach niemandem rufen, niemand wird mir helfen. Ich spüre nur eine einzige Gegenwart außer meiner eigenen, nämlich die Schlange, deren gespannte Aufregung sich dem Siedepunkt nähert. Wenn das Wasser sich um mich schließt, wird sie mich endlich haben, und niemand, nicht einmal der verdammungswürdige Kapitän, wird mich jemals wiederfinden.

Ich klammere mich an den Pfahl der Vogelscheuche im Zentrum des Strudels. Ich versuche hinaufzuklettern, doch er ist mit glitschigen Algen bewachsen. Ich kann ihn nicht mal richtig greifen.

Wenn ich mich selbst an diesen Ort gebracht habe, dann muss es doch auch einen Weg geben, wie ich mich wieder von hier wegbringen kann, aber wie? Was ist mir entgangen?

Die einzige Antwort kommt von der Schlange. Sie spricht zu mir. Nicht mit Worten, denn sie kennt keine Sprache. Sie spricht in Gefühlen zu mir und strahlt eine Hoffnungslosigkeit von so immensem Gewicht aus, dass sie den Geist Gottes selbst zermalmen könnte.

Dein Schicksal ist unvermeidlich, sagt das Gefühl. *Du warst dazu verdammt, sobald du beschlossen hast, hierher zu tauchen. Ich werde die*

Kiefer öffnen und dich ergreifen – aber ich werde dich nicht verschlingen. Nein, das wäre zu leicht. Ich werde dich kauen wie einen Kaugummi, bis alles, was an Caden Bosch erinnert, weggekaut ist und du nur noch schwarzes Pech zwischen meinen Zähnen bist. Und dort wirst du bleiben, gefangen im Rachen des Wahnsinns bis in alle Ewigkeit.

Es wäre so einfach, ihr nachzugeben. Elf Kilometer Ozean werden gleich auf mich einstürzen, und ein Dämon des Jüngsten Gerichts wartet wenige Meter entfernt: Warum ihm nicht gleich ins Maul springen? David hatte immerhin eine Steinschleuder, um mit Goliath zu kämpfen. Was habe ich?

Was *habe* ich?

In diesen letzten Augenblicken, als das Auge des Strudels sich von allen Seiten um mich zusammenzieht, fallen mir die Worte des Papageis wieder ein. *Du hattest die Antwort selbst in der Tasche.*

Ich starre die Dublone an, die ich immer noch in der Rechten halte. Ich dachte, er meinte die Schokoladenmünzen in meiner Erinnerung – aber in der Erinnerung kam der Papagei gar nicht vor. Er weiß viele Dinge, aber das konnte er nicht wissen!

Ich stecke die andere Hand in die Hosentasche. Zuerst denke ich, da ist nichts – aber dann finde ich etwas. Eigenartig geformt, ich weiß nicht gleich, was es ist, bis ich es herausziehe.

Ein blaues Puzzleteil.

Haargenau so blau wie der winzige Punkt Himmel kilometerweit über mir.

Plötzlich spüre ich, wie sich die Schlange krümmt.

Denn alles, was dem Himmel zur Vollendung fehlt, ist dieses eine Stück …

… und der Himmel möchte noch dringender vollendet werden, als die Schlange mich will.

Ich schaue auf die rechte Hand mit der Münze, dann auf die linke mit dem Himmelsversprechen. Ich weiß, ich bin Opfer vieler Dinge geworden, die außerhalb meiner Kontrolle lagen – aber in diesem Augenblick, an diesem Ort habe ich die Macht, eine Entscheidung zu treffen. *Hier gibt es keine Wunder,* hat der Papagei gesagt – aber hier gibt es auch keine Hoffnungslosigkeit, ganz egal, was die Schlange mich glauben machen will. Nichts ist unvermeidlich.

Als der Strudel nur noch einen Meter breit ist und sich weiter schließt, lasse ich die Dublone fallen, schließe die Finger fest um das Puzzleteil und recke die Faust nach oben, um dem fernen Himmel die Vollendung anzubieten.

Und plötzlich steige ich auf.

Als hätte eine Hand mein Handgelenk gepackt, werde ich nach oben geschleudert, während der Strudel um mich herum zusammenbricht.

Weiß schäumendes Wasser steigt um meine Füße. Ich fühle das wütende Heulen der Schlange. Ich spüre das Brennen ihres feurigen Auges. Sie schnappt nach meinen Fersen, doch immer ein paar Zentimeter entfernt.

Ich habe das Gefühl, mein Arm wird ausgerissen. Ich spüre die Beschleunigung in jedem Gelenk, es geht so viel schneller als beim Fallen. Schneller als der kümmerliche Zug der Schwerkraft. Schneller als die Schlange, die immer noch versucht, meinen Geist mit ihrem Requiem der Hoffnungslosigkeit zu fluten.

Der blaue Kreis des Himmels wächst und wächst über mir, bis ich an der Vogelscheuche vorbeischieße und der Tiefe entrinne.

Als ich aufsteige in die Umarmung des Himmels, sehe ich nichts als Blau.

157 IRGENDWIE SO WIE MIT DER RELIGION

Viele Dinge verstehe ich nicht, aber eins weiß ich: Es gibt keine »korrekte« Diagnose. Es gibt bloß Symptome und Schlagworte für verschiedene Symptomsammlungen.

Schizophrenie, schizoaffektive Störung, bipolare Störung I und II, schwere Depression, psychotische Depression, Zwangsstörung und so weiter und so fort. Die Etiketten haben nichts zu bedeuten, weil es nie zwei exakt gleiche Fälle gibt. Bei jedem Patienten treten sie anders zutage, jeder reagiert anders auf Medikamente, darum lässt sich keine zuverlässige Prognose abgeben.

Wir sind aber Kategorientiere. Wir wollen, dass sich alle Dinge im Leben in kleine Kästen packen lassen, die wir dann beschriften können. Aber bloß weil wir der Sache einen Namen geben können, wissen wir noch nicht, was eigentlich in dem Kasten ist.

Es ist irgendwie so wie mit der Religion. Es tröstet uns, wenn wir glauben können, dass wir etwas definiert haben, was von Natur aus undefinierbar ist. Ob wir es richtig getroffen haben oder nicht, tja, das ist vor allem eine Glaubensfrage.

158 SCHWACHKÖPFE AN HÖCHSTER STELLE

Meine Himmelfahrt bringt mich an viele Orte, an die ich mich nicht erinnern kann, über viele Tage, die ich nicht zählen kann, ehe ich wieder dort ankomme, wo ich aufgebrochen bin. Ein mit Leuchtstoffröhren beleuchteter weißer Raum, mit unsichtbarer Götterspeise angefüllt. Ich merke, dass mein Körper zittert, aber mir ist nicht kalt. Ich weiß, das liegt an den Medikamenten – was auch immer ich gerade nehme oder absetze.

Ein Pastellmensch schaut auf mich herab. Sie stellt mir Fragen auf Cirquisch, und ich antworte auf Klingonisch. Ich schließe einen Moment die Augen, aus Nacht wird Tag, und plötzlich sitzt Dr. Poirot vor mir anstelle der Pastellfrau. Ich zittere nicht mehr, und er spricht tatsächlich Englisch, auch wenn seine Worte nicht ganz synchron zu den Lippenbewegungen sind.

»Weißt du, wo du bist?«, fragt er.

Ja, will ich antworten, *in der Weißen Plastikküche* – aber ich weiß, dass ist nicht die Antwort, die er hören will. Und was noch wichtiger ist: Es ist auch nicht die Antwort, die ich glauben will.

»Seaview Memorial Hospital«, antworte ich. »Jugendpsychiatrische Abteilung.« Als ich die Worte aus meinem eigenen Mund höre, bin ich einen Schritt näher am Vertrauen in ihre Wahrheit.

»Du hattest einen kleinen Rückfall«, sagt Poirot.

»Ach was, echt?«

»Ja, aber jetzt bist du über den Berg. Ich freue mich, sagen zu können, dass es in den letzten Tagen nur aufwärts gegangen ist. Dein Bewusstsein deiner Umgebung ist ein gutes Zeichen, ein sehr gutes Zeichen.«

Er leuchtet mit einer Stifttaschenlampe in jedes meiner Augen und überprüft meine Krankenkarte. Ich erwarte, dass er geht oder sich vielleicht wieder in eine der Schwestern verwandelt, aber stattdessen zieht er sich einen Stuhl heran und setzt sich.

»Deine Blutwerte zeigen vor einer Woche einen plötzlichen Abfall deines Medikationsniveaus. Irgendeine Vorstellung, woran das liegen könnte?«

Ich überlege, ob ich ihm eine ordentliche Portion Ahnungslosigkeit servieren soll, aber was soll das nützen? »Ja«, sage ich ohne Umschweife, »ich habe meine Pillen in die Backe gesteckt.«

Darauf wird er ein bisschen selbstgefällig und sagt etwas gänzlich Unerwartetes.

»Gut.«

Ich schaue ihn einen Augenblick an und versuche herauszufinden, ob er das gerade wirklich gesagt hat oder ob ich es bloß im Kopf gehört habe.

»Wieso ist das denn gut?«, frage ich.

»Natürlich war es in dem Moment nicht gut – ganz und gar nicht –, aber jetzt ist es gut. Denn jetzt kannst du das Ergebnis sehen. Ursache und Wirkung, Ursache und Wirkung. Jetzt weißt du Bescheid.«

Ich möchte wütend auf ihn werden oder mich zumindest etwas ärgern, aber ich kann es nicht. Vielleicht ist es mir dieses eine Mal egal, dass er recht hat. Vielleicht liegt es aber auch an den Medikamenten.

Irgendwas ist komisch an Poirot. Ich habe es nur ganz am Rand wahrgenommen, aber jetzt rückt er so nahe heran, dass ich es erkennen kann. Seine bunte Garderobe ist verschwunden. Stattdessen trägt er ein sandfarbenes Oberhemd mit einer ebenso uninteressanten Krawatte.

»Kein Hawaiihemd heute?«, frage ich.

Er seufzt. »Ah, na ja, die Klinikleitung fand, ich strahle nicht genug Professionalität aus.«

»Das sind Schwachköpfe«, sage ich.

Daraufhin quiekt er tatsächlich einen Lacher heraus. »Du wirst im Leben noch lernen, Caden, dass viele Entscheidungen von Schwachköpfen an höchster Stelle gefällt werden.«

»Ich war selbst ein Schwachkopf an höchster Stelle«, sage ich. »Ich glaube, auf dem Boden komme ich besser zurecht.«

Er lächelt mich an. Es wirkt ein bisschen anders als sein unveränderliches therapeutisches Lächeln. Wärmer. »Deine Eltern sind im Wartezimmer. Es ist zwar keine Besuchsstunde, aber ich habe ihnen eine Sondererlaubnis erteilt. Das heißt, wenn du sie sehen willst.«

Ich denke über die Aussicht nach. »Hmm … trägt mein Vater einen weißen Strohhut und ist meiner Mutter ein Absatz abgebrochen?«

Poirot dreht den Kopf leicht, um mich mit seinem guten Auge besser mustern zu können. »Ich glaube nicht, nein.«

»Okay, das bedeutet, sie sind echt, also will ich sie sehen, ja.«

Jeder andere würde mich für diesen Satz wahrscheinlich schräg ansehen, aber nicht Poirot. Dass ich »Realitätskriterien« entwickle, ist in seinen Augen positiv.

Er steht auf. »Ich schicke sie herein.« Dann zögert er, betrachtet mich noch einen Augenblick und sagt: »Willkommen zurück, Caden.«

Als er geht, beschließe ich, falls und wenn ich hier rauskomme, werde ich ihm eine teure Seidenkrawatte mit leuchtend bunten Vögeln drauf kaufen.

159 10:03 UHR

Ich möchte Skye ihr Puzzleteil wiedergeben, kann es aber nicht finden. Das Puzzle ist bis auf dieses eine Teil fertig. Wer es anfasst, riskiert Skyes beträchtlichen Zorn. Dann wird sie eines Tages entlassen, und die Pastelle nehmen es wieder auseinander und legen es für andere Patienten zurück in die Schachtel. Ich finde es empörend grausam, ein Puzzle aufzubewahren, bei dem bekanntermaßen ein einziges Teil fehlt.

Hal kommt nicht zurück, und niemand kann mir jemals überzeugend berichten, ob er überlebt hat oder gestorben ist. Ich bekomme allerdings einen Brief voller Linien und Kritzeleien und Symbole, den ich nicht lesen kann. Der könnte von ihm sein, aber auch ein Scherz von einem der unangenehmeren Patienten, der inzwischen entlassen wurde, oder auch von jemandem, dem ich am Herzen liege und der mich besänftigen will – so wie meine Eltern früher, als ich klein war, immer Antworten auf meine Briefe an den Weihnachtsmann geschrieben haben. In diesem Fall gewichte ich alle Theorien gleich.

Von Callie höre ich nie wieder. Das ist okay. Hatte ich auch nicht erwartet. Ich hoffe, ihr Leben führt sie weit weg von allem, was sie an diesen Ort erinnert, und wenn sie sich dafür auch weit von mir entfernen muss, kann ich das akzeptieren. Sie ist übers Wasser gelaufen und nicht ertrunken. Das reicht mir.

Dann wird eines Tages entschieden, dass ich wieder mit der realen Welt eins geworden bin – oder jedenfalls in Schlagweite –, und ich werde in die liebevollen Arme meiner Familie entlassen.

Am letzten Tag meines »geschienten Geistes« warte ich in meinem Zimmer, alle meine Sachen in stabile gelbe Plastiktüten gepackt, die mir die Klinik zur Verfügung gestellt hat. Es ist ausschließlich Kleidung drin. Ich habe beschlossen, meinen Künstlerbedarf für andere Patienten dazulassen. Die Buntstifte wurden ohnehin vom Personal entfernt, als ich eines Tages nicht hingeschaut habe, und es blieben nur Plastikfilzstifte und weiche Pastellkreiden – nichts, was man anspitzen müsste.

Meine Eltern treffen um 10:03 Uhr vormittags ein und haben sogar Mackenzie mitgebracht. Mom und Dad müssen ungefähr so viele Formulare unterzeichnen wie damals, als ich eingeliefert wurde, und dann ist es auf einmal vollbracht.

Ich bitte um ein paar Minuten Zeit, um mich zu verabschieden, aber es dauert dann nicht so lange, wie ich dachte. Die Schwestern und Pfleger und die verschiedenen Pastelle wünschen mir alles Gute. Arme des Todes gibt mir einen Faustcheck und sagt »Bleib *real*, Mann« – eine Art von Ironie, die weder er noch seine Tattoos verstehen können. GLaDOS ist gerade bei ihrer Therapiegruppe, und ich stecke zwar den Kopf durch die Tür und verabschiede mich, aber es ist für alle unangenehm. Jetzt weiß ich, wie Callie sich am letzten Tag gefühlt hat. Man ist schon auf der anderen Seite der Scheibe, bevor man das Haus verlässt.

Mein Vater legt mir sanft die Hand auf die Schulter und fragt nach meinem Befinden, bevor wir auf die Schleusentüren zugehen. »Alles okay, Caden?« Er liest mein Verhalten jetzt besser als je zuvor. Wie Sherlock Holmes mit Lupe.

»Ja, alles gut«, sage ich.

Er lächelt. »Dann lass uns bloß schnell hier abhauen.«

Mom verrät mir, dass wir auf dem Heimweg bei Cold Stone vorbeifahren, was mein Lieblingseisladen ist, wie sie weiß. Toll, endlich mal wieder richtiges Eis *ohne* Holzlöffel essen zu können.

Ich hoffe, ihr habt zu Hause nicht so eine große Sache draus gemacht«, sage ich, »so mit Luftballons und ›Willkommen-daheim‹-Transparenten und so.«

Das peinliche Schweigen verrät mir, dass mich doch eine große Sache erwartet.

»Bloß ein Luftballon«, sagt Mom.

Mackenzie sieht zu Boden. »Ich habe dir einen Ballon besorgt. Und?«

Jetzt habe ich ein schlechtes Gewissen. »Na ja … ist er riesig, so einer, der von der Thanksgiving-Parade abgehauen ist?«, frage ich.

»Nein, eigentlich nicht«, sagt sie.

»Dann ist er bestimmt richtig gut.«

Wir stehen vor dem Ausgang. Die innere Tür gleitet auf, und wir treten in die kleine Sicherheitsschleuse. Meine Mutter legt den Arm um mich, und mir wird klar, dass sie das ebenso sehr für sich selbst tut wie für mich. Sie braucht den Trost, dass sie mich endlich wieder trösten darf; das hat sie schon sehr lange nicht mehr tun können.

Meine Krankheit hat uns alle durch tiefe Gräben geschleift, und auch wenn mein Graben, na ja, der Marianengraben war, will ich doch nicht kleinreden, was meine Familie durchgemacht hat. Ich werde nie vergessen, dass meine Eltern jeden, wirklich jeden Tag in die Klinik gekommen sind, auch an Tagen, an denen ich eindeutig anderswo war. Ich werde nie vergessen, dass meine kleine Schwester meine Hand gehalten und zu verstehen versucht hat, wie es ist, in diesem Anderswo zu sein.

Hinter uns schieben sich die inneren Türen zu. Ich halte den Atem an. Dann öffnen sich die äußeren Türen, und ich bin wieder ein stolzes Mitglied der rationalen Welt.

Eine Stunde später, nach einer irre dekadenten Eisorgie, kommen wir nach Hause, und ich sehe Mackenzies Ballon sofort, als wir in unsere Straße einbiegen. Er hängt an unserem Briefkasten im

Vorgarten und schwankt träge im Wind. Ich lache laut auf, als ich erkenne, was es ist.

»Wo hast du denn um Himmels willen ein Hirn aus Glanzfolie her?«, frage ich Mackenzie.

»Internet«, sagt Mackenzie. »Die haben auch Lebern und Nieren.«

Ich nehme sie in den Arm. »Der beste Luftballon aller Zeiten.«

Wir steigen aus, und mit Mackenzies Erlaubnis binde ich das mit Helium gefüllte Hirn los und lasse es steigen. Ich schaue ihm nach, wie es immer höher schwebt, bis es verschwindet.

160 WIE ES FUNKTIONIERT

Neun Wochen. So lange war ich in der Klinik. Ich kontrolliere es noch einmal auf dem Kalender in der Küche, weil es mir so viel länger vorkam.

Die Schule ist schon vorbei, es sind Sommerferien, aber selbst wenn nicht, wäre ich noch nicht in der Lage, im Unterricht zu sitzen und mich zu konzentrieren. Meine Aufmerksamkeitsspanne und meine Motivationswerte sind ungefähr auf dem Niveau einer Seegurke. Das liegt zum Teil an der Krankheit, zum Teil an den Medikamenten. Man hat mir gesagt, es würde langsam besser. Ich glaube es widerstrebend. Auch das geht vorbei.

Was passiert, wenn die Schule wieder anfängt, steht noch in den Sternen. Vielleicht gehe ich erst im Januar wieder hin und wiederhole dann die zweite Hälfte des letzten Schuljahrs. Oder vielleicht fange ich auch in einer neuen Schule ganz neu an. Vielleicht kriege ich auch Hausunterricht, bis ich den Stoff wieder aufgeholt habe. Oder vielleicht steige ich auch einfach im September als Junior ins nächste Schuljahr ein und hole nach und nach auf, was ich im letzten Jahr versäumt habe. In der Integralrechnung gibt es weniger Variable als in meiner Schulkarriere.

Mein Arzt sagt, ich solle mir keine Gedanken darüber machen. Mein *neuer* Arzt – nicht Poirot. Wenn man die Klinik verlässt, kriegt man einen neuen Psychiater. So funktioniert das eben. Der Neue ist ganz okay. Er nimmt sich mehr Zeit für mich, als ich erwartet habe. Er verschreibt mir auch die Medikamente. Ich nehme sie ein. Ich hasse sie, aber ich nehme sie. Ich fühle mich taub, aber weniger taub als früher. Die Götterspeise ist jetzt eher flüssig.

Mein neuer Arzt heißt Dr. Fischel, was ganz gut passt, er hat nämlich so ein bisschen ein Gesicht wie eine Forelle. Mal sehen, wohin das führt.

161 EXOTISCHE ORTE

Ich habe so einen Traum. Ich gehe mit meiner Familie irgendwo eine Uferpromenade entlang. Vielleicht Atlantic City, vielleicht Santa Monica. Mackenzie schleift meine Eltern auf eine Vergnügungspier – Achterbahn, Autoscooter –, und ich versuche zwar, mit ihnen zu gehen, aber ich falle zurück und kann nicht wieder aufholen. Sehr bald habe ich sie in der Menge verloren. Und dann höre ich diese Stimme.

»He, du da! Hab auf dich gewartet!«

Ich drehe mich um und sehe eine Jacht. Nicht bloß so eine Durchschnittsjacht, sondern eine, wie sie Bond-Schurken haben. Glitzerndes Gold, pechschwarz verspiegelte Fenster. Ein Whirlpool an Deck, Liegestühle, und die Besatzung besteht offenbar nur aus schönen Mädchen in sehr knappen Bikinis. Und an der Gangway steht eine vertraute Gestalt. Sein Vollbart ist zu einem Kinnbart getrimmt, als Uniform trägt er einen weißen Zweireiher mit Goldpaspeln. Trotzdem weiß ich, wer er ist.

»Wir können nicht ohne Ersten Offizier fahren. Und das wärst du.«

Ich bin plötzlich schon halb die Gangway hinunter, nur noch anderthalb Meter von der Jacht entfernt. Ich kann mich gar nicht erinnern, mich hierher bewegt zu haben.

»Es wird mir ein Vergnügen sein, dich an Bord zu haben«, sagt der Kapitän.

»Was ist denn die Mission?«, frage ich viel neugieriger, als ich eigentlich will.

»Karibisches Riff«, erklärt er. »Eins, das noch kein menschliches Wesen zu Gesicht bekommen hat. Du bist doch geprüfter Gerätetaucher, oder? Hast du einen Tauchschein?«

»Nein«, antworte ich.

»Na, dann ist es wohl an mir, dir die Prüfung abzunehmen, was?«

Er lächelt mich an. Sein gesundes Auge starrt mich so vertraut intensiv an, dass es schon fast behaglich ist. Sich fast wie ein Zuhause anfühlt. Sein anderes Auge trägt keine Augenklappe, und der Pfirsichkern ist durch einen Diamanten ersetzt, der in der Mittagssonne glitzert.

»Alles einsteigen!«, sagt er.

Ich zögere auf der Gangway.

Ich zögere.

Ich zögere noch ein bisschen.

Und dann sage ich: »Ich glaube nicht.«

Er versucht nicht, mich zu überzeugen. Er lächelt nur und nickt. Dann sagt er mit leiser Stimme, die irgendwie doch lauter klingt als die Menge auf der Pier hinter mir: »Irgendwann wirst du wieder dort hinuntergehen. Das weißt du doch, oder? Die Schlange und ich werden nichts anderes zulassen.«

Darüber denke ich nach, und obwohl der Gedanke mich schaudern lässt, kann ich seine sehr reale Möglichkeit doch nicht abstreiten.

»Vielleicht«, sage ich. »Wahrscheinlich«, gebe ich zu. »Aber nicht heute.«

Ich drehe mich um und gehe die Gangway hinauf zur Pier. Sie ist schmal und unsicher, aber Unsicherheiten kenne ich, das ist nichts Neues. Als ich wieder sicher auf der Pier stehe, sehe ich mich noch einmal um und vermute, dass die Jacht womöglich verschwunden ist, wie bei solchen Erscheinungen üblich – aber nein, sie ist noch da, und der Kapitän wartet immer noch, fixiert mich mit seinem Auge.

Mir wird klar, dass er immer warten wird. Er wird nie weggehen. Und im Lauf der Zeit werde ich womöglich sein Erster Offizier werden, ob ich will oder nicht, und an exotische Orte reisen, um dort erneut in die Tiefe zu tauchen, und noch einmal, und noch einmal. Und vielleicht werde ich eines Tages so tief tauchen, dass die Abgrundschlange mich fängt, und nicht zurückfinden. Es hat keinen Sinn zu leugnen, dass so etwas passiert.

Aber heute wird es nicht passieren – und darin liegt ein tiefer, dauerhafter Trost. Tief genug, mich bis morgen sicher zu tragen.

DANKSAGUNGEN

Kompass ohne Norden lag mir sehr am Herzen, und ich habe viele Jahre daran gearbeitet. Zuallererst möchte ich meinem Sohn Brendan für seine Mitarbeit danken; meinem Sohn Jarrod für seine tollen Buchtrailer; und meinen Töchtern Joelle und Erin für ihre vielen Einsichten und dafür, dass sie so wundervolle Menschen sind. Meine tiefste Dankbarkeit gilt meiner Lektorin Rosemary Brosnan; meiner Co-Lektorin Jessica McLeish; und überhaupt allen bei HarperCollins, weil sie dieses Buch so großartig und umfangreich unterstützt haben. Danke auch meinen Assistentinnen Barb Sobel und Jessica Widmer, dass sie mein Leben und meine Auftrittstermine in der Spur halten. Ich möchte auch den Orange County Fictionaires für ihre Unterstützung und Kritk über all die Jahre danken; der NAMI (National Alliance on Mental Illness), weil sie eine so hervorragende Hilfe und Quelle war; und schließlich meinen Freunden, weil sie immer da waren, an den besten und an den schlimmsten Tagen.

Vielen Dank euch allen! Meine Liebe zu euch ist tief und endlos.

5 FRAGEN AN
NEAL SHUSTERMAN

Wen möchten Sie mit Ihrem Roman Kompass ohne Norden *erreichen?*

Jeden. Erwachsene, Jugendliche, Menschen, die mit einer psychischen Krankheit kämpfen, und Menschen, die das nicht tun. Ich möchte, dass Betroffene, egal an welcher seelischen Krankheit sie leiden, das Buch lesen und verstehen, dass sie nicht allein sind und dass es Hoffnung gibt. Ich möchte, dass andere begreifen, wie es sich anfühlt, wenn man so tief im eigenen Kopf verloren ist, als wäre man auf dem Grund des Ozeans – und hoffentlich werden die Leser hinterher mehr Verständnis und Mitgefühl für diejenigen haben, die an psychischen Krankheiten leiden.

Wie kamen Sie auf die Idee zu dem Buch?

Als mein Sohn Brendan 16 Jahre alt war, wurde bei ihm eine schizoaffektive Störung diagnostiziert. Das ist eine Kombination aus Schizophrenie und bipolarer Störung. Das war ein doppelt harter Schlag. Während eines psychotischen Schubs konnte er nicht mehr unterscheiden, was tatsächlich passierte und was sich nur in seinem Kopf abspielte. Er kam ins Krankenhaus, und als er am Tiefpunkt seiner Krankheit angelangt war, sagte er zu mir: »Dad, es fühlt sich an, als ob ich auf dem Grund des

Ozeans aus voller Lunge schreie, und niemand kann mich hören.« Als Autor bin ich immer auf der Suche nach bedeutsamen Geschichten – und in diesem Moment wusste ich, dass ich über dieses Gefühl schreiben musste. Als Brendan, ungefähr fünf Jahre später, anfing aufzublühen und die Krankheit unter Kontrolle hatte, fragte ich ihn, ob ich eine Geschichte über einen Teenager schreiben dürfe, der etwas Ähnliches wie er selbst durchmacht. Jetzt ist Brendan 28 Jahre alt, lebt in Thailand und unterrichtet dort Englisch. Wenn man mit einer psychischen Krankheit klarkommen muss, erlebt man viel Verzweiflung, aber auch sehr viel Hoffnung. Unsere Geschichte ist eine Geschichte über Hoffnung. Ich würde nicht sagen, dass sie ein Happy End hat, denn das wäre zu simpel. Das Leben geht weiter – es wird auch weiterhin Höhen und Tiefen geben –, aber jetzt gerade läuft es gut, und hoffentlich bleibt es so!

Hat es einen Grund, dass die fantastische Erzählebene auf einem Schiff spielt?

Das kam alles von Brendan – seine Faszination für die Tiefen des Ozeans als Kind, und was er gemalt hatte, als er tief in der Krankheit steckte. Seine Kunstwerke aus dieser Zeit sind in das Buch integriert, weil sie das fantastische Element der Geschichte inspiriert haben. Ich glaube, dass sie das Buch um eine sehr starke Dimension erweitern. Eines seiner Bilder nannte er *Die Sterne haben recht,* und ich sehe darin eine Gallionsfigur am Bug eines Schiffes, die zum Leben erwacht und sich in Richtung Freiheit emporhebt. Dieses Bild hat mich ursprünglich auf die Idee gebracht, die Geschichte auf einem Schiff spielen zu lassen – und dieser Aspekt macht einen entscheidenden Teil der Geschichte aus.

Wie würden Sie Caden Bosch, den Protagonisten, beschreiben?

Caden ist schlau, witzig und freundlich. Er ist der Junge von nebenan. Er ist dein bester Freund. Er ist NICHT, was man sich unter einem psychisch kranken Jungen vorstellt, denn so viele unserer Auffassungen über psychische Krankheiten sind falsch. Caden ist jemand, den man kennt und mag, und man ist geschockt, wenn man herausfindet, woran er leidet. Deshalb wünscht man sich, man könnte selbst auf den Grund des Ozeans vordringen, und ihm dabei helfen, seinen Weg zurückzufinden.

Was ist Ihrer Meinung nach der wichtigste Satz in dem Buch?

Da suche ich mir lieber zwei Zitate aus. Sie kommen an unterschiedlichen Stellen im Buch vor, sind aber eng miteinander verbunden – und zwar absichtlich. Beim ersten Zitat handelt es sich um die letzten Zeilen des ersten Kapitels, kurz bevor wir den Kapitän treffen, der sich als Personifizierung von Cadens Krankheit herausstellt: »Noch bevor es ein Schiff gab, war der Kapitän schon da. Diese Reise hat mit ihm begonnen, du vermutest, sie wird auch mit ihm enden, und alles dazwischen ist das pulvrige Mehl von Windmühlen, die auch Riesen sein könnten, die Knochen zermahlen und Brot daraus machen. Tritt leise auf, sonst weckst du sie.« Im zweiten Zitat versucht Caden, seine Wahnvorstellungen zu beschreiben, und die Riesen, die in dem vorigen Zitat aufgetaucht sind, kommen hier wieder zurück: »Don Quijote – der berühmte Verrückte aus der Literatur – kämpfte gegen Windmühlen. Die Leute glauben, dass er Riesen sah, wenn er sie anschaute, aber wer selbst so weit war, kennt die Wahrheit. Er sah Windmühlen wie alle anderen auch – aber er *glaubte*, sie wären Riesen. Nichts macht mehr Angst, als nie zu wissen, was du im nächsten Moment glauben wirst.«

NEAL SHUSTERMAN ist einer der bekanntesten und erfolgreichsten amerikanischen Autoren für Kinder und Jugendliche. Er wuchs in Brooklyn auf und begann schon früh mit dem Schreiben. Nach seinem Schulabschluss an der American School of Mexico City studierte er in Kalifornien Psychologie und Theaterwissenschaften. Neal Shusterman lebt mit seiner Familie in Südkalifornien. *Kompass ohne Norden* basiert auf Shustermans Erfahrungen mit der Schizophrenie seines Sohnes und wurde 2015 mit dem National Book Award ausgezeichnet.
www.storyman.com
Auf Facebook
Auf Instagram: @nealshusterman
Bei Twitter: @NealShusterman
Auf YouTube

BRENDAN SHUSTERMANS Kunst war Inspiration für viele Elemente in *Kompass ohne Norden*. Er ist angehender Künstler und Autor – dabei tritt er nicht einfach in die Fußstapfen seines Vaters, sondern geht eigene Wege.

INGO HERZKE wuchs in einem Dorf im südlichen Niedersachsen auf. Er studierte Klassische Philologie, Anglistik und Geschichte in Göttingen und Glasgow. 2017 wurde er mit dem Jugendliteraturpreis ausgezeichnet.